I. Reen Bow

PHÖNIXAKADEMIE

(Fantasy-Serie)

Sammelband 1

I. Reen Bow

PHÖNIX AKADEMIE

Fantasy-Serie

sammelband 1

Impressum

Dieses Buch ist auch als eBook erhältlich.

Herausgeber Irina Bolgert
Kontakt: anna.moffey@gmail.com

Covergestaltung und Buchsatz: Bookdresses
Verwendete Stockfotos: bigstockphoto

ISBN-13: 9781521724149

PHÖNIX AKADEMIE

funke 1
der schwarze phönix

robin

Das schwarze Feuer strahlte eine eisige Kälte aus, die die Haut durch das Gefrieren verbrannte. Das Einzige, was es mit einem gewöhnlichen Feuer gemein hatte, war seine Zerstörungskraft.

Voller Entsetzen sah Robin zu, wie die Flammen über die Wände und das Dach ihres Elternhauses züngelten, die Fenster vereisten und ihre Kindheitserinnerungen vernichteten. Sie spürte keine Hitze und doch ging sie innerlich in Flammen auf.

Robin ballte die Fäuste und presste die Lippen aufeinander, weil sie das Beben in sich nicht unter Kontrolle bekam. Sie wollte Antworten, die nun mit dem Haus zu Asche zerfielen.

Vielleicht hätte sie ihre Eltern retten können, doch sie hatte es nicht getan, nicht einmal versucht. Anstatt dass sie etwas unternahm, stand sie wie gelähmt da.

Sie spürte, wie ihre Finger eiskalt von Flammen gestreichelt wurden. Zuerst nur sanft, dann lodernd.

Robin hob ihre Hand und betrachtete hasserfüllt ihr eigenes schwarzes Feuer, das ihre Finger umspielte. Obwohl sie diese Kraft besaß, fühlte sie Machtlosigkeit in sich, die sie aufschluchzend nach Luft schnappen ließ.

Sie umhüllte ihre brennende und gleichzeitig frierende Hand mit dem ausgefransten Saum ihres Mantels und erstickte damit das Feuer.

Dabei sah sie sich panisch nach allen Richtungen um. Ihr wurde bewusst, dass sie auf der Stelle verschwinden sollte, denn wenn man sie hier aufgriff, würde man sie sofort der Brandstiftung verdächtigen. Und sie durfte auf keinen Fall hinter Gittern landen, denn dann würde *er* sie finden und endlich das bekommen, was er seit Robins Kindheit besitzen wollte.

Als sie den Ort des Verbrechens verlassen wollte, hörte sie die anderen schon: Leute, die angerannt kamen, um sich an dem Leid Fremder zu ergötzen. In dieser Stadt vermutete Robin keine Helfer und Retter, sondern nur Gaffer. Doch gerade solche Menschen plauderten zu viel an die falschen Personen weiter und konnten Robin gefährlich werden.

In eine andere Richtung konnte sie nicht fliehen, denn das hier war eine Sackgasse, umgeben von Teilen der Stadtmauer. Als einziger Fluchtweg blieb ihr der Garten hinter dem brennenden Haus und da würde sie den Flammen gefährlich nahekommen.

Viel Zeit zum Nachdenken blieb ihr nicht, also zog sie ihre Kapuze über ihr dunkles, leicht verfilztes Haar und lief geduckt an der brennenden Wand entlang, wobei sie ihre Augen schloss, weil die Kälte sie sonst erblinden lassen könnte. Die *Vereisung* war das Gefährliche an dieser schwarzen Phönixmagie und Robin setzte sich diesem kritischen Zustand ungeschützt aus. Wenn sie nicht aufpasste, könnten die Flammen ihre gesamte Lebensenergie entziehen und sie zu einer Eisfigur erstarren lassen.

Robin zitterte am ganzen Leib und ersehnte, hinter dem Garten auf ein anderes Grundstück zu treten und dem Wahnsinn entfliehen zu können, doch als sie durch den Garten lief, aus der Reichweite der Flammen, stolperte sie über etwas und fiel auf einen weichen Untergrund.

Schon bevor sie die Augen öffnete, wusste sie, dass es sich um Sand handelte, denn sie grub bereits ihre Finger hinein und spürte die einzelnen, feinen Sandkörner auf ihrer Haut.

Sie richtete ihren Oberkörper auf und fand sich in einem Kindersandkasten wieder.

Zunächst wagte sie den Gedanken an ihre Kindheit und dass womöglich sie hier gespielt hatte, doch als sie den kleinen Eimer und die bunte Schaufel sah, wurde ihr übel.

Sofort stand sie auf und wandte sich dem Haus zu. Lebten ihre Eltern hier vielleicht nicht alleine? War ein kleines Kind bei ihnen?

Robins Bruder oder Schwester?

Sie schluckte schwer und atmete keuchend, während sie die sandigen Hände auf ihre Lippen presste und nur verstört ihren Kopf schüttelte.

Die Vorstellung, ein kleines Kind wäre ebenfalls in den Flammen gefangen, brachte sie fast um den Verstand.

Wie eine Besessene stürzte sie zum Haus und gab eine so heftige Druckwelle von sich, dass ein Fenster zerbarst und die schwarzen Flammen an dieser Stelle erstickt wurden.

Mit den Mantelärmeln knickte sie die spitzen Glasscherben ab, die noch im Rahmen steckten. Durch die Kälte bedeckten Eisblumen das Glas.

Die junge Frau schnappte mehrmals nach Luft, dann kletterte sie in das Haus hinein, in der Hoffnung, sie würde kein lebloses Kind im Inneren vorfinden.

Aves

Die Stadt Loro war nicht mehr weit entfernt.

Für Aves und seine Gruppe war es überraschend, einen Auftrag in dieser Stadt zu erhalten. Für gewöhnlich vermied es die Akademieleitung, Aufgaben in einer Bodenstadt aufzutragen. Viele der Schüler hatten reiche Eltern, die ihre Kinder nicht den Gefahren einer Bodensiedlung ausgesetzt sehen wollten.

Dort herrschten nicht nur Armut, sondern immer wiederkehrende magische Katastrophen, Plagen und andere Krisen zwischen den Menschen, die dazu verbannt waren, auf dem Boden zu leben, während die besser betuchte Bevölkerung es sich leisten konnte, die fliegenden Städte zu bewohnen.

Aves spürte die Anspannung seiner vierköpfigen Gruppe, während sie auf ihren Gleitern auf die Stadt Loro zuflog.

»Wir sind gleich da«, sagte er in sein Helmmikrofon.

Als Antwort hörte er das laute Durchatmen seiner Mitschüler. Bis auf Aves hatte noch niemand von ihnen eine Bodenstadt besucht, also verschärften sie ihre Konzentration.

»Seht ihr den schwarzen Rauch?«, hörte er Berrys Stimme.

Das Mädchen flog etwas schneller und positionierte sich vor Aves, um Blickkontakt mit ihm herzustellen. Dann zeigte Berry auf die im Tal liegende Stadt, die von etwa fünf massiven Schutzmauern umringt war. Diese sollten die Bewohner vor magischen Katastrophen schützen.

Am nordwestlichen Stadtrand brannte ein Haus. Unnatürlicher, tiefschwarzer Rauch stieg von dort auf. Ein magisches Phänomen?

»Das könnte gewöhnliches Feuer sein, trotzdem müssen wir es uns ansehen«, sagte Aves.

»Und was ist mit der Aufgabe?«, wollte Berry wissen.

»Ich werde diese Verzögerung in meinem Bericht erläutern. Dafür wird es keine Punktabzüge geben. Und jetzt zurück in die Reihe.«

Berry widersprach nicht, auch wenn Aves ganz genau wusste, welchen Blick er zu sehen bekäme, wenn der Helm der Schülerin nicht ihr Gesicht verdecken würde.

»Hoffentlich muss ich niemanden heilen«, erklang eine andere, etwas fröhlichere Mädchenstimme aus den Lautsprechern.

»Konzentration«, sagte Aves, denn sie flogen bereits über die erste Mauer, die am massivsten und sichtlich noch im Bau war. Überall standen Geräte und Männer mit Bauhelmen liefen geschäftig über das Baugerüst.

Insgeheim hoffte Aves, dass nichts davon heute ein Thema für seine Gruppe sein würde.

Sie glitten über die heruntergekommene Stadt, die grau und abweisend wirkte, in Aves aber das Gefühl der Heimatverbundenheit auslöste, auch wenn er gleichzeitig froh war, nicht mehr in einer Bodenstadt zu leben.

Selbst die beste Gegend, die Innenstadt, sah aus, als hätten die Bewohner keine Kraft und keine Ressourcen mehr, um wichtige Reparaturen vorzunehmen. Dabei war es hier vor einer Weile sicherlich noch hübsch gewesen.

An der Architektur von Loro konnte man erahnen, dass diese Stadt einmal floriert hatte. Die Gebäude waren zwar von dem zeitlichen Verfall nicht verschont geblieben, aber an dem Fassadenschmuck erkannte Aves eindeutig den Luxus, den er zum Beispiel in seiner Heimatstadt nie gesehen hatte.

Loros Innenstadt ähnelte einst einem Viertel in einer Himmelsstadt. Doch dann war das passiert, was fast jeder Bodenstadt widerfuhr: Sie hatte den magischen Krieg verloren und bekam eine Menge Flüche ab. Hier ging es wohl besonders heftig zu mit den magischen, Städte verwüstenden Flüchen, sonst wären die ganzen Mauern nicht notwendig gewesen.

Aves fand, dass die Häuser einiger Privatpersonen zumindest ein wenig gemütlich wirkten, denn die Gärten waren grün und gepflegt. So wie auch das Haus, dem sie sich näherten.

Neben dem brennenden Gebäude wirkte die unmittelbare Nachbarschaft schäbig und heruntergekommen. War das der Grund für das Feuer? Neid auf die Menschen, die sich in den schweren Zeiten so ein Haus leisten konnten?

Beim Anflug auf das brennende Gebäude erkannte Aves, dass es sich um kein normales Feuer handelte, denn die Flammen waren schwarz.

Sofort rutschte sein Herz in den Magen.

»Seid vorsichtig, wir wissen nicht, ob der schwarze Phönix noch in der Nähe ist«, warnte er seine Truppe.

»Es ist eine ganz miese Idee. Mit so einem können wir es nicht aufnehmen. Wir sollten wieder verschwinden«, sagte Berry.

»Klappe, Berry«, hörte Aves seinen besten Freund Lion mit seinem typischen kalten Ton sagen. »Schau dir lieber die vielen Schaulustigen an. Keiner sieht nur im Entferntesten danach aus, als würde er versuchen, das Feuer zu löschen.«

»So ein schwarzes Feuerchen ist selbst in einer Bodenstadt ein Magnet für Gaffer«, sagte Aves.

»Ganz schön dumm von ihnen. Und auch von uns, wenn ich das erwähnen darf«, meldete sich Berry erneut. »Es werden erfahrenere Phönixe kommen, um dieses Problem zu lösen. Wir sollten unser Leben nicht riskieren. Aves, wir sind doch nur Schüler.«

»Oh, unser kleines Genie bekommt Angst?«

»Lass den Quatsch! Mit schwarzen Phönixen ist nicht zu spaßen. Ich habe keine Lust auf gefährliche Experimente, wir haben ein anderes Ziel und davon sollten wir nicht abweichen. Annie stimmt mir doch zu?«

Die fröhliche Stimme meldete sich wieder durch den Lautsprecher.

»Ich finde es aufregend! Ich bin hoch motiviert und gehe gedanklich die Möglichkeiten durch, wie ich eventuelle Erfrierungen heilen kann, auch wenn ich hoffe, dass ich das nicht tun muss. Ich hasse Druck.«

»Schon gut, Annie.«

»Du musst dich ja wie zuhause fühlen, Aves«, hörte er das Mädchen weiterplappern.

»Kein Geplapper mehr bitte«, sagte er knapp. »Konzentrier dich einfach.«

Aves versuchte, die Stimmung zu entspannen, obwohl ihm das Ganze auch nicht geheuer war. Er fühlte sich für seine Gruppe verantwortlich und hoffte, dass er keine Fehlentscheidung getroffen hatte.

Jetzt zu verschwinden, wäre unklug, denn die Menschen hatten sie längst am Himmel entdeckt und zeigten aufgeregt mit den Fingern in ihre Richtung.

»Verdammt, Aves, sie haben uns gesehen«, kommentierte Berry die Willkommensgesten der Bewohner.

Sobald Aves seinen Gleiter landete und den Helm abnahm, wurde er schon von den ersten Neugierigen umringt.

Hände betasteten die Flugmaschine, und wer nicht nah genug herankam, streichelte sie neidvoll mit den Blicken.

»Machen Sie bitte Platz!«, sagte Aves.

»Fliegt der Gleiter wirklich nur mit Phönixmagie?«, fragte ein kleiner Junge. Er lächelte bewundernd und kletterte auf die Maschine. Die winzigen Finger legten sich auf die Lenkergriffe und während die Augen des Jungen noch immer strahlten, kamen aus dessen Lippen brummende Geräusche eines Bodenfahrzeugs, die nichts mit dem Fliegen auf einem Gleiter gemein hatten.

Aves hinderte den Kleinen nicht daran, wunderte sich aber doch, warum die Phönixmagier mehr Aufmerksamkeit bekamen, als ein brennendes Haus. Lebte darin etwa niemand?

Er schob ein paar Leute sanft, aber bestimmt, zur Seite, nicht weil ihm der Geruch der Personen unangenehm war, sondern weil sie nun auch seine Uniform anfassten und den Stoff zwischen ihren Fingern rieben, als würden sie ihn so, wie er war, gleich auf dem Markt verscherbeln.

Schon hörte Aves die Worte seiner Lehrer im Kopf: »Sollten Sie eines Tages eine Bodenstadt aufsuchen, rechnen Sie mit Neugier, aber auch Neid und Ablehnung.«

Die Menschen hier hatten die Hoffnung, dass die Phönixe ihnen bei allen ihren Problemen halfen und das würde Aves auch gerne tun, aber sie hatten weder Kraft noch Zeit, für alle da zu sein.

»Hat schon jemand die Feuerwehr gerufen?«, fragte Aves und als niemand antwortete, murmelte er ungeduldig etwas vor sich hin.

»Lion, übernimmst du das Feuer?«, fragte er, während er erneut mehrere Personen von sich schob. Jetzt bemerkte er, dass ihre Worte drängelnder und bettelnder wurden.

»Retten Sie uns!«

»Bringen Sie uns hier fort! Wir wollen hier nicht leben.«

»Das kann ich nicht machen«, sagte Aves lauter. »Treten Sie bitte vom Haus weg. Und kann mir bitte einer sagen, ob sich noch jemand in diesem Haus befindet. Nicht anfassen, gehen Sie zurück!«

Aves tauschte einen Blick mit seinen drei Begleitern, wobei er Lion zunickte.

Der große, schlanke, junge Mann lief näher zum Haus und zauberte bereits Phönixfeuer, das strahlender, wärmer und makelloser war als jedes gewöhnliche Feuer.

Es kam aus Lions Händen und schon gingen laute Seufzer durch die Menge und da Lion jetzt die gesamte Aufmerksamkeit erhielt, erreichte Aves die zwei Mitschülerinnen Berry und Annie und ging mit ihnen ebenfalls zum Haus.

»Unglaublich, dass sie wie leblose Kreaturen ins Feuer starren, anstatt Hilfe zu holen«, sagte Berry und sah genervt über ihre Schulter.

Täuschte er sich oder hörte Aves tatsächlich ein leises Zittern in der Stimme seiner Mitschülerin? Sein Blick fiel auf die blauen Augen des schwarzhaarigen Mädchens. Wie zwei große Spiegel reflektierten sie die schwarzen und die goldenen Flammen der Umgebung, bevor sie kurz auf Aves verweilten.

»Was ist, wenn sich im Haus noch jemand aufhält?«, fragte sie.

»Dann waren sie nicht gerade beliebt«, sagte Annie, die zu Aves' rechter Seite lief und bei jedem seiner Schritte zwei tun musste.

»Es wäre uns lieber, wenn sie noch am Leben wären und du deren Verletzungen heilen könntest«, sagte er warnend.

»Ja, verdammt«, sagte sie und warf ihre blonde Mähne mit einer Kopfbewegung zurück, wobei ein Hauch ihres süßlichen Parfüms in Aves' Nase stieg und ihn daran erinnerte, dass er nicht mehr so streng zu ihr sein wollte.

Diese Frau brachte ihn um den Verstand und im Moment musste er sich konzentrieren. Er beschleunigte seinen Gang, um seine Mitschülerinnen abzuhängen.

Lion

Währenddessen zauberte Lion immer weiter sein Phönixfeuer. Seine Hände schmerzten und seine Stirn war bedeckt von kaltem Schweiß. Feuer mit Feuer zu bekämpfen war seine Spezialität. Er kannte sich aber nur mit normalem Phönixfeuer aus und nur am Rande hatte der Lehrer erwähnt, was es bei schwarzen Flammen zu beachten gab.

Solange Berry ihn in seiner Handlung nicht korrigierte, wusste Lion, dass er alles richtig machte. Mit dessen fotografischem Gedächtnis trieb das Mädchen alle in den Wahnsinn. In solchen Situationen, in denen es auf die richtige Vorgehensweise ankam, war Berrys Wissen jedoch ein Segen – auch wenn Lion es niemals zugeben würde.

Die Kälte der schwarzen Flammen fühlte sich trotz der wohligen Wärme von Lions Feuer aggressiv an, es wirkte unendlich, als würde es von innen heraus neue Kraft beziehen – immer dann, wenn Lion es schaffte, die Energie der schwarzen Flammen abzuschwächen.

Wenn die Kraftquelle der Flammen nicht versiegte, dann befand sich der schwarze Phönix noch in der Nähe.

Das versetzte Lion in Alarmbereitschaft.

Gerade, als er das Haus mit noch mehr Feuer umschließen wollte, zerbarst ein Fenster im zweiten Stock und eine junge Frau steckte ihren Kopf hinaus, um durchzuatmen.

»Sie leben noch!«, rief sie, kurz bevor sie in sich zusammensank und wieder im Haus verschwand.

»Ich glaube, sie ist bewusstlos!«, rief Annie panisch und war drauf und dran, ins Innere zu rennen, wobei sie direkt auf Lions Flammen zusteuerte. Aves hielt sie auf und zog sie vom Feuer weg.

»Ich kann die schwarzen Flammen nicht aufheben«, sagte Lion laut und biss vor Anstrengung die Zähne fest aufeinander.

»Ich helfe dir«, sagte Berry und trat an seine Seite.

Dabei griff sie durch das Feuer und umfasste sein Handgelenk, auch wenn sie sich dabei verbrannte.

»Berry, verschwinde!«, sagte Lion und versuchte, ihre Hand abzuschütteln.

Doch sie hörte nicht auf ihn, sondern umklammerte seine Hand umso stärker.

Kurz darauf spürte er, wie neue Kraft in ihn strömte. Die neue Energie verstärkte sein Feuer, sodass es die schwarzen Flammen bald dominierte und ihnen die Macht entzog.

»Gut, jetzt schaffe ich es ohne dich«, sagte Lion und schob Berry grob beiseite.

»Ein anderer würde Danke sagen«, gab sie von sich, doch er schenkte ihr nur einen genervten Blick.

»Versorg deine Hand.« Es klang wie ein Befehl.

Berry verdeckte ihre rote Hand, die bereits Bläschen warf, mit ihrer gesunden und richtete den Blick ohne ein weiteres Wort auf das Haus.

Die schwarzen Flammen züngelten nur noch hier und da, als die Schüler die Sirenen der städtischen Feuerwehr wahrnahmen.

»Pünktlich«, sagte Lion mit überheblicher Stimme.

Als er das Feuer zurück in seinen Körper zog, waren die anderen bereits im Haus. Er blieb draußen, um seine Mitschüler abzusichern.

Aves

»Seht in allen Räumen nach. Wir dürfen niemanden übersehen. Ich kümmere mich um das Mädchen im zweiten Stock«, verteilte Aves Aufgaben und nahm bereits die Treppe hoch.

Sie war kaum noch vorhanden, weswegen Aves den Wiederherstellungszauber darauf anwendete. Er war nicht so gut, um das gesamte Haus mit einem einzigen Zauber zu reparieren, aber er nahm sich Stufe für Stufe vor, bis er im zweiten Stockwerk ankam.

Eiskalte Asche fiel in Schneeflocken auf seine Haut und ließ ihn frösteln. Um eine mögliche *Vereisung* zu verhindern, streifte er die Asche sofort ab und erzeugte mit seiner Phönixmagie ein leichtes Glimmen um sich herum, sodass die kalten Flocken schmolzen, bevor sie seine Haut erreichten.

Er trat alle Türen auf, denn die Klinken waren aus Metall und entweder eiskalt oder glühend heiß.

Überall lag noch der Rauch in der Luft und an einigen Stellen waren der Boden und die Wände vereist und glatt.

Die Möbel, die noch nicht gänzlich verbrannt waren, verrieten, dass hier wohlhabendere Menschen lebten. Gehörte das Haus wichtigen Persönlichkeiten oder warum konnten sie sich diesen Luxus leisten?

Dass sie Opfer eines schwarzen Phönixes geworden waren, ließ vermuten, dass sie mächtige Feinde hatten oder zu viel wussten, denn bei Geld hätte auch ein normales Feuer ausgereicht.

»Hallo?«, rief Aves, doch bis auf das gelegentliche Knacken im Holz oder dem Klirren der Fenster war nichts zu hören.

»Ist hier wer?« Niemand antwortete ihm.

Nach einer Weile rief Annie vom Treppenabsatz.

»Ich habe jemanden! Sie atmen noch!«

Aves spürte eine große Erleichterung, doch noch immer hatte er die zweite Etage nicht gänzlich durchsucht.

Er trat in einen Raum, der unter Asche und Eis eindeutig nach einem Kinderzimmer aussah. Die Puppengesichter waren zerschmolzen und verkohlt, die Plüschtiere hatten noch einige Funken im Fell oder rauchten.

Aves wünschte sich, hier kein lebloses Kind vorzufinden und als er ein leises Husten vernahm, wandte er sich ruckartig um.

Am Fenster bewegte sich ein mit Asche bedeckter Klumpen, den er beim Betreten nicht wahrgenommen hatte.

Schnell war Aves am Boden und half der Person, sich aufzusetzen.

Es war die junge Frau, die aus dem Fenster gerufen hatte. War das hier etwa ihr Zimmer? Ausgeschlossen!

Sie war eiskalt und blass wie Schnee. Der einzige

Kontrast zu ihrer weißen Haut war das dunkle Haar, schwarz wie Kohle, das durch die Eiskristalle glitzerte.

»Hey, bist du okay?«, fragte er und nahm ihre Hand in seine, um sie zu wärmen.

Die Augen des Mädchens öffneten sich und ein sattes Grün der Iris bildete einen weiteren Kontrast zu seinem leblos wirkenden Körper.

Lebenshoffnung.

Das war das Wort, das Aves in den Sinn kam, als er in dieses erblühende Grün blickte.

»Wir haben eine Heilerin, die dich wieder gesund machen wird. Kannst du sprechen?«

Das Mädchen sagte etwas Unverständliches, wobei es ins Husten geriet und seine Augen zu tränen begannen.

Aves kramte in seiner Ausrüstungstasche und holte eine kleine Wasserflasche heraus.

»Warte kurz«, sagte er und schraubte die Flasche auf.

Er setzte sie an die Lippen der Fremden und flößte ihr die Flüssigkeit ein. Sie trank gierig die halbe Flasche aus, dann wandte sie einfach ihren Kopf zur Seite ab und etwas Wasser floss über ihr Gesicht.

Schnell nahm Aves die Flasche wieder weg und verschraubte diese.

»Geht es dir besser?«, fragte er und tupfte mit seinem Ärmel das Wasser von ihrem Gesicht ab.

Als sie ihn wieder ansah, war ihr Blick drängend.

»Habt ihr ein Kind gefunden?«, fragte sie schnell, auch wenn ihre Stimme kraftlos klang.

»Meine Freunde vielleicht. Sie haben unten jemanden gefunden.«

»Nein, das sind nur die Eltern. Ich glaube, sie haben noch ein Kind.«

Sie setzte sich weiter auf und machte Anstalten, aufzustehen. Aves stützte sie, doch sie schob immer wieder seine Hände weg. Sie taumelte bis zur verbrannten Kommode und hielt sich dort fest.

»Wohnst du hier?«, wollte Aves wissen, doch sie antwortete ihm nicht.

»Sie haben das Kind genommen!«, sagte sie plötzlich panisch.

»Wer? Der schwarze Phönix?«

Plötzlich waren ihre Augen direkt auf Aves gerichtet und sie sah erschrocken aus.

»Hast du ihn gesehen? Den Phönix, der das Haus angezündet hat?«

Noch immer lag ihr Blick auf ihm, doch sie schob ihre Hände auf den Rücken – eine Geste, die er nicht verstand.

»Du brauchst vor mir keine Angst zu haben, ich tue dir nichts. Ich bin nicht wie er. Gut, ich bin auch ein Phönixmagier, aber ich bin anders.«

Er ging langsam auf sie zu und sie wich ihm weiter aus.

»Keine Angst.«

Er behandelte sie wie ein scheues Wesen, das jederzeit aufgeschreckt davoneilen konnte.

»Fass mich nicht an!«, zischte sie, als er seine Hände auf ihre Oberarme legte.

In diesem Moment verspürte Aves eine unangenehme, paralysierende Kraft durch seinen Körper jagen. Anschließend folgte eine Kraftwelle von dem Mädchen, die Aves quer durch den Raum stieß.

Er landete im Schutt und blieb dort liegen, unfähig, seinen Körper auch nur einen Millimeter zu bewegen.

Als er das dunkle Haar der jungen Frau aus seinem Blickfeld verschwinden sah, spürte er den elektrisierenden

Funken von Feuermagie von ihr ausgehen. Sie war regelrecht geladen und sie könnte jeden verletzen, der sich ihr in den Weg stellte.

Sie ist der schwarze Phönix, dachte Aves, als er völlig ausgelaugt die Augen schloss.

robin

Robin hatte nicht mit normalen Phönixen gerechnet. Das Symbol auf der Uniform des jungen Mannes brannte sich in ihre Gedanken ein. Ein Flügel, der von Feuer umschlossen war.

Sie hatte es schon oft gesehen. Das erste Mal als kleines Mädchen, an dem Tag, an dem ihre Eltern sie verkauft hatten.

Es war …

Als Robin die Treppen herunterstürzte, blieb sie abrupt stehen, als sie zwei weitere Phönixe im Eingangsbereich antraf.

Die Köpfe der beiden Frauen drehen sich ruckartig zu ihr und das erste, was Robin auffiel, waren die strahlend blauen Augen der Schwarzhaarigen, die sich gerade über das bewusstlose Paar beugte.

Das waren die Hausbesitzer. Robin hatte sie beim Einstieg in das brennende Haus im Wohnbereich entdeckt, doch die Phönixe brachten beide in den weniger verrauchten Eingangsbereich.

»Wo ist Aves?«, fragte die kleinere, schmalere der beiden Frauen.

Ihr goldblondes Haar leuchtete selbst in dieser verrauchten Umgebung.

»Aves?«, rief sie lauter und wartete auf eine Antwort.

Aves musste wohl derjenige sein, den sie gelähmt hatte.

»Wohnst du hier? Sind das deine Eltern?«, fragte die Dunkelhaarige mit den blauen Augen.

Dieser Satz weckte Robin wieder. Sie rannte zu den Bewusstlosen und legte ihre Hand auf die Wange der älteren Frau.

Sie war außergewöhnlich schön und für ihr Alter wirkte sie sehr jung. Nur das leicht ergraute Haar verriet, dass sie viel älter sein musste. Und natürlich wusste Robin das eigentliche Alter der Frau, denn das hier war ihre Mutter, zumindest sah sie so aus. Von ihr ging eine Energie aus, die befremdlich wirkte.

Es war noch nicht einmal Mittag, doch das Paar war angezogen und zurechtgemacht wie für eine Dinnerparty.

Robin betrachtete die Diamantenohrringen, die sich mit dem Haar ihrer Mutter verknotet hatten. Niemand hatte sie gestohlen. Wenn es sich bei diesem Feuer um einen Mordversuch handelte, war Geld offensichtlich nicht das Motiv.

Hatte *er* seinen Leuten den Befehl gegeben, sie zu bedrohen und sogar zu töten?

Fast konnte sie diese Szene vor ihrem geistigen Auge sehen. Vermutlich wollten sie mehr Geld herausschlagen und der Bote hatte seine Befehle, die sich mit den Geldsummen nicht vereinbaren ließen.

Wut stieg in Robin auf: Wut auf das Ehepaar vor ihren Knien.

»Aves?«, rief die Blondine erneut. »Hier stimmt etwas nicht, ich werde mal nachsehen.«

Das versetzte Robin in Alarmbereitschaft und da sie noch immer nichts sagte, machte sie das vermutlich verdächtig.

»Ihm geht es gut, er wollte sich auf dem Dachboden umschauen«, sagte sie rasch. »Geht es den Zweien gut?«

Dieses Mal deutete sie auf das Ehepaar. »Das sind meine Eltern.«

»Ich habe dafür gesorgt, dass sie nicht sterben, aber heilen kann ich sie nicht, sie haben einen hohen Grad an *Vereisung* und müssen ins Krankenhaus«, erläutert die Dunkelhaarige überraschend nüchtern.

»Wohnt sonst noch jemand hier?«, fragte die Blondine und hockte sich zu Robin.

»Ich glaube, ein Kind, aber ich habe keines gefunden.«

»Du *glaubst*? Augenblick. Das hier ist nicht dein Haus? Das hier sind vermutlich auch nicht deine Eltern.«

»Nein, ich wohne hier nicht, aber das hier –«, begann Robin sich zu verteidigen.

Das Mädchen erhob sich bereits langsam und ließ Robin keine Sekunde aus den Augen.

»Annie, sieh nach Aves«, sagte es ruhig.

»Was ist denn los?«, fragte die Blondine unschlüssig.

»Sieh. Nach. Aves. *Sofort*!«

Schon sprang die junge Frau auf und das versetzte Robin in Alarmbereitschaft. Sie musste auf der Stelle verschwinden!

Noch ein letztes Mal sah sie sich das Ehepaar an. Sie sahen aus wie ihre Eltern, aber irgendwie fehlte etwas – ein Band der Verbundenheit. Robin hatte geglaubt, dass sie emotionaler reagieren würde, wenn sie ihnen nach Jahren wieder begegnete. Allerdings regte sich nur die Wut über das Handeln der beiden.

»Ihr habt es schon wieder getan, habe ich Recht? Ihr habt erneut euer eigenes Kind verkauft!« Den letzten Satz zischte sie.

»Steh auf und tritt weg von ihnen«, sagte die Phönixmagierin, die noch immer ihren Blick auf Robin geheftet hielt.

»Ich hasse euch. Ich hasse euch!«

Als sie die Worte hinausgeschrien hatte, sprang sie auf, schleuderte die Dunkelhaarige mit einer Druckwelle beiseite und rannte aus dem Haus.

Hier draußen hatte sich schon eine gewaltige Menschentraube versammelt, mit der Miliz, der Feuerwehr und einem Krankenwagen. Offensichtlich lockte ein schwarzes Feuer doch mehr Neugierige an, als Robin zunächst gedacht hatte.

Robins Erscheinen an der Tür zog die gesamte Aufmerksamkeit auf sich – etwas, was sie in dieser Situation nicht gebrauchen konnte.

»Da kommt jemand!«, riefen die Leute.

Sie versuchte, auszusehen wie ein vom Brand betroffenes Opfer, nur wer sollte ihr das glauben? Die Menschen vor dem Haus wohnten in der Nachbarschaft und kannten die Hausbesitzer. Zudem stand auch ein weiterer männlicher Phönix gleich bei der Miliz.

Ein großer, schlanker, junger Mann im Alter von etwa siebzehn oder achtzehn. Sein Blick war überrascht und angespannt zugleich.

Sie sah nervös zu Boden und versuchte, mit leicht gesenktem Kopf die Umgebung in Augenschein zu nehmen, während sie in die Menge lief. Sie erkannte, dass der Phönix sich von den anderen gelöst hatte und nun auf sie zuging.

»Bist du verletzt?«, fragte er.

Robin beschleunigte ihre Schritte und auch er wurde schneller. Sie würde einfach losrennen, sollte ihr nur einer zu nahe kommen.

»Lion, halte das Mädchen auf!«, rief eine der Phönixschülerinnen aus dem Haus. »Sie hat Aves angegriffen! Sie ist der schwarze Phönix! Sie ist es!«

Es war einer dieser Momente, in denen man unschlüssig darüber war, wie man richtig reagierte. Und genau das nutzte Robin aus.

Kurz bevor sie den Phönix erreichte, sprang sie ihm entgegen und stieß sich mithilfe einer Druckwelle so ab, dass beide beschleunigt wurden. Zudem umfasste sie seine Oberarme, damit er ihre Flugbahn nicht störte oder veränderte. Genau genommen flogen sie nicht, sie fielen: Schnell, weit und sie stießen dabei einige Menschen hart von sich.

Das Gesicht des Jungen wirkte noch immer erschrocken, als sie mit voller Wucht auf dem Boden aufschlugen. Sie überschlugen sich mehrmals. Robin ließ den Phönix los und rollte ihren Körper besser ab, um ernsthafte Verletzungen zu vermeiden. Trotzdem hatte sie sich die Hüfte geprellt. Ihr Ellenbogen und ihre Schulter schmerzten ebenfalls und als sie den Staub, der ihr beim Sturz in den Mund gelangt war, ausspuckte, landete auch Blut auf dem Boden. Sie hatte sich auf die Wange gebissen.

Sie spürte die Benommenheit, stand langsam auf und bemerkte, dass auch der Phönixmagier sich rührte. Schnell lief sie zu ihm und drückte seine Schulter mit ihrem Fuß zurück auf den Boden.

»Liegenbleiben!«, befahl sie ihm und sah sich ruckartig um.

Weit waren sie leider nicht gekommen, sie erkannte durch einige Bäume noch die Menschentraube und die Miliz. Auch sie blieb nicht unbemerkt, denn schon lösten sich einige Milizmänner von der Menge und kamen auf Robin zu.

Sie bekam Panik und als heißes Phönixfeuer sie am Bein verbrannte, fluchte sie und entfernte sich von dem Mann am Boden.

»Das tat hoffentlich weh«, sagte er herablassend und erhob sich, wobei er noch mehr Feuer aus seinen Händen nach ihrem Körper züngeln ließ und sie somit an die Stadtmauer drängte. Er verkürzte die Entfernung zwischen ihnen und umschloss sie mit seinen Flammen.

»War sie es?«, fragte ein Milizmann, als er sie erreichte und vorwurfsvoll mit dem Finger auf Robin zeigte. »Hat sie das Feuer gelegt?«

»Sie ist vermutlich ein schwarzer Phönix«, antwortete der junge Mann.

»Dann werden wir sie festnehmen.«

»Ich habe das Feuer nicht gelegt!«, rief Robin und ihr wurde ganz schlecht von der Hitze, die das Phönixfeuer ausstrahlte.

Sie ging auf Zehenspitzen und wischte den Schweiß von ihrer Stirn. Die heiße Luft bereitete ihr beim Atmen ein unangenehmes Kratzen in der Kehle und wenn es so weiterging, würde das Phönixfeuer ihre Lungenflügel kochen.

Wer sollte ihr glauben? Sie war die einzige, die man am Tatort erwischt hatte.

Dabei hatte Robin nichts mit dem Angriff auf ihre Eltern zu tun.

Er sorgte andauernd dafür, dass sie für seine Verbrechen verantwortlich gemacht wurde, und sie ahnte, dass er es nur machte, damit er sie wieder aus misslichen Situationen rausholte, um ihr zu zeigen, dass er so viel Macht über sie besaß und sie ihm gehörte.

»Lüge nicht! Du hast den Tatort fliehend verlassen!«, rief der Milizmann. »Wer sollte das Feuer sonst gelegt haben?«

Robin schloss für einen Moment die Augen und richtete sie nun auf den Magier hinter der flimmernden Luft, als ihr eine andere Person auffiel.

Es war ein dunkelhaariger Mann zwischen neunzehn und einundzwanzig. Sein Blick war bedrohlich und amüsiert zugleich. Ein leises Schmunzeln umspielte seine Lippen und er lehnte lässig an einem Baum. Trotz der Hitze kroch Robin beim Anblick des Mannes Gänsehaut über ihren Rücken.

»Frederik«, flüsterte sie und er nickte ihr wissend zu, wobei er auch ihren Namen mit den Lippen formte und dann im Schatten verschwand.

»Ich darf nicht hinter Gitter«, sagte sie leise und sah nun den Phönix an.

»Wie war das?«, fragte er.

»Wenn ich im Gefängnis lande, findet *er* mich und nutzt meine Kräfte, ihr dürft es nicht zulassen! Ich habe den Brand nicht gelegt, dieser Mann und diese Frau sind meine Eltern! Ich wollte sie nur besuchen.«

Der Phönix runzelte die Stirn. Diesen Blick hatte sie schon so oft gesehen. Er glaubte ihr nicht, aber er war auch nicht unbedingt von ihrer Schuld überzeugt, das konnte sie in seinen Augen sehen.

»Die Tochter der Opfer ist jünger als du. Du hast ein Verbrechen begangen«, mischte sich ein Milizmann ein. »Dafür gibt es Strafen, selbst für magische Menschen. Ihr könnt nicht tun und lassen, was euch beliebt und dann einfach so davonkommen. Haben wir noch Magiefesseln?«

»Ja, ich habe sie«, sagte ein anderer Milizmann.

»Dort drüben sind sie!«, rief eine Frauenstimme und schon kamen die anderen drei Phönixe dazu, noch bevor der Milizmann Robin Magiefesseln anlegen konnte.

»Das mache ich lieber«, sagte die Dunkelhaarige mit den blauen Augen.

Sie sah unzufrieden aus. Sie nahm die Magiefesseln an sich und blieb neben Robin stehen. Durch das Feuer griff sie nach ihrer Hand und verzog dabei schmerzhaft das Gesicht.

Robin wehrte sich nicht, sie wusste, dass sie gegen vier Phönixe nichts ausrichten konnte, und vor ihren Gleitern zu fliehen war aussichtslos.

Die Phönixmagierin zerrte die Magiefesseln enger, als es nötig war. »Das ist für das Ausnutzen meines Vertrauens«, flüsterte sie, bevor sie ihre verbrannten Hände wieder aus dem Feuer zog und damit begann, sich selbst zu heilen.

»Du kannst dein Feuer zurücknehmen«, sagte Robin in die Richtung des Phönixmagiers, doch er sah sie erst eine Weile an und ließ das Feuer dann fallen.

»Gut, Sie können sie abführen«, sagte die Dunkelhaarige und die Milizmänner setzten sich bereits in Bewegung.

»Nein, warten Sie«, sagte der Schüler namens Aves, wobei auch er verärgert wirkte.

»Was willst du denn noch?«, fragte die Dunkelhaarige.

»Sie hat das Feuer nicht gelegt, sie war da, um ein Kind zu suchen.«

Das überraschte Robin.

»Das behauptet sie vielleicht. Was ist nur los mit dir, Aves?«

»Berry, lass mich ausreden.«

Berry? Blaubeere? Wurde das Mädchen wegen ihrer großen blauen Augen so genannt?

»Sie ist ein Phönix und wir werden sie zur Akademie mitnehmen. Wenn sie eine Straftat begangen hat, findet man das schnell heraus. Sie ist jung und beherrscht ihre Magie noch nicht. Bei dem Brand ist niemand gestorben, wenn sie aus Versehen Feuer gelegt hat, dann doch nur, weil sie keine Kontrolle darüber hat. Im Gefängnis wird sie dieses Defizit nicht beseitigen und sobald sie ihre Freiheit erlangt, richtet sie unter Garantie einen noch größeren Schaden an. Und dann stirbt vielleicht wirklich jemand. Wer weiß, vielleicht eine ganze Stadt. Einfach so.«

Aves schnipste mit den Fingern. »Und wenn schlimmere Katastrophen geschehen, na dann gute Nacht. Wollen Sie das wirklich verantworten?«

»Das ist Mumpitz! Sie hat hier in unserer Stadt das Gesetz gebrochen. Wir müssen sie bestrafen und nicht noch belohnen«, sagte der Milizmann. »Ich wiederhole: Nur weil ihr magische Kräfte besitzt, heißt es nicht, dass ihr euch aus allen Sachen rausreden dürft. Das Mädchen bleibt hier und das Gesetz von Loro wird über ihr Strafmaß bestimmen.«

»Interessant, dass Sie sich jetzt so um diesen Fall kümmern. Noch vor zwanzig Minuten war es allen vollkommen egal. Erst nachdem mein Freund Lion das

Feuer gelöscht hatte, kamen Sie an. Kann es sein, dass Sie Vorurteile gegenüber magischen Wesen und magiekundigen Menschen haben, Mr.?«, fragte Aves den Mann, der ihn nur finster ansah. Natürlich hatten die Menschen in den Bodenstädten Vorurteile und Hass auf reiche und magische Menschen, denn ihrer Meinung nach führten diese das bessere Leben. Doch Robin konnte das nicht von sich behaupten.

»Berry, gibt es ein Gesetz, auf das wir uns berufen können?«, fragte Aves.

Das Mädchen sah aus, als würde es auf der Zunge herumkauen.

»Berry? Gibt es eins?«

»Ja, verdammt!«, brachte das Mädchen hervor und warf Robin einen bösen Blick zu.

Der Milizmann, der so versessen darauf war, Robin hinter Gitter zu bringen, verschränkte die Arme vor der Brust und sah skeptisch zu Berry, die offensichtlich noch mit sich selbst rang.

»Können wir denn nicht einfach unsere Aufgabe erledigen und den Rest die Miliz machen lassen?«, fragte sie und bekam zustimmendes Gemurmel von den Gesetzesmännern.

»Ich lasse die Aufgabe verschieben oder sorge dafür, dass du hierfür null Punkte bekommst.«

»Du würdest für einen schwarzen Phönix deine Macht missbrauchen? Das kannst du nicht machen, sie ist es doch nicht wert und wird uns noch alle den Kopf kosten.«

»Komm schon, Berry, sag ihm endlich, was er wissen will«, sagte die blonde Phönixmagierin und wirkte dabei etwas nervös. Berry sah erneut zu Robin, dann öffnete sie die Lippen und wirkte wieder, als würde sie etwas vorlesen.

»Hier nur eine kurze Zusammenfassung. Laut des Paragrafen 43, Abschnitt 3c hat die Ausbildung genetischbedingter Magier oberste Priorität, noch vor dem Strafgesetz. Sowohl gilt das für den straffällig gewordenen Auszubildenden, wie auch den straffällig gewordenen Ausbilder, wenn kein anderer für die Ausbildungsmaßnahme in Frage kommt. Damit soll verhindert werden, dass der genetischbedingte Magier durch fehlende Kenntnisse seiner Macht unkontrolliert Straftaten begeht und sich genauso wie seine Umgebung in Gefahr bringt.«

»Da haben Sie es, Mr. Milizmann«, sagte Aves an den Skeptiker gerichtet.

»Ich habe es etwas umgangssprachlich übersetzt, ich kann es auch fachlich wiedergeben«, sagte Berry, deren Blick nun vor Besessenheit aufloderte.

»Nein, ich denke das reicht und kann überprüft werden.«

»Wir werden es überprüfen«, sagte der Milizmann.

»Und währenddessen nehmen wir diese junge Frau hier mit uns.«

»Nein!«, brach es aus dem Milizmann heraus. »Sie bleibt solange hier, bis wir das überprüft haben.«

»Sie wissen doch, dass sie sich in der Akademie aufhalten wird und steht dort für ihre weiteren Befragungen zur Verfügung. Wo sonst kann man sie besser unter Kontrolle bringen als bei uns? Sie haben lediglich diese Magiefesseln und dann?«

Darauf wussten die Milizmänner nichts zu antworten. Robin musterte Aves abschätzig. Was hatte er vor und warum half er ihr, nachdem sie ihn einfach so gelähmt liegengelassen hatte?

»Eine Frage noch: Wie bringen wir sie zur Akademie?«, fragte der andere männliche Phönixmagier.

Seinen Namen wusste Robin noch nicht, aber so herablassend, wie er sie ansah, wollte sie das auch gar nicht.

»Na wenn du schon so fragst: Du hast den größeren Gleiter, du nimmst sie. Wenn wir nicht so schnell fliegen, macht ihr der Flugwind auch nichts aus.«

* * *

Der Flugwind sollte wohl das kleinere Übel darstellen, vermutete Robin, denn als Lion sie grob an den Magiefesseln packte und zum Gleiter zerrte, wusste sie, dass es nicht ganz einfach werden würde. Als ob das für sie jemals der Fall gewesen wäre.

Die Tatsache, dass diese jungen Leute – vermutlich selbst noch Schüler an der Phönixakademie – sie mitnahmen, damit Robin ihre Magie besser unter Kontrolle bekam, erstaunte sie und versetzte sie in einen hoffnungsvollen Zustand. Wenn sie doch nur wirklich an der Akademie bleiben könnte, würde Frederik sie nicht mehr so einfach finden, da die Schule ständig in Bewegung war.

Nur, warum sollte irgendjemand einen gefährlichen, schwarzen Phönix unterrichten? Robin konnte sich nicht vorstellen, dass man ihr zeigte, wie sie ihrer schwarzen Kraft noch mehr Macht verlieh. Die Schüler würden doch Angst haben, sobald Robin nur einen Fuß in die Akademie setzte. Zudem hatte man sie an einem Tatort als Verdächtige aufgegriffen. Und somit verlor sie ihren Hoffnungsschimmer wieder. Keiner würde sie studieren lassen.

Aber was, wenn doch?

All das ging ihr durch den Kopf, als Lion kurz die Magiefesseln löste und Robin glaubte, darauf wirklich verzichten zu dürfen. Sie zweifelte etwas an Lions Menschenkenntnis. Wäre sie an seiner Stelle, sie würde die Fesseln nur noch enger ziehen.

Doch auch Lion schien das ähnlich zu sehen, denn als sie zwei bei seinem Gleiter ankamen und sie sich hinter ihn setzte, zog er ihre Arme um seinen Bauch und band die Magiefesseln wieder um die Handgelenke.

»So wirst du garantiert nicht weggeweht.«

»Großartige Vorstellung«, sagte sie ein wenig sarkastisch, wofür sie sich sofort selbst tadelte. Bei frechen Antworten würde sie mit Sicherheit hierbleiben und nicht an der Akademie studieren dürfen. Es kostete sie viel Kraft, nett zu so einer Person wie Lion zu sein. Sie wollte niemandem gefallen oder Sympathie entgegenbringen, wenn er es doch nicht verdiente.

»Du benimmst dich wie ein Kerl«, sagte Lion ruhig. »Wenn ich deine Rundungen nicht auf meinem Rücken spüren würde, wäre ich sicher, du seist männlich.«

»Danke«, sagte sie und biss die Zähne aufeinander, um diesem reichen Schnösel nicht noch mehr Garstigkeiten an den Kopf zu werfen.

Benimm dich, auch wenn er es nicht tut, dachte sie.

»Festhalten!«

Gerade, als er das sagte, spürte sie einen Ruck durch den ganzen Körper fahren und schon waren sie in der Luft.

Er flog so schnell, dass Robin erst einmal die Augen schloss und sich noch fester an ihn klammerte. Wenn ein

Windstoß die Gelegenheit bekam, sie zu erfassen, wollte sie nicht vom Gleiter rutschen und wegen der Magiefesseln ihre Handgelenke brechen, obwohl ihr das noch lieber war, als mehrere hundert Meter in die Tiefe zu stürzen und am Boden zu zerschmettern.

Zum Glück war die Geschwindigkeit nur bei der Beschleunigung so hoch, denn sobald sie eine gewisse Höhe erreichten, wurde der Druck erträglicher und der Wind fühlte sich angenehmer auf der Haut an.

Robin wagte es sogar, ihre Augen zu öffnen. Zuerst das eine und als sie sah, wie die Stadt unter ihr klein und unbedeutend wurde, öffnete sie auch das zweite Auge.

Sie drehte ihren Kopf suchend zurück. Sie wollte sehen, ob das Haus ihrer Eltern noch immer rauchte. Doch es musste wohl ganz in ihrem Rücken sein, denn sie fand es nicht.

Zum erneuten Mal, ließ sie ihre Eltern hinter sich. Sie lebten noch, nur wie lange noch? Wenn sie heute hätten sterben sollen, dann war es nur noch eine Frage der Zeit, bis *er* es in die Tat umsetzte.

Robin hörte, dass Lion etwas sagte, aber sie verstand es durch das Rauschen des Windes nicht. Zudem trug er einen Helm.

Aber so wie sie ihn einschätzte, gab er ihr gerade den Befehl, sich nicht so wild zu bewegen und den Kopf wieder nach vorne zu wenden.

Die Umgebung war unglaublich. Robin war schon ein paar Mal mit Flugschiffen mitgeflogen, aber sie hatte dann hinter einer Scheibe gesessen und die Luft nicht gespürt – glücklicherweise aber auch die Insekten nicht, die jetzt gegen ihr Gesicht prallten und benommen weiterflogen.

Sie schmiegte sich näher an Lions Rücken, wobei ihre Hände aus irgendeinem Grund seinen Bauch betasteten. Durch den Stoff seines Hemdes spürte sie, dass sein Bauch fest war, nicht so weich, wie sie es von sich selbst kannte. Und jetzt erst fiel ihr auf, dass sie schon lange keinem Mann so nahe gewesen war.

Die Erkenntnis feuerte Hitze in ihre Wangen und sie schloss erneut die Augen, wobei sie versuchte, seinen Bauch nicht abzutasten, denn das hätte sie von einer fremden Person auch nicht gewollt.

Robin machte die Augen zu und drückte sich fester an Lion. Seltsamerweise war dieser Körperkontakt angenehm. Von ihm ging eine gewisse Ruhe aus, weswegen sie sich auf unerklärliche Weise beschützt fühlte. Ein seltsames Empfinden, wenn sie bedachte, dass er Robin gefangen hatte und sie nur mit Magiefesseln an sich heranließ.

Der Flug zur Phönixakademie dauerte lange und Robin fragte sich, aus welchem Grund Schüler so weit hinausfliegen sollten und was sie in einer Bodenstadt zu suchen hatten. Das ergab keinen Sinn. Ein vorbeifliegender Vogel erschreckte sie und der Gedanke verschwand.

Endlich konnte sie sich mehr auf die Umgebung konzentrieren. Die Bodenstädte verdichteten sich, wurden zu richtig gewaltigen Ballungsgebieten mit hohen Häusern, deren Dächer Robin so nah waren, dass sie hätte abspringen können, wären da nicht die Magiefesseln gewesen.

Die Größe der Stadt verriet auch etwas anderes: Sie waren gar nicht weit von einer Himmelsstadt entfernt, denn solche Ballungsstädte entstanden vor dem Erbauen der fliegenden Städte. Von hier aus wurden sie errichtet und unterhielten viele Arbeiter, die nicht nur beim Bau halfen, sondern auch heute noch Arbeiten wie Reparaturservice, Assistenzarbeiten und Reinigungskraft übernahmen. Für die Bevölkerung einer Bodenstadt war es lukrativ, eine Himmelsstadt über sich zu haben, denn Arbeit gab es immer. Zudem fühlten sich die Reichen für ihre Bodenstadt verantwortlich, weswegen sie jährlich Unsummen ausgaben, um wichtige Investitionen zu tätigen, die sowohl ihnen selbst, aber auch den etwas Ärmeren zugutekam.

Robin sah sich neugierig um, ob sie die Himmelsstadt schon sehen konnte. Vielleicht machte die Phönixakademie ja im Moment Halt an der Stadt.

Gerade als Robin etwas Glitzerndes im Himmel sah, flog Lion in eine Wolkendecke, in der sich die Feuchtigkeit sofort auf Robins Kleidung, Haar und Haut absetzte.

Sie kniff die Augen zusammen, auf so etwas war sie gar nicht vorbereitet.

Doch sobald sie die Wolkendecke wieder verließen, riss Robin ihre Augen vor Erstaunen auf. Das, was sie sah, ließ ihr Herz für eine Sekunde aussetzen. Die hellen Häuser waren in einem kunstvollen Stadtbild errichtet. Wie eine Spirale liefen die Hausreihen ineinander, bis sie in der Mitte eine Anhäufung hoher, ausladender Gebäudekomplexe einschlossen.

Diese Stadt war gigantisch. Offensichtlich gab es doch mehr Leute, die es sich leisten konnten, in so einer Himmelsstadt zu leben.

Zum allerersten Mal verspürte Robin eine Sehnsucht: eines Tages eine Familie zu bekommen und hierhin zu ziehen. Dieses Verlangen wurde so groß, dass sie heiße Tränen der Wut auf ihren eisigen Wangen spürte und diese wegen der Magiefesseln nicht einmal wegwischen konnte.

Sie war auf so Einiges wütend: Auf ihre Eltern, auf ihre ständige Flucht, darauf, dass sie Kräfte besaß, die anderen Menschen Angst einjagten, darauf, dass nicht alle Menschen in solchen schönen Städten leben konnten und weil die Armen sich der täglichen Gefahr von magischen Flüchen und Katastrophen aussetzten, weil ihnen keine andere Wahl blieb. Wer würde nicht lieber Orangensaft in einem gepflegten Garten trinken, anstatt täglich Angst zu haben, einen magischen Fluch nicht zu überleben.

Robin vermutete die Phönixakademie direkt am Flughafen, doch das fliegende Objekt war selbst eine gewaltige Stadt und hatte keinen Platz, um irgendwo anzudocken.

Die Phönixakademie ruhte wie ein großer, dicker Wal in den Wolken, während Gleiter und Luftschiffe von und zu ihr flogen. Doch Robin erkannte nicht nur technische Fluggeräte, sondern auch lebendige Flugwesen!

»Unglaublich«, flüsterte sie.

Die Aufregung brachte sie dazu, sich auf dem Gleiter aufzurichten, auch wenn sie durch den Schmerz in ihrer Hüfte zusammenzuckte. Sie kniete sich auf die Sitzfläche und glitt mit ihren Händen über Lions Brust, wobei sie sich dort in sein Hemd krallte, um ein wenig Stabilität zu gewinnen.

Sie hörte, dass der Phönixmagier etwas in seinen Helm sagte, woraufhin die Gleiter von Aves und Annie an Robins Seite kamen.

»Es ist alles in Ordnung!«, rief sie und schüttelte mit dem Kopf, um den anderen ein Zeichen zu geben, falls sie sie durch das Windrauschen nicht hörten.

Dann hielt sie den Atem an.

Bei den Flugwesen musste es sich um Drachen handeln. Zwei, nein drei, nein vier und mehr glitten majestätisch an der Akademie entlang. Dass diese Schule viel Schutz benötigte, war Robin klar und sie hatte auch Schutzbanne und Feuerzauber vermutet. Mit Drachen hatte sie hier allerdings nicht gerechnet.

Ein tiefer Hoffnungsschimmer durchflutete Robins Gedanken: Frederik würde niemals an den Drachen vorbeikommen können, um sie aus dieser Akademie zu holen. Wenn sie sich anstrengte, könnte sie hier bleiben! In Sicherheit. Umgeben von Schutzzaubern und Drachen.

Ein Hochgefühl explodierte in ihrer Brust.

»Wahnsinn!«, rief sie einfach heraus, weil sie glaubte, sonst zu ersticken.

Sie lachte auf und spürte, wie ihre Gesichtsmuskeln begannen zu schmerzen. Robin erinnerte sich nicht mehr daran, wann sie das letzte Mal so aus tiefstem Herzen gelacht hatte.

Lion drehte ab und kam näher an die Drachen heran. Als Dank umklammerte sie ihn, als wäre er ein Freund und öffnete erstaunt den Mund, als sie ganz nah an einem schwarzblauen Drachen mit orangegelben Augen vorbeiflogen. Der Drache war so riesig und Lions Gleiter sauste direkt unter dem Wesen vorbei, sodass Robin den Wind des Flügelschlags auf ihrer Haut spürte.

Sie war so aufgeregt, dass sie vor Freude Lions Schulter küsste und danach erneut auflachte und fröhlich einen langen Schrei von sich gab.

Kurz darauf flog Lions Gleiter ganz nah an der Akademie vorbei, in deren spiegelglatten Oberfläche Robin verschwommen den jungen Phönixmagier, sich und den Drachen erkannte.

Beim Anflug in eine Flugschiffhalle wurde Robin nervöser und sie setzte sich wieder bequemer hin, während sie ihren Kopf in alle Richtungen drehte.

Ein paar andere Gleiter sausten an Lion und ihr vorbei, während sie wiederum ein größeres Luftschiff überholten, in dem eine Gruppe jüngerer Jugendlicher saß, die gelangweilt und müde aus dem Fenster sahen.

Bei der Anwesenheit so vieler Menschen schoss Robins Herzschlag in die Höhe und sie spürte ihn in ihrem Hals pochen.

Der Fluchtgedanke packte sie und sie zerrte panisch an den Magiefesseln, bis sie Lions Hand auf ihrer spürte und durch seine Berührung wieder etwas zur Ruhe kam.

Lion manövrierte den Gleiter direkt hinter die seiner Mitschüler und wartete, bis die anderen abstiegen, bevor er seinen Helm abnahm, ihn Annie reichte und sich dann an die Magiefesseln machte. Robin fand, dass er sich viel Zeit ließ.

Gleich in der Nähe hielt auch das Luftschiff mit den gelangweilten Schülern, die nun aufgeweckt raussprangen und in alle Richtungen rannten.

Zwei von ihnen hielten aber direkt auf Aves' Gruppe zu.

»Boah! Ich will auch einen Gleiter steuern können!«, rief ein Junge und sprang ohne zu fragen auf Aves' Maschine, während der andere der beiden schüchtern zu Robins Händen blickte.

»Ihr wart in einer Bodenstadt?«, fragte der erste Junge. »Ich habe das von meinem Bruder gehört. Wie war es dort?

Habt ihr etwas Cooles gesehen? Einen Feuerstier oder so? Wann kann ich mal mit einem Gleiter fliegen? Das ist so toll!«

Die Stimme des Jungens klingelte unangenehm in Robins Ohren und während Aves dem Jungen antwortete, sah sie sich nach Fluchtmöglichkeiten um. Robin konnte nur mit einem dieser Gleiter entkommen, nur hatte sie keine Ahnung, wie diese Maschinen funktionierten.

Nicht an Flucht denken, befahl sie sich selbst und schloss die Augen, um einen tiefen Atemzug zu nehmen. Dabei fiel ihr auf, dass der Hangar nicht nach Treibstoff roch wie die Flughafenstadt, in der Robin einmal gewesen war. Genau genommen roch es nach nichts Besonderem, obwohl sich hier viele Flugschiffe und Gleiter befanden. Entweder hatten sie eine gründliche Reinigungskraft oder die Flugtechnik funktionierte mit einem anderen Treibstoff.

»Zisch ab, Kleiner«, hörte sie Lions Stimme und öffnete wieder die Augen, wobei sie bemerkte, dass der zweite Junge näher an sie herangetreten war und betont auf die Magiefesseln starrte.

»Warum bist du gefesselt?«, fragte der Junge.

»Weil sie böse war und dich gleich übers Knie legt, wenn du deinen Kumpel nicht nimmst und mit ihm verschwindest«, sagte Lion gelassen.

Die Augen des Jungen weiteten sich und schon trat er zurück und zupfte am Ärmel seines Freundes, bevor er dann doch lieber ohne ihn davonrannte.

»Hey, wo willst du hin?«, fragte der Junge auf Aves' Gleiter und rutschte genervt von der Maschine, um seinem Kumpel hinterherzulaufen.

Aves kam kopfschüttelnd zu Lion und Robin.

»War alles in Ordnung? Du wolltest doch nicht springen«, fragte er Robin und lockerte mit den Fingern sein Haar, das durch den Helm etwas plattgedrückt war.

»Also mir hat es gefallen«, sagte Lion trocken. »Von mir aus können wir noch eine Runde fliegen.«

Er befreite Robins linke Hand und nahm sie kurz in seine, um ihr geschundenes Handgelenk zu massieren. Noch immer saß sie eng bei ihm und da jetzt alle zu ihnen sahen, war es ihr etwas unangenehm, auch wenn die Massage dem Gelenk guttat.

»Was passiert jetzt?«, fragte sie vorsichtig an Aves gerichtet, um die peinliche Situation zu überspielen.

»Du kommst auf die Krankenstation. Man wird deine Kräfte untersuchen und feststellen, ob du deine Magie soweit in Griff hast. Wenn dem so ist, kannst du mit anderen Schülern in den Unterricht, wenn nicht, wirst du für eine gewisse Zeit isoliert und lernst im Einzelunterricht. Es klingt hart, aber hier könnte ein ungeübter Magier viel Schaden anrichten. Das ist das normale Prozedere, das machen wir mit allen genetisch bedingten Phönixmagiern, ob Schwarz oder Rot. Auch ich musste das über mich ergehen lassen. Alles halb so wild.«

»Gibt es hier viele schwarze Phönixe?«, fragte Robin.

»Nein«, beantwortete Berry die Frage. »Nur dich.«

Das klang scharf, doch Robin verstand ihre Befürchtungen. Sie selbst hatte nur schlechte Erfahrungen mit einem schwarzen Phönix gesammelt und für ihre Ungefährlichkeit konnte sie auch nicht garantieren.

»Aber gibt es denn hier wirklich keinen anderen? Oder gab es vor Kurzem vielleicht einen?«

Von Frederik wusste sie, dass auch er einen brennenden Flügel auf seiner Brust trug. Gleichzeitig hoffte sie, dass er den Flügel woanders herhatte, denn er unterschied sich von dem Symbol der anderen Phönixe.

»Das wäre uns bekannt«, sagte Lion.

Er stieg von seinem Gleiter und nahm Robin auf seine Arme, um auch sie vom Gleiter zu heben, was sie verwirrte.

Ihre Blicke trafen sich und es dauert eine Weile, bis er sie wieder losließ.

Aves räusperte sich und erst dann band Lion die Magiefessel wieder um ihr Gelenk.

»Haben dir meine Bauchmuskeln gefallen?«, fragte Lion und weil die anderen ebenfalls anwesend waren, straffte Robin ihre Mimik. Sie sah Lion gereizt an, verspürte aber auch eine angenehme Hitze.

Lion lächelte herablassend und ging an Robin vorbei. Als er auf ihrer Höhe war, beugte er sich leicht zu ihrem Ohr und flüsterte: »Du brauchst doch nicht gleich rot zu werden.«

Dann richtete er das Wort an Aves, wobei er ganz nahe neben Robin stehenblieb und sie somit noch nervös machte.

Sie wollte ihm nicht ausweichen, auch wenn sie ihm längst eine Kraftwelle entgegengeschleudert hätte, wenn sie diese magieabsorbierenden Fesseln nicht tragen würde.

»Willst du sie zur Krankenstation bringen oder soll ich das machen?«, fragte er.

»Ich werde das machen!«, meldete sich Berry entschlossen.

»Nein, Berry, dich kann ich nicht mit ihr gehenlassen, du musst mit mir mitkommen, um Bericht zu erstatten«, sagte Aves, was Berry offensichtlich störte.

»Dann bringen Annie und ich dieses kleine Biest hier zur Untersuchung«, sagte Lion und packte bereits Robins Oberarm, wobei er viel sanfter war als zuvor.

»Gut, danach könnt ihr Feierabend machen, wir sehen uns im Aufenthaltsraum«, sagte Aves und ging bereits los. »Berry, kommst du?«

Berry sah weiterhin zu Robin und musterte sie abschätzend.

»Das war eine ganz miese Idee, sie hierherzubringen, das spüre ich ganz genau.«

»Du hast Empfindungen?«, wollte Annie lächelnd wissen.

»Man kann auch auf Grundlagen von Bildung gewisse Dinge berechnen und …«

»Berry, jetzt komm endlich!«

»Genau, berechnen«, sagte die Dunkelhaarige und wandte sich dann endlich zum Gehen.

»Sie hasst mich«, sagte Robin.

Jetzt wurde ihr Lions Nähe ganz unangenehm, weswegen sie von ihm wegtrat.

»Ach was, Berry ist deine Freundin, aber andere Schüler werden dich hassen«, sagte Annie fröhlich, bis sie erschrocken zu Robin sah und mit der Hand eine beschwichtigende Geste machte. »Na ja, viele haben einfach nur Angst vor schwarzen Phönixen.«

»Was sie damit sagen will: Du wärst im Gefängnis eindeutig besser aufgehoben, als an einem Ort voller verängstigter Phönixe, die ihre Magie gerne mal an einem schwarzen Vögelchen wie dir ausprobieren würden«, sagte Lion ruhig.

Robin hatte keine Vorstellung, wie es sein würde, von so vielen Magiern umgeben zu sein. Selbst wenn einige von ihnen schlecht zu ihr sein sollten, war deren Schutz nicht zu unterschätzen. Frederik würde sich mehrfach überlegen, in die Phönixakademie einzubrechen. Er war gefährlich, aber nicht dumm. Zudem würde er nicht immer wissen, wo sich die Akademie befand, denn er konnte ihr unmöglich die ganze Zeit rund um die Welt folgen.

In Magiefesseln abgeführt zu werden, fühlte sich doch unbequemer an, als Robin zunächst dachte. Im Hangar waren bereits viele Schüler oder Studenten, die Robins schäbige Kleidung und die Fesseln musterten. In dem Flur, der zur Krankenstation führte, standen allgemein mehr Schüler als erwartet. Der Gang führte also nicht nur zu einer medizinischen Einrichtung, denn keiner von den Schülern sah krank oder verletzt aus.

Die Reaktionen auf das neue Mädchen waren unterschiedlich: Die einen sahen sie nur neugierig an, die anderen wirkten verärgert oder ängstlich, doch nur wenigen schien Robin gleichgültig zu sein.

»Wer ist das?«, fragten einige Lion, doch er ignorierte sie und auch Annie, die sich als quirlig herausgestellt hatte, beantwortete diese Frage nicht. Beiden musste bewusst sein, dass sie Panik auslösen konnten, wenn sie von einem schwarzen Phönix erzählten, während gleichzeitig ein fremdes Mädchen in Fesseln durch den Gang wanderte.

Da Robin lieber die Blicke der anderen mied, sah sie sich die Umgebung genauer an. Die Akademie war hell und sauber, zumindest was den langen Gang anging. Er bestand aus aneinandergelegten Säulen, die an der Decke einfach einen Bogen machten und auf der anderen Wandseite herunterkamen. Das Licht der kleinen Lämpchen verlief genau durch die Rillen der aneinanderliegenden Säulen, sodass der Gang gestreift aussah.

Der Korridor führte in eine runde Halle, eine Art großes Areal mit einer gewölbten, kunstvoll bemalten Decke. Die Zeichnung war abstrakt und zeigte ein blaues Feuer. Wer hatte so etwas Gewaltiges bemalen können? Ein Mensch würde sein Leben lang daran zeichnen. Konnten die Phönixmagier so etwas machen? Mit einem Zauber vielleicht?

Jetzt war Robin neugierig, wie diese fliegende Schule aufgebaut war und wie viele unentdeckte Winkel es hier womöglich gab. Trotz der gewaltigen Größe des Areals und der vielen Menschen, die hier umherliefen, konnte das noch nicht die gesamte Akademie sein, denn von außen sah sie um Dimensionen größer aus.

Lion und Annie führten die Neue quer durch das Areal und blieben vor einem Gebäude stehen, was wiederum auch kein richtiges Haus war, denn es war wie fast alles hier in das gesamte Konstrukt integriert. Es stand nicht frei, sondern teilte die Wände mit anderen Häusern und war gleichzeitig ein Teil des Areals.

Schon am Eingang drang ein antiseptischer Geruch in Robins Nase und sie wurde nervös. Als Kind hatte ihr Ziehvater auch dafür gesorgt, dass man sie medizinisch untersuchte. Es war ihr immer unangenehm gewesen und manchmal hatte es sogar wehgetan.

Robin hatte eine Aversion gegenüber diesem Geruch entwickelt, hatte aber mit den Jahren gelernt, dass Ärzte auch Gutes bewirken konnten. Somit war sie zwar vorsichtig, empfand aber auch Dankbarkeit.

Die Krankenstation war hell, aber nicht steril, wie Robin es von anderen Heileinrichtungen kannte. Es war wohnlicher und einladender – sogar richtig gemütlich. Die Wände waren in angenehmen Pastellfarben angestrichen, überall hingen Bilder und man hatte frische Blumen in Vasen drapiert. In dem Wartebereich standen weichaussehende Polster und ein gutgefülltes Bücherregal. Der letzte Wartebereich, an den Robin sich erinnerte, war voller kranker Menschen gewesen, die sich gegenseitig ansteckten; es roch nah Verwesung, Urin und Schweiß. Doch hier roch Robin neben dem Desinfektionsmittel auch einen Hauch Blumenduft.

Hinter einem Tresen saß eine junge Frau, die nur ein paar Jahre älter war als Robin. Sie hatte rotes Haar, das sie zu einem Zopf geflochten locker über ihrer Schulter trug.

Ihre Augen fielen zunächst auf die schmutzig aussehende Robin. Sie musterte sie regelrecht, vor allem, als sie die Magiefesseln sah. Offensichtlich passte Robin nicht in diesen gemütlichen, sauberen Raum oder die Empfangsdame war einfach nur bei diesem Anblick überfordert.

»Ähm«, sagte sie und kam dann doch hinter dem Tresen hervor. »Ein genetischbedingter Phönix?« Sie richtete das Wort an Annie, während Lion sich im Hintergrund aufhielt und die Bilder an den Wänden betrachtete. »Sind die Fesseln wirklich notwendig?«

»Es ging nichts anders. Es ist ein bisschen komplizierter«, begann Annie.

Aves

»Das war so unklug«, sagte Berry zum wiederholten Mal, als sie und Aves durch das Mint-Areal liefen, das so wie alle Areale eine Deckenbemalung aufwies. Ein gewaltiges Muster aus Ornamenten zog sich in zwei verschiedenen Minttönen über den Köpfen der Passanten entlang. Dem flüchtigen Betrachter mochte die feine Schmuckbemalung entgehen, so nahe lagen die Farbtöne beieinander.

»Wenn du Glück hast, musst du dich nie wieder mit ihr abgeben, also beruhige dich endlich«, sagte Aves.

Er musste sich auf das Gespräch vorbereiten, denn man erwartete sie mit einem Bericht über die absolvierte Aufgabe, die sie nicht einmal hatten angehen können. Dass Berry so nervös war, konnte Aves nachvollziehen: Sie sorgte sich mehr um ihre Punkte als um die Bedrohung, die von dem schwarzen Phönix irgendwann ausgehen *könnte*.

»Vielleicht solltest du mir das Reden überlassen, am besten, du kommst gar nicht mit ins Büro«, sagte er.

»Warum sollte ich dann überhaupt mitkommen?«

»Damit ich dich im Auge behalten kann. Lion und Annie schaffen das auch allein.«

»Du brauchst nicht auf mich aufzupassen, ich hätte diesem Mädchen schon nicht den Hals umgedreht, obwohl wir es vielleicht tun sollten, solange sie noch die Magiefesseln trägt.«

»Du führst dich ja auf, als hätte sie irgendjemanden aus deiner Familie getötet.«

Aves dachte kurz nach, ob es nicht vielleicht der Wahrheit entsprach, doch als er Berry ansah, war sie wieder nur verärgert.

»Aves, manchmal bist du echt taktlos. Solche Dinge spricht man nicht so mal nebenbei an. Und nein, sie hat nichts dergleichen getan, ich sehe sie zum ersten Mal. Aber ich lese viel und kann mein Wissen nicht ignorieren. Ein schwarzer Phönix kann mit einem Augenzwinkern die gesamten Bewohner der Phönixakademie töten und das aus Versehen bei einer ganz alltäglichen Tätigkeit wie Aufwachen oder Gähnen. Schau dir nur meine Gänsehaut an!«

Berry schob ihr Jackett und den Ärmel ihrer Bluse etwas hoch, um ihren Unterarm zu zeigen. Sie hatte wirklich Gänsehaut.

»Du übertreibst maßlos. Niemand besitzt so eine Kraft und benutzt sie so nebenbei. Dazu gehören gewaltige Emotionen. Liebe. Hass. Verzweiflung.«

»Oh ja, bitte! Schmeißen wir einen jugendlichen Magiesonderling ohne jegliche magische Kontrolle in eine akademische Einrichtung voller hormongesteuerter, intriganter Gleichaltriger und sehen was passiert«, sagte Berry laut und breitete ihre Arme aus, wobei sie trocken auflachte.

Einige andere Schüler blickten irritiert zu ihr und sahen peinlich berührt zu Boden.

»Euch habe ich nicht gemeint! Ihr habt ja noch nicht einmal Pickel!«, rief Berry dem Grüppchen zu, das sich schnell davonmachte.

»Du solltest eindeutig mehr unter Leute, anstatt dich in deinen Büchern zu verlieren, Berry. Dann würdest du auch andere nicht ständig verschrecken.«

»Habe ich nicht gerade erwähnt, dass du absolut kein Taktgefühl hast? Oder warum habe ich das Gefühl, mich andauernd zu wiederholen?«

»Ach, halt die Klappe«, sagte Aves und grinste seine Mitschülerin an, die noch immer gestresst dreinblickte, ihm dann aber doch einen Schmunzler schenkte.

»Idiot«, sagte sie leise und schüttelte den Kopf.

Gemeinsam gingen sie in den Lehrerbereich des Mint-Areals. Fast in jedem dieser Areale gab es so einen Bereich, der Schülern bei Fragen und Problemen die Möglichkeit gab, Hilfe zu holen. Es war immer jemand anwesend, selbst in der Nacht, wobei da die Studenten und Absolventen, die dazuverdienen wollten, die Nachtschichten übernahmen.

Der Lehrerbereich war besser eingerichtet als die Quartiere der Schüler und Studenten. Die Inneneinrichtung griff das Thema der Mintblumen wieder auf: Überall waren in das Holz Ranken aus mintgrünem Glas eingelassen. Hier gab es auch mehrere Schlafräume für diejenigen, die ihre Nächte hier verbrachten. Es wurde gemunkelt, dass diese Räume dann anderweitig genutzt wurden, auch wenn Aves glaubte, dass das nur Wunschgedanken einsamer Jugendlicher waren.

Im zweiten Stock klopfte Aves an eine Tür, die bereits geöffnet stand. Ein junger Lehrer mit einem akkuraten

Haarschnitt sah von seinem Stapel Schüleraufsätze hoch.

»Mr. Punlington und Miss Stilben«, sagte der Lehrer, als er die Schüler erkannte. »Sie sind schon zurück? Natürlich sind Sie das, sonst stünden Sie nicht vor mir.«

Er blickte auf seine Uhr. »Gab es Probleme? Sie dürften noch gar nicht hier sein. Sie haben vermutlich den Weg nicht gefunden. Der Kontaktmann ist nicht aufgetaucht und die Lieferung war noch nicht da. Das ist ärgerlich, vor allem, weil sie so einen weiten Weg hatten. Oder hatten Sie Angst? Schon verständlich, wenn man zum allerersten Mal eine Bodenstadt betritt. Wobei ich bei Ihnen, Mr. Punlington, mehr erwartet hatte, da Sie ja aus einer Bodenstadt stammen und noch ...«

»Mr. Corol!«, unterbrach Aves den Lehrer, der die Angewohnheit hatte, alles selbst beantworten zu wollen, wenn er eine Frage stellte. Er machte es auch mit Schülern, die Fragen an ihn richteten. Er ließ sie dann von den Fragestellern auch selbst beantworten. Und wenn man ihn nicht unterbrach, drehte er sich gelegentlich im Kreis.

Das Büro war zugestellt mit Bücherregalen, von denen Aves wusste, sie enthielten Lektüren, an die die Schüler nicht so einfach herankamen. In der Bibliothek standen solche Bücher in den abgesperrten Schränken und man durfte sie nur heimlich bestaunen, wenn die Erwachsenen gerade nicht hinsahen. Wenn man sie lesen wollte, musste man einen guten Grund und eine Genehmigung vorweisen, oder man war über einundzwanzig.

Aus dem Augenwinkel sah Aves, dass Berry diese Bücher mit ihren einzigartigen Augen gierig ansah und eine nachdenkliche Schnute machte. Aves wusste, dass sie gerade wieder einen Plan ausheckte, wie sie Mr. Corol dazu bringen konnte, sie in diesen Büchern lesen zu lassen. Es waren nicht die Geheimnisse, die sie daran interessierten, sondern das Wissen, was sie zu ihrer eigenen Bibliothek in ihrem Kopf hinzufügen konnte.

»Wir haben ein Problem«, sagte Aves und betrat den Raum, wobei er seiner Mitschülerin einen leidigen Blick zuwarf, denn er hatte gehofft, auf einen anderen Lehrer zu treffen.

»Das könnte länger dauern«, flüsterte er Berry zu.

Sie seufzte tief durch, nickte und folgte ihm trotzdem.

»Ich bleibe«, raunte sie ihm aufmunternd zu. »So kann ich länger in der Nähe dieser Bücher sein.«

»Gab es mit der Aufgabenstellung Schwierigkeiten? Oft haben Schüler Probleme, die genaue Aufgabe herauszufiltern und ...«

»Nein, Mr. Corol, mit der Aufgabe ist alles in Ordnung, bis auf die Tatsache, dass wir sie gar nicht begonnen haben. Aber Miss Stilben und ich müssen dringend unseren Bericht abliefern, denn wir sind auf eine – sagen wir mal – sehr interessante Person gestoßen.«

»Interessant?«, fragte Berry pikiert und rollte betont langsam mit den Augen. »Wohl eher gefährlich.«

Mr. Corol lehnte sich etwas in seinem Stuhl zurück, wobei er angespannt wirkte, so als gehörte der Kontakt mit Schülern oder anderen Menschen nicht zu seinen Stärken.

»In Ordnung, Mr. Punlington, Miss Stilben, ich bin ganz Ohr.«

robin

Robins Magiefesseln waren bei der ersten Untersuchung hinderlich, weswegen der Arzt ihr eine Spritze verpasste, die nach einer Stunde bewirkte, dass die magischen Kräfte im Körper blockiert wurden.

»Wir werden das Mittel später noch dosiert anwenden, um unkontrollierte Ausbrüche von vornherein auszuschließen«, erklärte man ihr.

Es war alles so ungewohnt. Man hatte sie sehr schnell in einen Raum gebracht und Lion und Annie weggeschickt. Jede Stunde kamen andere Männer und Frauen vorbei, stellten Fragen zu ihrer Person, zu dem Hausbrand ihrer Eltern, was sie da gemacht hatte und wie sie all die Jahre vom Einflussbereich der Akademie fernbleiben konnte. Auf die meisten Fragen wusste Robin selbst keine Antworten oder wollte sie nicht geben, auch wenn sie sich bemühte, höflich und informativ zu sein, um in der Akademie bleiben zu dürfen.

»Es reicht jetzt mit der Fragerei. Sobald ich sie aus der Krankenstation entlasse, werdet ihr mit dem Mädchen sprechen können«, sagte der Arzt und scheuchte alle Besucher fort.

Robin fühlte in dem Moment Dankbarkeit, auch wenn sie noch immer angespannt war, weil sie keine Ahnung hatte, womit sie rechnen musste.

»Wann wird die Akademie weiterziehen?«, fragte sie.

»Warum willst du das wissen? Bist du auf der Flucht?«

»Immer«, sagte sie wahrheitsgemäß.

Der Arzt sah sie bedrückt an, dann holte er ein starkes Beruhigungsmittel und verabreichte es ihr ohne Vorwarnung.

»Tut mir leid, aber ich denke, du hast mal ein paar Stunden sorglosen Schlaf verdient. Ohne Angst vor den Geistern, die dich verfolgen.«

»Ich fürchte mich nicht vor Geistern«, sagte sie, doch sie spürte bereits, wie sie schläfrig wurde. »Doch gefährliche Menschen machen mir Angst.«

»Die Welt ist voller gefährlicher Menschen. Aber im Moment bist du in Sicherheit.«

In Sicherheit.

Was bedeutete das genau?

Robin wusste es nicht. Seit sie denken konnte, fühlte sie sich bedroht, verfolgt und ausgenutzt. Und jetzt nahm man ihr die Freiheit, wachsam zu sein.

Ihre Augen fielen zu und ihr Körper wurde schwer und träge.

Sicherheit.

Dieses Wort spielte sie in Gedanken immer wieder ab und versuchte dieses Gefühl zu begreifen, bis der Schlaf sie überwältigte.

Noch nie in ihrem Leben hatte Robin geträumt. Vielleicht hatte sie es als Kind getan, aber sie konnte sich nicht daran erinnern, also zählte es für sie nicht.

Sie träumte vom Fliegen, hoch oben über einer Bodenstadt, gemeinsam mit einem Freund an ihrer Seite, der ihr Sicherheit gab.

Sie konnte das Gesicht des Freundes nicht sehen, vielleicht war es auch eine Freundin, aber er oder sie war da und hielt Robin fest, damit sie nicht abstürzte.

Diese Bilder erfüllten sie mit einem Gefühl, das sie selten zuließ: Freude.

Das Fliegen war für sie eine größere Sicherheit als ein Boden unter ihren Füßen und durch die Bewegung in großer Höhe konnte Frederik sie nicht erreichen, auch wenn er selbst zu den Phönixen gehörte und imstande war, seine Schwingen auszubreiten.

Doch jetzt war er nicht da.

Oder?

Auf Robins Haut bildete sich ein Schatten, der nicht ihr eigener war oder ihrem Freund gehörte. Erst als sie hochblickte, da wo sie sich noch nicht traute, hinzufliegen, war eine dunkle Gestalt. Gegen die Sonne erkannte Robin nur den Schatten. Eine düstere Aura ging von dieser Erscheinung aus und Robin ahnte, dass sie fliehen musste.

Sie stürzte ohne weitere Überlegungen zur Bodenstadt. Doch je näher sie ihr kam, desto weiter entfernte sie sich von ihr, bis diese in sich zusammenschrumpfte.

Robin begriff, dass die Gestalt sie längst ergriffen hatte und nun weiter in den Himmel zog. Ins All, wo sie keine Luft mehr bekam. Und als sie kurz davor war, zu ersticken, wachte sie auf.

Das Aufwachen gab keine Milderung.

Ihr Körper weigerte sich, ihrem Geist nachzugeben, und zog sie gewaltsam in den Schlaf zurück.

Sie klammerte sich an das Bettgestell und richtete den Oberkörper auf, als sie plötzlich eine Person in der Ecke ihres Zimmers sah und Panik bekam.

»Nein!«, flüsterte sie, weil ihre Stimme keine Kraft hatte.

Der junge Mann trat aus dem Schatten heraus und blieb nur eine Armeslänge vor ihr stehen.

Auf seiner Brust ruhte ein Phönixsymbol: ein Flügel umgeben von Flammen. Nur war der Flügel anders geformt als bei den Schülern der Phönixakademie und die Flammen waren schwarz und nicht rot.

»Du bist nicht real. Du bist nicht der echte Frederik«, sagte sie.

Die Gegenwart des anderen schwarzen Phönixes verursachte Robin ein flaues Gefühl in der Magengegend.

»Warum fliehst du immer vor mir?«, fragte der junge Mann mit den dunkelgrünen Augen.

Er setzte sich an die Bettkante und nahm Robins Hand, wobei er es nicht zuließ, dass sie ihre Finger wieder zurückzog. Sie spürte, dass er sie mit Phönixkraft festhielt und sie konnte sich wegen der magischen Blockade in ihrem Blut nicht wehren. Nicht einmal körperlich konnte sie ihm etwas entgegensetzen.

»Du bist nicht real«, wiederholte sie.

»Wir könnten Seite an Seite kämpfen, du hättest so viele Vorteile. Du müsstest nicht mehr weglaufen oder Hunger empfinden. Du würdest die Kontrolle deiner Kräfte erlernen und du wärst nicht mehr so einsam.«

Ihr Körper zitterte, teilweise wegen ihrer Angst, aber auch, weil die Beruhigungsmittel sie am Wachzustand hinderten.

»Du hast das Haus meiner Eltern angezündet. Warum hast du das getan?«

»Deiner Eltern?«, fragte er erstaunt. »Was hattest du da überhaupt verloren?«

»Ich wollte ... Warum hast du das Haus angezündet, gerade als ich Nachforschungen anstellte? Du hast das doch geplant. Das war kein Zufall, habe ich Recht? Du hast gewartet, bis ich nach Loro komme. Es gibt so viel, was ich wissen muss. Ich wollte Antworten.«

Robin hörte ihre eigene Stimme kaum noch.

»Antworten. Robin, du hast nicht einmal Fragen.«

»Doch«, sagte sie stimmlos.

Frederik lachte leise.

»Was kannst du schon für Fragen stellen? Du willst sicher wissen, warum sie dich verkauft haben. Das ist so lächerlich und unbedeutend.«

Warum?, konnte Robin nur noch denken. Wussten ihre Eltern womöglich mehr, was sie ihrer Tochter mitteilen wollten?

»Frederik, bitte lass mich hier. Ich will nicht mit dir mitgehen.«

»Aber gehen wirst du. Vielleicht nicht mit mir, aber du wirst von hier verschwinden. Das machst du immer, du gehst und lebst lieber vom Fraß aus den Mülltonnen, anstatt dich endlich dem zu beugen, was für dich bestimmt ist.«

»Bitte lass mich hier«, wiederholte Robin. »Ich will hier glücklich werden.«

Er schmunzelte.

»Du wirst nur an meiner Seite glücklich. Erst wenn du erkennst, dass wir zusammen kämpfen müssen, wirst du deine Heimat finden. Du gehörst hier nicht hin. Diese Kinder werden immer Angst vor dir haben. Du bist der Sonderling, der ihnen Todesangst einjagt. Außerdem schränken sie deine Kräfte ein. Das wird dich dauerhaft schädigen. Nimm die Tabletten nicht und flieh von hier, so schnell du kannst – so wie immer. Nur dieses Mal suchst du mich.«

»Nein. Bitte verschwinde.«

Sie schloss die Augen und vergrub ihr Gesicht in ihrer freien Hand.

»Ich will, dass du verschwindest«, wiederholte sie.

Als sie auf ihrer Hand keinen Druck mehr spürte, wagte sie noch immer nicht, die Augen zu öffnen.

»Frederik«, flüsterte sie in der Hoffnung, er würde ihr nicht antworten.

Und er antwortete ihr nicht.

Lion

Am Abend schlenderte Lion durch den Aufenthaltsbereich des Mint-Areals. Es war wie immer voll und Schüler störten seinen lässigen Gang. Andauernd musste er anhalten, um den Jüngeren böse Blicke zuzuwerfen, bis sie ihm den Weg freigaben. Lion schonte seine Stimme, man kannte auch so von ihm, dass er selten für Spaß zu haben war. Vor allem in seiner Freizeit wollte er seine Ruhe haben, weswegen er prüfende Blicke in die Nischen machte, in denen die Schüler für gewöhnlich Hausaufgaben erledigten. Zu Lions Bedauern waren alle Nischen belegt, wobei nicht alle mit Hausaufgaben beschäftigt waren, wenn er so an die Verschlingungen einiger frischverliebter Pärchen dachte.

Die Spielbereiche mied er mit einem großen Bogen, ihm reichte schon aus, wenn einige der Jüngeren durch den verwinkelten Freizeitkomplex rannten und ohne einen ersichtlichen Grund kreischten und quiekten.

Der große Entspannungsraum mit den vielen Sofas und Sesseln war die einzige Möglichkeit, etwas zur Ruhe zu kommen.

Lion lief zu einer Sesselgruppe, die etwas abseits der schnatternden Schüler war, und warf sich in die Polster, wobei er seine langen Beine ausstreckte und die Augenlider halb sinken ließ. Er verschaffte sich einen Überblick über die Anwesenden und erkannte zu seinem Unmut seine Cousine Annie.

Lion beobachte sie dabei, wie sie gerade einer Gruppe Neuntklässlern von dem schwarzen Phönix erzählte und dafür ihren gesamten Körper einsetzte. Das hatte sie schon immer so gemacht. Sie hatten schon als Kinder zusammen gespielt und auch auf der Akademie waren sie andauernd gemeinsam anzutreffen – was nicht Lions Wunsch war.

Keiner von ihnen war ein genetischbedingter Phönixmagier, aber die Eltern der beiden waren stinkreich und konnten sie auf die Akademie schicken.

Phönixmagie zu erlernen, wenn man nicht von Geburt an damit gesegnet war, gehörte zu einem schweren Unterfangen. Wer nicht viel Geld besaß, konnte es sich nicht leisten, das Jahr zu wiederholen oder sich in das nächste einzukaufen, so wie er und Annie.

Während viele mit ihren angeborenen Fähigkeiten ein Stipendium bekamen, mussten Lion und Annie nie fürchten, durch schlechte Noten die finanzielle Unterstützung ihrer Eltern zu verlieren. Vor allem Annie schien ihr Leben hier lieber zu genießen, als ihre Zeit mit Lernen zu vergeuden.

Das Mädchen schreckte auf, als sie ein kleiner Feuerfunke im Gesicht traf. Sie suchte nach dem Ursprung des Zaubers und entdeckte eine Gruppe kichernder Sechstklässler. Nur einer von ihnen war rot geworden und richtete seinen Blick beschämt zu Boden.

Eigentlich müsste Lion aufstehen und den Zaubernden eine Predigt halten, das war seine Aufgabe als freiwilliger Feuerwehrmann. Doch er entschied, den Idioten zunächst nur zu beobachten. Er erinnerte sich daran, wie er das erste Mal selbst Phönixfeuer zauberte und dass es lange Zeit einfach nicht geklappt hatte. Sein Lehrer hatte ihn schon als einen hoffnungslosen Fall abgestempelt, bis Lion es ihnen allen gezeigt hatte.

Jetzt zählte er zu den Jahrgangsbesten, zumindest was das Phönixfeuer anging. In den heilenden Bereichen fiel es ihm schwer, mitzuhalten. Es war sein Glück, dass er sich im elften Jahr wie die anderen spezialisieren durfte und er sich für den Feuerbereich entschieden hatte.

»Hey du«, sagte Aves, als er und Berry erschöpft in die Sessel zu Lions beiden Seiten fielen und die Augen schlossen.

Lion musterte sie. Noch immer trugen sie ihre Schuluniform, obwohl sie bereits frei hatten.

»Berry! Aves!«, rief Annie und kam zu ihnen gerannt. »Habt ihr schon gehört? Die Neue heißt Robin!«

Annie setzte sich auf Aves‘ Sessellehne und legte ihre Beine über seine, was ihn dazu brachte, die Augen zu öffnen und sie verwirrt anzusehen.

»Robin?«, fragte er.

»Robin! Unglaublich, oder? Sie trägt einen Jungennamen«, plapperte Annie.

»Du lästerst lieber, als dass du deine Heilungsmagie übst«, sagte Aves und legte seine Hand auf ihre Schenkel, wobei er gedankenverloren am Saum ihres weißen Rocks spielte.

»Ach was! Ich werde schon besser.« Annie schmiegte sich an ihn und gab ihm einen Kuss.

Lion atmete tief durch, denn er mochte diesen Anblick nicht. Für ihn war die Beziehung zwischen den beiden einfach nur unnötig. Konnte sie nicht mit einem anderem zusammen sein? Dann würde er sie nicht andauernd sehen müssen, im Unterricht und in der Freizeit.

Als sich Annie von Aves löste, fragte sie: »Wo wart ihr denn so lange? Ich habe euch beim Abendessen vermisst.«

»Wir haben uns gerade noch schnell etwas reingewürgt. Wir saßen die ganze Zeit bei Mr. Corol. Er meinte, er hätte viel Zeit, seit wir wieder die Gruppenaufgaben haben. Berrys Erinnerungsspeicher ist fast explodiert, weil Mr. Corol sie jede ihrer Fragen beantworten ließ und ihr wisst ja, sie gibt selbst nur dann Ruhe, wenn sie ihr gesamtes Wissen ausgespuckt hat.«

Alle Blicke waren nun auf Berry gerichtet, die ihre Beine an ihren Körper gezogen hatte und müde aussah. Noch immer hielt sie die Augen geschlossen, aber sie hörte ihre Freunde und winkte nur halbherzig ab.

»Wie wird es jetzt mit dieser Robin weitergehen?«, fragte Lion und versuchte, nicht allzu interessiert zu klingen, auch wenn er sich ganz deutlich daran erinnerte, wie angenehm es gewesen war, das Mädchen auf dem Gleiter hinter sich zu fühlen.

»Mr. Corol gab uns dazu keine Auskünfte, sie wird sicherlich wie die anderen genetischbedingten Phönixe getestet«, sagte Aves. »Wir werden morgen mehr erfahren. Sicher ist aber, dass wir unsere Aufgabe demnächst wiederholen müssen. Zum Glück in einer anderen Stadt. Annie, es wäre besser, wenn du deine Lektionen durchgehst, das war heute nicht so nutzbringend.«

Annie seufzte laut auf.

»Ja, gut!«

Aves und Annie küssten sich wieder, was Lion langsam zu viel wurde. Er stand einfach auf, beugte sich über Berry und strich eine Haarsträhne aus ihrem Gesicht.

»Soll ich dich in dein Quartier bringen?«, fragte er, doch sie schüttelte nur den Kopf und legte ihre Hand auf ihre Augen, um das Licht auszublenden. Dabei fiel Lion auf, dass ihre Haut noch gerötet und mit leichten Bläschen übersät war, auch wenn nicht mehr so schlimm wie noch vor ein paar Stunden.

»Hör auf, mir andauernd helfen zu wollen«, flüsterte er ihr zu. »Es ist einfach nur zum Kotzen, wenn du dich meinetwegen verletzt.«

»Nicht so laut«, murmelte sie und er richtete sich wieder auf.

Er sagte niemandem, wohin er ging. Daran hatten sie sich bereits längst gewöhnt, denn er kam und ging, wie es ihm beliebte.

Lion redete sich nicht ein, dass seine Füße ihn wie von selbst in das Blaufeuer-Areal führten, er wollte es so. Seine Neugier lockte ihn zur Krankenstation.

Die Krankenschwester war gerade nicht hinter dem Tresen, also lief er einfach zum Raum, in dem Robin untergebracht war. Die Tür stand einen Spalt weit offen und als er eintrat, sah er Robin aufrecht im Bett sitzen.

Sie sah nicht auf und hielt ihr Gesicht in den Händen vergraben.

Als er einen Schritt in den Raum wagte, hörte sie ihn und schreckte zurück, wobei ihre strahlendgrünen Augen ihn fixierten.

Angst lag in ihnen.

Lion hob beruhigend seine Hände.

»Ich bin es nur. Lion.«

Robin stand rasch aus dem Bett auf und bewegte sich weiter von ihm weg. Sie stand offenbar so stark unter Beruhigungsmitteln, dass ihre Beine nach zwei Schritten nachgaben und sie mit voller Wucht zu Boden krachte.

Schnell erreichte Lion sie und half ihr beim Aufstehen.

Doch sie schlug um sich.

»Verschwinde von hier, du wirst mich nicht zu ihm bringen!«, sagte sie und schlug Lion ins Gesicht.

Sie war so benommen, dass er ihre Handgelenke einfach packte und sie auf den Boden neben ihren Kopf drückte. Sie trug keine Fesseln mehr, aber die Ärzte der Akademie hatten ihr inzwischen Medikamente verabreicht, die den Magiefluss im Körper blockierten.

Er beugte sich über sie und sah ihr direkt in die Augen.

»Wem soll ich dich bringen? Du verwechselst mich! Robin!«

Als er ihren Namen nannte, veränderte sich ihr Blick, so als würde sie gerade aufwachen und sich bewusst werden, wo sie sich befand.

»Ich muss hier weg«, hauchte sie.

»Das kann ich nicht zulassen. Du bist hier sicher.«

Sie schüttelte den Kopf.

»Wo ist er?«, fragte sie entsetzt.

»Wer?«

»Der schwarze Phönix.«

Lion schüttelte den Kopf.

»Robin. Du bist der schwarze Phönix.«

Eine gewisse Ruhe kehrte in ihr Gesicht und ihren Körper ein.

»Wie wird es mit mir weitergehen?«, fragte sie.

»Ich weiß es nicht«, flüsterte er.

Dass er dieses Mädchen unbedingt kennenlernen wollte, war das Einzige, was Lion in diesem Augenblick wusste.

»Ich will deine Geschichte erfahren, Robin.«

frederik

Das kleine Mädchen lief an Frederiks Seite und hielt seine Hand umklammert. Frederik konnte nicht sagen, ob das Kind Angst empfand oder seine Eltern überhaupt vermisste. Wenn er den Gesichtsausdruck richtig deutete, dann war das Mädchen eher neugierig und über die Situation weder überrascht noch traurig.

»Hast du Hunger?«, fragte er die Kleine, doch sie schüttelte den Kopf und ihr schneeweißes Haar bewegte sich wie ein sanftes Tuch, das vom Wind erfasst wurde.

Wie eine Wolke!

Das war ein Anblick, an den sich Frederik nicht richtig gewöhnen konnte, auch wenn er seit einigen Stunden mit der Kleinen unterwegs war.

»Ich kann dir etwas Leckeres organisieren, was würde dir schmecken? Du hast seit heute Morgen nichts gegessen.«

Eine Weile liefen sie schweigend über einen langen Flur mit pompösen Gemälden und weichem Teppichboden.

»Sind die Menschen aus dem brennenden Haus tot?«, fragt das Mädchen dann unvermittelt und selbst Frederik, der schon so einige schlimme Dinge gesehen und getan hatte, musste schlucken und fand die Gesellschaft der Kleinen unangenehm.

»Deine Eltern?«

»Nein, die Menschen, die heute im Haus waren.«

Frederik verstand nicht. Das waren doch die Eltern des Mädchens.

»Ich weiß es nicht. Die Phönixe haben das Feuer gelöscht, wahrscheinlich haben deine Eltern überlebt.«

»Meine Eltern leben noch.«

»Wie alt bist du?«

Das Mädchen lachte leise.

»Sechs Menschenjahre.«

»Menschen –« Frederik brach ab und schmunzelte. »Sechs Menschenjahre. Gut. Ich bin neunzehn Menschenjahre alt. Und ich finde, dass der Tod kein passendes Thema für ein Kind ist, findest du nicht?«

Das Mädchen zuckte mit den Schultern.

»Ich bin kein Kind«, sagte es gleichgültig. »Tod gehört zum Leben dazu, das weißt du doch.«

»Das weiß ich nur zu gut.«

»Und diese Frau von heute Morgen, sie weiß auch, was der Tod bedeutet.«

»Wen genau meinst du? Wir sind heute so einigen Frauen begegnet.«

Die Kleine blieb abrupt stehen, sodass ihre Hand aus Frederiks glitt. Er drehte sich fragend zu ihr um und ihre grünen Augen starrten ihn an. Es waren die gleichen Augen wie bei Robin.

»Die Frau, die du liebst. Deine Freundin. Ihr seid verbunden, ich spüre das genau.«

Frederik hockte sich hin und strich eine dieser weißen, wolkenähnlichen Strähnen hinter das Ohr des Mädchens.

»Aber du irrst dich. Du bist doch jetzt meine kleine Freundin.«

Das Mädchen schenkte ihm ein mildes Lächeln und berührte den jungen Mann mit ihrem Zeigefinger an der Stirn.

»Lass ihn deine Gedanken niemals wissen.«

Als sie ihn berührte, zuckten Bilder durch seinen Kopf, die er nicht fassen konnte, weil sie so plötzlich kamen und genau so rasch wieder verschwanden. Doch er zuckte von dem Mädchen weg und stand erschrocken auf, während es noch immer wissend lächelte.

»Irgendwann werden die Bilder einen Sinn ergeben. Nur wird es zu spät sein? Es wird passieren, wie es passiert, also bringt es nichts, sich viele Sorgen zu machen.«

Erneut zuckte das Kind mit den Schultern, kam auf Frederik zu und nahm seine Hand.

»Du bist unheimlich«, sagte er und führte sie weiter zu seinem Auftraggeber. »Richtig, richtig unheimlich.«

PHÖNIX AKADEMIE

funke 2
funkenspiegel

Clamentin

Robin Bish ist ein schwarzer Phönix.

Dieser Satz wurde am Tag nach Robins Unterbringung auf der Krankenstation von einer Ecke der Phönixakademie zur nächsten getragen. Die Gerüchte um ihre Vergangenheit und ihre Kräfte klangen maßlos übertrieben, so dachte Clamentin Fammel.

Er freute sich darauf, das besondere Mädchen kennenzulernen, und nahm deswegen jede der Hirngespinste der Schüler und der Lehrerkollegen mit einem breiten Grinsen an.

Der Entschluss stand fest: Er würde Robin Bish höchstpersönlich auf ihr Machtpotenzial prüfen. Dieser Wunsch war so stark in seinen Gedanken verankert, dass er dafür gesorgt hatte, die Lehrkraft, die für die Untersuchung *wirklich* vorgesehen war, mit einem vorgetäuschten Notfall aus der Akademie zu bringen.

Bei der Vorstellung, wie die weggeschickte Lehrerin in einer entlegeneren Bodenstadt nach einem angegriffenen Schüler suchte, den Clamentin heute Morgen noch wohlauf beim Frühstück gesehen hatte, konnte er nur grinsen.

Er fragte sich, wie lange es dauern würde, bis sie merkte, dass er sie angeschmiert hatte.

Er war sich bewusst, dass er für diese List Konsequenzen tragen musste, aber die Aussichten auf den Gewinn waren einfach verlockend: Er würde der Betreuer eines seltenen schwarzen Phönixes werden und dafür nahm er den Ärger gerne in Kauf.

Er rieb sich vergnügt seine Hände, als er das überfüllte *Feuerblau-Areal* betrat. Hier hatten sich viele Neugierige versammelt, in der Hoffnung, einen Blick auf den gefährlichen Phönix werfen zu können.

Clamentin hatte das Ziel, die Krankenstation zu erreichen und dabei lässig zu wirken. So einfach war das gewiss nicht, denn die Schüler, die Studenten und das Akademiepersonal standen dicht gedrängt da. Robin Bish war bereits eine Berühmtheit. Hingegen zweifelte Clamentin daran, dass die Zuneigung der Wartenden Robin gegenüber eine positive war.

»Hier ist was los«, sagte er lächelnd an seine Schüler gerichtet. Einige winkten ihm zu, sobald sie ihn erkannten. »Haben Sie schon Ihre Hausaufgaben erledigt, Mr. Theon? Vielleicht setze ich für heute noch einen Test an.«

Der Junge, der angesprochen wurde, machte ein geschocktes Gesicht und stürzte aus der Menge.

»Habe ich es mir doch gedacht«, murmelte Clamentin und schloss genüsslich die Augen, als er einen betörenden Duft wahrnahm. »Ich liebe diese Momente.«

Das Mädchen, von dem der Duft ausging, sah hoch und als es ihn erkannte, senkte es seinen Blick verlegen wieder.

»Mr. Fammel«, sagte die Schülerin vor ihm unschuldig und machte ihm Platz.

Er liebte es, wenn die jungen Frauen seinetwegen erröteten.

»Danke, meine Liebe«, sagte Clamentin.

Gleichzeitig schob er das Klemmbrett, das das Mädchen ihm reichte, beiseite. So wie es aussah, war es wieder irgendeine Petition, die im Überfluss von der Schülerschaft ins Leben gerufen wurden, seit die Akademieleitung beschlossen hatte, allen Bewohnern der Schule mehr Mitspracherecht zu gewähren. Clamentin konnte an einem normalen Tag keine drei Meter weit gehen, ohne ein Klemmbrett mit einer Unterschriftensammlung ins Gesicht gedrückt zu bekommen.

Direkt an der Krankenstation hielten ihn zwei breitschultrige Studenten auf. Sie sahen gestresst aus und erkannten Clamentin erst auf den zweiten Blick. Einer der beiden winkte ihn ins Innere.

Er quetschte sich an ihnen vorbei, klopfte seinen Anzug zurecht und sah zum Tresen, an dem er die Krankenschwester Aren registrierte.

Ihr Blick war beinahe gequält, als sie zu ihm kam.

»Ein Glück, du bist es!«, sagte sie und strich ihre roten Strähnen aus dem Gesicht.

»Du hast heute Dienst?«, fragte er sie und verspürte innere Zufriedenheit.

Sie nickte und ihre kalten Finger umschlossen seine Hand.

»Es ist ein Albtraum! Mrs. Ignolia ist heute etwas dazwischengekommen. Gerade heute! Was kann es denn Wichtigeres geben, als einen unkontrollierten Phönix zu untersuchen?«

Clamentin verkniff sich ein Lächeln und tätschelte Arens Handrücken.

»Dafür bin *ich* da.«

»Sei mir nicht böse, aber als ich gehört habe, dass du für Mrs. Ignolia einspringst, war ich mir nicht sicher, ob der leitende Arzt das überhaupt zulässt. Sie hat mehr Erfahrung und das ist ein spezieller Fall.«

»Du hältst nicht sehr viel von mir, Aren.«

Clamentin zwinkerte, auch wenn es ihm einen Stich versetzte, dass sie ihm die Aufgabe nicht zutraute.

»Doch, doch, aber es ist ein schwarzer Phönix und –«, sie hielt inne und schloss ihre Augen. Mit den Fingerspitzen berührte sie ihre Schläfen und atmete durch, bevor sie Clamentin wieder ansah. »Verzeih mir, ich bin froh, dass du da bist. Hier herrscht ein Ausnahmezustand, die gesamte Schülerschaft versucht, hier reinzukommen, ich musste schon drei zerbrochene Fenster reparieren, weil die Neugierigen ihre Gesichter ranpressen.«

Die junge Frau zeigte auf ein Fenster, an dem eine beachtliche Anzahl an Fratzen klebte.

»Ich verstehe. Sie sehen nicht aus, als würde es ihnen Spaß machen«, sagte Clamentin.

»Fünf Schüler mit zerschnittenen Gesichtern werden von uns noch behandelt, drei weitere habe ich bereits wieder weggeschickt. Das soll ihnen eine Lehre sein. Das nächste Mal überlegen sie …«

»Aren, wärst du so lieb und bringst mich zu Robin Bish?«, unterbrach Clamentin die Rothaarige.

»Entschuldige. Natürlich. Folge mir!«

Aren warf einen warnenden Blick zu den Schülern an den Fenstern und führte ihn in das dritte Stockwerk. Vor einem Behandlungsraum blieb sie stehen und hielt die Tür auf.

Robin saß aufrecht in ihrem Bett und sah Clamentin mit einer undurchschaubaren Miene an.

»Wo ist der Arzt?«, fragte er Aren, ohne den Blick von den grünen Augen des Mädchens zu wenden.

»Er hat eine Unterredung mit den Juristen. Sie wollen unbedingt mit Robin reden, aber der Doktor will nicht, dass sie sie mit Fragen aufregen.«

»Anwälte? Ist das wirklich nötig?«

»Hast du denn nicht gehört, dass sie das Haus ihrer Eltern angezündet haben soll? Es gab Verletzte.«

Er runzelte die Stirn.

»Und ich dachte, das ist nur so ein Gerücht, davon kursieren ja so einige herum.«

»Leider entspricht das womöglich der Wahrheit. Das berichtete die Gruppe, die sie hergebracht hat. Die Akademieleitung schickt schon seit gestern Männer zu uns, die das klären sollen: Berater, Gutachter, Pressesprecher. Es ist lästig. Der leitende Arzt versucht, die Besucherzahl zu dezimieren, aber einige Personen haben sich eine Unterredung mit Robin erkämpft – du weißt schon, haben ihre Beziehungen spielen lassen.« Aren senkte ihre Stimme und kam Clamentin näher. »So ein Chaos. Wenn nicht bald ihre Fähigkeiten untersucht werden, wird sie nur noch mit mehr Stress konfrontiert und was dann passiert, ist schwer einzuschätzen.«

»Deswegen bin ich hier.«

»Bist du dir sicher, dass du diese Aufgabe übernehmen kannst? Ich sagte ja schon: Das hier ist keine gewöhnliche genetisch bedingte Phönixmagierin. Mrs. Ignolia hat schon mehrmals mit schwarzen Phönixen gearbeitet, vielleicht sollten wir doch auf sie warten.«

»Lass mich das mal machen. Ich kenne die Gerätschaften, ich muss sie einfach nur etwas neu kalibrieren.«

»Das klingt so, als hättest du vor, herumzuexperimentieren. Das ist eine ganz andere Magie und –«.

»Kleines, das erwähntest du bereits«, sagte er und legte seinen Finger auf die vollen Lippen der Krankenschwester. »Wenn die Untersuchung nichts bringt, werden wir Mrs. Ignolia dazuholen.«

Clamentin stand zwar auf niedliche Frauen wie Aren, aber er hasste es, wenn diese ihn unterschätzten.

»Gibt es noch etwas, das ich wissen sollte?«, fragte er.

»Vielleicht noch eine Sache. Ich habe heute einen Schüler in ihrem Zimmer angetroffen«, sagte die Krankenschwester.

»Einen Besucher?«

»Einen Junge aus der Gruppe, die Robin aus Loro mitgebracht hat. Ich weiß nicht, ob sie sich schon von früher kennen, aber er war an ihrem Bett und hat sie beim Schlafen beobachtet.«

»Nur das?«

Die Rothaarige verpasste Clamentin einen leichten Klaps auf seinen Unterarm und lächelte verlegen.

»Natürlich«, zischte sie immer noch lächelnd. »Ich habe ihn weggeschickt, damit er vor dem Unterricht Schlaf nachholen kann.«

»Wer war es?«

»Lion Gravis, ein Junge aus der elften Klasse.«

»Ah, Lion! Mein bester Schüler«, sagte Clamentin und lachte leise auf. »Ich mag den Burschen.«

»Er ist recht unhöflich und gelegentlich arrogant.«

»Aber ehrenamtlich vielseitig engagiert. Ich hoffe, dass

ich ihn eines Tages für einen Lehrerposten begeistern kann.«

»Bei dem Geld, das seine Eltern besitzen, ist das vergeudete Zeit.«

Die Krankenschwester schüttelte nur verständnislos den Kopf, grinste Clamentin aber an.

»Ich mag Herausforderungen, das weißt du.«

Er strich ihr liebevoll über die Wange und sie wich seinem Blick aus.

»Ja, ich weiß«, sagte sie kleinlaut und zupfte an ihrem Kittel herum.

Unangenehm breitete sich Stille zwischen ihnen aus.

Clamentin straffte die Schultern.

»Nun gut. Sei so lieb, bring mir doch bitte einen Blütentee und gib einen kleinen Schuss rein, wenn du verstehst, was ich meine. Du weißt, so eine Untersuchung dauert ein Weilchen und ich will nicht verdursten.«

»Natürlich.«

»Ach, wenn du schon dabei bist, gib meiner Assistentin die Notiz, dass sie Einzeltermine mit den Schülern ausmacht, die Robin gefunden haben. Ich möchte mit ihnen reden, vor allem mit Lion.«

»Wie stellst du dir das vor?«, fragte Aren panisch. »Ich habe alle Hände voll zu tun.«

»Benutz meinen Funkenspiegel.« Er holte einen runden Klappspiegel mit einer edlen, schwarzen Außenhüllenlackierung aus seiner Hosentasche und legte ihn behutsam in Arens Hände. »Aber nicht schnüffeln, mit wem ich kommuniziere.«

Er schenkte ihr ein Lächeln, ging in das Krankenzimmer und schloss die Tür hinter sich.

»Robin Bish!«, sagte er enthusiastisch, als würde er einer alten Bekannten begegnen. Er lief energisch zu ihrem

Bett, umklammerte mit den Händen das Bettgestell am Fußende und lehnte sich dann vor. »Du sorgst gehörig für Aufsehen, junge Dame.«

Sie hatte wohl vor Kurzem geduscht, denn ihr dunkles Haar war nass und der Raum roch angenehm nach Shampoo und Hautpflegeprodukten.

»Ich bin Clamentin Fammel und werde die heutige Untersuchung durchführen. Wir beide stellen heute fest, ob du diesen Gerüchten da draußen gerecht wirst. Hörst du sie rufen?«

Er legte seine Handfläche hinter sein Ohr und tat so, als würde er lauschen, was die Leute vor der Krankenstation riefen. Um das besser zu demonstrieren, lief er zum Fenster und riss es auf. Grinsend nahm er die Rufe wie eine frische Brise wahr. Er sonnte sich in der Aufmerksamkeit, die der jungen Frau galt.

»Hörst du es? Sie rufen nach dir.«

Clamentin sah über seine Schulter zu dem Mädchen, in der Hoffnung, ihm ein Lächeln zu entlocken, doch auf Robins Stirn lag eine Sorgenfalte.

»Gut, es gibt nicht nur positive Rufe, aber was kümmert uns das? Die Todeswünsche darfst du gerne ignorieren, denn du weißt ja, brüllende Drachen spucken kein Feuer.«

Mit diesen Worten schloss er das Fenster und setzte sich auf Robins Bettkante.

»Wie fühlst du dich?«, fragte er nun weniger schwungvoll.

»Gut.«

Ihre Stimme hatte einen angenehmen Klang. Nichts an ihr ließ darauf schließen, dass sie ein gefährliches Wesen war. Robin unterschied sich äußerlich nicht von anderen

Schülerinnen. Sie war ein ganz gewöhnliches Mädchen, das im Moment etwas verängstigt wirkte und mit der Situation nicht so zurechtkam. Aber wer würde da lockerbleiben, wenn vor dem Fenster die Leute einem den Tod an den Hals wünschten? Und das womöglich grundlos.

»Du musst mich nicht anlügen, Robin. Ist alles etwas viel, was?«

»Mir geht es gut und wenn ich das oft genug sage, glaube ich vielleicht bald daran.«

»In der Wiederholung liegt die Kraft«, sagte Clamentin aufmunternd und rutschte noch etwas näher an sie heran. »Du hast aber ganz besondere Augen, hat man es dir schon mal gesagt?«

Robin schwieg, machte aber gleichzeitig auch keine Anstalten, den Blick zu senken. Das überraschte Clamentin. Vielleicht war Robin doch nicht wie die anderen Mädchen.

»Du hattest heute schon sämtliche Fragerunden hinter dir, wie ich gehört habe, deswegen wird dir nicht gefallen, dass ich auch einige Sachen über dich erfahren möchte. Die meisten Menschen haben ihr Leben lang nie das Glück, einem schwarzen Phönix zu begegnen – oder das Pech. So jemand wie du ist eine Rarität und in den falschen Händen –«, Clamentin machte eine abwägende Geste mit der Hand und verzog das Gesicht, bevor er wieder lächelte. »In den falschen Händen – puh. Das wollen wir in der Phönixakademie vermeiden, deswegen war es absolut richtig, dich hierherzubringen.«

»Wo ist Lion?«, fragte Robin.

»Der Junge, der heute Nacht bei dir war?«

Robin nickte entschlossen.

»Eigentlich haben jetzt alle Unterricht, auch die da draußen, aber wie du siehst, pfeifen wohl viele heute einfach darauf. Ihr könnt euch später treffen.«

Clamentin glaubte, einen Hoffnungsschimmer in Robins Augen aufblitzen zu sehen, doch er verschwand genauso rasch wieder.

»Kleines, ich will dich nicht mit weiteren Fragen langweilen, aber einige werde ich dir im Laufe der Untersuchung stellen müssen. Tust du mir einen Gefallen und antwortest wahrheitsgemäß? Ich will eventuelle Gefahren vermeiden, wenn ich aufgrund einer falschen Aussage nicht die richtigen Werte einstelle.«

»Das kommt auf die Frage an«, sagte Robin mit einer plötzlichen Härte in der Stimme.

Clamentin hob abwehrend die Hände.

»Okay! Ganz ruhig, Kleines! Sie müssen dir ja Löcher in den Bauch gefragt haben. Keine Sorge, mich interessieren in erster Linie deine magischen Fähigkeiten und nicht etwa deine Lebensgeschichte, auch wenn sie zweifelsohne spannend sein könnte.«

Er stand auf und ging zum Tisch, auf dem das Personal der Krankenstation die für den Test notwendigen Apparate aufgebaut hatte.

»Ich hoffe, man hat dich über die Untersuchung unterrichtet. Nimmst du bitte auf diesem Stuhl Platz?«

Mit einer schwungvollen Armbewegung zog er den Stuhl unter dem Tisch hervor und drehte ihn mit der Sitzfläche zum Fenster. »Wir verlieren am besten keine Zeit.«

robin

Nur widerstrebend verließ Robin ihr Bett. Lange hatte sie nicht mehr so eine bequeme Schlafgelegenheit gehabt.

Sie nahm einen großen Bogen zum Tisch, damit sie auch einen kurzen Blick aus dem Fenster werfen konnte. Nicht, weil sie auf die Neugierigen gespannt war, sondern, um ihre Lage besser einzustufen. Sollte dieser Clamentin ihr mit der Untersuchung Schmerzen zufügen, wollte sie die Option behalten, zu fliehen. Doch als sie die Massen vor der Krankenstation sah, die sich bis an die Grenzen des Areals erstreckten, wurde ihr ganz schwummerig. Als sie geduscht hatte, war es noch nicht so voll gewesen.

»Ja, sie sind alle deinetwegen hier«, kommentierte der Mann ihre Handlung.

»Sind Sie Arzt?«, fragte sie und blieb neben dem Stuhl stehen.

Robin fand, dass der Mann zu jung war, um ein Arzt zu sein. Für sie wirkte er wie ein Student.

»Ich bin ein Lehrer«, sagte er, doch als Robin einen Schritt zurückwich – sie vertraute nicht darauf, dass ein

Lehrer eine körperliche Untersuchung richtig durchführen konnte –, fügte er rasch hinzu: »Vor mir brauchst du keine Angst zu haben. Ein Lehrer fügt seinen Schülern keine Schmerzen zu, ein Arzt hätte allerdings keine Probleme damit. Man hat dir mit Sicherheit Magieblocker eingeflößt, ich hätte das nicht getan. Ich finde das unnatürlich.«

Diese Aussage erinnerte Robin an letzte Nacht, als sie durch die Beruhigungsmittel glaubte, Frederik wäre in ihrem Raum gewesen. Auch er hatte sie gewarnt, die Magieblocker zu nehmen.

Irgendetwas an dem Lehrer war merkwürdig, aber andererseits verspürte Robin auch eine Art Sympathie für Clamentin, weswegen sie sich auf den Stuhl setzte und misstrauisch die Apparate auf dem Tisch beäugte. Es waren nur unterschiedlich große Würfel mit Displayanzeigen. Das Innenleben, die Kabel und die Elektronik, war komplett in diesen Kästen verarbeitet, sodass Robin nicht einschätzen konnte, worauf sie sich da einließ.

»Sehr gut«, sagte Clamentin und lehnte sich an die Tischkante an.

Er nahm einen kleinen, weißen Würfel in die Hand und begann, auf dem Display herumzutippen und mit dem Finger zu wischen.

»Gibt es auf der Akademie noch einen anderen schwarzen Phönix?«, fragte Robin.

Clamentin sah verzögert von dem Apparat auf und hob erstaunt die Augenbrauen. Er wies mit dem Kopf Richtung Fenster.

»Wenn dem so wäre, hätten wir nicht so ein Tamtam.«

Er zuckte mit den Schultern und während er weitersprach, widmete er sich wieder dem Display. »Wir sind schon einigen schwarzen Phönixen begegnet. Die Akademie steuert fast jede Stadt dieser Welt an, da laufen sie uns zwangsweise über den Weg. Aber es ist verdammt schwer, so einen Phönix davon zu überzeugen, eine Ausbildung bei uns zu beginnen.«

»Sie wollten nicht?«

Clamentin warf Robin einen, wie sie fand, prüfenden Blick zu.

»Ich hatte immer den Eindruck, dass sie es nicht durften. Schwarze Phönixe haben meist seit der Geburt einen Gönner, der ihre Kräfte unterstützt. Vermögende, einflussreiche Männer und Frauen, die genau wissen, wie sie eure destruktive Macht für ihre Zwecke einsetzen. Gibt es in deinem Leben auch Geldgeber?«

»Nein«, sagte Robin schnell und spürte, wie Hitze in ihr aufstieg.

»Das ist ungewöhnlich. Ich frage mich, warum sich kein Sponsor für dich interessiert hat.«

Hat er, dachte Robin und schluckte schwer.

»Wie auch immer. Mrs. Ignolia wird gewiss mehr dazu sagen können, wenn sie wieder da ist. Sie hält noch zu einigen schwarzen Phönixen Kontakt. Allerdings nur zu denen, deren Gönner nicht so einflussreich sind. Die, die wirklich gefährlich sind, an die kommt man nicht leicht heran. Diese werden wie eine geheime Waffe von der Öffentlichkeit ferngehalten. Die meisten leben in *Refugium*, einer Himmelsstadt, bewacht wie eine Festung.«

Erneut sah er Robin an. »Warum hast du gefragt? Suchst du nach jemandem?«

»Nein, ich wollte nur wissen, worauf ich mich einstellen muss.«

Robin verschränkte die Arme vor der Brust und sah zur Tür. In dieser Haltung konnte sie ihr Gesicht für eine Weile von Clamentin wegdrehen.

»Jede Faszination verblasst irgendwann. In einer Woche lassen sie dich alle in Ruhe.«

»Aha«, gab Robin von sich und war innerlich erleichtert, dass sie sich Frederik doch nur eingebildet hatte.

»Ist das ein Lächeln auf deinen Lippen?«

Robin betastete ihr Gesicht und sah dann immer noch lächelnd zu Clamentin.

»Steht dir gut. Dann legen wir los. Nimm diesen Würfel hier und balanciere ihn auf der Handfläche. Damit bestimme ich den Wert deiner angeborenen Magiekapazität.«

Der Lehrer ließ das Gerät in Robins Hand gleiten und sie stellte erstaunt fest, dass er schwerer war, als er aussah. Sie wog ihn ein wenig, dann öffnete sie die Hand und versuchte, den Würfel in Balance zu bringen. Jedes Mal, wenn er nicht in einem senkrechten Winkel zur Hand war, vibrierte er sanft und durchkitzelte Robins gesamten Körper.

Bei völligem Gleichgewicht tauchten aus dem Würfel dünne, bläulichschimmernde Lichtscheiben auf, die um ihren Kopf zu schweben begannen.

»Halt bitte still, das sind die Scanner.«

Robin folgte mit den Augen den Scheiben, jedes Mal, wenn sie an ihrem Gesicht vorbeiflogen. Das waren kleine, durchsichtige Bildschirme, auf denen Texte erschienen und Zahlen blinkten. Doch die Flächen waren so schnell, dass Robin kein einziges Wort erkannte.

»Bewege deinen Kopf nicht«, ermahnte Clamentin Robin.

Es war nicht leicht für sie, der Bitte nachzukommen, denn diese Werte, die um ihren Kopf flogen, konnten sie den Aufenthalt auf der Phönixakademie kosten. Natürlich wollte Robin wissen, wie sie abschnitt.

Bald verschwanden die Lichtscheiben wieder in dem Würfel.

»Ich speichere die Werte ab. Wir werden diese Methode heute noch etwa fünfzig Mal durchführen«, sagte Clamentin.

»Wozu?«

»Ich will herausfinden, ob du deine Ressourcen kontrollierst oder vergeudest. Damit kann ich dich besser einstufen und – abgedreht! So einen hohen Wert habe ich noch nie bei einem genetischbedingten Phönix gesehen. Das prüfen wir gleich lieber nochmal, bevor ich mich noch umsonst freue.«

Er tippte erneut auf den Würfel und er begann zu vibrieren, bis Robin ihn stabilisiert hatte und die bläulichschimmernden Scheiben wieder um sie zu kreisen begannen.

In diesem Augenblick ging die Tür auf und die Balance verschwand.

»Dein Tee, Clamentin«, sagte Aren und kam mit einem Rollwagen herein. »Ohne Schuss, wenn du verstehst, was ich meine.«

»Komm her, komm her, Aren! Das musst du dir ansehen. Robin, balancier es bitte wieder aus.«

Jetzt war es Robin unangenehm und es dauerte länger, bis sie es geschafft hatte.

Sofort tippte Clamentin auf das Display und sagte: »Wahnsinn!«

Die rothaarige Krankenschwester beugte sich zum Würfel und sah sich den Wert an, wobei ihre Augen groß wurden und sie erstaunt zu Robin sah.

»Das ist beeindruckend. Wir sollten die Dosis der Magieblocker definitiv erhöhen.«

Clamentin zog Aren zu sich und küsste sie auf die Wange. »Und ich habe es gemessen! Sie ist meine Schülerin. Mrs. Ignolia wird sich noch ärgern, dass sie heute einem Notfall nachgehen musste.«

Aren trat etwas verlegen von dem Lehrer weg, wobei sie einen prüfenden Blick mit Robin tauschte.

Erst diese Geste ließ Robin grübeln, ob sie in der Situation falsch reagiert hatte. Mit menschlichen Interaktionen war sie nicht sonderlich gut vertraut und dass sie Defizite hatte, wurde ihr in solchen Momenten vorgeführt.

Um ihre Unsicherheit zu überspielen, stellte sie den Messwürfel auf dem Tisch ab und sah wieder zur Tür.

»Aren, hast du meine Assistentin erreicht? Könntest du sie erneut kontaktieren und sie bitten, einen Termin mit dem Akademieleiter zu vereinbaren? Ich muss ihn bald sprechen, am liebsten noch heute.«

»Das wird nicht möglich sein«, sagte die Krankenschwester. »Er residiert gerade im Haus des Bürgermeisters von *Kaburun*. Ich weiß das, weil wir seit gestern mit Beratern und Juristen sprechen müssen. Er kann da nicht weg, er wohnt einer wichtigen Konferenz bei, die noch mehrere Tage dauern wird.«

»Verbringt er denn nie Zeit in der Akademie mit seinen Schülern?« Clamentin tippte mit dem Fingernagel auf der Tischkante. »Gut, dann will ich einen Termin mit einem der Berater. Gleich nach dem Abendessen.«

Nachdem Aren gegangen war, führte der Lehrer weitere Messungen durch.

Robin verstand keine einzige Etappe der Untersuchung, aber sie war erleichtert, als es endlich vorbei war. Sie musste nicht einmal zaubern.

Sie entspannte sich sogar und atmete tief durch.

»Hast du bereits jemanden getötet?«, fragte Clamentin ganz nebenbei und in Robin gefrohr innerlich alles bei dieser Frage.

»Entschuldige, das war wohl zu persönlich. Es kann sein, dass man dich mit solchen Themen noch häufiger konfrontieren wird. Du solltest dir eine gute Lüge ausdenken.«

Clamentin zwinkerte ihr zu.

Lüge, dachte Robin nach.

Kurz kam ihr der Gedanke, dass es doch keine so gute Idee war, in der Phönixakademie geblieben zu sein.

»Wer stellt solche Fragen?«, wollte sie wissen.

Clamentin musterte sie und sein Mundwinkel zuckte leicht.

»Diese Dinge interessieren so praktisch jeden vor dem Fenster. Natürlich musst du es nicht jedem erzählen, aber es gibt Personen, die das ganz genau erfahren wollen. Wenn du hierbleiben willst, gebe ihnen keine zu hohe Zahl preis. Und jetzt halte kurz still, ich muss einen Abstrich von deiner Stirn machen.«

Während Robin aufs Äußerste angespannt dasaß, spürte sie, wie ein Papierstreifen über ihre Stirn glitt und dann in einem der Boxen auf dem Tisch verschwand.

Gebe ihnen keine zu hohe Zahl preis.

Egal, wohin Robin auch ging, immer fürchteten die Menschen den Tod in ihrem Blut. Und sie konnte es niemandem verübeln, auch sie hatte Angst vor den eigenen, finsteren Kräften.

Robin wollte die düsteren Gedanken vertreiben und da hörte sie wieder die Stimmen vor dem Fenster. Stimmen, die ihr mehr Angst einjagten als ihre dunkle Magie.

»Wie viele Schüler und Studenten hat die Phönixakademie?«, fragte sie vorsichtig.

»Viel zu viele. Es gibt sechzehn Areale und ich muss zum Glück nur das Mint-Areal überblicken und das ist bei vierhundert Schülern auch nicht immer leicht.«

»Hat jeder Bereich so viele Bewohner?«

»Nein, einige sind größer, andere kleiner. In dem White-Areal leben zum Beispiel nur knapp siebzig Menschen, aber dafür haben sie alle einen hohen Rang und eine ganz wichtige Aufgabe hier in der Akademie. Verirr dich da am besten nicht hin, das sehen sie nicht gern.« Er lächelte leicht. »Und du, Robin? Auf welcher Schule warst du zuletzt?«

Robin konnte dem Mann nicht in die Augen sehen und fühlte, wie ihr Gesicht heiß wurde.

»Ich war noch nie auf einer«, sagte sie.

Clamentin machte eine überraschte Miene.

»Das ist merkwürdig. Selbst in den Bodenstädten gibt es eine Schulpflicht.«

»Ich bin oft umgezogen«, log Robin. Dass sie nie länger als eine Woche an einem Ort bleiben wollte, musste dieser Clamentin nicht wissen.

»Dann bist du erst vor Kurzem mit deiner Familie nach Loro gezogen?«

Robins Gesicht wurde noch heißer und ihr Kopf

pochte, dieses Mal jedoch vor Wut.

»Die Werte schießen in die Höhe, machen dich die Fragen nervös?«, fragte der Lehrer.

»Ich will sie nicht beantworten.«

Nein, Robin war nicht erst kürzlich mit ihrer Familie nach Loro gezogen, Robin hatte überhaupt keine richtige Familie. Sie erinnerte sich, wie ihr Vater ihr das Lesen und Schreiben beigebracht hatte. Und dann hatten ihre Eltern sie verkauft und die weitere Ausbildung übernahmen die Bediensteten von Robins Ziehvater.

Sie hatte auf einer seltsamen Stationen mit Laboren gelebt und durfte sie nie verlassen. Jede freie Minute musste sie Bücher lesen und Fragen beantworten. Wenn sie es nicht tat, gab es Strafen. Und wenn sie es tat, folgten die Schmerzen trotzdem.

Sie legte ihren Kopf schief, um die plötzlich auftauchenden Bilder zu vertreiben.

Mit der Schule verband Robin keine glücklichen Momente, weswegen sie nach ihrer Flucht von ihrem Ziehvater nie die Ambitionen verspürte, ihre Ausbildung fortzuführen.

Wie sollte sie das einem völlig Fremden erklären?

Noch während Clamentin Ergebnisse auf seinen Geräten miteinander verglich, brachte die rothaarige Krankenschwester eine Uniform ins Zimmer und legte sie auf Robins Bett.

»Das wurde gerade eben gebracht. Wenn du willst, helfe ich dir beim Anziehen, die Krawatte ist nicht so leicht zu binden«, sagte Aren.

Robin wollte lieber keine Fremde an ihren Hals lassen. »Ich schaffe das ohne Hilfe«, sagte sie.

Lion

Es passte Lion nicht, dass ihn Aren aus Robins Krankenzimmer gescheucht hatte, angeblich, damit er seinen Schlaf nachholen konnte. Aber daran wollte er gar nicht denken. Wem aber seine Gedanken galten, stand für ihn fest. Robin ging ihm einfach nicht aus dem Kopf. Gestern Nacht hatte er den Anschein gehabt, einer wirklich bedeutenden Person begegnet zu sein, nur konnte er nicht einschätzen, was genau dieses Mädchen so besonders machte. Natürlich dessen Fähigkeiten als schwarzer Phönix, aber war es das schon?

In Kreisen, in denen Lions Eltern verkehrten, hatte er bereits häufiger aufregende Persönlichkeiten kennengelernt, deswegen war ihm die Ausstrahlung so geläufig und Robin hatte genauso eine Aura.

Es ärgerte ihn, dass er heute früh nicht einfach bei Robin bleiben durfte. Mehrmals hatte er den Versuch unternommen, sich erneut auf die Krankenstation zu schleichen, doch Robins Auftauchen in der Phönixakademie hatte zu viele Schüler in das Feuerblau-Areal gelockt.

Lion hatte keine Chance.

»Hey, passt du auf?«, zischte Aves von der Seite.

Lion blinzelte mehrmals, um in die Realität zurückzukehren.

Gerade zeigte Mr. Corol, wie man mithilfe von Phönixfeuer größere Gegenstände zum Fliegen brachte. Das beherrschte Lion schon längst, doch er tat sich schwer, seiner Mitschülerin Berry dabei zuzusehen, wie sie versagte.

Er beobachtete sie kurz dabei, wie sie vor einem verrosteten Wasserbeuler dastand und einfach nichts geschah.

»Komm schon, reiß dich zusammen, Berry«, sagte er, sodass die ganze Klasse es hören konnte.

Seine Mitschülerin warf ihm einen verärgerten Blick zu. Ihr Gesicht war ganz rot und sie wirkte verlegen.

»Wie kann man sich nur so dumm anstellen«, flüsterte er dann.

»Lass sie, das ist nicht ihr Fach«, sagte Aves leise.

»Ich bitte dich, sie kann einfach alles und hier versagt sie?«

»Wieso regt dich das so auf? Du bist auch nicht in jedem Fach gut.«

»Was weiß ich?«, sagte Lion genervt und schüttelte den Kopf, als Berry den Wasserboiler zum Wackeln brachte.

»Nein, Miss Stilben, Sie machen das nicht richtig«, sagte Mr. Corol und trat zögerlich an die Schülerin heran, während Berrys Hände die Funken auf ihrer Uniform ausklopften.

Lion rollte mit den Augen, als er das sah.

»Was haben Sie in der letzten Lektion gelernt?«, fragte Mr. Corol.

Berry öffnete ihren Mund zu einer Antwort, doch der Lehrer unterbrach sie.

»Ganz genau: Beim Bewegen von Gegenständen benutzen wir das innere Phönixfeuer, nicht das äußere. Mit Ihren Flammen verletzen Sie noch jemanden.«

»Ja, schon gut«, murmelte Berry und besah ihren angekohlten Rock.

»Mich wundert es, dass Sie diese Fähigkeit noch immer nicht beherrschen, dabei wenden Sie sie oft an, wenn Sie mit dem Gleiter zu Ihren Aufgaben fliegen. Das ist dasselbe Prinzip.«

Berrys Gesicht zu urteilen wollte sie am liebsten in Flammen aufgehen und wiedergeboren werden. Lion hatte ein bisschen Mitleid mit seiner Mitschülerin.

»Sie können sich setzen, wir versuchen das am Anfang der nächsten Stunde erneut«, sagte Mr. Corol und wandte sich nun der Klasse zu.

»Apropos! Ich habe Ihnen noch etwas zu Ihren Außeneinsätzen zu sagen. Bis auf zwei Gruppen haben alle Ihre gestrige Aufgabe gelöst. Beide Gruppen konnten gute Gründe vorweisen, weswegen Sie morgen früh einen weiteren Versuch erhalten sollen. Punkt zehn Uhr geht es los.«

Die Schulklingel läutete und die Schüler stopften ihre Bücher in ihre Taschen, während diejenigen, die die Aufgabe nicht gelöst hatten – und Lion zählte leider dazu – an ihren Pulten sitzenblieben, um weiteren Anweisungen Mr. Corols zu lauschen.

»Können Sie uns schon sagen, worin der Auftrag dieses Mal besteht?«, wollte Aves wissen, der seine Schultern straffte und den Ich-bin-wichtig-Blick aufsetzte.

Mr. Corol sah Aves freundlich an und nahm eine abwartende Handlung ein, bei der er nichts sagte.

Aves Gesicht erstarrte, als er seinen Fehler begriff.

»Du Idiot, warum stellst du ihm eine Frage? Wir wollen zur Pause gehen!«, zischte Dunken, ein Junge aus der anderen Gruppe.

»Selbstverständlich verraten Sie uns die Aufgabe nicht im Voraus, um allen Schülern gleiche Voraussetzungen zu schaffen. Verzeihen Sie meine Frage, Mr. Corol«, wandte Aves sich schnell aus der Sache heraus.

»Ganz genau, Mr. Punlington. Morgen erfahren Sie alle Informationen. Vielleicht sollte ich noch erwähnen, dass es keinen weiteren Versuch für diese Aufgabe geben wird. Wer morgen fehlt, bekommt null Punkte. Sie müssten dann mit Zusatzaufgaben fehlende Punkte aufstocken. Entweder Sie schließen sich den Gruppen aus anderen Klassen an oder Sie übernehmen eine außerordentliche Leistung. Die Liste mit solchen Leistungen kann jederzeit im Lehrerbereich eingesehen werden.«

Aus dem Augenwinkel beobachtete Lion seine Cousine Annie, wie sie erleichtert die letzten Sätze von Mr. Corol in ihrem pinken Schreibordner notierte.

»Was war denn heute los mit dir? Sonst bist du in allem gut«, fragte Aves Berry, nachdem Mr. Corol die Schüler zur Pause entlassen hatte.

Das Mädchen presste die Zähne aufeinander und starrte zu Boden.

»Berry hat Angst vor großen, schweren Dingen, die auf sie fallen könnten«, kommentierte Lion, nahm Berrys Zopfspitze und kitzelte damit ihre Nase.

Mit einer ungeduldigen Handbewegung eroberte sie ihren Zopf zurück und wandte ihr Gesicht ab.

»Das ist eine anerkannte Phobie. An deiner Stelle würde ich mich nicht über andere lustig machen, ich habe wenigstens nicht im Unterricht geschnarcht.«

»Da hat sie Recht, Lion«, bestätigte Aves.

»Ich bin nur durch deine schwache Leistung beleidigt. Ich habe keine Lust, dir andauernd Nachhilfestunden zu geben, wenn sie nicht fruchten.«

Berry wirkte geknickt.

»Lass es gut sein«, sagte sie enttäuscht.

»Du verträgst keine Kritik!«, setzte Lion noch eine drauf.

»Oh, ist das nicht Robin?«, quiekte Annies fröhliche Stimme.

Alle Köpfe wandten sich zu dem Mädchen, das unruhig an seiner neuen Uniform zupfte. Die rote Kleidung stand ihr gut und betonte ihr schwarzes Haar noch stärker. Ohne ihren verrußten, zerlumpten Mantel und mit dem akkurat geflochtenen Zopf sah sie nicht mehr so wild aus und wirkte insgesamt jünger.

Ihr Blick war schwer zu deuten. Sie sah niemanden wirklich an und doch hielt sie ihren Kopf erhaben, als wäre sie allen überlegen.

»Wow«, sagte Lion.

Seine Schläfrigkeit war mit einem Schlag besiegt.

Er schlug bereits die Richtung zu Robin ein, bis er Mr. Fammel an ihrer Seite erkannte.

Lion zögerte. Auch wenn Mr. Fammel zu seinem Lieblngslehrer zählte, hatte er doch einen schlechten Ruf, was das Verhältnis zu seinen Schülerinnen anging.

»Oh nein, da ist Clamentin. Der macht echt jede an!«, bestätigte Annie Lions Gedanken.

»Nicht jede«, korrigierte Berry und strich ihren Schulrock glatt.

Lions Cousine warf einen genervten Blick zu ihrer Freundin und murmelte etwas vom *hässlichen Entlein*, dann hakte sie sich bei Aves unter.

»Ach, ja? Pass lieber auf, wo die Augen deines Freundes festkleben«, sagte Berry unbeeindruckt.

»Aves! Starr Robin nicht so an!«, sagte Annie und gab Aves einen Klaps auf den Hinterkopf.

»Schlag mich nicht! Jeder sieht sie an. Sie ist der schwarze Phönix.«

»Geht sie da in die erste Klasse?«, fragte Berry und verzog erstaunt und gleichzeitig erfreut ihr Gesicht. »Und ich dachte, sie ist so ein gefährliches Tier! Ernsthaft? Erste Klasse?«

Und tatsächlich: Mr. Fammel legte seine Hand auf Robins Hüfte, während er sie sanft in den Raum der Erstklässler führte. Robin hatte Lion nicht einmal angesehen, so sehr sah sie über die Köpfe der anderen hinweg.

»Na die Knirpse werden sich freuen, mit so einem schwarzen Vögelchen zu spielen«, lachte Berry weiterhin. »Ich bin überrascht, dass sie im Mint-Areal unterrichtet wird. Ihr habt sie doch in einem anderen Bereich auf die Krankenstation gebracht. Da konnte Mr. Fammel seine Augen wieder nicht von einer Schülerin lassen, vor allem, wenn sie so exotisch ist. Aber jetzt im Ernst – *erste Klasse*?«

»Könntest du endlich deine Klappe halten?«, blaffte Lion sie an.

Berrys Lachen verschwand augenblicklich aus ihrem Gesicht und sie wich einen Schritt vor Lion zurück.

Lions Schläfe pochte, er war übermüdet und ihm missfiel Berry Abneigung Robin gegenüber.

»Die meisten genetischbedingten Phönixe landen für eine Weile in der ersten Klasse. Das ist verdammt nochmal nichts Neues für dich, du Neunmalkluge!«, sagte er und bekam bereits ein schlechtes Gewissen. »Dafür, dass du so intelligent bist, bist du manchmal ...«

Er machte mit seinen Händen eine Würgegeste.

Berry ging noch einen Schritt rückwärts und langsam wurden ihm die entsetzten Augen der Mitschülerin zu viel, also wandte er sich ab.

Inzwischen hatte sich eine beachtliche Schülerschar vor Mr. Fammels Raum versammelt. Jeder wollte einen kurzen Blick auf die neuartige Magierin werfen.

»Ob sie einen von den Kleinen tötet?«, flüsterte ein Mädchen zu seiner Freundin.

»Pass auf, was du sagst«, erwiderte jene. »Was, wenn sie gut hören kann? Dann bist du die Nächste.«

»Ich bitte euch. Macht euch mal nicht in euer Höschen«, erklang eine angenehme und gleichzeitig kraftvolle Stimme einer jungen Frau.

Alle Köpfe wandten sich nun zu ihr: eine Schülerin der zehnten Klasse mit regenbogenfarbigen Haaren und einer silbernen Schuluniform statt der gewöhnlichen roten.

»Oh, Kathy!«, quiekten einige Schülerinnen los und liefen auf die Zehntklässlerin zu. »Ich finde deine Haare so toll! Kannst du mir ein Autogramm auf meinen Funkenspiegel geben?«

»Selbstverständlich, Liebes.«

Das kleine Mädchen, das gesprochen hatte, kramte mit aufgeregt zittrigen Fingern einen runden, pinken Klappspiegel heraus und reichte ihn Kathy.

»Für Elise bitte!«, sagte die Schülerin.

Kathys silberner Stift tänzelte über die Spiegelhülle, während sie selbst einen Blick in den Raum mit dem schwarzen Phönix warf.

»Danke, Danke! Ich verpasse keine deiner Sendezeiten! Du bist die beste Schülersprecherin, die wir haben; dankeschön für deinen Einsatz!«

Die Schülerin pustete auf den noch trocknenden Gelstift und steckte dann den Spiegel in ihre Tasche.

»Ich frage mich, was ihr Geheimnis ist«, sagte Annie verträumt.

Lion schielte zu seiner Cousine.

»Sie ist ehrgeizig«, sagte er mürrisch.

»Das will ich auch sein.«

»Wirklich? Dann kannst du damit anfangen, mehr für die Schule zu machen. Und denke nicht einmal daran, morgen die Aufgabe zu verschlafen, wir brauchen dich.«

»Lion! Wie kommst du darauf, dass ich euch im Stich lassen will?«

»Du hast dir Notizen gemacht, als Mr. Corol etwas über außerordentliche Leistungen erzählte. Das sind Aufgaben mit einem hohen Verantwortungsgrad, ich glaube nicht, dass du deine Freude damit hättest.«

Annies Lächeln verschwand aus ihrem Gesicht.

»In letzter Zeit bist du ganz schön fies. Außerdem wollte ich diese Leistungen nicht machen, mir ging es nur darum, wie ich zusätzliche Punkte sichern kann, sonst bleibe ich sitzen. Aber danke, dass du mir vorführst, wie dumm und faul ich sei.«

Sie schob sich an Lion vorbei und ging mit einem traurigen Gesichtsausdruck davon.

»Was soll das?«, fragte Aves zwischen zusammengebissenen Zähnen.

»Das ist so etwas wie Geschwisterliebe, das verstehst du nicht.«

»Ach, ich begreife das nicht? Ich habe viele Geschwister, Lion. Ich komme nicht aus einer Himmelsstadt, wo es Luxus bedeutet, ein Einzelkind zu sein. In der Bodenstadt haben wir große Familien, weil wir uns nicht zügeln können!«

Aves wurde langsam laut.

»Komm wieder runter«, beschwichtigte Lion ihn und sah noch immer unbeeindruckt aus, auch wenn er sich innerlich richtig mies fühlte. »Wenn ich Annie nicht die Wahrheit sage, tut es keiner.«

»Manchmal bist du echt ein Trottel. Annie, warte!«

Aves schüttelte nur den Kopf und lief seiner Freundin nach.

Lion sah den beiden kurz hinterher, dann fiel seine Aufmerksamkeit auf Berry. Sie bedachte Lion mit einem vorwurfsvollen Blick.

»Dass du deine Hände ins Feuer steckst, wird langsam dein Markenzeichen, findest du nicht?«, sagte Lion zu ihr.

Sie sah ihn weiterhin so anklagend an, dann ging sie einfach.

Lion schob seine genervte Laune auf den Schlafmangel und vielleicht auch darauf, dass Robin ihn nicht angesehen hatte.

»Kathy, kannst du uns verraten, was du in deiner nächsten Folge erzählst?«, drang eine penetrante Mädchenstimme an Lions Ohren und er sah wieder zu der Schülersprecherin.

Er fixierte Kathy mit seinen Augen, während weitere Schüler nach einem Autogramm fragten.

Als sie aufblickte, hob sie nur fragend eine Augenbraue.

Noch nie zuvor hatte Lion mit dieser Person ein Wort gewechselt – zumindest nicht mit der, zu der Kathy geworden war. Doch heute sah sie ihn zum allerersten Mal innerhalb der Phönixakademie direkt an, ohne arrogant den Kopf wieder abzuwenden.

Sie machte einen Schritt auf Lion zu, doch Mr. Fammel gewann Kathys Aufmerksamkeit, indem er aus dem Klassenzimmer kam und sich an den Türrahmen lehnte.

»Ich verstehe nicht, warum ihr noch nicht in euren eigenen Klassenräumen seid«, begann Mr. Fammel. »Gut, ich kann es doch nachvollziehen, aber meine neue Schülerin fühlt sich nicht gerade wohl, wenn sie angegafft wird.«

»Clamentin, bitte, ich habe ein paar Freistunden und würde zu gern deinem Unterricht beiwohnen. Ich bin auch ganz still«, sagte Kathy und Lion presste genervt seine Zähne fest aufeinander.

»Nein, tut mir leid, Schätzchen, das kann ich nicht erlauben«, sagte Mr. Fammel.

»Aber ich muss darüber berichten, ob der schwarze Phönix eine Bedrohung für die übrigen Schüler darstellt.«

»Seltsam, dass du das nicht bei jedem genetischbedingten Phönix machst, denn sie sind nicht weniger gefährlich. Kathy, ich mag deine Beiträge, aber ich bitte euch alle, Robin mit euren Schauergeschichten in Ruhe zu lassen.«

Mit diesen Worten schloss er die Tür vor Kathys Gesicht.

Lion grinste, während er sich mit dem enttäuschten Schülermob aufmachte, zum Unterricht zu gehen.

»Leo!«, rief Kathy, doch Lion atmete nur scharf ein und lief weiter. »Leo, bitte.«

Erst als sich die schlanken Finger des Mädchens um Lions Arm legten, blieb er stehen.

»Ich heiße Lion«, sagte er, doch Kathy zuckte nur mir den Schultern, wobei ihr Regenbogenhaar bei dieser leichten Bewegung ein erstaunliches Farbspiel veranstaltete.

»Du bist so arrogant, Kathy.«

»Unwichtig. Ich habe recherchiert und ...«

»Du recherchierst andauernd. Und wenn ich mich nicht irre, wolltest du so tun, als würdest du mich nicht kennen.«

Kathy sah sich im Flur um. Noch immer waren viele Schüler anwesend, die die Schülersprecherin anhimmelten und ihr aufgeregt winkten.

»Es ist alles nicht so einfach«, flüsterte sie.

»Es ist dir peinlich, mit mir gesehen zu werden, ich verstehe. Was willst du, Kathy?«

»Du bist derjenige, der den schwarzen Phönix in die Akademie gebracht hat. Und ich habe gehofft, du besorgst mir ein kleines Interview mit ...«

»Keine Chance.«

»Dann befrage ich eben dich. Das könnte dich berühmt machen und beliebt bei den Schülerinnen.«

»Kannst du dir vorstellen, dass es Menschen gibt, die nicht darauf stehen, ohne erbrachte Leistungen berühmt zu werden? Diese künstliche Beliebtheit kannst du dir in deinen süßen Hintern schieben. Ich bin glücklich, wenn man mich nicht anspricht. Für Robin gilt das Gleiche. Lass sie in Frieden. Aus mir bekommst du kein Wort über sie heraus. Wenn du ein Fünkchen Anstand hättest, würdest du dich von ihr fernhalten.«

»Das kannst du nicht wirklich meinen!«

Auf Kathys Stirn entstand eine Zornesfalte.

Lion zuckte aber nur mit den Schultern.

»Unwichtig«, sagte er und ließ sie stehen.

»Wir reden noch!«, rief sie ihm nach, wobei sie ihre freundliche Stimme annahm, vermutlich, um ihren Bewunderern gerecht zu werden.

robin

Robin litt unter starken Kopfschmerzen und fühlte sich gestresst, denn es fiel ihr nicht leicht, einfach dazusitzen und sich von allen Seiten von Kindern anstieren zu lassen. Schon der Weg von der Krankenstation in den Unterrichtskomplex war beschwerlich gewesen.

Von der Umgebung und der Raumeinrichtung hatte sie nicht viel mitbekommen, weil sie die ganze Zeit dem Drang widerstehen musste, zu fliehen und sich zu verstecken oder sogar die Akademie zu verlassen.

Sie fragte sich, was im Moment überwog, die Angst vor den vielen Menschen, die Frederik ihren Aufenthaltsort verraten könnten, oder die Dankbarkeit, die Robin empfand, weil sie auf der Phönixakademie eine Zuflucht gefunden hatte.

Robin zupfte nervös an ihrer neuen Uniform. Sie erinnerte sich an keinen Zeitpunkt, an dem sie neue Kleidung tragen durfte. Meistens hatte sie Anziehsachen von Wäscheleinen gestohlen oder sie gebraucht gekauft. Noch nie hatte sie so eine Steifheit von neuen Textilien auf ihrer

Haut gefühlt. Es war einerseits eine tolle Erfahrung, eine Garderobe nur für sich selbst zu haben, andererseits war das Gefühl vom Stoff auf ihrer Haut unangenehm und kratzig. Ihre alte Kleidung war mit den Jahren weich geworden und hatte sich ihrem Körper angepasst, Robin hatte kaum bemerkt, dass sie etwas getragen hatte.

Und dann das Aussehen: Im Spiegel hatte ihre neue Aufmachung seltsam gewirkt. Sie sah gar nicht mehr aus wie sie selbst. Das Haar, so ordentlich zurückgebunden, verdeckte keinen Zentimeter ihres Gesichts und war somit eine Gefahr, entdeckt zu werden. Die Kleidung war auch noch das Schlimmste: Sie war rot! So eine auffällige Farbe hätte Robin niemals gewählt.

Ihr war bewusst, dass alle diese Uniform trugen und sie in der Masse unterging. Aber so wie die Schüler sie über zwei Areale hinweg angestarrt und ihren Namen, den sie so gut wie nie jemandem verriet, lauthals gerufen hatten, fühlte sie sich wie eine Zielscheibe.

Das Einzige, was der Uniform fehlte, war der brennende Flügel, den sonst alle Schüler und Studenten trugen.

»Den erhältst du, sobald die Sache mit dem Feuer im Haus deiner Eltern durch ist«, hatte Clamentin erklärt, kurz bevor er und Robin die Krankenstation verlassen hatten. »Willkommen in der Phönixakademie«, hatte er noch belustigt gesagt, als die ersten Neugierigen auf sie zugeströmt waren.

Robin schloss kurz die Augen und versuchte, die erdrückenden Bilder aus ihrem Kopf zu verdrängen.

Während des gesamten Unterrichts wischte sie andauernd den Schweiß von ihrer Oberlippe und blinzelte mehrfach hektisch, um die Situation auszublenden. Alles in ihr war angespannt und auf eine mögliche Flucht vorbereitet.

»Sind schwarze Phönixe böse, Mr. Fammel?«, fragte ein kleines Mädchen, dem ein Vorderzahn fehlte.

»Nein, nicht von Geburt an. Das sind Menschen wie wir alle. Und Menschen sind weder gut noch böse. Es ist das Umfeld, das uns alle dazu verleitet, Gutes oder weniger Gutes zu tun.«

»Aber Mr. Fammel! Meine Mama hat immer gesagt, schwarze Phönixe bringen den Tod«, ließ das Mädchen nicht locker.

»Das ist richtig. Aber das hat nur etwas mit ihren angeborenen magischen Fähigkeiten zu tun. Denn ihr wisst, ein schwarzer Phönix kann man nicht werden, man wird als solcher geboren. Im Gegensatz zu?«

Clamentin nahm einen Schüler dran, dessen Hand in die Luft geschossen kam.

»Zu normalen Phönixen, Mr. Fammel. Diese Magie können wir an der Akademie erlernen.«

»Ganz genau. Sehr gut, Timothy.«

Der besagte Timothy grinste über beide Ohren, wandte seinen Oberkörper Robin zu und zwinkerte ihr zu.

Der Junge war so winzig und Robin ließ ihren Blick über die Köpfe der Schüler schweifen. Sie dachte an ihren Bruder oder ihre Schwester, das Geschwisterkind, das ihre Eltern vermutlich wieder verkauft hatten.

»Ist es wahr, dass schwarze Phönixe kein normales Phönixfeuer zaubern können?«, fragte ein dicklicher Junge aus der letzten Reihe.

»Gute Frage«, begann Clamentin und erklärte der Klasse, wie ein dunkles Feuer die Fähigkeit des *Vereisens* besaß – ein kritischer Zustand, der zum Tode führte, wenn man ihm zu lange ausgesetzt war.

Dass Robin von allen Seiten angestarrt wurde, reichte Clamentin wohl nicht aus, er musste für die Kleinen unbedingt noch eine Fragestunde über den schwarzen Phönix veranstalten.

Robin weigerte sich, Informationen preiszugeben, doch sie war überrascht, wie viel der Lehrer über die dunkle Phönixmagie wusste.

Nachdem es bereits zur Pause geläutet hatte, hatten die Erstklässler sichtlich ihre Schwierigkeiten, aufzustehen. Noch immer glotzten sie Robin an und langsam gewöhnte sie sich daran.

»Habt ihr die Klingel nicht gehört?«, fragte Clamentin seine Schüler. »Sonst seid ihr auch immer rasch fort.«

»Mr. Fammel? Das liegt daran, dass sonst immer einer in Flammen steht und zur Krankenstation muss«, erklärte das Mädchen mit dem fehlenden Zahn.

Clamentin klatschte einmal in die Hände.

»Jetzt aber Hopp! Ich will von den anderen Lehrern nicht hören, ich würde euch zu lange im Unterricht behalten. Ihr hattet Glück, Robin Bish hat euch davor bewahrt, Hausaufgaben zu bekommen.«

»Klasse, keine Aufgaben!«, sagte der dickliche Junge aus der letzten Reihe. »Danke, Robin!«

»Wir sehen uns morgen. Dann wird aber wieder fleißig gezaubert«, sagte Clamentin, als die Schüler ihre Bücher in ihren Taschen verstauten.

Robin saß noch immer an ihrem Platz und wusste nicht, was sie als Nächstes tun sollte. Die Erstklässler rannten einer nach dem anderen aus dem Raum und packten währenddessen irgendwelche Spiegel, in die sie aufgeregt, beinahe hypnotisiert, hineinstarrten.

Robin beobachtete die Spiegel, doch Clamentin schob sich in ihr Blickfeld und sie blickte zu ihm auf.

»Die Kinder können ohne ihre Funkenspiegel nicht mehr leben«, lachte der Lehrer leise.

Er hielt einen Zettel in der Hand.

»Das ist dein Stundenplan für die restliche Woche. Sobald wir wissen, was wir mit dir anstellen, sind die Kleinen deine Klassenkameraden.«

Er reichte ihr den Unterrichtsplan und Robin umklammerte ihn mit aller Kraft. In den letzten Stunden hatte sich viel Energie in ihr aufgestaut.

»Ich weiß nicht, ob ich es schaffe«, flüsterte sie.

Clamentin seufzte und setzte sich auf die Tischkante.

»Hör zu, die Aufregung legt sich bald. Sie werden sich an dich gewöhnen und als eine von ihnen akzeptieren. Bis dahin kommst du einfach zu mir, wenn es dir zu viel wird und wir reden.«

»Ich hätte tatsächlich einige Fragen, Mr. Fammel.«

»Robin, beleidige mich nicht. Ich bin für dich Clamentin oder Clam. Lass das mit dem Mr.«

»Na gut.«

»Was willst du wissen?«

»Du weißt eine ganze Menge über die schwarzen Phönixe und obwohl ich einer von ihnen bin, kenne ich mich –«, Robin umklammerte ihren Stundenplan noch fester, »– nicht aus.«

»Ja, ja, solche Kräfte können einen schon ängstigen und durcheinanderbringen. Lass dir gesagt sein: Alle genetischbedingten Phönixe verstehen, was in dir vorgeht. Es gibt einen Club für jemanden wie dich, ich werde dich empfehlen. Und solange werde ich dir gerne alle deine Fragen beantworten.«

»Danke«, sagte Robin, wobei es ihr davor grauste, irgendeinem Club beizutreten.

»Und jetzt geh‘ zur nächsten Stunde, die Pausen sind kurz. Am besten du verlierst deine Mitschüler nicht aus den Augen.«

Doch genau das war nicht so einfach. Von ihrer Klasse war keine Spur, dafür wurde Robin im Flur wieder in einer große Welle von Schülern mitgerissen.

Es war erstaunlich, wie leicht die anderen Robin erkannten und das bei so vielen Personen.

»Hey, Robin!«, riefen ein paar von ihnen.

Einige waren wiederum nicht so freundlich und stellten ihr direkte Fragen.

»Du bekommst doch Magieblocker, oder? Nimmst du sie? Ich will ja nicht unfreundlich wirken, aber du siehst nicht so aus, als würdest du deine Kräfte beherrschen«, sagte ein älterer Junge.

»Wenn ich mir nur vorstelle, dass du mit einem Fingerschnippen die ganze Akademie auslöschen könntest, will ich am liebsten meiner Mutter schreiben, dass sie mich aus der Schule nimmt«, sagte jemand hinter Robin.

»Robin, hey! Ich finde es cool, dass du töten kannst. Kannst du meiner Schwester Angst einjagen?«, fragte ein Junge.

Was sollte das? Robin nahm keine Mordaufträge entgegen, das war es ja, was sie an ihrer Kraft vermeiden wollte.

Sie lief schneller und drängte sich regelrecht an den Schülern vorbei.

»Du musst sie ja nicht gleich umbringen, Angst einjagen reicht völlig!«, rief der kleine Junge ihr nach.

»Ihr macht sie wütend, lasst das sein, bevor sie uns noch wirklich umbringt.«

»Wo willst du hin, schwarzer Phönix?«

»In den Fluren wird nicht gerannt!«

»Lass uns am Leben!«

Robin fühlte sich hier nicht sicher, es gab zu viele Augenzeugen, die sie verraten konnten.

Robins Kopfschmerzen verstärkten sich und auf einmal wurde ihr Blut unter der Haut eiskalt. Das passierte sonst immer dann, wenn sie zauberte.

Sie hatte zwar die vom Arzt verschriebenen Magieblocker genommen, doch was, wenn sie nicht funktionierten?

Robin bekam eine Panikattacke und rannte einfach weiter. Das Rot der Uniformen der Umherstehenden verschwamm vor ihrem Blick zu einem einzigen, in den Augen brennenden Fleck.

Sie lief und lief. Treppe runter, Treppe rauf, nach rechts und links, durch größere Räume, dann wieder an Schülern vorbei.

Andauernd hörte sie ihren Namen und unüberlegte, verletzende Sprüche.

Irgendwann verstummten die Rufe und das Rot der Uniformen verschwand. Vielleicht war die Pause vorbei, vermutlich aber auch kam Robin an einem schülerfreien Ort an.

Sie wurde langsamer. Das eiskalte Blut raste aber weiterhin durch ihren Körper.

Schnell suchte sie in ihrer Schultasche nach dem Döschen mit den Magieblockern, kippte fünf Pillen auf ihre Hand und warf sie sich in den Mund. Auf der Zunge schmeckte sie den bitteren Geschmack und dachte an Frederiks Worte: *Nimm die Tabletten nicht und flieh von hier, so schnell du kannst – so wie immer.*

Sie schluckte die Pillen herunter.

»Ich traue dir nicht, Freddy«, flüsterte sie und versuchte, den bitteren Geschmack mit viel Spucke von der Zunge zu spülen.

kathy

Kathy Silberstein war unzufrieden.

Für gewöhnlich bekam sie alles, was sie wollte: Angefangen von ihrem Lieblingsschnuller im Babyalter, bis hin zu jeder Story, die lohnenswert war, dass man über sie berichtete.

In ihrer neuen Folge von ‚*Kathy informiert*' wollte sie wieder den jüngeren Schülern zeigen, wie man mithilfe von Feenstaub einen fantastischen Regenbogeneffekt in das Haar färbte. Außerdem, wie man sich gegen die lüsternen Anmachsprüche von gewissen Lehrern zur Wehr setzte. Doch seit gestern lief eine viel aufregende Story durch die Gänge der Phönixakademie und alle Zuständigen weigerten sich, Kathy zu helfen.

Frustriert wischte und tippte sie auf dem Bildschirm vor ihr herum. Sie ertrug ihr eigenes Gesicht darauf nicht. Das Mädchen mit dem kunterbunten Haar in ihrem nächsten Beitrag grinste und erklärte im fröhlichen Ton, wie man den Regenbogeneffekt am besten hinbekam. In zwei Stunden sollte der neue Funke in das Spiegelnetzwerk gehen.

Ursprünglich wollte Kathy die Stadt *Kabarun* besuchen, an der die Akademie gerade einen Zwischenstopp machte. Sie hatte vor, einen Beitrag über berichtenswerte Orte zusammenzustellen, aber dann kam schon die Nachricht über den schwarzen Phönix und das war um Längen interessanter als eine weitere Himmelsstadt. Jetzt fehlte der Schülerin Zeit für einen Ausweichbeitrag.

Vielleicht schaffe ich es noch, ein paar glückliche Absolventen zu interviewen, die in Kabarun eine Arbeitsstelle ergattern konnten, dachte Kathy, verwarf den Gedanken jedoch sofort. Das wäre zu langweilig und außerdem planten die Jungs vom *Akademie-Spiegel* bereits so einen Beitrag und Kathy wollte nicht so gewöhnlich werden. Dann doch lieber Regenbogenfarben, die würden wenigstens junge Schülerinnen beeindrucken.

»Verdammter Leo. Bescheuerter Clamentin«, nuschelte sie und löschte eine kurze Passage, in dem sie ein Doppelkinn machte, aus ihrem Beitrag.

Als es ihr selbst zu nichtig erschien, was sie da tat, stand sie zermürbt auf und schob ihre Handtasche, die auf dem Tisch lag, mit einem Wisch zu Boden. Ihre Kosmetikstifte kullerten heraus, doch Kathy bemühte sich nicht einmal, sie wieder aufzuheben, denn sie würde sie jetzt eh nur durch den Raum werfen.

Vielleicht gar keine schlechte Idee.

Die Zehntklässlerin schnappte sich ihren Lippenstift und warf ihn in einem Bogen gegen die Tür, die sich genau in diesem Moment öffnete.

Der Stift prallte durch den Schwung stärker an der Tür ab und knallte gegen einen der Bildschirme in der ersten Reihe des Kommunikationsraums.

»Was zum …«

Kathy sah überrascht zur Tür.

Strahlendgrüne Augen blickten erschrocken zu ihr.

»Oh, hey!«, sagte Kathy, fast erstickt vor Aufregung. »Du bist Robin Bish!«

Das Mädchen an der Tür schüttelte energisch den Kopf und verließ wieder den Raum.

»Warte, warte!«, rief Kathy und rannte Robin nach. »Du brauchst nicht wegzugehen, komm doch rein. Jeder darf den Kommunikationsraum nutzen.«

Das Mädchen schwieg und blieb auch nicht stehen.

Kathy durfte diese Möglichkeit nicht vermasseln und schnappte sich sanft Robins Hand.

»Du scheinst verwirrt zu sein, komm zur Ruhe. So ein erster Tag kann anstrengend sein. Die vielen neuen Menschen, die neugierigen Blicke, die Hausaufgaben.«

Robin zog ihre Hand schnell aus Kathys.

»Bitte entschuldige«, sagte Kathy leise.

»Ich habe meine Klasse verloren«, sagte der schwarze Phönix.

»Wenn du willst, schaue ich am Computer nach, wo deine Mitschüler sind. Ich kann dich auch zum richtigen Unterrichtsraum begleiten und ein gutes Wort für dich einlegen.«

Robin biss sich auf die Unterlippe, dann nickte sie.

Kathys Magen begann zu feiern, doch lediglich ein mildes Lächeln kroch auf ihre Lippen.

Sie brachte die neue Schülerin in den Kommunikationsraum, hob ihren Lippenstift auf und blickte Robin verlegen an.

»Der ist mir nur aus der Hand gerutscht.«

Nachdem Robin nichts darauf erwiderte, fühlte sich Kathy dazu verpflichtet, das Gespräch aufrechtzuerhalten. »Verzeih mir, ich stelle mich kurz vor. Ich bin Kathy Silberstein und die Schülersprecherin, wie man unschwer an meiner Uniform erkennen kann. Ich bin für das Mint-Areal zuständig. Zudem bin ich noch die Herausgeberin eines Hologramm-Formats mit dem bescheidenen Namen ‚*Kathy informiert*'. Meine Hologramme kommen wöchentlich heraus und ich erzähle den Akademiebewohnern was über die neuesten Ereignisse in unserer Schule.«

»So wie eine Tageszeitung?«, fragte Robin mit einem skeptischen Unterton.

Kathy verdeckte mit dem Rücken ihren Bildschirm, auf dem sie sich gerade grünen Feenstaub ins Haar einmassierte.

»Ja, ganz genau!«

»Dann erzähl allen, dass ich niemandes Schwester töte.«

Die Stimme des Mädchens klang drängender. Hatte Kathy Robin tatsächlich soweit, dass sie ihr Fragen stellen konnte?

»Na ja, Robin, die meisten haben Angst. Ich will natürlich alle Gemüter besänftigen, aber ich darf keine Lügen verbreiten.«

»Das ist keine Lüge!«, schrie Robin sie an. »Ich habe auch meine Eltern nicht angegriffen!«

Kathy nahm beschwichtigend die Arme hoch.

»Verlier jetzt bitte nicht die Kontrolle. Ich werde gerne deine Sicht der Geschichte herausbringen. Dazu müsstest du mir einige Fragen beantworten. Würdest du das tun?«

Robin zog einen Stuhl heran und setzte sich.

Kathys Mundwinkel zuckten leicht, doch sie räusperte sich und nahm einen ernsten Gesichtsausdruck an.

Sie schaltete den Bildschirm hinter ihrem Rücken aus und setzte sich Robin gegenüber.

»Was ist das für ein Gefühl, in der ersten Klasse gelandet zu sein?«, fragte sie und beugte sich umständlich zur Seite, um ihre Handtasche, die noch immer auf dem Boden lag, heranzuziehen. Sie nahm ihren silbernen Funkenspiegel und öffnete ihn. »Störe dich nicht daran, ich will unser Gespräch aufnehmen.«

»Was ist das?«, fragte Robin.

»Du weißt nicht, was das ist?«

Die Dunkelhaarige schüttelte dezent den Kopf.

Kathy lachte auf. »Wo hast du denn gelebt? Das ist ein Funkenspiegel. Die Dinger gibt es überall. Ach ja, du kommst ja aus einer Bodenstadt, vielleicht kennt man das Kommunikationsgerät da noch nicht.«

Kathy hielt ihren Spiegel hoch.

»Damit ist *so viel* möglich! Man kann damit Nachrichten übertragen, die Computer, die du hier siehst, aus der Ferne bedienen, Informationen erfragen, Hologramme aufnehmen oder abspielen. Unser Gespräch zeichne ich auf, um es später auszuwerten.«

»Wo bekomme ich meinen Spiegel?«, fragte Robin.

»*Deinen*? Wenn du Geld hast, dann findest du genügend Exemplare in den Akademieläden oder eben in Himmelsstädten an jeder Ecke. Aber keine Sorge, wenn du dir keinen Funkenspiegel leisten kannst, diese Computer hier stellt die Akademie ärmeren Schülern zur Verfügung.«

»Ist es denn notwendig, das zu nutzen?«

»Robin, das ist das Suchtmittel unserer Generation.

Also ja. Aber zurück zum Interview.«

Nachdem sie einige Symbole mit dem Finger auf den Spiegel gewischt hatte, schloss sie ihn wieder und sah Robin lächelnd an.

»Also, wie geht es dir mit den Kleinen?«

»Ich schätze, so wie mit jedem Jahrgang. Alle starren mich an, es ist unangenehm«, antwortete Robin. »Aber landet nicht jeder genetische Phönix in seiner Orientierungsphase in der ersten Klasse?«

Natürlich hatte Robin recht, aber Kathy nahm einen nachdenklichen Ausdruck an und entschied, auf diese Frage nicht einzugehen.

»Hat man dir gesagt, wie deine Kraftuntersuchung ausgefallen ist?«

»Ich verstehe die Werte nicht, aber Clamentin sagte, dass –«

»Oh, du darfst den Lehrer beim Vornamen nennen? Das ist ungewöhnlich. An deiner Stelle würde ich es vermeiden. Mr. Fammel hat die Angewohnheit, Schülerinnen, die Clamentin zu ihm sagen, einen schlechten Ruf zu verpassen, wenn du verstehst, was ich meine.«

»Er hat mir den Vornamen angeboten«, sagte Robin schroff, was Kathy überraschte.

»Du brauchst dich nicht so angegriffen zu fühlen, ich wollte dich nur nett darauf hinweisen, bevor du womöglich mit schlimmen Gerüchten bedacht wirst. Ich weiß nicht, ob es daran liegt, dass du nervös bist, aber ist deine aggressive Stimmung dauerhaft?«

»Ich bin nur angespannt.«

»Aber dein Tonfall lässt schon zu wünschen übrig. Ich glaube, wer beweisen will, dass er ungefährlich ist, würde zumindest lächeln«, Kathy genoss den verunsicherten Blick, der immer wieder zum Funkenspiegel wanderte.

Robins Stirn lag in Sorgenfalten und die grünen Augen strahlten eine Unschuld aus, die Kathy noch nie bei einem Menschen gesehen hatte.

Gänsehaut kroch über die Arme der Zehntklässlerin.

»Schon gut, ich berichte nie voreingenommen. Ich habe aber noch eine wichtige Frage: Hat man dir Magieblocker verschrieben? Manchmal machen sie das nicht, doch in deinem Fall wäre das essenziell.«

»Ja.«

»Und nimmst du diese Tabletten.«

Robin zögerte und schloss die Augen, als versuchte sie, sich an ein Ereignis zu erinnern, dann nickte sie und sagte: »Natürlich, ich will ja niemanden verletzen.«

»Also könntest du jemandem Schaden zufügen?«

»Nicht mit Absicht!«, sagte Robin und öffnete panisch die Augen, beinahe flehentlich.

»Ich denke, ich habe alles, was ich brauche. Wir wollen die Schüler ja nicht mit zu vielen Informationen langweilen. Dennoch werde ich noch einmal auf dich zukommen. Und jetzt lass mir dir zeigen, wo dein Unterricht stattfindet.«

Lion

Nach dem Unterricht wollte Lion sich für sein Verhalten bei Annie und den anderen entschuldigen, doch seine Cousine war schnell mit Berry verschwunden. Aves hatte die Lehrerin für *Innere Heilung* ins Gespräch über die letzte Hausaufgabe verwickelt und gab Lion das Zeichen, vorauszugehen.

»Bis später«, nuschelte Lion, als er den Raum verließ.

Doch daraus wurde nichts.

Im Speisesaal wurde Lion von einem genervt aussehenden, stämmigen, jungen Mann namens Hornelius Larsen abgefangen. Er trug die gelbschwarze Uniform der internen Feuerwehr der Phönixakademie und hatte verrußte Wangen.

»Wenn du heute keine lebenswichtige Aufgabe hast, musst du unbedingt zum Dienst. Vier von uns haben tatsächlich beschlossen, sich in dieser schicken Stadt zu bewerben und das, ohne mir Bescheid zu geben. Was finden sie alle an *Kabarun*? Da brennt es doch nie!«

»Du solltest dir ganz dringend Hilfe holen, Horn«, sagte Lion und wollte bereits zur Essensausgabe gehen.

»Das tue ich gerade«, sagte Hornelius und packte Lion am Kragen. »Ich brauche dich sofort.«

Lion schüttelte Horn ab und sah auf ihn herab. Der Neunzehnjährige war durch seine Ausbildung zum Sicherheitsphönix mit Muskeln vollgepackt, dennoch überragte Lion ihn um mindestens drei Köpfe.

»Von mir aus«, sagte Hornelius beschwichtigend. »Du darfst dir ein Brot schmieren, aber das isst du unterwegs zur Wache! Nein, warte, dafür ist keine Zeit.«

Hornelius hielt einen vorbeilaufenden Jungen auf, packte ihn an den Oberarmen und hob ihn hoch.

»Du schmierst ein paar Brote und bringst sie zur Feuerwehrwache. Es geht um Leben und Tod.«

Der verängstigte Schüler nickte hastig. In seinen Augen stand die Angst, gleich geschlagen zu werden.

»Gut. Beeil dich!«

Der Feuerwehrmann stellte den Jungen wieder auf den Boden und lief bereits los, während er Lion ein Kopfzeichen gab, ihm zu folgen.

»Leben und Tod? Wirklich?«, fragte Lion, nachdem sie den Speisesaal verließen.

»Nach dem Unterricht wird es immer brenzlich«, sagte Hornelius und schielte Lion von der Seite an. »Die perfekte Zeit für unbeaufsichtigte Feuerzauberübungen. Sieh mich nur an, wir hatten heute Vormittag schon viel zu tun, weil einige der Meinung waren, stärkere Zauber üben zu müssen, um sich gegen den schwarzen Phönix verteidigen zu können. Was für Trottel! Als wären diese Zauber eine Gefahr für die Süße.«

»Meinst du Robin?«

»Wen sonst? Hast du sie schon gesehen? Ach, stimmt

ja, du warst derjenige, der sie hergebracht hat. Und? Wie ist sie so?«

Lion konnte Robins verängstigten Gesichtsausdruck nicht vergessen.

»Schwer zu beschreiben«, sagte er nach einer Weile.

»Egal, ich sehe sie mir später selbst mal an. Ich kann sie ja mal fragen, ob sie bei uns mitmachen will. So ein frostiges Feuerchen wird den Brandstiftern Angst einjagen und dann denken sie zweimal nach, bevor sie ihre Zauber außerhalb des Unterrichts üben.«

»So ein schwarzes Feuer ist nicht zu unterschätzen.«

»Hast es gelöscht, was?«

Hornelius grinste und boxte Lion mehrmals leicht in den Bauch und in den Oberarm. »Ich bin so verdammt stolz auf dich.«

Lion wehrte die verspielten Schläge ab und lachte leise.

»Ich hatte Hilfe von Berry.«

»Oh!«, zog Hornelius in die Länge und begann Lion erneut zu boxen. »Ich sagte doch, die Kleine steht auf dich!«

»Berry steht nur auf Bücher. Und ich bitte dich, damit aufzuhören, sonst schmeiße ich den Dienst für heute.«

Hornelius bedeckte echauffiert die Lippen mit den Händen und machte große Augen.

»Du bist heute aber sensibel.«

Lion hatte gerade seine Feuerwehruniform angezogen, als die belegten Brote ankamen. Der Junge, der sie gebracht hatte, war wohl um das Wohl der Feuerwehrjungs besorgt (oder um sein Leben), denn auf dem Tablett, das er vor sich herbalancierte, erhob sich ein Berg kleiner Schnittchen.

Wortlos nahm Lion ein mit Pilzpaste beschmiertes

Brot und biss beherzt hinein. Im selben Moment läutete die Einsatzsirene.

Mit einem Happen verschwand das Brot in Lions Mund. Er kaute, während Hornelius den Einsatzplan auf seinen Funkenspiegel projizierte.

Ein Hologramm einer Abbildung der gesamten Phönixakademie im Kleinformat erschien und ein roter Punkt blinkte penetrant an einer Außenwand der Akademie.

»Drachenfeuer«, knurrte Hornelius. »Drei unserer Freunde leiden im Moment an Drachenhusten, das ist gar nicht lustig, Jungs. Ab zum Hangar!«

Auf dem kürzesten Weg erreichten die Feuerwehrmänner die Halle und schwangen sich auf gelbe, leistungsfähigere Gleiter, die nur der Feuerwehr vorbehalten waren.

Lion beschleunigte begeistert, denn er liebte diese Flitzer, um die ihn alle seine Klassenkameraden beneideten.

Nicht nur er freute sich, denn seine Dienstkollegen jaulten glücklich auf, als sie die Akademie verließen und einige Runden um den gewaltigen Komplex machten.

»Ich kann mir nicht vorstellen, dass man vor Jahren noch keine Gleiter hatte«, sagte ein Kollege.

Hornelius lachte.

»Ja, aber damals wurde noch viel Wert auf Fliegen ohne Hilfsmittel gelegt, das ist viel komplizierter und erstrebenswerter. Aber leider auch nicht so effektiv, um größere Strecken zurückzulegen.«

»Für längere Wege hatten sie noch die Drachen«, sagte Lion in sein Helmmikrofon.

»Das waren vielleicht mal harte Zeiten«, gab Hornelius zurück. »Heute reisen nur noch die Nostalgiker mit Feuerechsen. Apropos Drachen: Jungs, ich lasse euch nach dem Einsatz ein paar Minuten Zeit mit den Gleitern, doch jetzt ab zum Feuer!«, grölte Hornelius aus den Lautsprechern. Lion verzog vor Schmerz sein Gesicht und drehte zu der brennenden Stelle ab.

Hornelius hatte recht damit, dass man erst die Flammen unter Kontrolle bringen musste. Was die Feuerwehrmänner vor sich sahen, war kein kleiner Funke. Das Feuer hatte bereits einige Fenster zersplittert und war ins Innere eingedrungen.

»Was sind das für Räume?«, wollte Lion wissen.

»Warte, ich schaue – das sind zum Glück nur sanitäre Anlagen«, gab Hornelius zurück.

Lion und die anderen versammelten sich um die Flammen und gaben ihr Phönixfeuer dazu, denn das war noch immer die effektivste Methode, dem Fremdfeuer Energie zu rauben.

»Gebt dem Drachengehege Meldung: Sie sollen infizierte Drachen behandeln und nicht als Wächter rauslassen«, sagte Hornelius.

»Ich gebe das sofort durch«, sagte einer der Dienstkollegen.

Das Feuer wurde inzwischen kleiner und bald rauchte die betroffene Stelle nur noch.

»Hier wird keiner mehr so bald duschen wollen. Das ist das White-Areal, die Jungs werden nicht gerade glücklich darüber sein. Ich freue mich jetzt schon auf ein Gespräch mit der Akademieleitung.«

»Sind die Leute im White-Areal wirklich so abgehoben?«, fragte Lion Hornelius.

»Du hast ja keine Ahnung. Sie nehmen ja nicht einmal die Schülersprecher bei sich auf und die sind die Könige der Schülerschaft.«

»Die Vorstellung, dass Kathy Silberstein in das White-Areal umzieht und einen größeren Höhenflug hat, ist grotesk«, sagte Lion.

»Was ist das mit dir und dieser Kathy? Eine Art Hassliebe?«

Lion knurrte nur leise in sein Mikrofon und brachte Hornelius zum Lachen.

»So, Jungs, ihr könnt noch ein bisschen herumfliegen, in zwanzig Minuten seid ihr aber alle in der Wache«, sagte er, nachdem er sich ausgelacht hatte.

Keine Viertelstunde später rannten Lion und Hornelius nur zu zweit in ein stark brennendes Quartier eines Fünftklässlers. Er hatte den Liebesbrief seiner Ex-Freundin verbrennen wollen und hatte nun zu viel Panik, das Feuer selbst zu löschen.

Unterwegs zur Feuerwache mussten die beiden einen Umweg über den Aufenthaltsraum des Grünkern-Areals nehmen, um den frustrierten Studenten, die keine Arbeitstelle in *Kabarun* gefunden hatten, zu helfen, ihr eigenes Feuer zu löschen.

Als sie wieder in der Wache ankamen, war Hornelius sichtlich wütend, denn die übrigen Jungs saßen nur da und kicherten über irgendetwas, das sie im Funkenspiegel betrachteten.

»Ich werd‘ noch zum verkohlten Phönix! Was treibt ihr da? Seid ihr noch ganz bei Trost? Ihr hättet uns ruhig etwas helfen können.«

»Wir wussten nicht, wo ihr wart«, entschuldigte sich einer der Dienstkollegen und umklammerte seinen Funkenspiegel.

»Ich habe oft genug Nachricht geschickt, ihr solltet sie auch mal gelegentlich abrufen. Was schaut ihr euch stattdessen an? Na klar, was sonst, ‚*Kathy informiert*'. Jungs, sie ist nicht einmal eure Kragenweite.«

»Darum sehen wir sie uns nicht an. Sie erzählt etwas über den schwarzen Phönix«, sagte ein anderer Junge erfreut und stierte weiterhin auf das Hologramm einer Schülerin mit regenbogenfarbenem Haar.

»Ich will das sehen, los, hol deinen Funkenspiegel raus, Horn«, sagte Lion und bekam jetzt schon Wut auf Kathy. Was konnte sie über Robin sagen, was nicht gegen den schwarzen Phönix gerichtet war?

»Ja gut«, sagte Hornelius und kramte in seiner verrußten Uniformtasche.

»Schneller, Horn, beeil dich!«

»Unglaublich, dass so ein reicher Kerl wie du keinen Funkenspiegel besitzt oder überhaupt ehrenamtlich aushilft. Hätte ich Geld wie du, würde ich mich morgens nicht aus dem Bett bequemen.«

»Ja, ja, du armer Junge, du bekommst ein schönes Geburtstagsgeschenk von mir, aber jetzt schalte diese bescheuerte Kathy ein.«

»Ich nehme dich beim Wort und sende dir meine Wunschliste.«

Hornelius öffnete den Funkenspiegel und wischte mehrmals einen Kreis auf den obersten der beiden Spiegelhälften, woraufhin sich dieser zartgelb verfärbte und ein kleines Hologramm auf den unteren Spiegel warf.

Kathy erschien und winkte lächelnd.

»Hallo meine Lieben! Willkommen bei ‚Kathy informier', das Format für Wahrheiten, Mode und kribbelnde Geheimnisse.

Schön, dass ihr wieder zugeschaltet habt«, trällerte Kathy fröhlich und Lion schnaubte verächtlich.

»Ich hoffe, ihr hattet alle einen tollen Aufenthalt in Kabarun. Das ist so eine fan-tas-ti-sche Stadt. Vor allem liebe ich die Kabaruner Salatspezialitäten. Ich habe mir gleich einen ganzen Karton mit verschiedenen Geschmacksrichtungen geordert. In den nächsten Tagen stelle ich sie euch einzeln vor und wer noch Appetit darauf bekommt, der hat noch genau vier Tage Zeit, sich mit diesen Köstlichkeiten einzudecken. Wer es bis dahin nicht schafft, muss wohl ein Jahr warten, bis unsere Akademie wieder dort hält. Ich empfehle es wirklich jedem, die Gelegenheit zu nutzen, Kabarun zu besuchen, ihr werdet es nicht bereuen!«

Lion lauschte dem Mädchen aufmerksam, wobei er bemerkte, dass er mit jedem ihrer Worte dümmer wurde. »Redet sie über Salat? Im Ernst?«, fragte er entsetzt.

»Sie leitet immer so ausschweifend ein. Scht, jetzt geht es los, glaube ich«, erklärte Hornelius, der offensichtlich nicht zum ersten Mal Kathys Format ansah.

»Seit der Andockung an Kabarun haben wir leider nicht nur gute Neuigkeiten, meine Lieben. Ich muss euch die beängstigende Wahrheit erzählen, denn ich finde, ihr verdient es, im Bilde zu sein.«

Kathy machte einen theatralischen Seufzer und legte ihre Hand auf die Brust.

»Die Phönixakademie bietet nun einen Zufluchtsort für eine Verbrecherin. Und nicht nur irgendeine Gaunerin, die ein paar hübsche Klunker gestohlen hat. Nein. Robin Bish ist ein schwarzer Phönix und die Mörderin ihrer Eltern. Ihrer eigenen Eltern!«

»Du bist so erledigt, Kathy«, zischte Lion und ballte seine Hände zu Fäusten.

»Mir stellt sich die Frage, in welchem Interesse unsere Akademieleitung handelt, wenn sie so eine gefährliche Magierin in unsere Hallen lässt. Eine Todesfee ist nichts im Vergleich zu Robin Bish. Für diejenigen, die noch nichts über einen schwarzen Phönix im Unterricht gelernt haben, hier noch eine kurze Zusammenfassung: Ein schwarzer Phönix hat die gleichen Fähigkeiten wie wir auch, nur dass sie das Gegenpol zu unseren sind. Wenn wir Dinge erschaffen, zerstört sie ein dunkler Phönix, wenn wir Leben schenken, nimmt er es unwiderruflich. Schwarze Phönixe sind für ihre Unberechenbarkeit und ihre Grausamkeit bekannt. Ich mache mir um jeden einzelnen von euch Sorgen. Bitte seid vorsichtig und haltet euch von Robin Bish fern.

Durch ein persönliches Interview mit dem Mädchen habe ich leider miterlebt, wie aggressiv sie ist. Dass sie Magieblocker nehmen muss, hat sie mir unter Tränen gestanden. Ich hatte den Eindruck, als ob sie es lieber nicht tun würde. Ich finde, das sollte nicht auf freiwilliger Basis geschehen. Das ist fahrlässig, meine liebe Akademieleitung. Warum verabreicht man Robin die Tabletten nicht mit Zwang? Das wäre das Beste für unsere Sicherheit.

Wir sollten uns auch nicht damit abfinden, dass der schwarze Phönix in dieselbe Klasse gesteckt wird wie unsere jüngsten Schützlinge. Wenn Robin Bish schon hierbleiben darf, dann sollte sie Einzelunterricht erhalten, um niemanden zu gefährden.

Dennoch appelliere ich an die Akademieleitung, dass sie die Gefahr, die von Robin Bish ausgeht, ernst nimmt und diese bedrohliche Person schleunigst loswird. Ich habe eine Petition eingerichtet, die ihr unterschreiben könnt, um uns alle zu schützen. Sagt Nein zum schwarzen Phönix!«

Eine kleine blinkende Box erschien neben Kathy und darin stand: *Hier zur Petition gegen Robin Bish.*

»So viel zum erschreckenden Geständnis unserer süßen Robin Bish. Jetzt möchte ich mit euch über ein anderes Thema sprechen. Mädels, Trommelwirbel: Haare! Viele fragen mich andauernd, wie ich es schaffe, meinem Haar diesen Regenbogeneffekt zu verleihen. Das ist nicht schwer! Ich kann euch verraten, dass ihr alle so schönes Haar haben könnt, ihr braucht nur …«

»Ich bringe sie um«, zischte Lion.

»Die lässt aber nichts anbrennen«, sagte Hornelius. »Diese Kathy war doch deine Nachbarin oder so.«

Lion starrte entsetzt das Hologramm der Regenbogen-Kathy an.

»Ja, wir waren mal Freunde, bis sie angefangen hat, sich für etwas Besseres zu halten. Lange ist es her. Sie wird dieses Jahr keine schönen Sommerferien haben«, sagte Lion, dann schlug er mehrfach die kleine Hologrammfigur, die gerade zeigte, wie sie das Haar mit Feenstaub färbte. Kathy flimmerte kurz auf. »Ich muss Robin suchen, ihr braucht mich heute sowieso nicht mehr, die werden sich jetzt alle die Haare färben.«

»Du kannst noch nicht gehen! Nicht doch, Lion! Zieh dich wenigstens um, du siehst aus, als hätte man dich mit Kohle überschüttet!«

Lion war es aber egal, wie er aussah. Er musste erst Kathy oder Robin finden.

robin

Robin sah aus dem Fenster und betrachtete das rege Treiben der Himmelsstadt. Es beruhigte sie, dass die Menschen so weit weg waren und nicht bemerkten, wie Robin sie beobachtete. Sie behielt den Überblick lieber aus der Ferne.

Für gewöhnlich bewegte sie sich zwischen den Bodenstädten, ohne lange in ihnen zu verweilen. An einem einzigen Ort zu bleiben, bedeutete für Robin, ihre Freiheit aufzugeben. An den Orten, an denen sie sich wohlfühlte und sogar Glück verspürte, bekam sie Angst. Sie glaubte nicht daran, etwas lange genug genießen zu dürfen, ohne dass gleich etwas Schlimmes geschah. Etwas in ihrem Kopf forderte sie auf, weiterzuziehen.

Sie besuchte nur selten die Himmelsstädte. Mit ihrer Kleidung würde sie dort sofort auffallen. Und da Bettler in solchen schicken, glänzenden Städten nicht gern gesehen waren, würde man sie fortjagen.

Das Bild, wie ein hungriges Kind von Tür zur Tür stolperte und bettelte, war in den Bodenstädten dafür allgegenwärtig.

Robin hatte schnell begriffen, dass diese Kinder nicht lange lebten und sie wollte leben. Sie war keine Bettlerin, sie nahm sich einfach das, was sie brauchte. Lieber stehlen als sterben war Robins innerer Antrieb, denn Nächstenliebe war in den Bodenstädten nicht zu erwarten. Jeder musste sich selbst versorgen und die ständigen magischen Katastrophen, mit denen die Menschen am Boden zu kämpfen hatten, nahmen den Ärmsten alles.

Die Armut und die Heimatlosigkeit hatte Robin jedoch selbst gewählt. Ihre Eltern hatten sie verkauft, aus welchen Gründen, wusste Robin nicht. Genau das wollte sie die beiden gestern fragen. Da sie ein Haus besaßen und so teuren Schmuck, ging es ihnen offensichtlich nicht so ganz schlecht.

Aber was sollte sie schon Neues darüber erfahren? Dass es um ihre Macht ging, wusste Robin, aber sie hätte gern die Beweggründe für den Verkauf aus den Mündern ihrer Eltern gehört. Was hatte sie dazu bewogen, diesen erbärmlichen Schritt zu gehen?

Und jetzt hatten sie es vermutlich zum wiederholten Mal getan. Vielleicht gab es zwischen ihrem eigenen Handel und dem des neuen Kindes noch weitere solche Transaktionen, von denen Robin nichts mitbekommen hatte.

Dass die ärmeren Leute gelegentlich ihre Nachkömmlinge an wohlhabende, kinderlose Paare verkauften, war ganz gewöhnlich in Bodenstädten. Hatte Robins Kauf aber mit den Geldgebern zu tun, von denen Clamentin heute gesprochen hatte? Sie kannte die Wahrheit, wollte es sich aber nicht eingestehen.

Sie war als kleines Mädchen nicht zu einem reichen Paar gekommen, das keine Kinder bekommen konnte, sondern in eine Einrichtung, in der sie ihrem Ziehvater nicht einmal begegnet war.

Den einzigen Kontakt hatte sie mit den Bediensteten und Ärzten gehabt, die sie aufforderten, bis zur Erschöpfung und Ohnmacht zu zaubern.

Es war grausam gewesen.

Aber sie hatte auch Frederik gehabt.

Robin verspürte Sehnsucht nach dem jungen Mann, der ihr in so vielen Stunden ein Freund gewesen war.

Dennoch wollte sie um keinen Preis zurück zu ihrem Ziehvater. Aber war die Phönixakademie besser?

Der heutige Tag hatte Robin wieder einmal gezeigt, dass sie Menschenmassen nicht gewohnt war. Wenn sie in einer großen Stadt Halt machte, dann nur, weil sie dort anonym blieb. Dass man sie mit Namen ansprach und anstarrte, fühlte sich falsch an.

Und gefährlich.

Sie stand auf und ging durch den leeren Raum zum anderen Fenster, das den Blick auf das Mint-Areal zeigte. Sie hatte den Raum gleich nach der zweiten Unterrichtsstunde gefunden. Sie wollte den Kindern nicht folgen und brauchte einen Ort nur für sich allein. Diesen fand sie im obersten Stockwerk des Unterrichtskomplexes.

Der Raum war früher ein Klassenzimmer gewesen, denn an einer Wand hing immer noch die Tafel. Die übrige Einrichtung fehlte.

So ein Klassenraum förderte keine Konzentration, denn durch die vielen Fenster gab es genug Ablenkung. Vielleicht hatte man deswegen dieses Zimmer aufgegeben.

Auch jetzt war Einiges zu sehen.

Die Areale glichen den Wohngebieten einer gewöhnlichen Stadt, nur dass die Phönixakademie gänzlich auf das

Lernen ausgerichtet war.

Die Schüler genossen inzwischen den Schulschluss und nahmen das Areal mit ihren Freizeitaktivitäten ein. Das Rot der Uniformen wurde nach und nach durch bunte Alltagskleidung ersetzt.

Robin hätte sich auch lieber umgezogen, doch sie glaubte nicht, dass sie bis auf die Uniform etwas anderes bekommen würde. Vielleicht lag in ihrem Quartier noch etwas zum Anziehen, aber sie wusste nicht, wie sie ihr Zimmer finden sollte. Sie hatte mehrmals den Zettel mit der Zimmernummer herausgeholt und drehte auch den Schlüssel nachdenklich zwischen den Fingern, aber sie wollte nicht noch mehr Aufmerksamkeit auf sich ziehen, indem sie nach dem Weg fragte.

Hier war es zudem so ruhig, dass sie beschloss, eine Weile zu bleiben – ja vielleicht sogar die ganze Nacht. Sie unterzog den Boden einer genaueren Betrachtung. Es hatte schon schlimmere Orte gegeben, an denen sie geschlafen hatte. Möglicherweise könnte sie zu einer späteren Stunde aus einem unverschlossenen Klassenzimmer einen Tisch oder einige Stühle hierher bringen.

Dieser Plan entspannte sie.

Robin schloss die Augen und lehnte ihre Stirn an das Fensterglas. Bis morgen hatte sie nichts zu befürchten.

»Robin Bish, bitte melden Sie sich in Mr. Fammels Büro«, erklang eine angenehme Frauenstimme aus den Lautsprechern.

Überrascht öffnete Robin die Augen.

»Ich wiederhole, Robin Bish, bitte melden Sie sich im Büro von Mr. Fammel.«

Ich weiß nicht, wo das ist, dachte sie, kam jedoch bereits in Bewegung. Sie vermutete, dass Clamentin mit ihr über die schwarzen Phönixe reden wollte, wie er es ihr versprochen hatte.

Als sie in der Tür stand, fiel es ihr schwer, den nächsten Schritt zu gehen. Gleich würde sie auf andere Schüler treffen, die sie kannten und doch absolut nichts von ihr wussten.

Mehrmals atmete sie tief durch und trat dann in den Flur.

Der Unterrichtskomplex war gänzlich verlassen, nur ein älterer Mann wischte in aller Ruhe den Boden. Er blickte nicht einmal auf, als Robin an ihm vorbeilief.

Sie blieb stehen und ging einen Schritt auf den Mann zu – er sah nicht aus, als würde er sie verurteilen.

»Können Sie mir sagen, wie ich das Büro von Mr. Fammel finde?«

Der Mann sah sie lächelnd an.

»Im Lehrerbereich, Kindchen. Alle Lehrer sitzen dort.«

»Und wie finde ich diesen Bereich?«

»Bist du neu hier?«, fragte der Mann und stützte sich auf seinem Besenstiel ab.

»Heute ist mein erster Tag.«

Robin hoffte, nicht schon wieder ein Gespräch über schwarze Phönixmagie führen zu müssen.

»Kommst aus Kaburun, was? Eine hübsche Stadt.«

Robin zuckte mit den Achseln.

»Du redest nicht gern über deine Heimat? Na, ich auch nicht. Der Lehrerbereich ist direkt neben dem Unterrichtskomplex, gleich links, wenn du hinausgehst. Wenn du leckeres Essen riechst, bist du am Speisesaal und demnach zu weit.«

»Danke«, sagte Robin und lief den Flur entlang, wobei

sie einen vorsichtigen Blick zurückwarf. Der Mann hatte seine Tätigkeit wieder aufgenommen.

Es gab wohl doch noch Leute, die nichts von ihrer Aufnahme mitbekommen hatten, und das ließ sie sogar lächeln.

Doch die Freude erstarb, sobald sie die Eingangstür durchquerte und den Lehrerbereich sah. Davor hat sich eine Schülerschar versammelt.

Robin straffte ihre Haltung.

Sie tippte zwei Schülerinnen auf die Schultern.

»Lasst mich durch«, sagte sie mit fester Stimme.

Köpfe fuhren zu Robin herum.

Eine bedächtige Stille entstand, bis plötzlich mehrere Schüler weinend wegrannten und andere vor Robin zurückwichen.

Egal, was Robin erwartet hatte, *das hier* gehörte nicht dazu. Sie zwang sich, ihre Haltung zu bewahren und nutzte die entstandene Schneise dazu, den Eingang des Lehrerbereiches zu erreichen.

»Das ist sie«, flüsterten die Schüler.

»Hast du schon die Petition unterzeichnet?«

»Ja. Du auch?«

Robin sah sich nicht nach den einzelnen Personen um, aber sie spitzte die Ohren. Worüber sprachen sie?

»Sind Sie Robin Bish?«, wollte eine Frau am Eingang wissen.

Sie trug eine Brille mit dickem Gestell und ihr Haar war zu einem strengen Dutt gesteckt.

»Ja, ich bin Robin Bish.«

»Ich bin Karen, die Assistentin von Mr. Fammel, bitte kommen Sie mit, ich bringe Sie in sein Büro.«

clamentin

»*Die Phönixakademie bietet nun einen Zufluchtsort für eine Verbrecherin. Und nicht nur irgendeine Gaunerin, die ein paar hübsche Klunker gestohlen hat. Nein. Robin Bish ist ein schwarzer Phönix und die Mörderin ihrer Eltern. Ihrer eigenen Eltern!*«, trällerte die Stimme des kleinen Hologramms von Kathy Silberstein aus Clamentins Funkenspiegel, der auf dem Schreibtisch lag.

Dieses Miststück lässt auch keine Sensation aus, dachte er.

Er schaute das Mädchen nicht an, sondern lief in seinem Büro auf und ab.

Clamentin spielte den neuesten Funken von ‚*Kathy informiert*' in Dauerschleife ab und überlegte, auf welchem Wege er das lästige Biest daran hindern könnte, je wieder an die Öffentlichkeit zu gehen. Dieses Mal, so war er sich sicher, würde er sie drankriegen, denn schließlich verbreitete sie offensichtliche Lügen.

»*Eine Todesfee ist nichts im Vergleich zu Robin Bish*«, zwitscherte Kathy weiter.

»Halt endlich deine Klappe!«, zischte Clamentin,

knüllte ein Schmierblatt zu einer Papierkugel und warf diese durch das Hologramm.

Es klopfte an der Tür.

»Herein!«, sagte er mit einer nachdenklichen Stimme, ohne den Blick von dem regenbogenhaarigen, flackernden Mädchen zu lösen.

»Mr. Fammel, denken Sie an Ihr Treffen mit den Beratern des Akademieleiters? Der Termin ist bereits in einer halben Stunde«, sagte seine Assistentin.

»Ja«, antwortete er.

»Übrigens, Robin Bish ist jetzt da. Soll ich sie hereinbringen?«

Clamentin sah Karen nicht an, aber er machte eine Handbewegung, damit sie das Mädchen in sein Büro ließ.

»Mr. Fammel empfängt Sie jetzt. Gehen Sie ruhig rein, Schätzchen.«

Er hörte, wie Robin hereinkam und seine Assistentin Karen die Tür hinter sich schloss.

»Durch ein persönliches Interview mit dem Mädchen habe ich leider erleben müssen, wie aggressiv sie ist …«

»Was ist das?«, fragte Robin.

Clamentin sah sie über seine Schulter hinweg an und winkte sie heran.

»Laut Kathys Beitrag kennt ihr euch bereits. Dir sagt doch der Name Kathy Silberstein etwas?«

Robin trat an seine Seite und blickte auf die kleine Hologramm-Schülersprecherin.

»Dennoch appelliere ich an unsere Akademieleitung, dass sie die Gefahr, die von Robin Bish ausgeht, ernst nimmt und diese bedrohliche Person schleunigst loswird.«

»Sie sagte, sie würde mir helfen, an der Akademie zu bleiben, indem sie anderen berichtet, dass ich nicht tödlich sei«, sagte Robin und ein Hauch Enttäuschung schwang in ihrer Stimme durch.

»Es ist meine Schuld. Ich habe dich einfach den Schülern ausgeliefert. Ich hätte bedenken müssen, wie grausam sie sein können, wenn sie sich bedroht fühlen. Auch wenn es nur um ihre Ehre geht. Setz dich bitte, du solltest den gesamten Funken ansehen.«

Clamentin nahm den Funkenspiegel, startete Kathys Beitrag erneut und überließ Robin seinen Stuhl, während er sich selbst an das Fensterbrett setzte.

Er beobachtete Robin dabei, wie sie mit entsetztem Gesichtsausdruck den giftigen Worten der Schülersprecherin lauschte.

Sobald Kathy begann, über ihr Haar zu quasseln, klappte Clamentin den Spiegel fest zu und erstickte das nervige Hologramm.

»Deswegen waren alle gerade so schockiert, mich zu sehen«, sagte Robin nach einer Weile.

»Die Schaulustigen stehen noch immer vor der Tür. Wenn du willst, kann ich dich nach dem Gespräch bis zu deinem Quartier begleiten. Ich glaube, du weißt sowieso nicht, wo das ist.«

Die Miene der Schülerin war voller Sorge und Zweifel.

»Muss ich dort schlafen?«, fragte sie leise.

»Irgendwo solltest du schlafen.«

»Ich finde schon etwas.«

»Robin, worüber reden wir? Dir wurde ein Quartier zugeteilt, du wohnst dort allein und wirst es mögen. Ich kann mir nicht vorstellen, wo du sonst schlafen willst.«

»Ich finde schon etwas«, wiederholte sie und klang dabei drängender.

Clamentin machte eine wegwerfende Bewegung. »Das besprechen wir später. Was mir Sorgen bereitet, ist Kathy Silbersteins Funke. Sie hat viel Einfluss auf die Schüler und hat etwas in Gang gesetzt, was wir ernstnehmen müssen. Ich glaube zwar nicht, dass die Akademieleitung die dumme Petition zulassen wird, doch sollte die Angst so stark in die Köpfe der Schüler eindringen, dass sie reihenweise die Phönixakademie verlassen, schädigt das den Ruf der Institution. Die da oben in ihrem White-Areal sind dann nicht mehr so entspannt.«

»Wieso sollte jemand freiwillig die Akademie verlassen? Hier gibt es alles: ein Dach über den Kopf, Nahrung ...« Robin legte ihre Hände auf Clamentins Funkenspiegel und betrachtete ihn eingehend, »... und Schutz.«

»Und den irrsinnigen Glauben, ein skrupelloser, schwarzer Phönix könnte sie töten.«

Robin hob den Kopf.

»Ich –«

»Du hast deine Eltern nicht getötet, ich weiß, das wissen nur die anderen nicht, doch –«

Draußen vor dem Büro ertönte ein Streitgespräch und bald darauf schwang die Tür auf. Ein wütend blickender Feuerwehrmann in verrußter Dienstuniform polterte hinein. Seine Hand umklammerte Kathy Silbersteins Oberarm.

»Mr. Fammel ist gerade im Gespräch!«, versuchte Karen dazwischenzugehen. »Sie können ihn nicht stören!«

»Das geht in Ordnung«, sagte Clamentin. »Komm herein. Lion, hast du etwa den Dienst verlassen?«

»Ich habe Bescheid gegeben«, sagte Lion und stieß Kathy grob beiseite.

Die Schülerin rieb sich den Arm und klopfte den Ruß von ihrer schicken, silbernen Uniform.

»Danke, jetzt muss ich mein Jackett in die Reinigung geben.«

»Der klitzekleine Fleck fällt nicht auf, bei deinem frischgefärbten Haar«, blaffte der große Junge sie an. Er ging auf sie zu und sah ihr von oben herablassend in die Augen. Dann nahm er die Schülerin in eine feste Umarmung.

Während sie panisch quietschte, rieb Lion seine schmutzige Kleidung an ihrer sauberen.

»Das ist so kindisch!«, rief sie.

»So wie dein Funke!«

»Es reicht! Lion, lass sie los«, ging Clamentin dazwischen.

Er zog am Arm des Schülers, wobei er fast vergnügt zusah, wie Kathy verzweifelt an ihrer Kleidung klopfte und versuchte, zu retten, was so nicht mehr zu retten war.

»Was ist nur in dich gefahren, Leo?«, fragte sie mit ihrer schrillen Stimme.

»Ich heiße Lion und ich könnte dir dieselbe Frage stellen. Du warst mal echt cool und jetzt bist du einfach nur sagenhaft dämlich!«

»Entschuldigung, aber du hast dich auch nicht gerade zu einem Gentlemen entwickelt. Wir waren Kinder, hör auf, auf mir herumzuhacken, nur weil du es nicht erträgst, dass wir nicht mehr befreundet sind!«

Lion machte wieder einen Schritt auf die Schülerin zu und sah sie zornig an. Sie wich vor ihm zurück und schon schob Clamentin sich zwischen die beiden.

»Lion, du setzt dich dorthin, Kathy, du hierhin – weit genug voneinander entfernt.«

Lion brauchte eine Weile. Er nahm den ihm zugewiesenen Stuhl und setzte sich direkt neben Robin.

»Geht es dir gut?«, fragte er. »Als ich hörte, dass man dich ausgerufen hat, habe ich mir das bunte Huhn gleich geschnappt, damit sie sich bei dir entschuldigt.«

Robin flüsterte Lion etwas zu, was Clamentin nicht hörte.

»Entschuldigen? Ich würde es vorziehen, jetzt zu gehen, ich habe Wichtiges zu tun«, sagte Kathy und blieb mit verschränkten Armen stehen.

»Die Aufgaben rennen dir nicht weg. Hinsetzen! Du hast Mist gebaut und ich hatte sowieso noch vor, mit dir über diese Sache zu reden«, sagte Clamentin bestimmt, rückte einen Stuhl hinter Kathy und drückte sie auf die Sitzfläche.

»Ja, weil du mit jeder Schülerin persönlich sprechen willst, du Perversling!«

»Du kannst nur beleidigen!«, sagte Lion und stand auf.

»Ruhe! Setz dich wieder hin, Lion!«, rief Clamentin. »Jetzt rede ich.«

»Ich will, dass sie sich für ihr Verhalten bei Robin entschuldigt«, sagte Lion, ohne die Stimme zu senken.

»Vergiss es! Ich entschuldige mich nicht für etwas, was seine Berechtigung hat.«

»Was das angeht, das klären wir gleich noch«, zischte Clamentin das Mädchen an. »Ich sagte doch, du hast Mist gebaut. Und wenn du clever bist, schweigst du jetzt lieber. Lion, du bitte auch.«

Beide Schüler warfen sich wütend in ihre Stühle und sahen sich weiterhin hitzig an.

»Es wird immer schwieriger, euch unter Kontrolle zu

bringen. Deswegen unterrichte ich lieber jüngere Klassen, sie schauen wenigstens noch zu einem auf.«

Clamentin hob warnend seine Hand in Kathys Richtung, denn sie hatte gerade Luft geholt, um etwas zu sagen.

Sie presste unzufrieden ihre Lippen wieder zusammen und legte ihre Beine übereinander, wobei sie nervös mit dem oberen Fuß wippte.

»Du solltest die Petition löschen, Kathy«, begann Clamentin und lehnte sich an die Tür, denn mehr Stühle hatte er nicht.

»Niemals.«

»Dann werde ich sie sperren lassen.«

Er öffnete die Tür.

»Karen? Sei so lieb und reich eine Beschwerde gegen Kathys heute veröffentlichte Petition ein, sie basiert auf persönlichen Behauptungen und Lügen. Ich will, dass die Unterschriftensammlung gestoppt wird. Das sollte ohne Probleme genehmigt werden, schätze ich.«

»Wird gemacht, Boss!«, rief seine Assistentin aus dem Vorraum.

»Das liegt nicht in deiner Macht«, sagte Kathy. »Das wirft uns in der Demokratie um Jahrtausende zurück.«

»Du irrst dich. Ich kann es machen und wie du gehört hast, habe ich es bereits veranlasst. Robin wird nur dann der Schule verwiesen, wenn sie eine tatsächliche Bedrohung darstellt. Dem ist aber nicht so. Im Gegenteil: Sie ist eine Gefahr für jeden außerhalb der Akademie, denn sie hat ihre Kräfte noch nicht unter Kontrolle und ist somit ein Schützling dieser Einrichtung. Vielleicht hättest du besser recherchieren sollen, bevor du Angst und Unwahrheiten verbreitet hast. Robins Eltern sind wohlauf und es steht noch nicht einmal fest, dass sie das Feuer gelegt hatte.«

»Natürlich«, sagte Kathy schnippisch. »Dann war wohl ein anderer schwarzer Phönix *rein zufällig* in der Nähe und hat das Haus ihrer Eltern angezündet.«

»Aber so war es!«, sagte Robin.

Alle sahen zu ihr.

»Wer soll dir das abkaufen?«, fragte Kathy.

»Ich zum Beispiel«, sagte Clamentin.

»Bei Robins langen Beinen glaube ich das gerne. Gegen dich sollte ich auch eine Petition aufsetzen. Das wollte ich schon die ganze Zeit machen, aber jetzt habe ich einen guten Grund dafür.«

Clamentin lächelte.

»Ach, Kathy. Von einer Schülersprecherin erwarte ich eine ganze Menge mehr, als was du lieferst. Du magst beliebt sein, aber das reicht in deiner Position nicht aus.«

Er öffnete erneut die Tür.

»Karen, Schätzchen, tust du mir bitte noch einen Gefallen.«

»Liebend gern!«, rief die Assistentin.

»Veranlass in meinem Namen doch bitte die Sperrung von ‚*Kathy informiert*'.

Kathy sprang auf.

»Das ist gegen die Pressefreiheit!«

»Die Freiheit hast du dir selbst verspielt, als du behauptet hast, eine Schülerin hätte ihre Eltern ermordet. Das ist keine kleine Sache. Setz dich wieder!«

Er schloss die Tür, doch er nahm nicht an, dass Kathy seiner Anweisung folgen würde, schließlich nahm er ihr gerade ihre öffentliche Existenz. Wenn sie nicht mehr funken würde, könnte man sie schnell vergessen. Es gab viele Schülersprecher, doch nur Kathy hatte einen Status der Berühmtheit erlangt. Bis jetzt.

»Du liebst es, den Ruf anderer zu zerstören, damit du in deren Trümmern glänzen kannst. Doch Kathy, dieses Mal bist du zu weit gegangen. Mordanschuldigungen hätte ich selbst dir nicht zugetraut.«

»Das ist eine Anmaßung!«, erhob Kathy ihre Stimme. »Und Amtsmissbrauch!«

»Und was du tust, ist kein Amtsmissbrauch?«, mischte sich Lion ein. »Ich finde die Sperrung gut. Wenn du funken willst, kannst du zu den öden Jungs vom *Akademie-Spiegel* gehen und über die Änderungen im Stundenplan berichten.«

»Ich sehe schon, der schwarze Phönix hat bereits einen Fanclub«, sagte Kathy pikiert.

Robins Stuhl quietschte auf dem Boden, als sie sich langsam erhob und hinter dem Bürotisch hervortrat.

»Ich weiß nicht, was in deinem Leben schief gelaufen ist«, sagte sie mit ruhiger, aber klarer Stimme. »Jeder hat seine Lasten der Vergangenheit zu tragen, deswegen verzeihe ich dir, dass du mich ausgenutzt und diese Lügen über mich verbreitet hast. Und glaube mir, das fällt mir schwer.«

Clamentin beobachtete die beiden Mädchen und machte bereits einen Schritt auf sie zu, um bei Gelegenheit einschreiten zu können. Er fand Robins Haltung weise, verstand sie aber gleichzeitig nicht, denn sie sah so aus, als würde sie am liebsten an Kathys Gurgel gehen. Sie ballte ihre Hände zu Fäusten und hob sie an ihre Lippen, während ihre Augenlider zufielen.

Der Atem auf ihren Hände erzeugte Wölkchen, die Kathy und Clamentin von dem Mädchen zurückweichen ließen.

»Was tust du?«, sagte die Schülersprecherin erschrocken und trat weitere Schritte nach hinten, wobei sie ihren Stuhl grob beiseite schob. »Die Magieblocker wirken bei dir nicht! Clam, tu doch etwas!«

»Ich, äh …«, sagte er nur.

»Das ist doch der Beweis, dass sie gefährlich ist! Ich werde gegen die Sperrung angehen! So eine Person darf hier nicht sein. Das ist deine Schuld, Leo. Wie geistesgestört muss man im Kopf sein, um so ein dunkles Wesen herzuschleppen?«

Robin öffnete plötzlich ihre Augen wieder und fasste so schnell nach Kathys Handgelenk, dass Clamentin nicht rechtzeitig reagieren konnte.

Der Körper der Schülersprecherin bebte heftig und sie rollte ihre Augen nach hinten, so als würde sie gleich das Bewusstsein verlieren. Clamentin stürzte auf sie zu und fing sie auf, als sie drohte, mit den Knien auf den Boden aufzuschlagen. Gleichzeitig zog er ihr Handgelenk aus Robins Griff.

Daraufhin kam Kathy zu sich und schob Clamentin angewidert von sich. Mit großen Augen sah sie Robin an und lief rückwärts zur Bürotür.

»Ich verspreche dir, ich werde dich aus der Akademie jagen«, flüsterte sie und verließ den Raum mit einer krachenden Tür.

»Das war …«, Clamentin fand zunächst keine Worte und hustete mehrmals, bevor er zwischen Robin und Lion hin- und hersah. »Das war nicht nötig, Robin. Jetzt wird sie das Feuer gegen dich stärker auflodern lassen.«

Er ging auf sie zu, um sie zu beruhigen.

»Fass mich nicht an!«, hauchte sie ängstlich und umschloss ihren Oberkörper mit ihren Armen. »Ich wollte das nicht. Es tut mir leid!«

»Es ist kein Unglück passiert, Robin.«

Die Anstrengung, ihre Kräfte wieder unter Kontrolle zu bekommen, war Robin anzusehen. Hatte Kathy womöglich doch Recht mit der Annahme, der Magieblocker würde nicht funktionieren? Oder sogar damit, dass Robin die Tabletten verweigerte?

Er warf Lion einen nachdenklichen Blick zu und ihm kam eine Idee.

»Soll ich gehen?«, fragte der Junge.

»Nein, du bleibst.«

Er trat an Robin heran und berührte ihre eiskalten Hände.

»Durch die Untersuchung von heute Morgen bin ich automatisch dein Vertrauenslehrer geworden, deswegen muss ich das jetzt fragen: Hast du die Magieblocker-Tabletten zu dir genommen?«

»Ja«, sagte das Mädchen, ohne zu zögern. »Sonst hätte ich Kathy *vereist.*«

Die Klarheit in Robins Stimme jagte selbst Clamentin ein Frösteln über den Rücken.

»Wir müssen dringend etwas für deine Kontrolle machen, sonst werde ich nichts gegen ihre Petition ausrichten können. Am besten, du hast Hilfe.« Er sah wieder zu Lion. Wenn man Robin überwachen würde, hätte man auch die Gewissheit, dass sie ihre Tabletten nahm.

»Ich habe eine Aufgabe für dich, Lion. Du bist mein stärkster Schüler und ich weiß, du bist ihr gewachsen.«

»Ich glaube nicht, dass ich Robin magische Kontrolle beibringen kann, ich bin kein Lehrer«, sagte der Junge mit dem Ruß im Gesicht.

»Davon würde ich dir auch dringend abraten. Das wäre

keine Nachhilfestunde wie bei einem jüngeren Mitschüler. Da du Robin in die Akademie gebracht hast ...«

»Aves wollte, dass wir sie mitnehmen«, warf Lion ein.

»... bist du auch eine Bezugsperson für sie. Ich schlage dich nun hiermit als einen Flügelmann-Kandidaten für Robin vor.«

»Mr. Fammel, ich ...«

»Flügelmann zu sein, gehört zu der begehrten außerordentlichen Leistung, für die es eine hohe Punktzahl gibt. Damit hättest du eine sichere Prüfungszulassung. Du müsstest an keinen Aufgaben außerhalb der Akademie mehr teilnehmen und wärst für Robins Integration in das Schulleben zuständig.«

»Ich ...«, begann Lion erneut, doch Clamentin gab dem Jungen keine Zeit, sich herauszureden.

»Als Robins Vertrauenslehrer würde ich ja gern diese Aufgabe selbst übernehmen, aber das ist nicht üblich, denn die oberste Regel in der Integration von neuen Magiern lautet: Erst die Schüler, dann die Lehrer fragen. Damit fördern wir die Kommunikation zwischen Gleichgesinnten. Also was sagst du? Willst du den Posten haben?«

Lion sah zu Robin, die ihn ebenfalls beobachtete, jedoch nichts sagte.

»Ich mache es«, sagte Lion und die Anspannung fiel von Clamentin ab. Jetzt musste er keinen weiteren Anwärter für diese Aufgabe suchen. »Aber nur wenn Robin will«, fügte Lion noch hinzu und Clamentin spannte seine Schultern an.

Ein Mädchen, das darüber nachdachte, irgendwo anders zu schlafen, statt in ihrem weichen Bett zu liegen, hatte sicherlich keine Lust auf einen Flügelmann, der andauernd an ihrer Seite klebte und sie überwachte.

Robin musterte Lion lange und Clamentin sah seine Idee sich bereits in Luft auflösen.

Doch das Mädchen nickte schließlich.

»Einverstanden.«

PHÖNIX AKADEMIE

funke 3
die schatten der feinde

robin

Es klopfte an Robins Quartiertür und sie fuhr erschrocken herum. Sofort kam ihr der Gedanke, dass man sie in ihrem Versteck entdeckt hatte und Frederik würde vor der Tür auf sie warten.

Hitze stieg in ihr hoch und sie rannte zu ihrem kleinen Fenster, das sie bereits öffnete, um eventuell fliehen zu können.

Sie hielt die Fensterklinke in der Hand, während sie schnellatmend zur Tür sah. Sollte sie fragen, wer anklopfte oder so tun, als wäre der Raum leer.

Nochmals klopfte es und ihr Herzschlag wurde schneller.

»Robin, bist du da?«, fragte Lions Stimme und sie atmete erleichtert auf.

»Ja«, sagte sie leise.

»Robin?«, rief Lion wieder durch die verschlossene Tür.

»Ja, einen Moment bitte!«, sagte sie mit erhobener Stimme und schloss das Fenster, wobei sie für einen kurzen Augenblick wirklich in Betracht zog, einfach hinauszuklettern.

Es fiel ihr immer noch schwer, sich an die Akademie zu gewöhnen oder an ihr neues Zimmer, das sie seit gestern Abend bezogen hatte.

Sie hatte natürlich kein Auge zugetan und den schlichten Raum auf Fallen und Schwachstellen untersucht.

Als sie Lion die Tür öffnete, lehnte er locker am Türrahmen an und die Nähe seines Gesichts ließ Robin zurückweichen.

Er kommentierte ihre Reaktion mit einem Grinsen und wies mit seiner Hand in den Flur.

»Komm schon, Eisvogel, ich bringe dich in das White-Areal. Eine Anweisung des Akademieleiters.«

»Gibt es Schwierigkeiten?«, fragte sie und schloss zum allerersten Mal einen Raum ab, der ihr allein gehörte. Das war ein ungewöhnliches Gefühl, das sie aber innerlich zum Lächeln brachte. Das war *ihr* Quartier!

»Ich weiß nicht. Wahrscheinlich will die Akademieleitung dich endlich persönlich kennenlernen.«

Lion führte Robin ein paar Meter den Flur des Wohntraktes entlang, bis er sie am Oberarm berührte und sie zu sich herumdrehte.

»Warte, ich habe etwas vergessen«, sagte er.

Er holte aus seiner Tasche ein metallenes Röhrchen, dessen Kappe er abschraubte und eine Nadel zum Vorschein brachte.

»Das ist der Magieblocker. Clamentin hat gestern mit deinem zuständigen Arzt gesprochen und du bekommst eine neue Dosierung. Sie ist nicht stärker als die der Tabletten, aber sie soll sich besser verteilen. Frage mich nicht nach Details, ich bin kein Mediziner, ich spiele lieber mit dem Feuer.«

Robin sah die spitze Nadel an, dann zog sie ihr rotes Jackett aus und hob den kurzen Ärmel ihrer Bluse hoch, um ihren Oberarm freizulegen.

»Kannst du dir vorstellen, was für ein mieses Gefühl es ist, zu wissen, dass man von Geburt an, jemanden mit der bloßen Anwesenheit zu töten vermag? Und noch schlimmer ist die Tatsache, dass man mich immer als einen gefährlichen Sonderling abstempelt.«

Lion strich sanft mit seinen Fingern über Robins Haut und sie spürte, wie die Stelle kurz heiß wurde, aber sofort wieder abkühlte.

»Das ist nur zum Desinfizieren«, sagte er und setzte dann die Nadel an. Bevor er zustach, sah er in Robins Augen, dann nickte er. »Das ist sicher kein schönes Gefühl.«

Seine Nähe war so angenehm, dass Robin unweigerlich an den Gleiterflug zur Phönixakademie dachte und sofort rot wurde. Sie senkte ihren Blick.

»Keine Angst, es tut nicht weh«, sagte Lion, der ihre Reaktion falsch gedeutet haben musste.

Aber er hatte Recht: Robin spürte die Nadel fast kaum und schon schraubte Lion das Röhrchen mit dem Magieblocker zu.

Er brannte die Einstichstelle auf Robins Oberarm mit seinem Feuer an und klopfte aufmunternd darauf.

»Wenn ich dir jeden Morgen so nah kommen darf, weiß ich nicht, ob ich es schaffe, mich zu beherrschen.«

»Das ist nicht angemessen«, sagte Robin ruhig und zog ihr Jackett wieder an.

»Dann wären wir quitt. Deine Hände auf meiner Brust haben mich auch etwas durcheinandergebracht, kleiner Eisvogel.«

Robin wurde noch röter und sprach durch zusammengebissene Zähne.

»Entschuldige. Es wäre großartig, wenn du dich nicht darüber lustig machen würdest, mir ist das schon peinlich genug.«

»Peinlich?«, fragte er lachend und steckte das Metallröhrchen in seine Tasche. »Ich finde es wiederholungswürdig.«

Robin warf ihren Kopf genervt in den Nacken und schnalzte mit der Zunge. »Bringe mich bitte einfach nur zum Akademieleiter und erwähne die Sache nicht mehr.«

»Aber dann macht es nicht so einen Spaß.«

»Ist die Aufgabe eines Flügelmanns nicht das Erleichtern meines Aufenthaltes an der Phönixakademie?«

»Ganz und gar nicht! Ich bin dein Helfer, nicht dein Butler.«

»Dann hilf mir. Wo muss ich hin?«

»Hier entlang!«

Lion bot Robin seinen Arm zum Einhaken an, doch sie schüttelte ablehnend den Kopf.

Annie

»Du hast ihn ernsthaft nicht beim Frühstück gesehen?«, fragte Annie ihre Mitschülerin Berry, die es schaffte, noch direkt vor der bevorstehenden Aufgabe, sich in ein Buch zu vertiefen.

»Ja«, antwortete sie knapp und blätterte eine Seite um.

»Wirklich sicher?«

»*Ja doch*!«

»Und wenn du dich irrst?«

»Annie! Wenn du deinen Cousin noch besser unter Kontrolle haben willst, kaufe ihm einen Funkenspiegel oder geh wenigstens selbst zum Frühstück! Würde deinen Hüften nicht schaden.«

»Nein, ich esse morgens nie.«

»Wie auch immer. Er hat heute im Speisesaal gefehlt. Mach dir keine Sorgen, er weiß von unserer Aufgabe und kommt sicherlich gleich.«

Berry verschwand hinter ihrem Wälzer, doch Annies Aufregung war noch immer zu groß, als dass sie ihre Freundin in Ruhe lassen konnte. Sie seufzte schwer, um Berry das

Zeichen zu geben, dass sie reden wollte. Ihre Mitschülerin schien sie aber zu ignorieren.

Nervös lief Annie im Eingang des Lehrerbereiches auf und ab. Sie wickelte ihre bunte Regenbogensträhne um den Zeigefinger. Auch sie hatte Kathys letzten Funken gesehen und fand die Sache mit Robin schrecklich. Annie fühlte sich darin bestätigt, dass Lions Interesse dem falschen Mädchen galt.

Annie konnte es nicht nachvollziehen, warum ihr Cousin sie so angegangen war. Der Streit hatte sie dazu gebracht, Kathys Haarfärbetipps aus Frust selbst auszuprobieren, um sich abzulenken. Leider war der Feenstaub nach der Ausstrahlung von ‚*Kathy informiert*' in allen Akademie-Shops leergekauft. Annie hatte nur eine kleine Prise bekommen, die für eine dünne Haarsträhne ausgereicht hatte.

Sie seufzte erneut, dieses Mal lauter, und bekam in der Tat Berrys Aufmerksamkeit.

»Was?«

»Du und er seid doch beste Freunde oder so«, begann Annie.

»Ja. Oder so.«

Berrys Stimme klang mehrere Töne tiefer als sonst, das passierte oft, wenn Lion erwähnt wurde, doch Annie wollte jetzt nicht auf die Probleme ihrer Freundin eingehen.

»Was, wenn Lion beschlossen hat, die Aufgabe zu schmeißen? Ich befürchte, ich war gestern etwas zickig zu ihm, das hasst er.«

Mit einem verächtlichen Schnauben klappte Berry ihr Buch zu und stopfte es umständlich in ihre pralle Tasche.

»Beruhige dich! Aves ist auch noch nicht da. Außerdem kannst du Lion irgendwann vorwerfen, dass er zu spät ist, und das, nachdem er dir gestern eine Moralpredigt gehalten hat, dass du dich auf deine Gruppe fokussieren sollst.«

»Berry, bist du sauer auf mich?«

»Nein.«

»Du klingst aber so.«

»Nein, Annie. Ich wollte mich nur etwas entspannen, aber du plapperst pausenlos.«

»Entschuldige, ich mache mir einfach nur Sorgen. Warum nimmst du so viele Bücher mit zur Aufgabe? Glaubst du, du langweilst dich?«, fragte Annie.

»Ich ... Ähm. Nein, natürlich nicht.« Berry besah sich ihre Tasche. Lange Zeit beobachtete Annie das Mädchen nur dabei, wie es auf seiner Lippe herumkaute. Dann begann Berry ihre Lektüre rauszuholen. »Ich wollte sie selbstverständlich hier zur Aufbewahrung dalassen.«

Schnell verschwand sie im ersten Stockwerk. Annie vermutete, dass Berry die Bücher an irgendeinen Lehrer abgab.

Jetzt stand Annie allein im Eingangsbereich und sie bekam das ungute Gefühl, dass sie heute ihre Aufgabe ohne Unterstützung erledigen musste.

»Ich bin so was von erledigt«, flüsterte sie sich zu und baute in ihrem Kopf bereits ein Gedankenkonstrukt, nach dem wirklich alles schief gehen würde.

Sie legte sich die Finger auf die Schläfen und zwang ihre Gedanken in eine positive Richtung, denn Negativität war nicht ihre Stärke.

Sie schaffte es zu lächeln.

Alles wird gut, redete sie sich ein.

»Wen haben wir denn da?«, säuselte eine Mädchenstimme an der Eingangstür.

Vier Schüler aus Annies Klasse traten ein, ein Junge und drei Mädchen.

»Ist das nicht Annie, vom A-A-Team?«, fragte das Mädchen, das zuvor gesprochen hatte. »So ganz allein?«

»Sarah«, sagte Annie. Sie hoffte, Berry würde sich beeilen.

Sarah war ebenso wie Annie, ein blondes Mädchen und hatte eine frauliche Figur. Ihre Kurven wusste sie auch einzusetzen: Auch wenn sie ihre Schuluniform trug, war ihre Bluse ein paar Knöpfe zu tief geöffnet, sie trug eine Kette, die ihr tief in das Dekolleté fiel und die Blicke in ihren Ausschnitt lockte.

Die Schülerin grinste und kam mit geschmeidigen Schritten auf Annie zu, wobei sie deren bunte Haarsträhne mit spitzen Fingern anfasste.

»Da ist jemand Kathys Fanclub beigetreten, niedlich«, sagte sie mit einem herablassenden Ton. »Wo ist denn dein Freund?«

Annie lächelte sie an, antwortete ihr aber nicht.

»Ja, wo ist der Rest deiner Truppe?«, sagte Dunken, der einzige Junge der Gruppe. »Gleich müsste Mr. Corol mit den Aufgaben kommen. Ihr wollt doch nicht, dass wir schneller fertig sind.«

»Das ist kein Wettbewerb«, sagte Aves, der ebenfalls in den Eingangsbereich trat und auf Annie zukam, um ihr einen Kuss auf die Lippen zu geben.

Das war genau das, was Annie momentan gebraucht hatte, um Sarah eine reinzuwürgen.

Aves lächelte Annie an und nahm neugierig ihre bunte Strähne zwischen seine Finger.

»Sieht süß aus!«

»Dankeschön. Hast du Lion gesehen?«

»Ist er noch nicht hier?«

Annie seufzte.

»Ich dachte, ihr seid beste Freunde.«

»Richtig. Beste Freunde, kein Liebespaar. Er wird schon noch auftauchen. Wo ist Berry?«

»Sie ist –«, begann Annie, doch Sarah kam etwas näher an Aves heran und betrachtete das brennende Phönixsymbol auf seiner Brust, so als hätte sie so etwas noch nie gesehen.

»Der Zauber schwächelt, Aves«, sagte sie und tippte mit ihrem Finger auf die winzige Flamme, die daraufhin wieder mit voller Energie aufloderte.

»Schon besser«, sagte das Mädchen lächelnd.

»Sehr aufmerksam von dir, Sarah.«

»So bin ich. Aufmerksam, intelligent und noch zu haben.«

Aves nickte nur höflich und genau das bewunderte Annie an ihm: Er blieb immer galant, ging aber nie auf die direkten Annäherungsversuche der Schülerinnen ein. Doch heute war Annie zu angespannt, als dass sie bei Sarahs Anwesenheit und Dreistigkeit locker bleiben konnte. Sie schob sich zwischen Aves und das Mädchen und bedachte es mit einem warnenden Blick. Doch Sarah lachte nur leise und ging wieder zu ihrer Gruppe.

»Wie kindisch«, hörte Annie sie sagen. »Aves und Annie, der glorreiche A-Trupp – oder eher gesagt der A-A-Trupp.«

Die Mädchen johlten auf, was Annie innerlich zum Kochen brachte.

»Wieso lässt du das immer zu?«, fragte sie ihren Freund. »Ich habe keine Lust mehr auf das Gefühl, jeden Tag um dich kämpfen zu müssen. Du bist wie so ein Frauenmagnet. Das ist anstrengend, Aves.«

»Ich würde nichts tun, was dir wehtun könnte, Annie. Das weißt du hoffentlich.«

»Ja«, murmelte Annie und warf einen kritischen Blick über ihre Schulter.

Sie sah, wie die Mitschülerinnen übertrieben mit ihrem Haar spielten.

»Sie hat keine eigene Persönlichkeit und macht alles nach. Jetzt sieht sie aus wie Kathy für Anfänger«, sagte eine der Schülerinnen und die anderen lachten ungeniert.

Annie wollte schon den Grund für ihre Verschönerung durch den Raum rufen, aber bei solchen Lästermäulern würde das wie eine Rechtfertigung klingen.

Bald kehrte Berry ohne ihrer Büchertasche zurück und brachte gleichzeitig auch noch Mr. Corol mit in den Eingangsbereich. Er lächelte seine Schüler freundlich an.

»Wie geht es Ihnen?«, fragte er. »Was für eine Frage, natürlich geht es allen gut, denn Sie dürfen heute eine Aufgabe im Krankenhaus der Himmelsstadt *Kabarun* erledigen. Das sind leichtverdiente Punkte. Man muss sich schon ganz blöd anstellen, um das noch zu vermasseln«, sagte er und Annies Anspannung fiel augenblicklich, auch wenn sie ständig zur Tür sah, weil Lion noch immer fehlte.

»Wir hatten auf eine Bodenstadt gehofft, in der eine magische Katastrophe herrscht«, meldete sich Dunken und seine Gruppe unterstützte seinen dümmlichen Kommentar mit unerträglichem Gelächter. »Ein paar Flüche lösen wäre doch ein angemessener Auftrag.«

»Ja klar«, sagte Annie leise, sodass nur Aves sie hören konnte, »Jetzt, da sie die Aufgabe kennen, sind sie plötzlich großkotzig und mutig.«

»Nein, heute wird es leider etwas langweilig, aber Sie haben noch das zwölfte Jahr vor sich Mr. Fields.«

»Na von mir aus«, sagte Dunken gleichgültig.

»Auch wenn ich sagte, die Aufgabe sei ein Kinderspiel, nehmen Sie sie nicht auf die leichte Schulter, Mr. Fields. Ich habe das Krankenhaus von *Kabarun* ausgewählt, weil es seit einer Woche schwere Fälle von Fluchrückständen behandelt. Sie werden Patienten begegnen, die zwar in der Himmelsstadt arbeiten, aber in der Bodenstadt leben.«

»Da macht sich unsere stinkreiche Annie ihre zarten Hände an Bodenstädtern schmutzig«, sagte Sarah leise und Annie tat so, als hätte sie diese Stichelei nicht mitbekommen.

»Sarah Brais und Aves Punlington, Sie beide sind die Gruppenführer, würden Sie für eine genauere Aufgabenbesprechung zu mir kommen? Wo ist Lion Gravis?«, fragte Mr. Corol, und da jeder daran gewöhnt war, dass er seine eigenen Fragen selbst beantwortete, reagierte keiner darauf. »Miss Anderson, wissen Sie, wo Ihr Cousin ist?«

Annie schüttelte nur mit dem Kopf.

»Na gut, wenn er nicht in zehn Minuten da ist, fällt er dieses Mal durch«, sagte Corol, kurz bevor er mit Sarah und Aves in einen anderen Raum hineinging.

Annie kramte panisch ihren Funkenspiegel heraus und stopfte ihn gleich wieder zurück in ihre Tasche. »Verdammt, Lion! Warum hast du keinen Funkenspiegel?«, schimpfte sie.

»Das sieht ihm gar nicht ähnlich«, sagte Berry und lief hinaus.

Als sie wieder reinkam, schüttelte sie nur den Kopf.

»Ich kann ihn nirgends sehen. Ich glaube langsam, er hat verschlafen.«

»Gut, dass meine Leute zuverlässig sind«, sagte Dunken.

»Wir brauchen deine verbale Unterstützung nicht, Dunken«, sagte Berry und sah auf die Uhr. »Komm schon, Lion, enttäusche uns nicht.«

Doch Lion kam nicht.

Mr. Corol gab der Gruppe weitere zehn Minuten Wartezeit, doch dann trug er Lion mit seinem Funkenspiegel null Punkte für die Aufgabe ein und schickte Annie, Aves und Berry ohne ihn los. Sarah und die anderen waren längst aufgebrochen und Annie wusste, dass das Mädchen ihr diese Schmach unter die Nase reiben würde.

»Dann los«, sagte Aves, der wieder seinen wichtigtuerischen Blick annahm und sowohl Annie wie auch Berry aus dem Lehrerbereich geleitete. »Wir haben einen engen Zeitplan und müssen die anderen unbedingt einholen. Wenn wir Glück haben, sind sie noch im Hangar. Annie, binde bitte dein Haar zusammen, das stört dich sonst beim Arbeiten und du brauchst heute jeden Punkt, also sei konzentriert.«

Annie sah ihren Freund gereizt an. Sie hasste es, wenn er in diese Rolle des Anführers wechselte und sie dann behandelte, als wäre sie eine beliebige Mitschülerin.

»Zu Befehl, Mr. Punlington«, sagte sie trocken und band im Laufen ihr Haar zusammen.

Aves hatte sich geirrt, was die andere Gruppe betraf: Sie war nicht mehr im Hangar, also machte er noch mehr Druck, um die verlorene Zeit aufzuholen.

Doch sobald sie alle auf ihren Gleitern in der Luft waren, erklang eine Durchsage aus dem Lautsprecher in Annies Helm.

»Guten Morgen, hier spricht der Akademieleiter Varus

Gettson«, sagte eine tiefe, ruhige Stimme. »Der Einsatzort Ihrer Aufgabe hat sich geändert.«

Annie sah zu Aves, der wie auch Berry gespannt dem Mann lauschte. Noch nie hatte Annie direkten Kontakt mit dem Akademieleiter gehabt. Berry war die Einzige, weil sie bei ihm Privatunterricht hatte, aber sonst hielt der Mann sich von seinen Schülern weitestgehend fern.

»Fliegen Sie in die Bodenstadt Loro und helfen Sie im Krankenhaus aus. Sie sollen die Menschen behandeln, die sich den Arztbesuch nicht leisten können. Viel Erfolg Ihnen allen.«

Jetzt wurde Annie wieder nervös.

»Galt das uns?«, fragte sie die anderen.

»Ja. Mr. Corol hatte mich bereits vorgewarnt, dass es eine Überraschung in der Aufgabenstellung geben könnte«, sagte Aves und startete seinen Gleiter. »Allerdings habe ich nicht mit so etwas gerechnet. Es wäre besser, Lion hätte die Aufgabe nicht versäumt. In einer Bodenstadt hätte ich ihn gerne an unserer Seite.«

»Großartig, kann es denn noch schlimmer kommen?«, flüsterte Annie genervt und beschleunigte ihren Gleiter.

robin

Unterwegs zum White-Areal fiel Robin auf, dass einige Mädchen eine ähnliche Haarfarbe hatten wie Kathy Silberstein. Der gestrige Funke hatte nicht nur Robins kaum vorhandenen Ruf in den Dreck gezogen, sondern gleichzeitig auch die Individualität vieler Schülerinnen ausradiert. Überall, wo sie nun auch hinsah, grinste Kathy gehässig zurück.

»Was tut ein Flügelmann überhaupt?«, fragte Robin, als sie einem dieser Blicke auswich.

»Ich stehe dir in der Eingewöhnungsphase zur Verfügung. Du wirst durch mich die Akademie kennenlernen, ich organisiere deine Stundenpläne und die anstehenden Gespräche. Wenn ich Glück habe, darf ich sogar deinem Unterricht beiwohnen, darauf bin ich schon sehr gespannt.«

Robin sah ihn skeptisch an.

»Versäumst du dabei nicht selbst eigene Kurse?«

»Ich bekomme für die Zeit die Aufzeichnungen direkt von den Lehrern. Außerdem gibt es für diese Aufgabe eine hohe Punktzahl, die mir die Teilnahme an der Abschlussprüfung garantiert.«

Lions Miene verhärtete sich und er biss sich nachdenklich auf die Unterlippe.

»Verdammt, ich habe etwas Wichtiges vergessen«, sagte er und fuhr mit den Händen durch sein Haar, wobei er es durcheinanderbrachte.

»Was denn?«

Lion antwortete nicht sofort, sondern lief gedankenverloren und schweigsam an Robins Seite.

»Ich werde es später klären«, sagte Lion mehr zu sich selbst, dann sah er wieder zu Robin. »Wo waren wir? Ach ja. Flügelmänner oder Flügelfrauen gibt es übrigens nicht so oft, denn meistens haben die Bewohner der Akademie keine Schwierigkeiten, sich zu integrieren.«

»O ja, Lion, erzähl mir doch bitte mal: Wie ist es, kein Sonderfall zu sein?« Robin schaffte es sogar, dabei zu lächeln.

»Vermutlich ganz anders als du es gewohnt bist.«

»Dachte ich es mir.«

Ein wohliges Gefühl der Geborgenheit durchzuckte Robins Brust und das aktivierte in ihr die Alarmbereitschaft. Schon wurde sie wieder achtsamer. Ihre Schultern strafften sich, ihr Blick gewann an Konzentration und sie wurde wortkarg. Bis Lion sie in das White-Areal gebracht hatte, reagierte sie auf keine seiner Plaudereien.

Das White-Areal war so, wie man es sich vorstellte: Weiß und hell. Um dahin zu gelangen, beförderte ein Fahrstuhl Lion und Robin vier Stockwerke hoch. Die Größe glich etwa dem Mint-Areal, nur dass hier die Anzahl der

Gebäudekomplexe geringer war. Auf den breiten Wegen begegneten Robin und Lion nur wenige Personen.

Die meisten benutzten auch nicht ihre Füße zur Fortbewegung, sondern kleine, weiße Gleiter, die schnell waren, aber nicht so rasant und halsbrecherisch flogen wie der, mit dem Robin zur Akademie gelangt war.

Robin hatte schon einige Male ein Krankenhaus besucht, in dem das kühle Licht alles kränklich aussehen ließ. Die Lichtverhältnisse im White-Areal waren dagegen angenehm und schmeichelten der Haut.

Robin besah sich ihre Hände: Die Haut sah weich und zart aus wie die eines Kindes.

»So einen Ort habe ich noch nie gesehen«, sagte Robin und glaubte sogar, dass ihre Stimme in diesem Areal samtig klang.

»Ich auch nicht«, sagte Lion, dessen Augen an den edlen Gebäuden klebten.

»Gibt es denn hier nie Feuer, das du löschen musst?«

»Hier wird das Feuer von den eigenen Leuten unter Kontrolle gebracht, weil nicht so viele Leute Zutritt zu diesem Bereich der Akademie haben sollen. Hier werden wichtige Informationen und Gegenstände verwahrt. Gestern hat es hier sogar gebrannt, aber dass wir gerufen wurden, war eher eine Ausnahme.«

»Was denkst du, woran das liegt?«, fragte Robin.

»Es hat in den sanitären Anlagen gebrannt, ich vermute, es wollte sich nur niemand die Finger dreckig machen.«

Robin dachte über Dinge nach, die einem so wichtig waren, dass man sie in so einem Areal bewahrte und schützte. Ihr fiel kein einziger Gegenstand ein, den sie vermissen würde, wenn sie ihn nicht mehr hätte.

»Was sind das für Objekte, die einen Schutz des Areals benötigen?«, fragte sie immer noch grübelnd.

»Ich habe keine Ahnung. Also machen sie ihre Sache gut.«

»Und du warst wirklich noch nie hier?«

»Nein. Und das soll schon was heißen, denn meine Eltern sind stinkreich. Wir besuchen andauernd Orte, die du dir nicht einmal im Traum vorstellen kannst. Das hier ist trotzdem sehr beeindruckend.«

»Wenn du reich bist, warum arbeitest du dann bei der Feuerwehr?«

Lion zuckte mit den Schultern.

»Ich mag es, zu helfen. Außerdem darf ich da mit dem Feuer spielen.«

Er schenkte ihr ein schelmisches Lächeln und warf liebevoll eine kleine Flamme in ihre Richtung. Das Feuer löste sich auf, noch ehe sie Robin berührte.

»Bitte keine Magie im White-Areal!«, sagte eine raue Frauenstimme hinter ihnen.

Robin drehte sich um und sah in das finster dreinblickende Gesicht einer bebrillten Frau. Ihre Lippen waren schmal und so angespannt, dass sie fast gänzlich verschwanden. Sie sah aus wie fünfzig, auch wenn Robin aus der Nähe erkannte, dass sie vielleicht auch erst dreißig sein konnte.

»Mr. Gravis, ist das Robin Bish?«, fragte die Frau, ohne Lion nur ein einziges Mal anzusehen. Ihre durch die Brillengläser vergrößerten Augen fixierten Robin warnend.

»Ja, das ist Robin. Wir sollen uns im White-Areal einfinden, um ...«

»Schweigen Sie, Mr. Gravis. Ich weiß ganz genau, worum es geht. Miss Bish, ich bin Mrs. Ignolia und eigentlich für Sie zuständig. Aber Mr. Fammel hat sich durch eine miese List diesen Posten erschlichen. Glauben Sie mir, das ist kein Vorteil für Sie. Sie sehen ja, wohin seine kindische Art geführt hat.«

Robin vermutete, dass die Frau auf Kathys letzten Funken anspielte.

»Man hat mich nicht von Ihrer Ankunft informiert, dabei bin ich diejenige, die mit den dunklen Phönixen arbeitet.«

»Sie kennen andere meiner Art?«, fragte Robin aufgeregt. »Sind Sie schon einmal einem gewissen Frederik begegnet?«

Mrs. Ignolia kniff ihre Augen zusammen und musterte Robin. Dann winkte sie ab.

»Ich musste durch die Ausstrahlung von Kathys Funken erfahren, dass Sie da sind.«

Wieso antwortet sie mir nicht einfach?, dachte Robin und wurde nervös.

»Zudem heißt es, Sie haben Ihre Eltern getötet.«

»Das war eine Lüge!«, mischte sich Lion dazwischen.

»Selbst wenn es der Wahrheit entspricht, war es nicht klug, so eine Panik auszulösen. Man hätte es verhindern sollen, indem man Sie, Miss Bish isoliert. Jetzt wird es schwer, die Ängste der Schüler zu mildern – ganz zu schweigen von den absurden Vorstellungen ihrer Eltern. Mal sehen, ob die Juristen es schaffen, den Schaden zu begrenzen. Sie werden sich überschlagen, um aus dieser Sache einen tollen Vorteil zu ziehen. Ich bin immer wieder entsetzt, wie sehr schwarze Phönixe missbraucht werden. Jeder, den ich kenne, ist entweder im Griff eines machtgeilen Geldgebers oder auf der Flucht. Miss Bish, Sie sind bereits jetzt schon ein Werkzeug für die Politik dieser Akademie und das ist alles Mr. Fammels Schuld.«

»Ignolia, meine Liebe. Bald lachen wir nur noch darüber«, sagte Clamentin, der mit seiner Assistentin Karen auf die Gruppe zukam.

Mrs. Ignolia strich über ihre strenge Hochsteckfrisur und verzog ihre Lippen, als hätte sie aus Versehen einen ekligen Käfer verschluckt.

Robin fühlte sich merkwürdig, aber nicht wegen dem, was Mrs. Ignolia gesagt hatte, sondern was sie sich selbst dabei ausgemalt hatte. Laut ihrer Aussage kannte diese Frau mehrere schwarze Phönixe. Und ihre Reaktion auf Frederiks Namen erschien Robin seltsam. Ein mieses Gefühl sagte ihr, dass ihr der Junge nicht fremd war.

Instinktiv trat Robin einen Schritt von der Frau weg und spannte ihre Muskeln an, sie musste sich auf alles gefasst machen.

Clamentin und Karen blieben neben Mrs. Ignolia stehen.

»Was gibt es zu grinsen, Clamentin?«, fragte Mrs. Ignolia. »Dein hinterhältiges Spiel wird Konsequenzen haben. War dir so langweilig, dass du mit dem schwarzen Feuer spielen musstest, oder bist du so größenwahnsinnig, dass du dir die Arbeit mit einem dunklen Wesen ernsthaft zutraust? Beides wird dich deinen Kopf kosten.«

»Das ist ein wahres Wort«, sagte Karen unbedacht und bekam einen warnenden Blick von Clamentin. »Ich werde Ihre Termine prüfen, Mr. Fammel«, fügte sie noch schnell hinzu, holte mit einer eleganten Bewegung ihren Funkenspiegel heraus und begann darin zu tippen.

»Du bist ja schon mit deinen grundlegenden

Funktionen überfordert. Kein anderer Lehrer dieser Akademie hat einen persönlichen Assistenten.«

»Und das ist euer Fehler«, sagte Clamentin. »Während ich mich auf wesentliche Aufgaben konzentriere, brennt ihr innerlich aus. Hättest du eine Assistentin, sähest du jetzt …«

Karen machte einen Schritt nach vorn und zog Clamentin am Arm.

»Dann sähen Sie nicht so müde aus. Das wollte mein Boss sagen, nicht wahr?«, mischte sie sich ein und warf nun Clamentin einen warnenden Blick zu.

»Karen, setz Ignolia doch bitte auf die Liste mit den Entschuldigungspräsenten.«

»Eine gute Entscheidung«, sagte Karen und beschäftigte sich wieder mit ihrem Funkenspiegel.

»Ich brauche das nicht. Und nenn mich nicht Ignolia, das ist mein Nachname. Jetzt klär mich doch bitte auf, warum du meine Schülerin mit Magieblockern fütterst? Sie bekommt ja schon einen glasigen Blick, so vollgepumpt ist sie.«

Robin hätte gerne in einen Spiegel geschaut, um zu prüfen, ob das der Wahrheit entsprach.

»Ärztliche Anweisung«, kommentierte Clamentin.

»Auf Dauer zerstört es ihr magisches Potenzial!«

Mrs. Ignolia wandte sich zu Lion. »Du bist ihr Flügelmann? Hör auf, ihr dieses Zeug zu geben.«

Clamentin schritt zwischen Lion und Mrs. Ignolia.

»Er hat andere Instruktionen, Ignolia. Deinen Traum von freien schwarzen Phönixen, die wild durch die Gegend zaubern, wirst du nicht durchsetzen können. Misch dich da nicht ein. Lion, es bleibt beim Alten.

Anweisungen bekommst du nur von mir, den Ärzten und der Akademieleitung, verstanden?«

Lion zögerte und musterte Robin.

»Was ist mit ihr? Hat sie nichts zu sagen?«, wollte er wissen.

Robin hielt die Luft an, in Erwartung einer Antwort. Doch sie bekam nur flüchtige Blicke der beiden Lehrer und Clamentins Assistentin, die dafür extra von ihrem Funkenspiegel aufsah.

»Die Versammlung beginnt jeden Augenblick«, sagte sie.

»Gehen wir hin. Es muss so einiges richtiggestellt werden«, sagte Ignolia und verzog pikiert ihr Gesicht.

Robin lief mit Absicht etwas langsamer, damit sorgte sie dafür, dass Lion und sie einen Abstand zu den Erwachsenen bekamen.

»Was hast du?«, flüsterte Lion ihr zu.

»Hast du als Flügelmann auch die Aufgabe, mir Flügel zu geben? Damit ich bei Gefahr wegkann?«, fragte sie kaum hörbar.

Lion atmete schwer aus. »Sollte es jemals dazu kommen, werde ich dich persönlich mit dem Gleiter hier rausbringen.«

***

Schon als Robin in den großen Versammlungsraum des White-Areals hineinging, stockte ihr Atem.

Wegen der Spiegel entlang der Wände, wirkte der Raum unendlich, und dadurch schienen noch mehr Personen anwesend zu sein. Mit so viel Publikum hatte sie nicht gerechnet.

Einige hatte Robin schon kennengelernt, wie den Arzt, die Krankenschwester Aren und ein paar Männer und Frauen, von denen sie im Krankenzimmer befragt worden war. Sogar zwei, drei Schüler, denen Robin im Mint-Areal begegnet war, saßen am Konferenztisch.

»Sagtest du nicht, die Akademieleitung will mich sehen?«, fragte sie Lion. »Die gehören doch nicht wirklich alle dazu.«

»Offensichtlich wird das eine größere Befragung.«

Lion zeigte zum runden Tisch, der den Raum gänzlich einnahm.

»Schau, die Miliz aus Loro. Erinnerst du dich? Das sind genau die Männer, die dich mitnehmen wollten.«

»Wie könnte ich das vergessen? Deinetwegen hätten sie mich beinahe erwischt.«

Lion warf Robin einen gespielt herablassenden Blick zu.

»Ohne mich wärst du immer noch auf deiner Streunertour.«

»Streunertour?«

»Ja, du scheinst immer durch die Weltgeschichte zu –«

»Robin, setz dich zu mir!«, unterbrach Clamentin, durch den Raum rufend, und lockte somit alle Blicke auf Robin, die ihr Blut durch die Kehle pochen spürte.

Mit weichen Knien lief sie zu ihrem Vertrauenslehrer und versuchte, allen Personen, die sie musterten, standhaft in die Augen zu schauen. Dadurch fiel es ihr jedoch schwer, sich augenscheinlich auf die Gesichter zu konzentrieren und so verschwammen die Leute zu einer breiten, durchschnittlichen Masse.

Gemeinsam mit Lion setzte sie sich neben Clamentin und legte ihre Hände auf die gläserne Tischplatte.

»Möchtest du etwas trinken?«, fragte der Lehrer und wies auf die Speisen und Getränke, die Robin erst jetzt bemerkte.

Der gesamte Tisch war üppig mit Essen beladen. Neben den mindestens zehn verschiedenen Sorten Cerealien und saftigen Früchten gab es auch Backwaren, Aufschnitt, Streichpasten und Beilagen. Noch nie durfte sie so viel Essen aus der Nähe beobachten und riechen – der Gedanke, das alles zu kosten überforderte sie und nahm ihr den Appetit.

»Hier wird gefrühstückt?«, fragte Robin ungläubig.

»Wenn wir Glück haben, geht die Versammlung so lange, dass auch das Mittagessen aufgetischt wird«, erklärte Clamentin und zog eine Karaffe mit zartgrüner Flüssigkeit an sich. »Probiere dieses belebende Getränk aus Teepulver.« Er schenkte Robin etwas davon ein.

Schnell umklammerte sie ihr Glas, um sich irgendwo festzuhalten. Dass das Gespräch so lange gehen sollte, hätte sie nicht gedacht.

»Trink«, forderte der Lehrer sie freundlich auf und sie setzte ihr Glas an ihre Lippen.

Das Getränk war kühl und erfrischend. Es schmeckte süßlich, aber auch herb. Bald spürte Robin die belebende Wirkung, von der Clamentin sprach: Ihr Blick wurde klarer, ihre Sinne schärfer und sie fühlte sich energiegeladen.

Während sich alle noch an ihren Plätzen einfanden, bekam Robin ein leises Gespräch mit.

»Und es wurde wirklich eingebrochen?«, flüsterte eine dickere Frau, die nur drei Stühle weiter links von Robin, mit einem pickeligen Jungen sprach. Er trug eine silberne Uniform eines Schülersprechers.

»Durch den gestrigen Brand ist ein Loch in einem Duschraumfenster entstanden. Ein leichter Zugang für die Einbrecher. Angeblich hat ein kranker Drache gehustet und die Fenster zerstört. Viele glauben aber nicht daran. Es wird vermutet, das Tier wurde mit Absicht dorthin geflogen«, antwortete der Schüler.

»Wer fliegt denn heute noch auf einem Drachen?«, wollte die Frau wissen. »Wurde denn etwas gestohlen?«

»Scheinbar nicht, aber es wurde versucht, in eine der privaten Räumlichkeiten des Akademieleiters einzudringen. Deswegen wurde gestern noch ein weiteres, aufwendiges Sicherheitssystem im White-Areal installiert.«

»War der Akademieleiter zu der Zeit nicht in *Kabarun*?«

Der Schüler beugte sich etwas näher zu der Dame, also neigte sich auch Robin unauffällig vor, um das Gespräch weiter zu verfolgen. Gleichzeitig hoffte sie, bei dem Einbrecher handelte es sich nicht um Frederik.

»In den privaten Räumlichkeiten sind gelegentlich Gäste des Akademieleiters, vermutlich war es dieses Mal jemand Wichtiges. Eine Berühmtheit aus *Kabarun*, vielleicht.«

Robin konnte es nicht fassen, dass so leicht in ein bewachtes Areal eingedrungen wurde und das mit einem Drachen, den sie für einen guten Schutz gehalten hatte.

Neben dem pickeligen Studenten fiel Robin eine weitere Person auf, die sie nicht sofort erkannt hatte, denn die Haarfarbe war anders: Kathy Silberstein. Heute trug sie ihr Haar in einem bonbonrosa Ton. Zusätzlich hatte sie violetten Glitzer in ihre Frisur hineinmassiert, was bei jeder ihrer Kopfbewegung magisch funkelte.

Als Kathy Robins Blick erwiderte, setzte sie eine undurchdringliche Miene auf.

»Wusstest du, dass Kathy dabei sein würde?«, flüsterte Robin unauffällig in Lions Richtung.

»Ich habe sie schon beim Betreten bemerkt. Sie gehört zu den Schülersprechern und die sind alle anwesend, siehst du?«

Lion zeigte auf mehrere silberuniformierte Schüler am Tisch. Sie saßen nicht alle nebeneinander, sondern quer verteilt, weswegen sie Robin nicht sofort aufgefallen waren.

»Schau nur, Karen«, hörte Robin Clamentin zu seiner Assistentin sagen. »Der Akademieleiter ist jetzt da und als ich ihn gestern sprechen wollte, war er noch in *Kabarun* beschäftigt.«

»Er ist sichtlich froh, dass er in der Himmelsstadt keinem mehr den Hintern küssen muss. Jetzt hat er Robin, mit ihr kann er schneller die wichtigen Spenden für die Akademie einsammeln«, gab Karen mit fast geschlossenem Mund zurück.

Robin ließ ihren Blick über die Anwesenden schweifen, um herauszufinden, wer von ihnen der Akademieleiter sein könnte. Die meisten aßen ausgiebig und unterhielten sich – offensichtlich gehörte das zu so einer Versammlung dazu, sich mit gepflegter Konversation einzustimmen.

Obwohl der Verhandlungstisch rund war und jedem Anwesenden einen gleichwertigen Platz bot, stach ein Mann aus der Menge hervor. Robin wusste nicht, ob es der perfekt sitzende schwarze Anzug, der den Mann wohlhabend und machtvoll aussehen ließ, seine erhabene und autoritäre Haltung oder der strenge, durchbohrende Blick in ihre Richtung waren, aber er hatte etwas an sich, dass ihr sagte: *Ich bin wichtig.*

Das war also der Akademieleiter.

Seine Präsenz war so faszinierend, dass sie nicht sofort bemerkte, wie sie den Mann anstarrte. Erst als er ihr höflich zunickte, ohne dabei seine Miene zu verziehen, senkte sie den Blick und betrachtete ihre in Eile geschnittenen Fingernägel.

Nicht nur der Akademieleiter machte Robin nervös, sondern auch die vielen Spiegel im Raum. Ständig glaubte sie aus dem Augenwinkel heraus, Personen zu sehen, die hinter ihrem Rücken auftauchten oder verschwanden. Warum wurde der Raum überhaupt so ausgestattet? Sollte er die Verhandlungspartner einschüchtern oder diente er mehr zum Schutz der Akademieleitung, die stets alles im Blick behalten wollte?

Robins Blick huschte wieder zum Akademieleiter, der sich von seinem Stuhl erhob.

»Fangen wir an«, sagte er.

Seine tiefe Stimme ließ die Glastischplatte minimal vibrieren und Robin legte ihre Fingerkuppen auf den Tisch, um den Effekt intensiver zu erleben.

»Vielen Dank, dass Sie alle der kurzfristigen Einladung gefolgt sind, an dieser Versammlung teilzunehmen. Das jüngste Ereignis hat mich von meinen Pflichten in *Kabarun* entbunden. Die Angelegenheit mit dem schwarzen Phönix ist sehr ernst und Sie alle werden heute der Akademieleitung helfen, im Fall Robin Bish eine Entscheidung zu treffen.«

Der Blick, den er Robin dann zuwarf, glich einem Vorwurf.

»Mein Name ist Varus Gettson. Ich werde mir erst

die anderen anhören, dann haben Sie noch genug Zeit, Ihre Sicht der Dinge darzustellen, Miss Bish.« Mit diesen Worten setzte er sich wieder und das leichte Vibrieren der Glasfläche verschwand.

Annie

Der Flug nach *Loro* war nicht so ausgelassen, wie noch vor ein paar Tagen. Die Anspannung der Schüler lag deutlich in der Luft. Lions Fehlen fand Annie ätzend, vor allem, weil die Aufgabe wieder in der Bodenstadt stattfinden würde, in der schon der letzte Besuch unerfreulich endete.

»Dort drüben ist das Krankenhaus«, erklang Aves Stimme aus dem Helmlautsprecher.

Die drei steuerten auf das längliche, siebenstöckige Gebäude zu und parkten ihre Gleiter neben den vier Exemplaren, die bereits im Hof des Hospitals standen.

Als Annie den Helm absetzte und ihren Zopf durchschüttelte, deutete sie mit dem Finger auf die anderen Gleiter.

»Ich hätte nicht gedacht, dass Sarah und Dunken auch hierher geschickt werden«, sagte sie und stellte sich gleichzeitig vor, wie mies der Tag mit Sarah an ihrer Seite werden könnte.

»Das ist nicht ungewöhnlich«, sagte Aves. »Bei der Abschlussprüfung bekommen meist alle die gleiche

Aufgabe. Also können wir heute für den Ernstfall üben. Das finde ich nicht verkehrt.«

»Nur, dass wir etwas unterbesetzt sind. Unglaublich, dass wir nicht nach Lion sehen durften, er hat bestimmt nur verschlafen«, sagte Annie.

»Würdest du bitte damit aufhören, dir um Lion Gedanken zu machen? Wenn ihm Punkte für die Prüfung fehlen, ist es seine Sache. Solltest du dich jedoch nicht auf unsere Aufgabe konzentrieren, erreichen wir am Ende vielleicht selbst nicht unsere Zugangsvoraussetzung«, sagte Berry, die unübersehbar mit den Augen rollte.

»Als würde *dir* ein Ausschluss von den Examen drohen. Streber.«

»Für meinen Zusatzunterricht bei Mr. Gettson benötige ich jeden Punkt. Er nimmt für seine Lektionen nur die Besten. Und überhaupt: Anstatt mich zu beleidigen, solltest du dir lieber ein Beispiel an mir nehmen und zur Abwechslung auch etwas mehr pauken.«

Annie biss die Zähne zusammen und spielte nervös an einem Reißverschluss ihrer Umhängetasche.

»Manchmal wünschte ich mir, alles hinzuschmeißen und einen anderen Berufszweig zu ergreifen«, sagte sie.

»Nicht doch, Annie. Jetzt mach dich nicht grundlos fertig. Konzentriere dich darauf und wenn wir wieder in der Akademie sind, gebe ich dir Nachhilfe.«

»Was nützt mir das? Ich werde nie besser sein als der Durchschnitt. So eine schicke Zusatzlektion in Wiedererstehung von dem Akademieleiter höchst persönlich würde ich nie bekommen, da kann ich so viel büffeln, wie ich will.«

Berry sah verlegen zu Boden und kämpfte sichtlich

gegen ihr stolzes Lächeln, das Annie an ihr einfach nur ätzend fand.

»Hättest du ebenso ein fotografisches Gedächtnis, würde Mr. Gettson dich auch unterrichten«, sagte sie dann mit einer aufmunternden Stimme, die in Annies Ohren wie Hohn klang.

»Berry, bitte! Wenn du deine Besonderheit so in den Vordergrund rückst, empfinde ich keinen Trost für mein Problem. Lass uns einfach den heutigen Tag durchstehen.«

Berry seufzte.

»Also hyperaktiv und fröhlich mag ich dich lieber als so schwarzmalerisch.«

»Was denn, versage ich jetzt nicht nur in der Schule, sondern auch im zwischenmenschlichen Verhalten?«

Langsam bekam Annie starke Kopfschmerzen, die von der Schläfe bis zur Wirbelsäule pochten.

»Sie kommen spät«, meldete sich eine Frau, die einen zitronengelben Kittel trug.

Sie war hübsch und hatte schwere, dunkle Locken, die auf ihren schmalen Schultern thronten. Zwischen ihren Augenbrauen lag aber eine Sorgenfalte, die die jugendliche Schönheit der Frau stark abmilderte.

»Man hat mir ein paar fähige Schüler versprochen, aber wer nicht einmal rechtzeitig zur Arbeit erscheint, ist in meinen Augen faul und unzuverlässig. Ihre Klassenkameraden haben ihre Aufgaben längst erhalten. Kommen Sie schnell mit, damit Sie Ihre vertrödelte Zeit ansatzweise nachholen können.«

Die Frau drehte sich um und lief durch den Hintereingang in das Gebäude. Annie und ihre Mitschüler eilten ihr nach.

»Unsere Verzögerung hat einen guten Grund«, begann Aves, dem Rücken der Frau in dem zitronengelben Kittel zu erzählen.

Sie hob jedoch nur ihre Hand und machte eine wegwerfende Geste.

»Interessiert mich nicht. Für gewöhnlich warte ich auf niemanden. Ich sollte Sie alle zurück zur Schule schicken und Ihnen null Punkte eintragen lassen, aber wir sind heute unterbesetzt und es gibt viel zu tun.«

Die Frau wurde noch schneller und Annie musste mit ihren kurzen Beinen beinahe rennen, um mit ihr Schritt zu halten. Berry und Aves hatten keine Probleme mit der Geschwindigkeit, aber auch ihre Gesichter standen unter Anspannung.

»Ich bin übrigens Oberschwester Fanja. Um alles abzukürzen, nennen Sie mich nur Fanja oder Fan. Ich werde mir Ihre Namen nicht merken, weswegen ich nur Phönix zu jedem einzelnen sagen werde.«

»Aber kommt es nicht zu Verwirrungen?«, wollte Berry wissen.

Fanja warf ihr einen finsteren Blick zu.

»Sie arbeiten alle in unterschiedlichen Abteilungen, Sie bekommen schon mit, dass ich Sie meine.«

Schnell wurde klar, dass die Oberschwester Fanja die einzige war, die zu viele bittere Pillen geschluckt hatte, denn das andere Krankenhauspersonal freute sich über jede zusätzliche helfende Hand.

Die Schüler kamen auf unterschiedlichen Stockwerken unter. Auf dem Weg zu ihrer ersten Aufgabe, bemerkte Annie, dass auch Sarah auf ihrer Etage eingeteilt war. Durch die geöffnete Tür sah sie Sarah an dem Bett eines jungen

Mädchens sitzen. Sarah hielt die Hand der Kleinen und hatte ihre Augen geschlossen. Sie war eine gute Heilerin und das machte Annie eifersüchtig, denn es wäre einfacher gewesen, sie zu hassen, wenn sie nur hübsch und zickig wäre.

»Trödeln Sie nicht«, ermahnte die Oberschwester Fanja Annie, weil sie langsamer an Sarahs Raum vorbeilief. »Ich entnehme meinen Unterlagen, dass Ihre Spezifikation die Heilung ist.«

Fanja hatte Annie in einen Raum geführt, in dem ein junger Mann im Bett saß und mit einer Nadel auf einer alten Schallplatte herumkratzte. Er war mit so einer Leidenschaft in seine Tätigkeit vertieft, dass er seine Außenwelt nicht zu bemerken schien.

»Das hier ist Mr. Trud und seine Erkrankung ist etwas komplexer.«

Ein komplizierter Fall? Annie wollte ihren Körper auf der Stelle verlassen. Sie bekam oft kaum eine Grippe richtig kuriert und jetzt sollte sie womöglich eine schwere Krankheit heilen? Sie beschloss, nichts zu erwidern und abzuwarten, was Fanja noch zu diesem Fall zu sagen hatte.

»Mr. Trud wurde vor einem Monat von einem Zeitstopp-Fluch belegt. Seitdem lebt er in halbstündigen Etappen, die von einer kompletten Lähmung unterbrochen werden. Es sind zwar nur fünf Minuten, die die Paralyse anhält, aber wenn ihn so eine Pause auf einer Brücke erwischt, wird er den Sturz ins Wasser garantiert nicht überleben. Aus diesem Grund ist er die ganze Zeit im Krankenhaus und vergeudet den Platz für andere Patienten. Er kann seine Krankenhausrechnungen nicht mehr begleichen, deswegen wird er bald auf die Straße gesetzt. Sie sorgen dafür, dass er geheilt wird und endlich heim kann. Nur so kann er seine Arbeit wieder aufnehmen und seine Schulden abbezahlen.«

Annie glaubte, jemand hätte ihr einen Eimer Eiswürfel über den Kopf geschüttet: harte, scharfe, eiskalte Würfel, die sich direkt durch die Schädeldecke in ihr Gehirn schnitten.

»Sie würden einen kranken Mann auf die Straße setzen?«, fragte sie entgeistert.

Die Oberschwester sog hörbar die Luft an, schnappte mit ihren knochigen Fingern Annie am Oberarm und zerrte sie grob zum Fenster. Sie waren im Erdgeschoss, Annie konnte von hier aus die Gleiter sehen, mit denen sie aus der Phönixakademie hergekommen war.

»Sehen Sie das? Das graue Etwas, was sich da vor Ihren Prinzessinnenäuglein erstreckt, ist eine Stadt. Was denn, eine Stadt, fragen Sie sich? Wie können diese Bruchbuden überhaupt als Häuser durchgehen?«

Annie fragte sich das ganz und gar nicht. Sie wollte schon den Mund aufmachen, um zu sagen, dass sie schon einmal in *Loro* gewesen war und wusste, wie hoch die Armut in der Bevölkerung war, doch etwas in Fanjas Gesicht riet ihr, die Klappe zu halten.

»Wir leben in keiner schicken Himmelsstadt, wie die Phönixmagier. Wenn wir alle kostenlos behandeln würden, wären wir bald bankrott und würden ebenfalls auf der Straße landen.« Fanja ließ Annie los und sah sie von oben herablassend an. »Hören Sie auf, Nächstenliebe zu heucheln. Wenn Ihnen diese Menschen wirklich am Herzen lägen, würden Sie Ihr Geld regelmäßig spenden. Machen Sie sich an die Arbeit und mischen sich nicht in unsere Krankenhauspolitik ein.«

Mit diesen Worten ließ die Oberschwester Annie mit Mr. Trud allein.

Sie hasste jetzt schon Fanja und das Krankenhaus. Wenn Annie eines Tages ein heilender Phönix werden wollte, könnte sie sich nicht mit den unwürdigen Regeln arrangieren, das stand fest. Tatsache war aber gleichzeitig auch, dass sie nicht das Zeug zu einem solchen Phönix hatte.

Sie atmete schwer durch und ging um das Bett von Mr. Trud herum, um einen Blick auf den Menschen zu werfen, dessen Schicksal dummerweise jetzt in ihren Händen lag.

»Hallo Mr. Trud. Ich bin Annie Anderson und komme aus der Phönixakademie«, sagte sie. Ein sicheres Auftreten hatte sie dabei leider überhaupt nicht.

Mr. Trud blickte nicht auf, sondern kritzelte auf seiner Schalplatte herum.

»Wissen Sie, Miss Anderson, es ist gar nicht mal so schlecht, das Leben in kurzen Etappen zu erleben. So habe ich gelernt, jede Sekunde auszukosten. Ich vergeude keinen Moment mit negativen Gedanken. Ich bin glücklich, egal was passiert.«

Annie konnte sich das nicht vorstellen. Sie hatte immer sehr gerne gefaulenzt und in den Tag hineingelebt.

»Das Krankenhaus will Sie nicht weiter behandeln, Mr. Trud, wie können Sie da so ruhig bleiben?«

Der Mann sah Annie zum ersten Mal an und seine Augen lächelten noch mehr als seine Lippen.

»Das ist das Beste, was mir passieren kann! Dann bin ich endlich diese grauen Wände los und kann die Welt erkunden.«

»Die Welt außerhalb der Städte ist gefährlich, haben Sie keine Angst, auf weitere Flüche zu stoßen? Die Wälder und die Ländereien sind extrem verseucht und lebensgefährlich.«

»Wer ständig Angst hat, wird auch nie etwas erleben, meine Liebe. Genießen Sie zur Abwechslung mal die schönen Dinge im Leben. Schauen Sie hier! Diese uralten Schallplatten habe ich auf dem Dachboden meines Großvaters gefunden. Vor ewigen Zeiten waren sie mal beliebt und jetzt gibt es nur noch wenige Geräte, die sie abspielen können. Ich habe keine Ahnung, welche Musik in ihnen steckt, aber ich stelle sie mir vor und kratze meine Eindrücke hinein.«

Annie besah sich das Gekritzel und hielt sogar die Luft an, denn es war ein richtiges Kunstwerk. Es zeigte ein kleines Mädchen, dessen Haar kunstvoll in der Luft herumflog. Es war von einer Aura umgeben, die verschiedene winzige Elemente in sich trug, die Annie erst erkannte, als sie sich weiter zu der Schallplatte heruntergebeugt hatte. Die Details waren vielfältig und sie enthielten praktisch alles, was das Leben zu bieten hatte: Tiere, Menschen, Pflanzen, magische Wesen, Gebäude, Teetassen, Musikinstrumente, einfach alles.

»Das ist so filigran«, stellte Annie erstaunt fest. »Wie ist Ihnen diese Idee gekommen?«

»Das ist die kleine Jenny Bish«, sagte er verträumt.

Annie sah ihn überrascht an und dachte gleich an Robin.

Mr. Trud glitt mit seinem rauen Finger über das fliegende Haar des Mädchens und sprach weiter.

»Sie ist etwas ganz Besonderes. Viele hatten Angst vor ihr, aber ich habe sie immer bewundert.«

»Was ist denn so speziell an dem Mädchen?«, fragte Annie, die vermutete, dass diese Jenny Robins Schwester sein könnte und vermutlich ebenfalls ein schwarzer Phönix war.

»Sie ist das pure Leben, sagt sie immer.«

»Kinder sind für gewöhnlich lebhaft, ja.«

»Jenny Bish ist kein normales Kind. Sie ist der Neubeginn, das Erwachen und die Reinheit in Person. Aber auch die Manifestierung vom Schmerz.« Selbst während Mr. Trud dies aussprach, verzog er seine Miene nicht.

Annie seufzte und lief im Raum umher. Auch wenn der Mann fantastisch zeichnen konnte, glaubte Annie langsam, dass er den Verstand verloren haben musste, als man ihn verflucht hatte.

»Woher kennen Sie sie, Mr. Trud?«

»Sie ist die Tochter meiner Nachbarn. Gute Menschen sind das, aber sie hatten wohl zu viel Magie in ihrem Leben mit ihren drei Kindern. Es gab wohl jemanden, dem das nicht gefiel. Ich habe gehört, ihr Haus wurde von einem schwarzen Phönix angegriffen. Jetzt befinden auch sie sich im Krankenhaus.«

Er machte große Augen und Annie glaubte, dass er ihr gleich wegkippte, weil er diese Zeitstoppkrankheit hatte. Doch er begann zu lachen.

»Mr. Trud, geht es Ihnen gut?«

»Wissen Sie was? Sie liegen im Nachbarraum! Wir werden wohl auf ewig Nachbarn bleiben.«

»Gleich hier nebenan? Wirklich?«

Annie wurde nervös. Sollte sie rübergehen und versuchen, die beiden im Nachhinein zu heilen? Wenn sie sich nur stärker konzentrierte, würde sie es vielleicht schaffen.

Doch eine zu Boden fallende Schallplatte lenkte ihre Gedanken in eine andere Richtung.

»Mr. Trud?«, fragte sie und stürzte bereits auf ihn zu, weil sie sah, dass der Mann drohte, aus dem Bett herauszurutschen und mit dem Kopf voran auf den Boden zu knallen.

Annie beförderte ihn in das Bett und legte ihre Hände auf ihre Lippen. Hätte man Annie nicht vorgewarnt, wäre sie panisch geworden, doch jetzt war sie einfach nur mit ihrer Aufgabe überfordert. Um sich selbst Zeit zu verschaffen, bückte sie sich nach der Schallplatte und legte sie auf den Nachttisch. Sie hatte noch immer keine Idee. Sie straffte ihren Zopf, überprüfte ihre Krawatte und griff nach dem Krankheitsbefund, der an Mr. Truds Bettende befestigt war. Egal, wie lange sie auch auf die Buchstaben starrte, sie verschwammen vor ihren Augen und Annie bekam eine Hitzewelle nach der anderen.

»Was soll ich tun?«, fragte sie sich selbst und lief zu Mr. Trud, um ein paar Zauber zu versuchen, die sie tatsächlich beherrschte, doch es war wie mit der Medizin, es sollte die richtige Formel sein.

In ihrem Kopf ging sie die Lektionen durch, die sie in der Schule behandelt hatten, aber im Gegensatz zu Berry konnte sie sich nicht wirklich etwas behalten. Sie wusste, dass sie irgendwann mal ein paar Heilzauber gegen gängige Flüche gelernt hatte, aber sie erinnerte sich einfach nicht.

»Zeitstopp«, flüsterte sie und sah sich im Raum um.

Ihre Augen blieben auf dem Sekundenzeiger einer Wanduhr hängen und sie folgte diesem eine Minute lang, bis sie mitbekam, dass sie gedankenleer war.

»Unglaublich! Ich bin so schlecht«, hauchte sie.

Etwa sechs Minuten vergingen und Annie stellte sich nach ihrer eigenen Einschätzung richtig dumm an und jede abgelaufene Sekunde fühlte sich unerträglich an.

Als der Patient endlich zu sich kam, stand er auf und nahm sich die Schallplatte, um an dieser weiterzuarbeiten. Doch Annie verlor langsam den Verstand.

Nach zwei weiteren Anfällen von Zeitstopp, die Mr. Trud ereilten, kam Fanja zurück und zerrte Annie aus dem Krankenzimmer.

»Sind Sie denn noch immer nicht fertig mit Ihrer Aufgabe, Phönix? Ich habe Ihnen extra viel Zeit gelassen«, blaffte die Oberschwester.

»Ich weiß nicht, wie ich es anstellen soll«, gab Annie zu und stotterte zu ihrem Bedauern auch noch.

»Was lehrt man Sie an der Phönixakademie? Ich hoffe doch nicht, dass Haarefärben das Einzige ist, das Sie beherrschen.«

Jetzt war es Annie richtig peinlich, dass sie sich gestern die Regenbogensträhne gefärbt hatte. Sie hatte nicht sonderlich viel darüber nachgedacht. Beschämt senkte sie die Augenlider und wartete, bis Fanja zu Ende gemeckert hatte. Sie wollte kein Kontra geben, denn sie wusste, sie hatte diese Standpauke mit jeder Faser ihres Körpers verdiente.

»Ich werde es weiter versuchen«, sagte Annie, nachdem Fanja ihre Schimpftirade über die reichen, verpönten Phönixe beendet hatte.

»Sie glauben, ich lasse es zu, dass Sie untätig herumsitzen? Für Sie ist das bloß eine Mission, die Sie für eine Prüfung benötigen, das Krankenhaus zahlt aber Ihre Arbeitskraft. Sie bekommen von mir eine Aufgabe, die Ihren Fähigkeiten entspricht. Dazu brauchen Sie auch keine Zauberkraft. Vielleicht fühlen Sie sich dann auch mal wie wir armen, gewöhnlichen Menschen.«

Kurze Zeit darauf schob Annie einen Wagen mit frischer Bettwäsche durch das Erdgeschoß und bezog die

Betten neu. Sie kam sich so unnütz vor und auch wenn ihr die Aufgabe kaum etwas ausmachte, war sie mit ihr doch unzufrieden. Man schätzte ihre Talente nicht und nahm sie als Phönix nicht ernst.

Einen der Räume wollte Annie nicht betreten, denn sie wusste, dass Sarah dort eine Patientin behandelte. Es war eine andere, als die sie zu Beginn erhalten hatte. Annie versuchte lieber nicht, sich vorzustellen, wie viele Patienten Sarah bereits geheilt hatte, während sie selbst in allem so versagt hatte.

Irgendwann gab es kaum noch Räume, in denen die Betten frisch bezogen werden mussten, also gab sich Annie einen Ruck und trat selbstsicher in Sarahs Behandlungsraum, doch die Schülerin sah sie nicht ein Mal an.

»Bitte stören Sie mich nicht, ich muss mich konzentrieren«, sagte Sarah autoritär, was Annie bei der Schülerin noch nie gehört hatte und schon sank ihr der Mut. Ihre Schultern knickten ein und sie wandte sich schnell wieder ab, um aus dem Raum zu verschwinden.

»Ach du bist es, Annie. Und im Ernst?«, fragte Sarah dann amüsiert und Annie blieb stehen. »Du beziehst hier die Betten?«

»Einer muss es tun«, sagte Annie und drehte sich dann zu Sarah um.

»Ist das nicht eine Vergeudung deiner Kräfte? Schließlich bist du spezialisiert auf Heilung und müsstest von uns allen die Beste sein. Ich bin wie Aves auf Wiederherstellung von Objekten gepolt.«

Das versetzte Annie einen tiefen Stich. Sie war nicht einfach nur schlecht, sie war in ihrem besten Gebiet auch noch mieser als Schüler vom fremden Fach.

»Ich muss das Bett frisch beziehen. Kannst du ein paar Minuten mit deiner Patientin auf dem Stuhl weitermachen?«, fragte Annie brummig.

»Weißt du was, ich helfe dir. Meine Mutter arbeitet in einer Wäscherei, ich bin sozusagen mit Bettlaken aufgewachsen.«

Die Aufgabe gemeinsam mit Sarah zu machen, fühlte sich zwar nicht so demütigend an, wie Annie zunächst gedacht hatte, aber der Gedanke, die Konkurrentin würde ihr selbst bei den leichtesten Tätigkeiten helfen, war einfach nur übel.

Am Ende hob Annie die benutzte Bettwäsche vom Boden und wollte sich sogar bedanken, doch sie brachte es nicht über ihre Lippen, vor allem da Sarah sie so schief ansah.

»Wie du so dastehst mit dem dreckigen Laken, sollte ich meine Vorurteile dir gegenüber überdenken. Jetzt gleichst du mehr einem Bodenmädchen und verdienst Aves«, sagte Sarah, doch es klang ganz und gar nicht nach lobenden Worten. Das fiese Grinsen bestätigte Annie in ihrer Annahme, dass die Schülerin das nicht ernst meinte.

»Ich verstehe nicht, wie du mit so einem intelligenten, gut aussehenden Jungen aus der Bodenstadt zusammensein kannst. Du mit deinem Geld und deinen einflussreichen Eltern kannst doch jeden haben. Nimm uns Bodenstädtlerinnen doch nicht auch noch unsere Jungs weg, damit du sie für uns alle verdirbst«, fügte Sarah dann eindeutig feindselig hinzu.

»In der Zeit, in der du versuchst, Aves und mich auseinanderzubringen, hättest du längst eine gute Partie aus der Himmelsstadt anlachen können. Du bist hübsch und intelligent, das mögen sie«, sagte Annie und bereute es sofort, denn sie bekam von Sarah ein gehässiges Lächeln.

»Du bist hier fertig«, sagte diese bestimmt und kümmerte sich wieder um ihre Patientin.

»Hoffentlich steckst du dich mit was Gefährlichem an«, flüsterte Annie, als sie den Raum verließ, verärgert über dieses Gespräch und vor allem darüber, dass sie dem Biest etwas Nettes gesagt hatte.

Daraufhin ging Annie zu Mr. Truds Raum, wobei sie zögerte. Was würde er sagen, wenn er sah, dass sie niedere Aufgaben erledigte, obwohl sie ihn hätte heilen sollen, bevor er auf die Straße gesetzt wurde?

Ihre Hand lag bereits auf der Türklinke, doch es gelang ihr nicht, sie herunterzudrücken.

»Trödel nicht!«, rief Fanja vom anderen Flurende.

Das trieb Annie an und sie lief kopflos einfach an Mr. Truds Raum vorbei und schlüpfte in den nächsten hinein. Sie wollte nur aus den Augen der Oberschwester verschwinden.

Das Zimmer war das einzige auf dieser Etage, das schick eingerichtet worden war. Auf den Beistelltischen standen Vasen mit üppigen Blumengestecken, die Vorhänge trugen Muster, die Wände waren in einem pastelligen Orange gehalten und die Polstermöbel sahen weich und bequem aus.

Der Blumenduft beruhigte Annie ein wenig, gleichzeitig lähmte er sie auch. Sie erinnerte sich, wer in diesem Raum behandelt wurde, sie hatte das Ehepaar nur nicht sofort erkannt.

In den Betten lagen die Nachbarn von Mr. Trud – Robins Eltern. Noch immer waren sie bewusstlos.

Vorsichtig, als würde sie beim kleinsten Geräusch das Ehepaar aufwecken, legte sie die Wäsche auf ein Sofa und ging in die Mitte der Betten. Mr. und Mrs. Bish sahen so friedlich aus, als würden sie nur träumen. Dabei erkannte Annie eindeutig das leichte Glühen von Berrys Phönixfeuer, das noch immer mit dem Zauber, der die beiden vor dem Tod bewahren sollte, an ihnen haftete.

Die Ärzte dieses Krankenhauses hatten noch nicht einmal mit der Behandlung der Bishs begonnen, war es vielleicht zu schwer, eine Vereisung zu heilen? Oder wollte man hier die Behandlungszeit hinauszögern?

Annie sah sich wieder im Raum um und wusste, warum: Die Bishs waren reich und auch wenn sie von ihrem Aufenthalt in einem Hospital nichts mitbekamen, waren sie offensichtlich in der Lage, eine hohe Krankenhausrechnung zu bezahlen, während andere Patienten hinausgeworfen wurden.

Wieder einmal wurden Annie die Zustände in dieser Einrichtung deutlich vor Augen geführt. Es wäre so einfach, den Ärzten und der Oberschwester ihren Plan zu vermasseln, indem Annie die Bishs heilte. Theoretisch musste sie das hinbekommen, nur traute sie sich das nicht zu. Sobald sie einen Heilungszauber wirkte, würde Berrys Schutzzauber aufgelöst und dann könnte das Ehepaar sterben.

Annie kam der Gedanke, die Phönixe aus Sarahs Gruppe zu fragen, dann würden Mr. und Mrs. Bish verraten, wer sie wirklich angegriffen hatte. Sarah jedoch einzugestehen, dass sie besser war als Annie, kostete sie eine noch größere Überwindung, als selbst Hand anzulegen.

»Nein, ich kann nicht«, flüsterte sie und verließ den Raum, ohne die Bettwäsche mitzunehmen.

Etwas verloren stand sie im Flur und rang nach Atem. Der Gedanke, dass sie zu nichts zu gebrauchen wäre, wollte nicht aus ihrem Kopf. Das konnte doch nicht sein! Sie war ein Heilerphönix und Menschen zu behandeln war immer ihr Traum gewesen, warum schaffte sie es dann nicht? Sie musste doch wenigstens dem armen Mr. Trud helfen.

Plötzlich von einer tieferen Entschlossenheit ergriffen, stürmte sie in den Raum des Schallplattenkünstlers und sah, dass er wieder weggetreten war und schlapp auf einem alten Sofa lag. Das war Annies Chance, endlich alles aus sich herauszuholen.

Gerade als sie Mr. Trud erreichte, ging die Tür auf und Aves kam herein.

»Süße, ich habe dich hierher reingehen sehen«, sagte er, kam auf sie zu und schloss sie in eine feste Umarmung. »Ich habe von Fanja gehört, dass du zu einer dummen Aufgabe verdonnert wurdest, das tut mir so leid. Ich weiß ja, wie dringend du jeden Punkt benötigst.«

Annie schob ihn vorsichtig von sich.

»Ich weigere mich, weitere Betten zu beziehen, ich werde jetzt diesen Mann heilen.«

Sie setzte sich auf die Sofalehne und nahm Mr. Truds Hand in ihre, wobei sie versuchte, sich zu konzentrieren.

»Ich finde es gut, dass du es weiterhin angehst. Kleines, ich weiß, wie ungern du Heileraufgaben erledigst, aber du hast großes Talent, du musst nur fleißiger sein und ein wenig Durchhaltevermögen und Konzentration an den Tag legen, dann klappt es.«

Annie warf Aves einen genervten Blick zu, damit er endlich Ruhe gab, doch er ging zum Fenster und redete einfach weiter.

»Dein Cousin Lion und du, ihr habt die gleichen Voraussetzungen. Ihr kommt beide aus reichen Verhältnissen und doch engagiert er sich bei vielen Vereinen und Organisationen und erwartet dafür keinen Applaus. Ich habe das Gefühl, dass du stattdessen deine Zeit vergeudest mit Einkaufen und dem Tratsch mit deinen Freundinnen.«

»Wie bitte?«, fragte Annie mit einer warnenden Stimme.

Sie verstand nicht, warum Aves ihr so eine Predigt hielt.

»Versteh mich nicht falsch«, sprach Aves weiter. »Du hast ein sonniges Gemüt und bringst alle immer zum Lachen, aber ich mache mir Sorgen um deine Zukunft.«

Annie war schon vor diesem Gespräch angespannt gewesen, doch jetzt kam auch noch ein unangenehmes Ziehen in der Brust dazu. Dass Aves sie und ihre Werte hinterfragte, passte ihr nicht. Sie fühlte sich einsam und alleingelassen.

Die Hand von Mr. Trud bewegte sich und erschrocken ließ Annie sie los.

»Guten Morgen«, sagte der Patient vergnügt. »Ich glaube, ich habe wieder einmal gut geruht.«

Annie stand auf und brachte Mr. Trud seine Schallplatte, doch er wollte sie nicht mehr haben. Stattdessen schnappte er sich ein Buch, das auf dem Beistelltisch lag.

»Die Schallplatte können Sie behalten, meine Liebe. Vielleicht ist sie eines Tages ja viel wert«, sagte er und Annie bekam feuchte Augen.

»Dankeschön«, hauchte sie.

Sie war kurz vorm Explodieren oder Ertrinken, so genau konnte sie es nicht einschätzen, aber der Tag war einfach nur mies und sie wollte, dass alles vorbei war.

Aves kam zu ihr und sah sich die Zeichnung auf der Schallplatte an.

»Sieht hübsch aus, bist du das, Sonnenschein?«, fragte er Annie und massierte ihre verspannten Schultern.

Sie schüttelte nur mit dem Kopf und brachte keinen Ton heraus.

»Sei nicht traurig, Annie. Das Krankenhaus hier in *Loro* bietet unserer Aufgabe einen erschwerenden Grad. In der Himmelsstadt wären wir besser dran. Ich werde ein gutes Wort für dich einlegen, damit du doch zur Prüfung zugelassen wirst.«

Das machte Annie wütend. Hatte er tatsächlich geäußert, dass sie für magische Flüche nicht gut genug wäre und nur einen Schnupfen der Reichen kurieren konnte?

»Allerdings bin ich gleichzeitig auch sehr froh, dass wir in einer Bodenstadt aushelfen können, denn hier in *Loro* benötigen die Menschen wirklich unsere Hilfe. Vor zwei Monaten herrschte hier laut den Aussagen der Patienten ein gewaltiger magischer Sturm, der einen Drittel der Bevölkerung schwer verletzt oder getötet hat. Sie sind stinksauer auf die Himmelsstädte, weil sie nicht endlich helfen.«

Aves atmete laut auf und legte seine Arme um Annie, die innerlich kochte und dieses Gefühl hasste, denn sie war es nicht von sich gewöhnt. Sie war immer der Sonnenstrahl, das Mädchen, das immer lachte und fröhlich war.

»Bin ich froh«, senkte Aves seine Stimme, »dass meine Familie das Geld zusammengespart hat, aus einer gefährlichen Bodenstadt auf einen etwas ruhigeres Landsitz umzuziehen. So werden sie von Katastrophen verschont. Ich wünschte, du würdest verstehen, was in mir vorgeht, wenn ich in einer Bodenstadt bin, Annie.«

Das war für Annie zuviel. Sie stieß ihn grob von sich, sodass er auf Mr. Truds Bett fiel und sie mit großen Augen anstarrte.

»Wieso nimmst du es dir heraus, solche Sachen vor meinem Patienten zu sagen? Habe ich dir jemals das Gefühl gegeben, du seist etwas Niederes für mich, Aves? Ich weiß, dass du aus der Bodenstadt kommst und ich bin nun mal in einer Himmelsstadt aufgewachsen. Das ist für mich aber kein Grund, nicht mit dir zusammen zu sein oder andauernd zu vergleichen, wer der reichere oder der klügere von uns ist. Ich bringe immer Verständnis für dich auf, es fällt mir nicht schwer, ich sehe keinen Unterschied zwischen uns, doch du bringst ihn immer wieder an die Oberfläche. Manchmal glaube ich, du möchtest dich in meiner Gegenwart schlecht fühlen. Ich hasse es, dass du Geld und Herkunft immer zum Thema machst. Ich habe immer gedacht, es steht nicht zwischen uns, aber du errichtest regelrecht eine Mauer aus Geldscheinen und Münzen.«

Noch nie hatte Annie so eine wütende Stimme gehabt, selbst gestern nicht beim Streit mit Lion.

»Süße, ich ...«

»Was? Willst du mir wieder sagen, dass ich es nicht schaffe, deinen lieben Bodenstadtmenschen zu helfen? Ja, du hast Recht, ich habe es nicht drauf. Ich bin schlecht und wahrscheinlich werde ich es nie zur Heilerin bringen, weil ich nicht einmal zur Prüfung zugelassen werde.«

Sie vergrub ihr Gesicht in ihren Handflächen und drückte es dagegen, um nicht durchzudrehen.

»Deine Eltern haben genug Geld, du kannst das Jahr wiederholen, dann schaffst du das schon.«

Annie schrie dumpf und spürte, dass sich ihre Augen mit heißen Tränen füllten, die sich dann auf ihren Händen verteilten. Sie warf verzweifelt die Arme in die Luft und sah zu Aves, der noch immer auf dem Bett saß.

»Das ist keine Hilfe, Aves! Du glaubst nicht an mich. Auch Lion glaubt nicht an mich. Ich will dich im Moment nicht sehen. Bitte geh zurück zu deiner Aufgabe und wir reden später, wenn ich mich beruhigt habe.«

»Nein, ich kann nicht gehen, wenn du so aufgelöst bist.«

»Bitte geh! Ich bestehe darauf. Verschwinde!«

Sie zeigte mit dem Finger Richtung Tür und als Aves unsicher an ihr vorbeiging und endlich den Raum verließ, begann sie die benutzte Bettwäsche von Mr. Truds Bett abzuziehen.

»Ich glaube an Sie, Kindchen. Eines Tages werden Sie Großes vollbringen«, sagte Mr. Trud und brachte Annie dazu, richtig loszuweinen.

Sie sank mit der Bettwäsche zu Boden und vergrub ihr Gesicht darin.

Das war sie nicht!

Dieses Verhalten und die frustrierte und traurige Stimmung passten nicht zu ihr. War sie wirklich nur das reiche Töchterchen, das es zu nichts bringen würde, außer zu Aufgaben, die jedes Kind beherrschte? Sie war reich, aber nicht einmal der Club wohlhabender Schüler hatte sie aufgenommen, weil sie keine guten Noten vorzeigen konnte. Nicht einmal die Gutbetuchten hatten Achtung vor ihr und langsam aber sicher verlor sie diese vor sich selbst.

»Sie brauchen einen kleinen Zeitstopp. Das würde Ihnen die Augen öffnen«, sagte Mr. Trud, der noch immer in seinem Buch las. »Sie sind doch ein Phönix, können diese Wesen nicht einen Neuanfang herbeizaubern?«

»So leicht ist das nicht«, sagte sie mit belegter Stimme und erhob sich endlich vom Boden, wobei sie die Bettwäsche im hohen Bogen auf das Bett zurückwarf.

In dem Augenblick, als das Bettlaken die Matratze berührte, wurde das gesamte Zimmer durchgerüttelt.

Annie hielt sich rasch am Bettgestell fest.

Etwas Deckenfarbe bröckelte ab und rieselte in ihr Haar.

Verwundert sah sie zum Patienten, der sie anerkennend musterte.

»Das war ich nicht«, sagte sie und genau da erklang der erste Schrei aus der Ferne.

»Kam das vom Flur?«, fragte sie und lief zur Tür, um nachzusehen, was draußen vor sich ging.

Ihr Blick fiel auf einen vermummten, großen Mann, der Sarah sein Messer in den Bauch rammte.

Annie erschauderte und hielt sich die Hände auf die Lippen, um nicht loszuschreien.

Schnell schloss sie die Tür und ließ sie einen Spalt weit offen, um weiterhin auf den Flur sehen zu können.

Ihr Herz raste und sie weinte stumme Tränen, als sie Sarah zu Boden gehen sah.

Dann wurde das Krankenhaus erneut durchgerüttelt.

***

»Was war das?«, fragte Mr. Trud.

Annie legte einen Finger auf ihre Lippen und bedeutete ihm, leise zu sein.

Durch den Türspalt konnte sie Sarahs Gesicht nicht erkennen, aber sie sah, dass ihre Brust sich hob und senkte. Sie war also noch am Leben.

Pfleger, vermummte Männer und Frauen glitten an ihrem Blickfeld vorbei und immer wieder gab es Schreie und Rufe.

»Sie sind im Raum B003«, dröhnte eine schrille Männerstimme durch den Flur und bald darauf gab es eilige Stiefelschritte in Annies Richtung.

»B003?«, hauchte sie verzweifelt. »Welches Zimmer ist das hier?«

»B004«, anwortete Mr. Trud. »In B003 liegen die Bishs.«

Dann will sie wirklich jemand umbringen, dachte Annie.

Sie hörte, wie die Nachbartür aufgerissen wurde und mehrere Leute hineinstürmten.

Sie sah hinaus in den Flur. Es war keiner weiter da, außer einigen bewusstlosen Pflegern, Schwestern und Sarah, die Annie sofort erkannte und ihre Hand nach ihr ausstreckte.

Sie war nur drei Schritte von ihrem Raum entfernt, sie könnte hinrennen und sie in Sicherheit zerren.

War es riskant, ausgerechnet jetzt zu Sarah zu rennen, während die Eindringlinge im Nachbarraum waren? Annie steckte ihren Kopf hinaus und sah zu dem Raum der Bishs: Die Tür stand halb geöffnet und sie hörte leise Stimmen daraus. Die Männer waren gerade erst hineingelaufen und wenn Annie Glück hatte, würden sie nicht sofort wieder heraustreten.

Annie sammelte das Phönixfeuer in sich und wandelte die Energie dazu, um sich vom Boden abzustoßen und mit rasender Geschwindigkeit mit einem Sprung an Sarahs Seite zu gelangen.

»Kannst du laufen?«, flüsterte sie ihr zu, doch ihre Augen hielt sie halb geschlossen und ihr Gesicht war schmerzverzerrt.

Sie röchelte und mehr Blut trat aus ihrem Bauch heraus. Annie presste eine Hand auf die Wunde und schüttelte verzweifelt den Kopf.

»Sprich nicht. Ich bringe dich hier weg.«

Auch wenn Annie leichter war als Sarah und auch kleiner, schaffte sie es, ihre Mitschülerin zu Mr. Truds Behandlungsraum halb zu schleifen, halb zu tragen.

Mr. Trud half ihr, Sarah richtig in den Raum zu befördern und schloss dann die Tür.

»Kann ich helfen?«, fragte er, doch Annie wusste es selbst nicht.

Sie öffnete die Bluse ihrer Mitschülerin und schnappte hilflos nach Luft, als sie die Wunde sah.

Blut. Überall war Blut.

»Bitte nicht«, winselte sie.

Schnell legte sie ihre Hände auf die Wunde. Das Blut fühlte sich unangenehm warm an und es ängstigte Annie, einen unaufhörlichen Rinnsal dieser lebenswichtigen Flüssigkeit auf ihrer Haut zu spüren.

»Halte bitte durch!«

Annie gab mit zittrigen Fingern ihr heilendes Phönixfeuer von sich, doch sie begriff, dass Sarahs Körper kaum Lebenskräfte hatte.

Die Schülerin bewegte mit aller Kraft ihre blasse Hand und legte sie auf Annies Unterarm.

»Hilft nicht«, flüsterte sie kraftlos.

»Lass es mich versuchen«, sagte Annie und gab noch mehr ihrer eigener Energie an ihre Mitschülerin ab. »Warum haben sie das getan? Wer sind diese Männer?«, hauchte sie vor sich her.

»Annie«, gab Sarah stimmlos von sich.

Annie beugte ihr Gesicht zu den Lippen des Mädchens und drehte das Ohr zu ihr, um sie besser zu verstehen.

»Gib Aves ...«, Sarah schnappte stockend nach Luft. »Gib ihm einen Kuss von mir.«

»Nein, nein, nein«, sagte Annie nun panischer und bemühte sich, die Wunde zu heilen, auch wenn sie längst wusste, dass sie es nicht schaffen würde.

Irgendwann gab sie auf und hob den sterbenden Körper des Mädchens, um sie in eine Umarmung zu schließen.

»Sarah, es tut mir leid. Es tut mir so leid!«, flüsterte sie weinend und wiegte den Oberkörper der Schülerin. »Du bist die bessere von uns beiden. Du solltest mit Aves zusammensein. Bitte bleibe am Leben, dann werde ich auch freiwillig den Platz machen. Bitte, verlasse uns nicht!«

Minuten vergingen und Annie hörte Sarah nicht mehr atmen. Sie konnte die Mitschülerin dennoch nicht loslassen, wollte sich nicht zugestehen, dass Sarah nicht mehr lebte.

Von draußen kam ein Rufen: »Hey, die Phönixmagierin ist weg! Die Kleine hat sich bestimmt selbst geheilt und ist weggerannt.«

»Dann sucht sie gefälligst. Und dann zerstört das Krankenhaus!«, rief eine andere Stimme.

»Sie werden sicher auch hier nachsehen«, sagte Mr. Trud überraschend sanft. »Lassen Sie endlich das Mädchen los.«

Annie spürte seine Hand auf ihrer Schulter.

»Ich kann nicht«, keuchte sie.

Mr. Trud hockte sich geduldig neben Annie hin und half ihr, Sarahs leblosen Körper loszulassen und auf dem Boden abzulegen.

»Wir sollten uns in Sicherheit bringen«, sagte Mr. Trud und reichte Annie seine Hand.

Sie stand auf und beschmierte dabei alles, was sie anfasste mit Blut, auch ihr Gesicht fühlte sich nun klebrig und feucht an.

Erst als der Raum stärker zu beben begann, als die Male davor, wurde sie konzentrierter.

Möbel kippten zur Seite, lose Gegenstände fielen zu Boden, sogar die Wände bekamen Risse.

Annie öffnete rasch das Fenster und half Mr. Trud, hinauszuklettern, doch er bestand darauf, dass sie seine Schallplatte mitnahm. Sie griff instinktiv danach, drückte das Kunstwerk in Mr. Truds Hände und folgte dem Mann nach draußen.

Als sie auf dem Fenstersims hockte, wurde die Zimmertür aufgerissen und ein vermummter Mann stürmte hinein. Er bemerkte Annie am Fenster und eilte auf sie zu. Sie stieß sich ab und sprang hinunter.

»Hier ist noch jemand!«, rief der Eindringling und sah aus dem Fenster.

Annie begegnete seinem Blick. Was waren das für Männer und warum wollten sie das Krankenhaus zerstören?

»Du bist auch ein Phönix«, stellte der Mann fest, streckte seine Hand in Annies Richtung und schon sah sie, dass sich seine Energie zu einer leuchtendhellen Magiekugel sammelte.

Ein Magier!, schoss es Annie durch den Kopf. Sie packte Mr. Truds Oberkörper und stieß sich mit Phönixkraft vom Boden ab, um mit wenigen Sprüngen aus dem

Sichtfeld des Angreifers zu entkommen.

Bei den Gleitern der Phönixe blieb sie stehen und sah zum Krankenhaus. Ihre Freunde und die andere Gruppe waren noch immer im Inneren und sie hoffte, dass sie nicht noch mehr von ihnen verlor.

»Mr. Trud, fliehen Sie von hier! Holen Sie Hilfe.«

»Was machen Sie?«, fragte er.

»Ich helfe vor Ort.«

Mit diesen Worten rannte sie um das Krankenhaus herum, zum Haupteingang.

Doch sie kam nicht weit. Ein weiteres Erdbeben nahm ihr wortwörtlich den Boden unter den Füßen. Ein breiter Riss bildete sich in der Erde und sie rutschte hinab und musste Schutt und Steinen, die auf sie einstürzten, ausweichen.

Mit einer erneuten Kraftwelle sprang sie aus dem Erdspalt und rannte einfach weiter, denn große Brocken des Krankenhausdaches stürzten auf die Stelle, auf der sie gerade noch gelandet war, ein.

Was passierte hier nur?

Das Erdbeben brachte das Krankenhaus zum Einsturz! Darinnen waren aber noch so viele Patienten und auch das Personal.

Beim Haupteingang angekommen, sah sie bereits, dass viele Menschen aus dem Haus hinausrannten. Ihre Augen scannten die Umgebung und als sie die roten Schuluniformen von Aves und Berry sah, beschleunigte sie ihren Schritt und war bald bei ihnen.

Überwältigt von den Ereignissen, warf sie sich beiden gleichzeitig um den Hals und ließ ihren Tränen freien Lauf, wobei sie weder Berry, noch Aves loszulassen vermochte.

»Sarah ist tot«, sagte sie immer wieder schluchzend. »Ich konnte sie nicht retten.«

»Wir müssen irgendetwas tun!«, sagte Berry schließlich und löste sich aus Annies Umklammerung. »Sarah ist nicht die einzige, die wir verloren haben.«

Annie sah sie entsetzt an.

»Aus der anderen Gruppe hat nur Dunken überlebt.«

Berry nickte in eine Richtung und Annie sah am Eingangstor einen aufgelösten Dunken auf dem Boden sitzend und seinen Kopf in den Händen haltend.

»Da drin sind Magier!«, sagte Annie daraufhin. »Sie sind vermummt und sie wollten zu Robins Eltern.«

»Robins Eltern sind hier?«, fragte Aves.

»Wo sonst? Es ist das einzige Krankenhaus in Loro und der schwarze Brand ist gerade mal zwei Tage her«, sagte Berry.

»Sollen wir sie stoppen? Die Magier?«, wollte Annie wissen. »Sie zerstören sonst noch das gesamte Krankenhaus.«

»Ich befürchte, das schaffen sie auch«, gab Aves zurück.

Und tatsächlich: Mit jeder weiteren Sekunde stürzten die Wände der alten Krankenhausanlage zusammen.

Über den Trümmern bildete sich ein zaghafter Wind, der schneller wurde und sich in einen gewaltigen Wirbelsturm verwandelte. Dieser Wind trieb die Geretteten auseinander und auch Annie musste mit ihrer Gruppe und Dunken Schutz in den umliegenden Gebäuden suchen.

Sie waren bei irgendeiner Familie gelandet, die wegen des Sturms ihre Türen für jeden Flüchtling offen hielten.

Aus dem Fenster beobachteten Annie, wie der Orkan den leichten Schutt von den Trümmern mitnahm und in den Himmel beförderte, um ihn dort achtlos loszulassen.

Selbst nach dem sich der Sturm gelegt hatte, fielen die hochgewirbelten Teile zu Boden, weswegen die Phönixe mit den anderen aus dem Krankenhaus noch eine Weile im Schutz blieben.

»Das war keine gewöhnliche magische Katastrophe«, hörte Annie die Oberschwester Fanja zu jemandem sagen.

»Das war eindeutig das Werk mächtiger Magier«, sagte Aves nach einer Weile. »Sie haben keine bestehenden Flüche über die Stadt gelassen, sondern einen ganz eigenen, neuen Zauber erschaffen. So etwas gibt es doch kaum noch bei den gewöhnlichen Magiekundigen. Glaubt ihr, sie kommen aus dem Untergrund?«

»Ich glaube nicht. Die Phönixe sind die einzigen Magier, die von den magischen Wesen toleriert werden. Gäbe es so mächtige Zauberer, könnte es wieder einen Krieg auslösen, das würde keiner riskieren. Die Geschichten von Untergrundmächten sind doch nur Gerüchte«, sagte Berry.

»Na und? Wir haben heute gesehen, dass diese Gerüchte wahr sein können, oder wie erklärst du dir diese vermummten Männer?«

»Das waren sicherlich Gestaltenwandler oder andere magische Wesen, die ihr Äußeres mit einem Zauber beeinflussen. Aves, gib da bitte nicht so viel darauf. Es war schon schlimm genug, dass wir das hier miterleben mussten und dass Schüler gestorben sind.«

Aves und Berry sahen vorsichtig zu Dunken und Annie, doch keiner von ihnen reagierte auf das Gesagte.

»Konnte jemand genauere Gesichter erkennen?«, fragte Aves.

Weder Dunken noch Annie waren in der Lage, zu

antworten. Der Junge aus der anderen Gruppe wirkte sogar noch apathischer, schließlich waren die Verstorbenen enge Freunde von ihm.

»Und sie waren wirklich wegen Robins Eltern da?«, fragte Berry und Annie bestätigte es mit einem kaum wahrnehmenden Nicken. »Was waren das für Personen, dass man sie in so kürzester Zeit umzubringen versucht?«

»Sie sollten nicht sterben«, meldete sich Dunken mit verweinter Stimme. »Die Männer wollten das Ehepaar vor den Phönixen retten.«

Jetzt waren alle Blicke auf ihn gerichtet.

»Das haben die Magier gesagt, als sie Lissy und Zora –«, Dunken brachte den Satz nicht zu Ende, als ein Schwall stiller Tränen über seine bereits vertrockneten liefen.

»Ich glaube, es ist vorbei«, sagte Annie, um die Aufmerksamkeit von dem Mitschüler zu lenken. »Wir sollten zur Akademie zurückkehren.

Als Annie betäubt und blutverschmiert neben den Gleitern dastand und dabei auf die Trümmer des Krankenhauses sah, stellte sich Mr. Trud zu ihr.

Er lächelte sie an und sagte: »Das war Ihr Zeitstopp, meine Liebe. Nutzen Sie das für Ihren Neuanfang.«

Er reichte ihr die Schallplatte, die er aus seinem Raum gerettet hatte.

»Ich will es Ihnen noch immer schenken.«

»Danke, Mr. Trud«, flüsterte Annie und fuhr vorsichtig mit ihren Fingern über die Abbildung von Jenny Bish, um den feinen Staub aus der Radierung zu lösen.

»Wir sehen uns«, sagte der Mann. Dann trat er zurück und entfernte sich von Annie.

Mit einer Verzögerung wandte sie sich zu ihm.

»Mr. Trud? Wo wollen Sie hin?«, rief sie ihm nach.

Er sah über seine Schulter.

»Die Welt wartet auf mich. So war doch der Plan«, sagte er unbeschwert und winkte dann, bevor er weiterging.

Annie sah ihm nach, bis er um eine Ecke abbog, dann blickte sie wieder auf die Trümmer.

Der Mann hatte recht: Es war ein wendungsreicher Tag. Annie fühlte sich verbrannt, doch jetzt war es an der Zeit, aus der Asche emporzusteigen und den Neuanfang anzugehen.

Aves reichte Annie ihren Helm.

»Wisst ihr, was ich mich frage?«, sagte sie, während sie die Schlaufe des Helms lockerte. »Warum hat man unseren Auftrag nach *Loro* verschoben?«

»Gelegentlich passiert das«, sagte Aves.

Annie schüttelte entschlossen den Kopf.

»Nein! Das war kein Zufall. Weder die erste Aufgabe, noch die zweite. Jemand versucht Robin und deren Eltern aus der Phönixakademie heraus zu retten.«

»Oder zu töten«, gab Dunken von sich und startete seinen Gleiter.

»Oder zu töten«, wiederholten Annie und Aves gleichzeitig.

robin

Der Akademieleiter lehnte in seinem Sessel, trank roten Wein aus einem kunstvollen Glas und ließ Robin nicht aus den Augen. Was zuvor einer Faszination glich, verwandelte sich in ein mulmiges Gefühl.

Robin wich seinem Blick aus und griff nach einer Pfirsichscheibe, um abgelenkt zu wirken.

Inzwischen hatte das Personal das Mittagessen aufgetischt und wieder abgeräumt, um die Desserts zu servieren.

In den kleinen Zwischenpausen verschwand Robin immer in einer Toilettenkabine, um nicht von den anderen mit Fragen gelöchert zu werden; das war ihr nämlich in der allerersten Kaffeepause passiert und auf Wiederholungen wollte sie verzichten.

Aber nicht nur Robin nutzte die Pausen, um sich zu verstecken: Der Akademieleiter verließ als erster den Raum und kam auch immer als allerletzter und oft mit einer fünfminütigen Verspätung zurück.

Es war schwer vorzustellen, wie so ein großer, selbstbewusster Mann sich ebenfalls in eine Toilettenkabine verkroch und darauf hoffte, dass die Zeit schnell verflog. Also was hatte er wirklich vor? Seine Assistenten erledigten sowieso schon viele Aufgaben für ihn: Andauernd gab er einem von ihnen ein Zeichen, zu ihm zu kommen, dann flüsterte er Anweisungen, die die fleißigen Arbeiter dann erledigten. Was machte er also in den Pausen?

Robin traute sich nicht, das herauszufinden, denn dann hätte sie ihm folgen müssen.

Jeder von den Versammelten musste über seine Erfahrungen mit Robins Anwesenheit in der Akademie sprechen. Dafür standen sie auf und setzten sich nach ihren Worten wieder hin. Alle, bis auf Clamentin, der es vorzog, beim Reden im Raum umherzuwandern.

Robin kannte ihn gerade mal einen Tag lang und doch wirkte er auf sie wie ein langer Freund, wenn sie so etwas wie einen Freund überhaupt zulassen würde. Er hatte sich für sie eingesetzt, als Kathy Silberstein eine Hetzpetition gestartet und der ganzen Akademie erzählt hatte, dass Robin ihre eigenen Eltern umgebracht haben soll.

Was nicht stimmte.

Clamentin sprach frei heraus über die Erfahrungen mit Robin und er strahlte eine enorme Selbstsicherheit aus, dass er sogar dem Akademieleiter einen kleinen freundschaftlichen Klaps auf den Oberarm gab, was von den meisten Anwesenden mit einem vernichtenden Blick quittiert wurde. Diese Reaktion weckte Robins Neugier auf den Mann mit dem strengen Blick. Sie hatte ihn noch nie in ihrem Leben gesehen und doch glich sein Auftreten dem einer Person, die sie kannte, sie konnte sich nur nicht mehr an ihn erinnern.

»Und somit bin ich dafür, dass Robin Bish an der Phönixakademie bleibt«, sagte Clamentin, als er mit den Ausführungen fertig war und endlich an seinem Platz stehen blieb. »Ihr magisches Potenzial ist an dieser Akademie gut aufgehoben und sollte um jeden Preis gefördert werden.«

»Danke«, sagte der Akademieleiter und sah dabei zu Robin.

Sein Blick war so durchdringend und löste in Robin noch immer eine Mischung aus Entzückung und Unbehagen aus.

Sie fühlte Kälte in sich aufsteigen und als sie sah, dass sie in Kältewölkchen ausatmete, wurde sie ein wenig panisch. Ihr Blick fiel sofort auf ihre Hände. Dort wo ihre Haut die Glasplatte berührte, bildeten sich Eisblumen, die sich rasendschnell ausbreiteten und bald auch Lion und Clamentins Platz erreichten. Sie zuckten zusammen, doch schon hatte Robin bereits ihre Hände unter dem Tisch versteckt und versuchte, ihre Atmung und somit auch ihre Kräfte unter Kontrolle zu bekommen.

»Was tust du?«, fragte Lion leise.

Robin jedoch blickte wieder zum Akademieleiter. Er sah sie weiterhin ungerührt an. Womöglich hatte er ihren kleinen Ausraster nicht mitbekommen.

»Hast du ihr den Magieblocker gespritzt?«, flüsterte Clamentin Lion hinter Robins Stuhl zu.

»Ja. Aber vielleicht hatte Mrs. Ignolia recht.«

»Ich befürchte es langsam auch«, sagte der Lehrer.

Von der anderen Seite des Raumes erklang die tiefe Stimme des Akademieleiters.

»Gibt es etwas, dass Sie mit uns teilen möchten, Mr. Fammel?«

Clamentin erhob sich und lächelte.

»Mir ist gerade eine Frage gekommen: Wie wird es möglich sein, Robin ihre Fähigkeiten beizubringen? Die Kontrolle ihrer Kräfte können wir nur lehren, wenn wir das Mädchen auch mal zaubern lassen. Doch so wie es jetzt aussieht, wird sie mit Medikamenten davon zurückgehalten. Es gab gewisse Äußerungen im Kollegiat, die mich zum Grübeln gebracht haben.«

»Um welche Äußerungen handelt es sich dabei?«, fragte Mr. Gettson.

Clamentin setzte bereits zu einer Antwort an, doch da sprang Mrs. Ignolia von ihrem Stuhl auf und übernahm das Wort. Sie erzählte ihre Befürchtungen, die sie schon am Morgen verkündet hatte.

»Aber diese Sache ist nicht das Einzige, was mir große Sorgen bereitet, Mr. Gettson. Es fällt mir schwer, mir vorzustellen, dass Robin Bish keinen Geldgeber hat, der uns nicht nächste Woche schon angreifen könnte«, sagte die Lehrerin. »Menschen, die schwarze Phönixe unter Kontrolle haben, besitzen oft eine ganze Himmelsstadt und etwa ein Dutzend Bodenstädte. Somit hätten sie auch eine kleine Streitkraft, der unsere Akademie nicht standhalten würde. Zwar behauptet Mr. Fammel, dass er die Angelegenheit mit dem Geldgeber bereits mit Miss Bish geklärt hätte, aber wer sagt uns, dass sie nicht lügt? Verstehen Sie mich nicht falsch, Kindchen, aber ich kenne genug von Ihrer Sorte, die nichts für ihre Fähigkeiten können und vielleicht sind Sie vor Ihrem Gönner geflohen und wollen es uns nur nicht mitteilen. Wir sollten zumindest ein Auge offenhalten und recherchieren, woher Robin Bish wirklich kommt.«

Clamentin beugte sich zu Robin und flüsterte ihr ins Ohr.

»So wie es aussieht, darf ich dein Vertrauenslehrer bleiben. Die verrückte Ignolia hat bei dem Gedanken, mit dir zu arbeiten, die Hosen voll.«

Robin fand das gar nicht witzig, denn vielleicht war es Ignolias Aussage, die Robin am Ende einen Platz an der Akademie kosten würde.

Das machte ihr zu schaffen.

Ihre Ohren schalteten ab, alles rauschte und sie spürte, dass die Magie in ihr pulsierte und gegen die Blockade in ihrem Blut schwappte. Mit jeder Sekunde wurde es kälter und schon nahm sie wahr, wie ihr Gehirn begann, zu vereisen.

»Bitte nicht«, flüsterte sie zu sich selbst und schloss die Augen.

Auf ihrer Haut bildete sich kalter Schweiß, der augenblicklich zu feinen Flöckchen gefror und Robins Haut blasser machte. Auch ihre Glieder versteiften sich und einen klaren Gedanken zu fassen, erschien ihr unmöglich.

War das der Moment, in dem sie sich innerlich selbst zerstörte? Oder war das mehr der Vorbote zu dem, was noch passieren würde? Was wenn Mrs. Ignolia Recht behielt und Robin jeden Augenblick ihre Magie in diesem Raum entladen würde?

Als Robin vor Kälte zu zittern begann, spürte sie um ihre Finger herum etwas Warmes und sie öffnete ihre Augen.

Lions Hand hat sich um ihre geschlossen und er schenkte ihr seine Glut. Robin betrachtete das Schauspiel, bei dem eine ihrer Hände weiß wie eine Wand war und die andere langsam eine normale Farbe annahm.

Nach und nach vertrieb Lion die Kälte aus Robins Körper und beruhigte ihre verängstigten Gedanken.

»Besser?«, fragte er sie.

Sie senkte zur Bestätigung ihre Augenlider und sah ihn dann dankbar an.

Dieses wohlige Gefühl beeindruckte Robin. Es war schwer zu sagen, ob sie Lion anziehend fand, weil er in ihrer Nähe war und auf sie aufpasste oder weil es seine freche, etwas arrogante Art war, die Robin durchaus imponierte.

Sie beschloss, sich nicht festzulegen, denn eine dieser Facetten spielte Lion nur vor, vermutete Robin, sie wusste nur nicht welche.

In der Pause, kurz vor Robins Aussage, hoffte sie, dem Akademieleiter zu folgen, doch er hatte bereits zehn Minuten zuvor den Raum verlassen. Da sie nicht wusste, wo sie nach ihm suchen sollte, ging sie wieder auf die Damentoilette und wartete.

Langsam machte sich große Aufregung in ihr breit.

Gleich nach dem Mr. Gettson endlich im Raum war, wies er ihr mit der Hand aufzustehen.

»Jetzt sind Sie dran, Miss Bish. Es wurde heute schon sehr viel gesagt, Sie können sich auf alle Aussagen beziehen, oder einfach von sich erzählen«, sagte er.

Bevor Robin aufstand, wunderte sie sich, dass Kathy nicht zu dem Thema befragt wurde. Selbst Clamentins Assistentin hatte eine Einschätzung abgegeben, aber nicht das Mädchen mit dem bunten Haar, das mit Robin ein Interview geführt und Lügen über sie verbreitet hatte. Vielleicht war ihr Funkenspiegel aber bereits Aussage genug.

Robin sah zu Kathy, die ihren Blick erwiderte. Was musste in dem Kopf dieses Mädchens vorgehen, dass es dazu bewogen hatte, in anderen Schülern Angst auszulösen?

Robin stand energisch auf und wollte schon den Kommunikationsraum des Mint-Areals, die Drachen und das leckere Essen vom Mittag loben, doch sie machte im Augenwinkel eine Bewegung im Spiegel wahr und erschrak, als sie Frederiks Gesicht erkannte.

Rasch wandte sie sich zu der anderen Seite.

Da war niemand.

Sie drehte sich sogar um ihre eigene Achse, doch sie sah keinen Frederik, nur ratlose Mienen, die sie skeptisch und belustigt ansahen.

»Stimmt etwas nicht?«, fragte Clamentin.

Wie sollte sie diese Frage beantworten? Robin wusste nicht einmal, ob sie sich Frederik eingebildet hatte, wie am ersten Tag auf der Krankenstation oder ob er beide Male sogar wirklich da war.

Sie berührte ihre kalt werdenden Arme und griff nach Lions Hand, die auf dem Tisch ruhte. Er sah verlegen in die Runde, doch er gab Robin genau die Wärme, die sie gerade brauchte.

Nachdem sie sich beruhigt hatte, ließ sie seine Hand wieder los. Dabei entging ihr der Blick zwischen ihm und Kathy nicht, denn sie konnte jede Person in den Spiegeln sehen.

»Bitte entschuldigen Sie mich, ich bin etwas nervös«, leitete sie ihre Erklärung ein.

»Heute wurde so viel über mich gesprochen und einiges habe ich ehrlich gesagt nicht verstanden. Ich bin nicht mit der Sprache der Juristen oder der Ärzte vertraut.«

Ein zustimmendes Gemurmel erfüllte den Raum und Robin schöpfte neuen Mut.

»Aber ich verstehe durchaus die Sorgen und Ängste, was meiner dunklen Magie zuteilwird. Ich hasse meine Kräfte noch mehr, als Sie es tun, das können Sie mir glauben. Mrs. Ignolia hat Recht mit ihrer Vermutung: Ich wurde in der Kindheit von meinen Eltern an einen reichen Mann verkauft, dem ich dienen sollte. Aber ich bin sehr früh abgehauen und befinde mich auf ständiger Flucht vor ihm und seinen Männern. Ich bin geflohen, weil ich kein Teil irgendwelcher Machenschaften sein wollte. Ich reiße jedes Mal aus, um nichts Schlechtes tun zu müssen. Ich will keinen Schaden anrichten und ich hoffe, das spricht für meinen Aufenthalt auf dieser Akademie.«

Robin nahm nervös einen Schluck Wasser.

»Die Männer, die mich jagen, haben meine Eltern angegriffen. Ich vermute, damit ich niemanden habe, zu dem ich jemals zurückkehren kann oder aber, weil meine Eltern Dinge wissen, die ihnen eines Tages den Hals brechen werden.

Ich habe das Feuer nicht gelegt, ich war nur zu jenem Zeitpunkt anwesend, was garantiert kein Zufall war. Es war ein Zeichen für mich, eine Art Warnung, die ich noch nicht ganz deuten kann.

Diese Dinge sprechen nicht für mich, ich weiß, aber wenn Sie mir nur die Möglichkeit gäben, auf der Akademie zu bleiben, und mich lehren, meine Kräfte zu kontrollieren, würde ich diese niemals für die falsche Sache einsetzen.

Sie alle tragen eine hohe Verantwortung, was in Zukunft mit meiner angeborenen Macht geschieht. Ich brauche den Schutz und die Bildung Ihrer Einrichtung, um von den gefährlichen Menschen wegzukommen.

Bitte bestrafen Sie nicht die schwarzen Phönixe, die nicht von Natur aus böse sind, sondern nur das Pech haben, bei skrupellosen Reichen zu landen. Wenn Sie mich heute rauswerfen oder sogar in ein Gefängnis stecken, werden sie wieder einmal nicht die Welt verändern, die sie doch so gerne alle retten wollen, mit ihrer Mülltrennung und dem Stromsparen.«

Nach den Ausführungen blieb es lange still, dann begann der Akademieleiter zu klatschen, wobei er Robin seltsam anlächelte. Ihr war nicht klar, ob er sie belächelte oder von ihren Worten beeindruckend war, doch als die anderen in das Klatschen einstimmten, wurde Robin etwas ruhiger.

Einige der Anwesenden enthielten sich dem Applaus, so wie Mrs. Ignolia, die Milizmänner und natürlich Kathy. Aber auch die Ärzte sahen Robin eher skeptisch und besorgt an.

»Heißt das, ich darf bleiben?«, fragte Robin unsicher, als der Beifall abgeebbt war.

Alle sahen zum Akademieleiter.

Er sagte lange nichts. Dann stand er auf und brach die Stille.

»Du bist da, wo du sein solltest, Robin Bish«, sagte er ruhig aber seine tiefe Stimme vibrierte durch Robins Brust und ihren Kopf.

Sie lächelte erleichtert, gleichzeitig wuchs die Anspannung in ihr.

»Wie begründen Sie das?«, wollte Mrs. Ignolia wissen.

»Ich habe Nachricht erhalten, die beweist, dass sie ihre Eltern nicht angegriffen hatte, somit ist der Fall erledigt. Geehrte Miliz von *Loro*, ich erhielt in der Pause einen Funkenspruch meiner Schüler, die heute einen Auftrag in Ihrer Stadt hatten. Sie sollten unbedingt nachhause, da hat sich etwas Schreckliches ereignet. Meine Assistentin wird Sie mit den Details vertraut machen.«

Die Milizmänner sahen überrumpelt aus, doch als die Assistentin an ihre Seite trat, standen sie auf und folgten ihr hinaus.

Robin sah ihnen nach und stellte die nächste Frage: »Was ist in *Loro* passiert?«

Im Raum wurde es stiller als zuvor und Robin begegnete dem geduldigen Blick des Akademieleiters.

»Es sind Schüler gestorben«, sagte er mit unheilvoller Stimme.

Die Anwesenden am Tisch gaben erstickende Laute von sich.

»Nicht doch«, flüsterte eine Frau.

Robin sah ihn entsetzt an. Sie konnte sich nicht vorstellen, dass den Schülern der Phönixakademie irgendjemand schaden konnte.

»Die Sitzung ist geschlossen«, sagte Mr. Gettson und verbeugte sich leicht vor allen, bevor auch er den Raum verließ.

Als Nächstes sprang Lion auf und wollte bereits hinterher, doch er blieb vor dem Ausgang stehen und winkte Robin zu sich.

»Komm schnell!«, sagte er.

Mit Robin standen auch weitere Mitglieder der Runde auf, damit auch Kathy, deren Blick halb gierig, halb bedauernd wirkte.

Annie

»Wir sollten zu Mr. Corol, um herauszufinden, warum man uns nach *Loro* geschickt hat. Und Bericht erstatten müssen wir auch noch«, sagte Aves, als die verbliebenen Schüler vom Hangar das Mint-Areal ansteuerten. Alle bis auf Dunken, der so fertig war, dass er sofort zur Krankenstation ging.

»Berry, würdest du mich begleiten? Du erinnerst dich an Details, die mir entfallen«, sagte Aves, als keiner antwortete.

»Tut mir leid, ich will das heute nicht noch ein Mal durchmachen. Es reicht schon, dass ich das nie vergessen werde. Ich bringe Annie lieber ins Bett und schaue dann nach Lion.«

Annie, Aves und Berry hatten traurige Gesichter und wirkten mit den staubigen und zerrissenen Uniformen, als kämen sie gerade von einer Schlacht. Vor allem Annie sah mitgenommen und blutverschmiert aus und reagierte auf keinen der neugierigen Blicke oder Fragen der anderen Schüler.

Sie wollte einfach nur ins Bett und das Geschehene für immer vergessen. Sie hatte keinen Hunger, sie wollte sich nicht einmal waschen, sie war innerlich einfach nur am Ende.

»Macht Platz, macht Platz!«, hörte das Mädchen ihren Cousin rufen und schon teilte sich die Menge.

Sie reagierte zuerst nicht auf Lion, selbst als er sie in den Arm nahm und besorgt auf das vertrocknete Blut einging.

»Man sagte uns, jemand ist bei der Mission gestorben und ich habe mir solche Sorgen gemacht«, sagte er und verstärkte seine Umarmung.

»Warum?«, fragte sie dumpf.

Er hatte sie wohl nicht ganz verstanden, denn er sah ihr fragend ins Gesicht.

»Warum hast du dir Sorgen gemacht? Hast du geglaubt, dass ich eine der toten Schüler sein könnte?«

»Natürlich«, hauchte er und das Gesicht verzog er zu einer ungläubigen Miene. »Du bist meine Familie, für mich würde die Welt zusammenbrechen, wenn dir irgendetwas passiert.«

»Ich brauche deine Fürsorge nicht und dein Mitleid erst recht nicht.«

Annie befreite sich aus seiner Umarmung.

»Es war ein harter Tag für uns alle und du warst nicht an meiner Seite. Ich bin sehr enttäuscht von dir, Lion. Du hättest uns wenigstens Bescheid geben können!«

Annie schlug Lion mit der Faust auf die Brust. Er rieb die Stelle, die sie getroffen hatte.

»Du hast mir gestern erst gepredigt, ich soll die Gruppe nicht hängen lassen, aber heute warst du derjenige, der uns aber so richtig mal im Stich gelassen hat. Wir hätten dich und dein Feuer wirklich gebraucht.«

»Ich. Ich hatte«, begann Lion, doch er brach ab und warf nur einen Blick zu Robin, die mit Kathy direkt hinter ihm stand.

Annie fing den Blick auf und lachte leise auf.

»Natürlich. Das süße, neue Mädchen ist wichtiger als deine Gruppe, die heute in Gefahr geraten ist.«

»Lion kann nichts dafür, er ist mein Flügelmann«, mischte sich Robin ein.

»Lass es gut sein«, sagte Kathy und zog den schwarzen Phönix zur Seite, doch Annie wollte nicht vergessen, dass der Angriff auf das Hospital nur wegen Robins Eltern geschehen war.

Sie schob Lion zur Seite und ging direkt auf Robin zu. Dass sich so viele Schüler auf dem Platz vor dem Unterrichtskomplex versammelt hatten, war Annies Motivation, den ganzen Schmerz loszulassen.

»Sie sind alle deinetwegen gestorben!«, klagte Annie Robin an, auch wenn sie tief wusste, dass das Mädchen nichts dafür konnte. Sie war ein Ventil für den Ärger, der auf Annies Brust drückte.

Robin wich nicht zurück, sondern blieb selbstbewusst, aber mit einem überrumpelten Gesichtsausdruck stehen, während andere Schüler einige Schritte zurücktraten.

»Annie, du solltest das nicht vor allen machen, Robin trägt nicht die Schuld für die Katastrophe«, sagte Aves mit dem wichtigtuerischen Ton, den Annie an ihm so hasste.

»Lass mich«, sagte sie grob in seine Richtung.

»Du bist nur fertig und solltest deinen Schock ausschlafen. Du braucht einen kleinen Abstand zu den

Ereignissen. Und wenn es die Punkte angeht, die –«

»Es geht nicht um die verdammten Punkte, Aves!«, blaffte sie ihn an.

»Dein Ausbruch macht den Vorfall nicht ungeschehen. Lass es gut sein.«

»Ich bin erwachsen genug, zu tun und zu lassen, was immer ich will. Und wenn es mir dreckig geht und ich schreien will, dann hast du gefälligst nicht an mir herumzumeckern. Ich ertrage dich gerade nicht. Aves, du hattest Recht. Ich vergeude andauernd meine Zeit, und zwar vergeude ich sie mit dir. Es ist aus. Ich brauche keinen Freund, der mich in allem, was ich mache, kritisiert.«

Schon rechnete Annie damit, dass im Areal einige Mädchen vor Freude losjubeln würden, doch es blieb still, nur vereinzelt gab es verhaltenes Geflüster.

»Was genau ist passiert?«, wollte Robin mit strenger Stimme wissen, doch Annie reagierte nicht mehr auf sie. Sie war nicht fähig, klar zu denken, sie war mit Angst und schmerzlichen Emotionen überladen.

Sie vergrub ihr Gesicht in ihren Händen und zählte bis zehn, wobei sie bei drei immer wieder neu beginnen musste, weil Sarahs tote Augen in ihren Gedanken auftauchten.

»Ich habe es nicht geschafft, sie zu retten«, sagte Annie und ihre Stimme brach.

»Wen retten?«, wollte eine Schülerin wissen.

Im gesamten Areal war es plötzlich so still, als hätte jeder der Anwesenden für einen kurzen Augenblick die Luft angehalten.

Annie konnte Sarahs Namen nicht nennen, also schwieg sie.

Es machte sie fertig, dass sie immer schrecklich über Sarah dachte. Sie schluchzte auf und drückte das Ziehen hinter ihrem Nasenrücken mit den Fingern weg, was nicht half, die Traurigkeit zurückzuhalten, denn schon spürte sie einen neuen Schwall heißer Tränen über ihre Wangen fließen.

»Ich glaube, ich bringe sie auf die Krankenstation«, sagte Kathy und kam auf Annie zu. »Komm mit, du brauchst Ruhe.«

»Nicht die Krankenstation«, sagte Annie dumpf. »Ich will bitte schlafen.«

»Das kannst du gleich. Macht bitte Platz!«

Kathy kämpfte den Weg frei, doch Annie bekam es nur am Rande mit. Sie hatte keine Orientierung und wusste nicht genau, wo lang sie geführt wurde, sie kannte nur das Ziel.

»Heute ruhst du dich aus, morgen ist noch genug Zeit, um die Geschehnisse zu erzählen«, redete Kathy ruhig auf sie ein. »Schau mal, da ist Mr. Gettson. Ich glaube, er kommt auf uns zu. Annie, vielleicht will er mit dir sprechen.«

Annie sah den Akademieleiter auf sich zukommen und wurde nervös. Noch nie hatte sie Mr. Gettson im Mint-Areal gesehen, sonst saß er im obersten Stockwerk der Phönixakademie und man sah ihn immer nur über Bildschirme oder dem Funkenspiegel.

Er war, wie auch sonst immer, nicht allein. Eine Gruppe von Beratern lief ihm wie ein Schatten hinterher, nur dass dieses Mal ein junger Mann hervorstach. Annie sah ihn neugierig an, weil er eine schwarze Uniform trug und statt eines roten brennenden Flügelsymbols auf der Brust, war sein Flügel von dunklen Flammen umgeben.

Annie starrte ihn lange an, doch seine Augen galten nicht ihr: Sie suchten systematisch nach jemand anderem.

»Miss Anderson?«, fragte der Akademieleiter mit seiner angenehmen tiefen Stimme. »Wo wollen Sie hin?«

»Ich bringe Annie auf die Krankenstation, sie ist wegen des Überfalls emotional fertig«, beantwortete Kathy seine Frage.

»Dann wird mein Assistent Sie beide begleiten. Es gibt eine Menge zu klären.«

Ein jüngerer Mann mit blondem Haar trat hinter dem Rücken des Akademieleiters hervor und nickte höflich, aber verhalten.

»Es wäre von Vorteil, wenn nicht gleich wieder alle Schüler etwas von der Sache mitbekommen. Das geht vor allem an Sie, Miss Silberstein. Wenn Sie möchten, dass Ihr Funkenformat genehmigt wird, sollten Sie sich an meine Bitte halten. Haben wir uns verstanden?«, fragte Mr. Gettson.

»Selbstverständlich«, sagte Kathy einen Ton zu fröhlich.

Mit dieser Bitte fiel Annie gleichzeitig wieder ein, dass der Akademieleiter ihre Gruppe ganz kurzfristig nach *Loro* geschickt hatte.

»Mr. Gettson, was haben wir in *Loro* getan?«, fragte Annie angeschlagen.

»Sie haben versagt, Miss Anderson.«

robin

Robin verstand die Aufregung nicht. Scheinbar hatten ihre Todeskräfte Raum und Zeit überwunden, wenn sie wirklich für das Unglück in *Loro* verantwortlich war.

Annie blieb ihr noch eine Antwort schuldig, also war sie ihr fast sofort hinterhergelaufen, nur dass sie nicht damit gerechnet hatte, dass Berry sie aufhalten würde.

»Lass sie in Ruhe!«, sagte das Mädchen mit den stechendblauen Augen.

Robin lief noch mehrere Meter, damit beide außerhalb der Massen waren und blieb dann stehen.

»Dann erklär du mir, was geschehen ist«, forderte sie.

»Wir verstehen es selbst nicht. Wir hätten nicht in Loro sein sollen, aber man hat uns noch in letzter Sekunde dahingeschickt.«

»Wieso?«

»Wir sollten in dem Krankenhaus aushelfen, in dem deine Eltern stationiert waren, aber man hat uns angegriffen und die Einrichtung ist eingestürzt.«

»Was?«, hauchte Robin verzweifelt und legte ihre Hände auf den Mund. »Und meine Eltern?«

»Wir vermuten, dass sie mitgenommen wurden. Die Männer sind nur wegen ihnen dort gewesen. Sie haben alle getötet, die ihnen im Weg waren. Annie glaubt, die hatten es auf die Phönixe abgesehen, denn drei von uns haben nicht überlebt.«

Robin wurde bei dem Gedanke ganz schlecht.

»Wer hat euch nach Loro geschickt?«, fragte sie.

»Mr. Gettson«, rief Berry überrascht aus, als sich eine Männergruppe den Mädchen genähert hatte.

»Das ist ja meine Lieblingsschülerin. Miss Stilben, würden Sie Miss Bish und mich alleine lassen?«, hörte Robin die tiefe Stimme des Akademieleiters hinter sich.

Sie drehte sich nun langsam zu ihm um.

Doch es war nicht Mr. Gettson, dem sie direkt in die Augen blickte. Hinter ihr stand ein junger Mann, mit dem sie nicht gerechnet hatte.

Sie wich zurück, doch es war zu spät. Frederik packte ihre Handgelenke und drängte sie zur Wand, wobei er zufrieden lächelte.

»Lange nicht gesehen«, sagte er und presste ihre Arme über ihren Kopf.

»Ich verstehe nicht«, sagte Berry, doch sie wurde von den Assistenten des Akademieleiters schnell von Robin weggezogen.

»Miss Bish, mir tut es leid, dass wir nur auf diese recht unkonventionelle Art miteinander sprechen können, aber wir haben uns gedacht, dass Sie sonst vor Frederik davonlaufen würden«, sagte Mr. Gettson.

»Das haben Sie richtig angenommen. Was ist das für ein Spiel?«, wollte Robin wissen, ohne dass sie Frederiks grünen Augen auswich.

»Dass Sie auf diese Weise an die Akademie gelangen, war niemals meine Absicht, deswegen ist so einiges schiefgegangen. Es wird an der Zeit, dass Sie Unterricht erhalten und ich meine nicht diesen Kinderkram, den die anderen Schüler lernen. Ich will Ihnen Ihren neuen Lehrer vorstellen. Er weiß ganz genau, was in Ihnen steckt und wie er es herauslocken kann.«

»Nein«, sagte Robin entschlossen und langsam verlor sie den Mut. »Freddy, warum tust du mir das an?«, flüsterte sie dem jungen Mann zu.

Er beugte sich nah zu ihrem Gesicht und lächelte.

»Ich kann meine Augen nicht von dir lassen, das weißt du doch. Ich bin immer da, wo du bist«, hauchte er auf ihre Lippen.

Mit diesem Hauch gab er etwas von seinem eisigen Atem in ihren Mund und das kitzelte Robins Zunge.

»Wie lange willst du noch fliehen? Das ist doch kein Leben!«, sagte er immer noch leise.

»So lange, bis ihr mir nicht mehr folgt.«

»Wenn du dich endlich dazu überwinden würdest, mit mir an deinen Fähigkeiten zu arbeiten, würdest du sehen, dass ...«

»Hör auf zu lügen!«

»Wann wirst du mir vertrauen? Du hast nicht einmal meinen Tipp befolgt, keine Magieblocker zu nehmen. Du bist vollgepumpt damit«, bemerkte Frederik und weitete mit seinen Fingern Robins Auge ein bisschen.

Sie befreite dabei eine Hand, drückte sie abwehrend gegen sein Gesicht und stieß Frederik schließlich von sich.

»Das ist meine Sache!«, schrie sie ihm entgegen.

»Willst du etwa einen langsamen Tod sterben? Nein

warte, er wird nicht langsam sein, deine aufgestaute Energie wird dich zerfetzen! Da bleibt keiner am Leben, den du mit den Magieblockern vor deiner Macht beschützen könntest. Setz das Zeug ab.«

Robin wollte ihm nicht glauben, auch wenn ihre Angst bereits jetzt ihre Brust fast zum Explodieren brachte. Da war dieses Gefühl, das sagte, dass sie Frederik vertrauen sollte, aber ihre Erinnerungen schrien: *Lauf weg!*

Robin wandte ihr Gesicht von Frederik ab und begegnete dem Blick des Akademieleiters. Warum ließ er zu, dass eine seiner Schülerinnen so in die Enge gedrängt wurde?

»Mr. Gettson, Frederik ist gefährlich. Er arbeitet für den Mann, der meine Kräfte ausnutzen will.«

»Ich weiß, Robin«, sagte die tiefe Stimme, die gar nicht mehr beruhigend klang.

Robins Welt wurde mit einem Mal auf den Kopf gestellt und sie wusste, was geschah, begriff es aber noch nicht.

Und im gleichen Moment setzte sich die Akademie in Bewegung. Robin musste sich festhalten, um bei dem Ruck, der beim Start entstand, nicht in die Knie zu gehen.

Sie sah sich überrascht um und lief zum nächsten Fenster, das die Sicht auf die herrliche Himmelstadt *Kabarun* bot.

»Nein«, sagte Robin verzweifelt und legte ihre Hände auf die Glasscheibe, als sie sah, dass die Stadt immer kleiner wurde.

Frederik trat an Robin heran und legte bestimmt seine Hand auf ihre Schulter. Er hielt sie nicht fest, aber der Druck war so intensiv, dass er sie ohne Schwierigkeiten überwältigen könnte, wenn sie sich nur wehrte.

»Jetzt müsstest du wissen, wie du die Phönixgleiter steuern kannst, was? Aber so blockiert, wie deine Magie ist, wirst du nicht einmal einen Drachen dazu bewegen können, dich aus der süßen Falle herauszubringen. Es war fast schon zu leicht, dich hierherzubringen.«

Er lehnte sich so an das Fenster, dass Robin aus dem Augenwinkel heraus die schwarzen Flammen seines Flügelsymbols sehen konnte.

Sie sah ihm in die Augen und spürte einen tiefen Schmerz der Verzweiflung in sich aufkommen.

»Ich kann nicht mehr«, hauchte sie.

Frederik streichelte beinahe liebevoll über ihre Wange und nickte leicht.

»Ich weiß, meine Kleine, ich weiß.«

Als der Akademieleiter an die beiden herantrat, schmeckte Robin einen ekelhaften Geschmack auf ihrer Zunge, den sie nur zu gern Mr. Gettson ins Gesicht gespuckt hätte.

Verbittert sah sie zu ihm auf und sein Lächeln entfachte noch mehr Wut in ihr.

»Willkommen zuhause, Robin. Wir haben dich alle schon sehr vermisst.«

»Vater«, zischte sie.

PHÖNIX AKADEMIE

funke 4
der gefallene phönix

robin

»Komm schon Robin, du kannst das. Die Frage ist doch so einfach!«, sagte der elfjährige Frederik und presste das aufgeschlagene Geschichtsbuch an seine Brust, damit die kleine Robin die Antworten nicht ablesen konnte.

Robin nestelte an der Spitze ihres Zopfes und sah in die Ferne. Sie war blass und auf ihrer Stirn glänzten winzige Schweißperlen. Noch immer waren Spuren ihrer Tränen auf den Wangen zu sehen, doch sie hatte inzwischen aufgehört zu schluchzen.

»Hast du noch Schmerzen?«, fragte Frederik das Mädchen.

Robins Kopf pochte noch unangenehm und weil man ihr wieder viel Blut abgezapft hatte, war sie zittrig und hatte Schwindelgefühle.

»Ich bin müde«, sagte sie. »Darf ich zu Bett gehen?«

Robin zog es immer mehr die Augen zu, doch ihr Freund stieß sie grob in die Seite.

»Wenn wir durch sind, kannst du schlafen gehen. Du weißt, dass seine Assistenten uns sonst bis Mitternacht wachhalten werden. Also konzentriere dich. Nur noch ein kleines bisschen, Robin.«

Frederik legte das Buch mit der geöffneten Seite auf einen Tisch und zog Robin zu sich auf den Schoß. Sie legte ihren Kopf auf seine Brust und er strich behutsam über ihr Haar, wobei er die Stelle, die von einem Verband verdeckt wurde, ausließ.

Robin mochte die Nähe ihres Freundes. Sie war erst sechs und schaute zu ihm auf, denn er war in allem, was sie noch lernen musste, weit voraus. Aber er war auch sehr streng mit ihr. Die Wärme, die er ihr gab, konnte er ihr jederzeit mit seiner dunklen Phönixmacht wieder nehmen. Sie wusste, dass er sie nicht in Ruhe lassen würde, bis sie die heutige Lektion absolviert hatten. Also setzte sie sich bequemer hin und blickte in seine tiefgrünen Augen.

»Die magischen Katastrophen entstanden gleich nach dem Krieg zwischen Menschen und den magischen Wesen«, beantwortete sie Frederiks gestellte Frage.

»Welche magische Wesen waren am Ausgang des Krieges beteiligt?«

Robin fiel es schwer, sich zu konzentrieren: Immer wieder schweiften ihre Gedanken ab zu ihrem weichen Bett und ihrer Puppe Dores.

»Die Feen.«

»Und wer noch?«, ließ Frederik nicht locker.

Robin seufzte.

»Waldfeen?«, fragte sie vorsichtig.

»Feen hast du schon genannt.«

»Ich hasse Feen. Die tun so weh.«

»Was du meinst, ist Feenblut, Robin. Feenblut tut dir weh, nicht die Feen selbst. Aber jetzt reiß dich etwas zusammen.«

»Freddy, ich weiß es nicht. Kannst du mir erst eine andere Frage stellen?«

»Na gut, kürzen wir das ab. Erzähl mir alles, was du über den Krieg weißt.«

Robins Blick huschte zum Geschichtsbuch. Es wäre viel einfacher, wenn sie nachsehen könnte. Ihr Freund bemerkte ihren Blick und schob die Lektüre weiter weg.

»Wir hatten das doch schon ein paar Mal, Kleines.«

»Na ja. Die Menschen wollten mehr Rechte haben?«, fragte Robin, doch Frederik antwortete ihr nicht, sondern sah sie geduldig an. »Die magischen Katastrophen haben viele Teile der Welt zerstört. Noch immer kann man dort nicht leben. Dann kamen die Himmelsstädte.«

»Sie kamen?«

»Na gut, sie wurden erbaut«, korrigierte Robin. »Weil die Reichen und die Klugen dort leben konnten.«

»Heißt das, dass die Armen und die Dummen dort nicht leben dürfen? Meinst du die Klugen, oder die mit herausragenden Leistungen und Talenten?«

»Ja«, sagte Robin kleinlaut.

»Dann sag es auch so.«

»Her- ... Heraus- ... Das Wort ist schwer, Freddy.«

»Herausragend«, half Frederik, doch Robin sah ihn resigniert an. »Gut, lass es. Erzähl weiter.«

»Bitte, Freddy!«, flehte sie. »Ich bin so erschöpft. Die Ärzte machen immer schlimme Sachen mit mir, ich mag nicht mehr!«

Frederik atmete tief durch und nahm Robin fest in die Arme, um sie hin- und herzuwiegen.

»Ich weiß, Kleines. Das alles geht eines Tages vorbei, dann gibt es keine täglichen Untersuchungen – höchstens mal einen Tropfen Blut abgeben, mehr nicht. Versprochen. Und wenn du das hinter dir hast, kannst du auch gut zaubern, so wie ich. Willst du sehen, was ich neulich gelernt habe?«

»Ja«, murmelte Robin in seine Brust.

Frederik und Robin stahlen sich aus dem weißen Areal, das sie nicht verlassen durften und achteten darauf, dass sie keinem Personal der Krankenstation begegneten.

Draußen stießen sie auf viele junge Menschen in roter Uniform und brennenden Flügelsymbolen auf ihren Jacketts. Die Kinder wichen den Jugendlichen lieber aus, denn diese waren beinahe erwachsen und den Erwachsenen traute Robin nicht.

Sie war noch nie in diesen Teilen der Anlage gewesen. In ihren Vorstellungen war sie auch nicht so gewaltig und verwinkelt. Noch nie in ihrem Leben hatte Robin so viele Türen gesehen und die Menschenmassen raubten ihr den Atem.

»Bist du oft hier?«, fragte sie.

»Fast jeden Tag«, antwortete Frederik. »Schau! Dort ist das Drachengehege.«

»Drachen? Wirklich?«

Zur Antwort hörte sie ein lautes Brüllen aus dem Gehege und sie erstarrte, als ihr Freund und sie in der gewaltigen Halle ankamen. Etwa ein Dutzend riesiger Flugechsen glitten in majestätischen Bahnen über ihren Köpfen. Einige Tiere ruhten auf hohen Konstruktionen, die wie eine Erlebnislandschaft in der Halle aufgebaut waren und in vielen Ecken lagen weitere Drachen schlafend. Das Schnarchen war so laut, dass Robin sofort an eine Tonne Schrauben in einem Häcksler dachte.

Sie bekam kaum Luft, so überwältigt war sie, die Flugwesen in den schillerndsten Farben zu sehen.

»Das sind echte Drachen!«, quiekte sie und ihre Müdigkeit war gänzlich vergessen.

Frederik presste ihr seine Hand auf den Mund und bedeutete ihr, leise zu sein.

Gemeinsam liefen sie an Metallkisten vorbei, hinüber zu einer Käfigreihe. In den einzelnen Kammern saßen kleinere

Flugwesen, die mit Drachen keine Ähnlichkeit aufwiesen. Sie waren etwa so groß wie ausgewachsene Bären, sie glichen ihnen äußerlich sogar: Ihr Fell war weiß und sah flauschig aus. Natürlich waren gewöhnliche Bären ohne drachenähnliche Flügel – Bären konnten selbstverständlich nicht fliegen.

»Was sind das für Dinger?«, fragte Robin und machte große Augen, als eins dieser fliegenden Bären gähnend seine Zähne zeigte und mit den langen Krallen den dicken Wanst kratzte. »Die sind ja süß!«

»Das sind Längus. Ganz gefährliche Flugwesen; verharmlose sie bitte nicht. Sie dürfen nur von erfahrenen Phönixen geflogen werden, sonst zerfleischen sie einen, sie spüren deine Angst.«

»Ich fürchte mich nicht vor ihnen.«

Robin fühlte sich tapfer und so schloss sie ihre kleinen Finger um die Gitterstäbe des Käfigs und sah einem Längu in die pechschwarzen Augen.

Das Wesen knurrte und setzte sich besser auf. Seine Nase machte schnuppernde Bewegungen, dann folgte erneut ein Knurren, dieses Mal lauter und tiefer.

Einige seiner Artgenossen nahmen das unzufriedene, kehlige Geräusch ebenfalls auf, andere wiederum suchten das Weite und machten sich ganz klein – auch wenn das bei der Körperfülle der Wesen einfach nicht als klein bezeichnet werden konnte.

»Ich glaube, sie mögen mich nicht«, sagte Robin geknickt und ließ die Gitterstäbe doch lieber wieder los, bevor sie den Blick senkte.

Das Knurren hörte allerdings nicht auf.

»Soll ich einen von ihnen töten?«, fragte Frederik.

»Was?«, rief Robin erschrocken auf und packte den

Unterarm des Jungen. »Nein, komm wir gehen zurück! Man sucht sicher schon nach uns.«

»Ich dachte, du wolltest meinen neuen Trick sehen. Ich führe ihn dir vor.«

»Du kannst ihn mir später zeigen, lass uns zurückgehen, bitte!«

Robin hatte ein ungutes Gefühl. Sie glaubte zwar nicht daran, dass Frederik ein Tier einfach so töten konnte, aber sie hatte oft davon gehört, dass schwarze Phönixe durchaus in der Lage wären, so eine Macht zu entwickeln.

»Lass mich los«, sagte ihr Freund und schüttelte Robin ab. »Ich kann diesen Trick nur an lebenden Wesen zeigen und Längus verletzen andauernd irgendwelche Schüler, ich will die Allgemeinsituation doch nur verbessern.«

»Schüler?«, fragte Robin irritiert. »Welche Schüler?«

»Die der Akademie natürlich.«

Er schnipste mit den Fingern und eine kleine schwarze Flamme entfachte auf seiner Hand. Dieses Schnipsen hatte Frederik sich als kleines Kunststück antrainiert und Robin fand das albern, denn es war nur eine angeberische Geste, die in der dunklen Phönixmagie überflüssig war.

»Welche Akademie? Bitte Freddy, hier ist es unheimlich und du machst mir Angst. Ich glaube dir doch, dass du das kannst. Du musst es mir nicht zeigen. Ich glaube dir ja! Ich glaube dir!«

Robin zog ihren Pullover so rasch aus, dass ihre Haare elektrisiert knisterten und zu allen Seiten abstanden. Ohne zu zögern warf sie das Kleidungsstück über Frederiks Hand und erstickte die Flammen.

»Spinnst du?«, zischte er sie an und warf Robins Pullover achtlos zu den Längus in den Käfig. Diese näherten sich

vorsichtig dem Fremdkörper und ignorierten ihn nach dem Beschnuppern weitestgehend. Nur ein kleiner Längu krallte sich den Pulli und stampfte in eine Ecke, wo er sich mit seiner neuen Eroberung herumwälzte und vergnügt ein sirrendes Geräusch von sich gab.

»Du wirst Ärger bekommen, weil du andauernd deine Sachen überall liegen lasst«, sagte Frederik mit beleidigter Stimme und ging an Robin vorbei. »Komm jetzt mit, keiner darf uns erwischen.«

***

In der Nacht konnte Robin kein Auge zutun, weil sie sich vorstellte, wie Frederik das kleine Längu tötete, das Robins Pullover trug. Dieses immer wiederkehrende Bild verstörte sie so sehr, dass sie am liebsten keine dunkle Phönixmagie erlernen würde. Doch das lag nicht in ihrer Macht, denn sie war als ein schwarzer Phönix geboren worden und wenn sie nicht lernte, wie sie ihre Fähigkeiten einsetzte, würde sie Probleme bekommen – gewaltige Probleme.

Trotz ihrer Übermüdung kam sie vor der Zeit im Untersuchungslabor an. Auch wenn sie es hasste, dass ihr Pflegevater, den sie noch nie zu Gesicht bekommen hatte, sie zwang, hart an ihren Fähigkeiten zu arbeiten, wusste sie instinktiv, dass er nur das Beste aus ihr herauslocken wollte. Und es war ihr Wunsch, besser zu werden als Frederik, dann wäre ihr Ziehvater mit ihr zufrieden und sie dürfte ihn sehen. So stand es zumindest auf der Glückwunschkarte zu ihrem fünften Geburtstag.

Als sich Robin auf den Untersuchungsstuhl setzte und den Tisch mit dem Besteck betrachtete, wurde ihr ganz übel.

Spritzen mit langen, dicken Nadeln lagen da und ein paar Ampullen mit leuchtendvioletter Flüssigkeit gleich daneben.

»Feenblut«, flüsterte sie und stand bereits wieder auf.

»Setz dich wieder hin, Robin«, sagte Lydia, eine Laborassistentin, die ihre Hände um eine Kaffeetasse gekrallt in den Untersuchungsraum hereinkam. »Wir haben alle unsere Anweisungen. Wenn du brav bist, fällt für dich für zwei Tage der Unterricht aus und du müsstest morgen nur kurz zur Blutuntersuchung herkommen. Den Rest des Tages darfst du spielen. Du magst Spiele doch.«

»Bitte nicht«, hauchte Robin und betrachtete das verhasste Feenblut, das in ihr immer schlimme Halluzinationen hervorlockte. Sie hätte lieber wieder eine große Nadel im Kopf gehabt, anstatt ihren größten Albträumen zu begegnen. So wie es aber aussah, würde sie heute sogar beides erleiden müssen.

»Robin, du bist ja schon da«, sagte Dr. Hans‘ widerliche Stimme. »Und das freiwillig! Wenn ich deinem Ziehvater davon erzähle, wird er stolz auf dich sein, vielleicht will er dich dann endlich mal sehen.«

Er war der leitende Doktor und Robin hasste ihn. Ihren Pflegevater verachtete sie auch. Ihn hatte sie während ihres dreijährigen Aufenthaltes in dem Labortrakt noch kein einziges Mal zu Gesicht bekommen. Warum das so war, wollte ihr keiner erklären, selbst Frederik hatte ihn noch nie gesehen, obwohl er immer darauf beharrte, dass er mal ein Foto von ihm in einem der Räume entdeckt hatte. Ob das stimmte, wusste Robin nicht, aber sie war schwer beeindruckt, als er es ihr damals voller Stolz berichtet hatte – ja, sie war sogar ein bisschen neidisch auf seine Entdeckung.

Dr. Hans kam auf Robin zu und beugte sich zu ihr herunter. Sie erkannte ihr Spiegelbild in seiner Brille, doch *nie sah sie seine Augen. Und Augen waren für sie wichtig, sie konnte darin lesen, ob der Mensch ihr gut gesinnt war.*

»Na, wie geht es meiner Kleinen?«

Robin hielt die Luft an, um den Rauchgestank aus Dr. Hans‘ Mund nicht einatmen zu müssen.

»Hast du Schmerzen, Robin?«

Sie antwortete nicht, denn das interessierte den Mann sowieso nie. Immer wenn sie zugab, dass sie litt, wurde sie nie verschont, sie glaubte sogar, dass der Doktor dadurch nur noch sadistischer wurde.

»Ich hoffe, du hast gut geschlafen, wir haben heute eine Menge vor.« Dr. Hans richtete sich auf und schnappte sich vom Tisch das Feenblut, um es Robin vor ihr Gesicht zu halten. »Wird nicht leicht, das weißt du. Am besten, du legst dich auf die Liege.«

»Nein!«, sagte Robin entschlossen.

»Fängst du wieder an? Das bringt doch nichts, außer dass du unsere kostbare Zeit vergeudest. Wann lernst du zu schätzen, was wir hier für dich machen? Das steigert dein magisches Potenzial, du wärst dann unschlagbar! Jeder andere schwarze Phönix würde sich seine Flügel ausreißen, um diese Behandlung zu erhalten.«

»Na, dann nehmen Sie einen anderen Phönix!«

Robin sprang vom Stuhl auf, wobei sie Dr. Hans die Ampulle mit dem Feenblut aus der Hand schlug und diese auf dem Kachelboden zersprang.

Instinktiv wandte sie ihren kleinen Kopf zur Seite, um keine Spritzer oder Glassplitter abzubekommen.

»Bist du wahnsinnig?«, schrie Dr. Hans sie an. »Lydia, räum das auf, aber wirf das Feenblut nicht weg, reinige es! Es ist zu teuer, wir dürfen es nicht verschwenden. Pete und Kelvin, haltet das Mädchen fest!«

Die beiden Assistenten, die immer nur die eine Aufgabe hatten Robin festzuhalten, kamen auf sie zu und packten ihre Arme.

»Nein!«, kreischte sie und trat um sich, wobei sie den Tisch so in Bewegung versetze, dass er Lydia, die sich gerade zum Blut gebeugt hatte, am Kopf traf. Taumelnd versuchte sie, am Tisch Halt zu finden, und somit das Besteck mit sich nach unten beförderte. Robin sah, dass noch mehr Ampullen des kostbaren Feenbluts am Boden zerschellten und Lydia trafen. Die Assistentin begann zu zucken und sie verdrehte ihre Augen, sodass nur noch ihre weißen Augäpfel zu sehen waren.

»Lasst mich los!«, rief Robin erneut.

Panik ergriff sie: Auf keinen Fall wollte sie diese Albträume fördernde Substanz in ihrem eigenem Blut spüren. Lydia hatte es nur auf ihre Haut abbekommen, im Körper hatte es eine tausendfache Wirkung.

»Halt endlich still, Mädchen!«, redete Pete auf sie ein.

Doch sie biss ihn in die Hand und hörte nicht auf, bis er sie losließ. Aber nur für einen kurzen Moment, dann packte er sie von hinten und hielt auch ihren Kopf am Haar fest, damit sie ihre Zähne nicht weiter als Waffe verwenden konnte.

»Was ist mit Lydia?«, fragte Kelvin und nickte zu der Assistentin.

»Wir können im Moment nichts für sie tun, lasst sie liegen, wir kümmern uns später um sie«, sagte Dr. Hans und eilte zum Medikamentenschränkchen. Er holte ein Spray, das, wie Robin wusste, Beruhigungsmittel enthielt. Sie durfte das Zeug nicht einatmen, sonst würden sie alles mit ihr machen können, so wie vor zwei Monaten, als sie sie über einer Woche in den Rauschzustand vom Feenblut versetzt hatten. Das durfte nicht wieder passieren!

Robin schrie aus voller Lunge und trat noch heftiger um sich, bis Kelvin ihre Beine fest im Griff hatte. Sein Gesicht war rot vor Anstrengung, denn Robin machte es den Männern nicht leicht. Leider wusste sie, dass es nicht genug war.

Schon richtete Dr. Hans das Beruhigungsspray auf sie und weil Pete ihren Kopf festhielt, konnte sie der süßlich riechenden Wolke nicht ausweichen.

Sie hielt die Luft an, doch ihre Augen tränten bereits, weil sich die Substanz auf ihre Hornhaut gelegt hatte. Sie versuchte das Zeug wegzublinzeln, doch das machte ihre Augen träge und sie durfte dem gefährlichen Schlaf nicht nachgeben.

Sie wünschte sich, nicht sie, sondern die anderen würden einschlafen. Gleich hier und jetzt.

Im Schwitzkasten war es Robin so heiß, dass sie ihre innere Kälte sofort wahrnahm. Es breitete sich rasend schnell in ihren Adern aus. Auch wenn sie es gerne gestoppt hätte, wusste sie nicht, wie das ginge. Sie hatte ihre Macht noch nicht unter Kontrolle und die Männer spürten sie bereits, das wusste Robin, denn sie lockerten instinktiv ihren Griff. Sie kannten das schon zu Genüge und die Angst in ihren Augen zeigte, dass sie keine guten Erfahrungen mit schwarzem Feuer gemacht hatten.

Robin nutzte die Gelegenheit und befreite eine Hand, um die Beruhigungswolke von sich zu wedeln, damit sie wieder atmen konnte.

»Du richtest hier Chaos an, ist dir das klar?«, wurde Dr. Hans ungehalten und sprühte das Schlafmittel erneut.

Sie setzte dagegen und pustete die feinen Tröpfchen von sich weg in das Gesicht des Doktors. Er legte sofort die Hand auf seine Nase und trat einen Schritt zurück.

»Haltet sie weiterhin fest, Jungs«, befahl er, griff nach einer Spritze und nach einer übrig gebliebenen Ampulle Feenblut. »Das mache ich nur, weil du mir heute auf den Geist gehst und weil du undankbar bist.«

»Ich will nicht!«, kreischte Robin.

Der Mann zog die leuchtend violette Flüssigkeit in die Spritze und trat einen großen Schritt auf Robin zu. Ohne weitere Ankündigungen stach er in ihren Arm und drückte das Blut in ihren Körper. Als jedoch die Hälfte der Substanz injiziert war, zuckte er zusammen.

»Du bist eiskalt«, keuchte er. »Verdammt, wieso habt ihr es mir nicht gesagt? Ihr haltet sie doch fest!«, schrie er seine Männer an. »Das Feenblut darf nicht mit ihrer Macht kollidieren, habt ihr denn in den Jahren nichts gelernt?«

Schnell zog er die Spritze wieder heraus und legte sie vorsichtig auf den Tisch.

Robins Körper begann zu zittern und die Kälte in ihr gefror ihre Lungen. Sie fühlte, wie sie innerlich vereiste und eine Mauer gegen das Feenblut aufbaute. Doch die Albträume hämmerten dagegen und je stärker sie versuchten, in Robins Sein einzudringen, desto kälter wurde es ihr. Sie verbrannte im Inneren und nahm die Umgebung und die Geschehnisse nicht mehr wahr. Man hielt sie fest, vielleicht auch nicht. Vielleicht hielt man sie auch an den Beinen, mit dem Kopf nach unten über einer Schlucht. Man hätte mit ihr im Moment alles machen können, sie vermochte es nicht zuzuordnen.

Sie öffnete nur ganz leicht ihren Mund und ein lauter Schrei verließ ihre Lippen, ohne dass sie sich anstrengte.

In der nächsten Sekunde war sie von schwarzen Flammen umschlossen und die Männer, die sie peinigten, waren mitten drin.

Doch sie verbrannten nicht.

Auch vereisten sie nicht.

Sie verloren ihr Leben.

Schmerzlos. Wortlos. Endgültig.

Sie sind tot, flatterte ein Flüstern durch Robins Kopf. Sie sind alle tot.

Sie glaubte, dass die Worte ihre Lippen verließen, doch sie hatte so ein taubes Gefühl um ihren Körper, dass sie nicht wusste, ob sie überhaupt noch existierte.

Nur das Wissen darüber, dass die Menschen tot waren, war so unwiderlegbar.

»Was hast du getan?«, hörte sie jemanden sagen, aber sie erkannte die Stimme nicht. Sie sah nur Frederiks Gesicht.

»Bist du da?«, fragte Robin ihn aus ihrem Delirium heraus.

Frederiks Erscheinung nickte, doch er sprach nicht zu ihr. Er nahm sie an der Hand und führte sie durch ein rotes Meer aus Menschen.

»Blut«, hauchte Robin und betrachtete die brennenden Flügelsymbole an jeder Ecke. »Überall brennt das Blut.«

»Das sind Schüler, Robin«, sagte Frederiks Stimme.

»Schüler?«, hörte sie sich selbst sagen.

»Schüler der Akademie.«

»Welcher Akademie?«

»Hast du es vergessen? Du bist an der Phönixakademie, Kleines. Aber jetzt musst du hier weg.«

»Wohin?«

Frederiks Lachen erklang.

»Das ist doch unwichtig. Ich werde dich vermissen, Robin.«

»Freddy? Kommst du nicht mit?«

Robin spürte, dass sie auf etwas oder jemanden gesetzt wurde und dass sie in die Lüfte ging. Vielleicht fiel sie auch aus großer Höhe, das war ihr egal. Die Luft rauschte an ihr vorbei und sie trug Frederiks letzte Worte mit sich fort.

»Eines Tages werde ich dich zurückbringen.«

Lion

Er schlief noch, als sein nigelnagelneuer Funkenspiegel piepste und von Lion mit einer genervten Bewegung vom Nachttisch zu Boden befördert wurde, wo er weiterhin eine schrille Melodie von sich gab.

Brummend wachte Lion auf und torkelte mit einem geöffneten Auge durch sein Quartier, auf der Suche nach dem Störenfried.

Er griff unter den Stuhl und packte das elende Ding, das er sogleich öffnete.

»Was ist?«, blaffte er sein Spiegelbild an und strich seine wild abstehenden Haare nach hinten.

In dem Moment erschien ein Hologramm von einem kleinen Feuerwehrmann in knallgelben Uniform. Es war Hornelius.

»Lion! Endlich hast auch du einen Funkenspiegel.«

»Hey Horn!«

»Pack deine Notfallausrüstung ein und beweg deinen Hintern in das siebte Stockwerk! Dein kleines Schätzchen hat das Zimmer in Brand gesteckt.«

»Welches Schätzchen?«, fragte Lion mit verschlafener Stimme – inzwischen hatte er es geschafft, auch sein zweites Auge zu öffnen.

»Zieh dich an! Schwarze Flammen! Siebtes Stockwerk im Wohnkomplex. Mint-Areal. Los! Wir sind unterwegs«, sagte das Hologramm gehetzt, dann verschwand es.

Lion blinzelte mehrmals und starrte auf die Stelle, wo noch eben Hornelius war.

Dann sprang er plötzlich auf.

»Robin!«, rief er aus und begann, sich schnell anzuziehen.

Für alle Eventualitäten steckte er seinen Funkenspiegel in die Tasche und griff nach seiner Notfallausrüstung, bevor er den Raum verließ.

Sein Quartier befand sich im fünften Stockwerk und schon im Treppenhaus roch er den seltsamen Rauch, den schwarzes Feuer von sich gab. Ihm war dieser charakteristische Geruch schon beim Brand des Hauses von Robins Eltern aufgefallen, doch jetzt erkannte er, wie markant er im Vergleich zum normalen Rauch war. Er konnte ihn nicht beschreiben, aber das erste, was ihm in den Kopf schoss, war das Wort *Winter*. Es roch nach Winter.

»Raus aus dem Gebäude!«, rief er einem Mädchen zu, das im Pyjama über das Treppengeländer hinauf zu den anderen Stockwerken sah.

Lion wunderte sich, warum noch niemand Alarm geschlagen hatte. Beim Vorbeirennen an dem Alarmkasten, schlug er das Glas mit dem Ellenbogen ein und betätigte den Knopf. Augenblicklich ertönte eine nervtötende Sirene.

»Verschwinde endlich!«, schrie er das Mädchen an, das noch immer neugierig schaute.

Es machte große Augen, nickte und rannte die Treppen nach unten.

»Unfassbar«, nuschelte er und nahm mehrere Stufen auf einmal, bis er das besagte Stockwerk erreichte.

»Raus hier, raus!«, schrie er die müden, noch schläfrigen Schüler an, die daraufhin ihren Gang beschleunigten.

Lion schüttelte über den mangelnden Fluchtinstinkt der Phönixmagier entsetzt den Kopf. Nur weil alle mit Feuer umgehen konnten und an Wiedererstehung glaubten, hieß es nicht, dass sie leichtsinnig mit ihrem Leben spielen sollten.

Je näher Lion Robins Zimmer kam, desto rapider fiel die Temperatur. Auch der Geruch von Winter wurde mit jedem Atemzug stärker und unangenehmer, da die kalte Luft die Lungen angriff.

Ohne nur eine Sekunde nachzudenken, schwang Lion seine Axt und zerhackte Robins Tür, bis sie aufschwang.

Das Gute an der Phönixakademie waren die vielen Magier, die Reparaturzauber beherrschten, so brauchte sich ein Feuerwehrmann keine Sorgen zu machen, welchen Schaden er mit einer Axt anrichtete.

Eisige Luft drang auf den Flur und ließ Lion kurz erstarren. Es fühlte sich an wie tausende Schnitte, die durch seine Haut jagten.

Sein Blick fiel in die Mitte des Raumes, dort wo Robin in ihrem Nachthemd auf dem Boden lag. Sie bebte am ganzen Leib, aber sie war nicht bewusstlos. Noch bevor er sie erreichte und sie auf die Arme nahm, stießen auch Hornelius und drei weitere Feuerwehrmänner dazu.

»Ist sie vereist? Raus mit der Kleinen!«, sagte der Leiter und setzte seine Maske auf. »Bring sie auf die

Krankenstation«, erklang Hornelius Stimme gedämpft. »Wir übernehmen die Brandbeseitigung.«

Lion eilte mit Robin aus dem Raum und vermied es, tief einzuatmen.

Die Augen der jungen Frau hatten einen kalten, grauen Ton angenommen und waren in die Ferne gerichtet. Robins Körper bebte und kam mit Lions Zittern in Einklang.

Er setzte sie im Treppenhaus ab und zog seine Handschuhe aus, die er achtlos neben sich warf. Seine Hände umschlossen Robins Gesicht, das sich anfühlte wie festes Eis, dann sandte er etwas von dem heilenden Feuer. Mit jeder Sekunde erwachte der Blick des Mädchens zum neuen Leben und die Augen nahmen eine gesunde grüne Farbe an.

Seit einigen Tagen hatte sie die Anweisung befolgt, keinen Magieblocker zu sich zu nehmen. Dass ihr Körper mit dieser Umstellung nicht klarkam, war für Lion keine Überraschung. Alle haben damit gerechnet: Der Arzt, die Lehrer und alle Schüler, die Kathy Silbersteins Petition heimlich weiter unterzeichneten.

»Ich habe schlecht geträumt«, hauchte Robin. »Hier ist es so laut.«

»Feueralarm«, sagte Lion. »Du hast mit deinem Albtraum das ganze Mint-Areal wachbekommen.«

»Das wollte ich nicht. Bei solchen Träumen kann ich meine Emotionen nicht zurückdrängen und ...«

Ihre Atmung war schnappend und unregelmäßig, aber ihr Gesicht hatte inzwischen eine rosige Farbe angenommen und Lion fand, dass ihre Haut wieder weicher war. Er würde ihre Vereisung nicht gänzlich lösen können, dazu war er nicht erfahren genug. Aber er wollte sie zumindest soweit bringen, dass sie von selbst laufen konnte, also fuhr er mit seiner Behandlung fort: Er berührte ihre Arme, ihre Beine, den Bauch, die Brust, bis sich ihre Atmung stabilisiert hatte.

»Ist es schon oft vorgekommen, dass du deine Magiekontrolle im Schlaf verloren hast?«, wollte Lion wissen.

Robin schloss die Augen und nickte.

»Sieh mich bitte an, Robin, du darfst jetzt nicht wegnicken.«

»Ich wollte das nicht. Ich wollte nicht hier landen. *Nicht hier!* Ich habe nicht gewusst, dass ich damals aus der Phönixakademie geflohen bin. Lion, ich bin da, wo ich *nicht* sein wollte!«

»Ich glaube, du driftest wieder in einen Traum ab.«

Lion schnipste vor ihren Augen. Das Schnipsen machte sie sichtlich nervös, denn sie starrte panisch auf seine Finger. Also hörte er sofort auf damit.

»Ich bin mir nicht sicher. Nein, ich ...« Ihre Stimme wurde immer leiser und ihre Augen verloren erneut den Fokus.

»Robin, sieh mich an!«, wiederholte Lion bestimmt.

Sie sah ihn nun direkt an und er musste sich zusammenreißen, um nicht *aus Versehen* ihre Lippen zu berühren – zumindest nicht mit seinen eigenen.

»Du bist in Sicherheit. Ich passe auf dich auf.«

Robin seufzte schwer. »Danke.«

»Nicht dafür.«

Er gab ihr noch mehr von seinem Feuer.

»Eine gute Sache hatte dein Ausbruch ja«, sagte Lion.

»Ach ja?«, fragte Robin noch etwas geschwächt.

Lion grinste mit der Überlegenheit, die er Mädchen gerne entgegenbrachte.

»So durfte ich dich überall berühren, wo ich nur wollte.«

Robin rollte mit den Augen und lächelte müde.

»Idiot«, flüsterte sie, was aber fast gänzlich in der Sirene unterging.

Lion schmunzelte und reichte Robin seine Hand.

»Ich denke, du kannst jetzt aufstehen.«

Er half ihr hoch, doch sie stand auf ihren Beinen noch ziemlich unsicher, also stützte er sie beim Laufen.

Sie hustete nach etwa jedem dritten Schritt und bekam dadurch gerötete Augen.

Auf der Hälfte des Weges aus dem Wohnkomplex eilte ihnen Frederik entgegen. Er war der neue schwarze Phönix, den der Akademieleiter Mr. Gettson extra für Robins Unterricht eingeladen hatte. Seine Beliebtheit war für Lion überraschend: Vermutlich, weil Kathy ihn süß fand und nicht gegen ihn hetzte. Doch Lion fand auch, dass Frederik angeberisch rüberkam, wie er sich als den einzigen Menschen bezeichnete, der Robin zu helfen vermochte.

Schwachsinn, dachte Lion.

Frederik hob zum Zeichen des Grußes die Hand, doch die junge Frau hielt sofort an und berührte Lion am Arm.

»Ich brauche deine Hilfe!«, sagte sie drängend. »Du hast gesagt, du wirst mir bei der Flucht behilflich sein und jetzt möchte ich dein Versprechen einfordern.«

Überrumpelt stand Lion da und sah Robin an, als hätte sie den Verstand verloren. Vor ein paar Tagen hatten sie es geschafft, die Akademieleitung davon zu überzeugen, bleiben zu dürfen und jetzt, da der Magieblocker aus ihrem Blut war und sie endlich mit ihrem Lehrer mit dem Unterricht beginnen konnte, wollte sie Flucht ergreifen?

»Ich verstehe nicht. Warum der Sinneswandel?«

»Es ist wegen ...«, Robin brach den Satz ab und sah zu Frederik, der nun neben den beiden zum Stehen kam.

»Ich habe die tolle Kundschaft vernommen«, sagte er und sah Robin dabei an. »Du zauberst wieder, somit kann der Unterricht beginnen. Zieh dir was an, dann geht es los.«

»Bist du irre?«, gluckste Lion belustigt, denn das konnte unmöglich Frederiks Ernst sein.

»Du bist wer?«, fragte der schwarze Phönix.

»Lion Gravis. Wie du siehst, bin ich für Robin verantwortlich. Sie braucht ärztliche Behandlung. Sie hat sehr viel von ihrem dunklen Feuer abbekommen.«

»Die eigene Kraft stärkt einen Phönix, das musst du doch wissen. Also vermute ich, dass Robin inzwischen sehr fit ist.«

»Ist ein Scherz, hoffe ich. Robin geht es dreckig«, entgegnete Lion und wollte seinen Schützling bereits an dem komischen Typen vorbeiführen, doch dieser stellte sich ihnen in den Weg.

»Es ist mein voller Ernst«, sagte er ruhig. »Robin ist jetzt meine Schülerin und ich weiß ganz genau, was ein schwarzer Phönix einstecken kann. Zudem lasse ich es nicht zu, dass diese Stümper von Ärzten sie wieder lahmlegen und ihr magisches Potenzial angreifen.«

»Was redest du da? Du bist nur ein paar Jahre älter als wir, ich kann dich weder als Lehrer noch als Gesundheitsexperten ernst nehmen, Mann!«, sagte Lion.

Frederik lachte leise und trat näher an Lion heran. Sie waren etwa gleich groß und ihre Gesichter spiegelten Herausforderung wider.

»Du nimmst mich also nicht ernst? Ich finde, du solltest deine Meinung über mich ändern. Was sagst du, Robin? Sollte dein neuer Freund mich lieber respektieren?«

Robins immer noch kalte Finger schlossen sich warnend und gleichzeitig drängend um Lions Handgelenk.

»Bitte geh, Lion«, sagte sie bestimmt, doch ihm entging nicht, dass in ihrer Stimme Angst mitschwang.

Robin fürchtete sich vor diesem Frederik. Nur warum?

»Bitte!«, flehte sie.

»Ich werde das melden«, sagte Lion und trat dann einen Schritt zurück, was er sofort bereute, als er Frederiks siegessicheren Blick sah.

»Sicher, tu das. Melde es, wem du willst. Und solange du damit beschäftigt bist, nehme ich meine Schülerin mit.«

Robin ließ Lions Handgelenk los und tätschelte es sanft, dann ging sie mit Frederik die Treppen runter.

Als sie noch einmal zu Lion aufsah, war ihr Blick warnend und flehentlich zugleich. Er begriff, dass ihr das mit der Flucht ernst war.

robin

Noch immer hing der Traum ihr nach. Dr. Hans und seine Assistenten waren die ersten Menschen, die sie auf dem Gewissen hatte. Immer wieder verfolgten ihre Gesichter sie in ihren Albträumen und hinderten sie daran, Ruhe zu finden und Vergebung zu erfahren.

Robin stand unter Hochspannung. Frederik an ihrer Seite zu wissen, weckte ihren inneren Fluchtinstinkt. Sie hatte oft miterlebt, wie er Menschen ohne Reue das Leben nahm. Seine Todeskräfte tauchten nicht wie bei Robin durch ein Emotionschaos an der Oberfläche auf, er nutzte sie mit purer Absicht, um seine Ziele zu erreichen.

Es hatte schon damals angefangen, als beide noch Kinder waren, da war seine Lust am Töten erwacht. Das war Robin heute Nacht bewusst geworden.

Sie wagte einen flüchtigen Blick zu ihm, sein Gesicht hatte so ein unentwegtes Grinsen, das er immer aufsetzte, wenn sie ihm begegnete.

»Diese Fügung, ich kann mein Glück immer noch nicht fassen«, sagte er, als er ihren Blick bemerkte und sie direkt ansah.

»Hör auf«, bat ihn Robin.

»Du kommst freiwillig zurück zu mir, es ist unfassbar.«

»Es ist nicht freiwillig und deinetwegen komme ich schon gar nicht.«

Frederik legte Robin seinen Arm um ihre Schulter und zog sie an sich. Sie stieß ihn instinktiv weg.

»Ich sagte, hör auf!«, sagte sie grob und spürte wieder, dass sich Kälte in ihr ausbreitete. »Fass mich gefälligst nicht an! Und rede nicht mit mir, als seien wir Freunde. Lass uns deinen Unterricht hinter uns bringen und dann geh mir aus dem Weg!«

Frederik sah Robin überrascht an, grinste dann aber erneut und machte eine Kopfbewegung zu einem Klassenraum.

»Na, dann rein mit dir.«

Erzürnt blieb Robin vor dem Zimmer stehen und musterte ihren Kindheitsfreund. Hatte er sich in den Jahren überhaupt verändert? Wieder nahm er eine Lehrerrolle ein und seine Überheblichkeit hatte sich nicht gebessert.

»Was hast du? Hast du mich vermisst?«, fragte er und schien ihre Wange streicheln zu wollen, doch Robin schlug seine Hand weg und ging in das Klassenzimmer.

»Träum weiter! Das zwischen uns ist längst vorbei, Freddy.«

Bei diesen Worten schleuderte sie genervt eine schwarze Flamme zu Boden, um die aufgestaute Kälte im Körper loszuwerden.

Die Flamme nahm eine sehr hohe Geschwindigkeit an und als sie den Boden erreichte, erstickte sie sich augenblicklich selbst.

»Was für eine Verschwendung«, kommentierte Frederik

den kleinen Ausbruch und bekam von ihr einen finsteren Blick.

»Den nächsten Zauber richte ich gegen dich«, warnte sie ihn vor.

»Nur zu. Wenn du das Echo verträgst.«

Darauf antwortete Robin nicht, denn sie wusste, dass er stärker war als sie.

Robin verzichtete nicht ohne Grund auf Magieblocker. Sie hatte zwei mögliche Optionen in ihrer Lage. Erstens: Sie würde mit ihrer Macht versuchen, einen Gleiter oder einen Drachen zu stehlen, und dann so weit es ging damit fliegen. Zweitens: Sie würde so viel lernen, dass sie Frederik furchtlos entgegentreten und ihrem Pflegevater ihre Unabhängigkeit beweisen konnte. Die erste Variante schien für sie die einfachere zu sein, die zweite auf Dauer aber die bessere.

»Und was wirst du mich lehren?«, fragte Robin nach einer Weile. »Nehmen wir wieder die magischen Kriege durch?«

»Aus dem Alter bist du raus. Aber bei deinem Wissensstand muss ich dir fast alles beibringen.«

»Musst du wirklich so übertreiben?«

»Sei froh, dass ich nicht mit deinen Erinnerungen herumspiele und dich einiges vergessen lasse, damit wir deine Kräfte ganz von vorne aufbauen können. In den letzten Jahren hast du dir so viele Fehlentwicklungen erlaubt, dass es ein gewaltiges Unterfangen sein wird, all diese Mängel auszubügeln.«

Robin verschränkte die Arme vor der Brust. Es gab so viele Dinge, die sie aus ihrer Vergangenheit gerne vergessen hätte, vor allem die Erinnerungen, die etwas mit Frederik zu tun hatten. Seine Augen ließen sie noch immer schwach werden, aber nicht aus Angst vor ihm. Sie verachtete sich dafür, dass sie noch immer Gefühle für ihn empfand und dass jedes Wort und jede Berührung von ihm sie an die schönen Zeiten mit ihm erinnerten.

Und sie hasste diese Abhängigkeit.

Ein Neuanfang, ja, das hätte sie bitter nötig. Warum konnte sie nicht wiederauferstehen, so wie Phönixe es zu tun pflegten?

»Ist das alles?«, fragte sie dann.

»Na, wenn wir es schaffen, dass du die Grundlagen beherrschst, können wir eines Tages eventuell ja an die schwierigeren Methoden deiner Kraft arbeiten. Ein schwarzer Phönix kann nicht nur töten, er kann seine Macht sogar umkehren und sie dazu nutzen, sich und andere zu heilen, ja sogar wiederzubeleben.«

Skeptisch sah Robin Frederik an. War das ein Scherz, oder sprach er die Wahrheit? Waren dunkle Phönixe wirklich in der Lage, das Leben wiederherzustellen? Sie glaubte ihm das nicht, das war sicher nur wieder ein Trick, um ihre Neugierde zu wecken, und aus der Vergangenheit wusste Robin, dass er das zu gut beherrschte.

»Willst du dir nicht etwas anderes anziehen?«, fragte er.

Robin besah sich ihr Schlafhemd: Das Sternenmuster war dezent, aber modern. Sie verstand nicht, warum sie nicht auch gleich in dieser Kleidung zaubern konnte.

»Mein Zimmer ist verbrannt«, sagte sie.

»Kann dir dein Flügelmann nichts Neues bringen?«

»Er ist nicht mein Sklave!«

»Schon gut. In der Pause organisieren wir dir was Passenderes. Und nun, bist du bereit?«

»Na los«, sagte sie herausfordernd.

Frederik lachte.

»Oh, Robin, mir haben unsere Spielchen wirklich sehr gefehlt.«

Robin musste sich beherrschen, dass sie ihn nicht auch angrinste. Sie straffte ihre Miene und sah ihn sogar böse an.

»Jetzt hör endlich auf, zu quatschen.«

Labeni

»Ich habe gewusst, dass das passiert«, schimpfte Labeni, als sie durch die Korridore flitzte.

Die Schüler gingen ihrer Lehrerin respektvoll aus dem Weg, zumindest hoffte Labeni, dass das eine höfliche Geste war und sie ihr nicht nur wegen ihres wütenden Gesichts Platz machten.

»Bin ich denn ihre Dienstmagd?«, murmelte sie und umfasste Robins Ersatzschuluniform so fest, dass sie die Rockfalten zerknitterte.

»Mrs. Ignolia, kann ich sie kurz sprechen?«, fragte ein Drittklässler und kam bereits mit einem Hausaufgabenordner auf sie zu.

»Nicht jetzt, Kyle!«, giftete sie ihn an. »Ich spiele das Kindermädchen. Als hätte ich keine wichtigeren Verpflichtungen! Idiotischer Clamentin, kann seine unliebsame Arbeit gefälligst selbst machen.«

Sie ließ ihren Schüler stehen und eilte weiter den Flur entlang.

Labeni lief an einem Trophäenschrank vorbei und erblickte das Spiegelbild einer verbitterten alten Frau. Sie erschrak, als sie ihre eigenen Augen darin erkannte. So weit war es schon mit ihr gekommen: Sie sah so ausgelaugt aus und das gerade mal mit Zweiunddreißig! Die vielen Außeneinsätze in den verfluchten Bodenstädten, die sie so liebte, hatten sie ausgemergelt. Auch wenn diese Aufgaben ihre Leidenschaft waren, verletzte es sie, wenn so ein Schnösel wie Clamentin ihr ins Gesicht sagte, wie alt und unansehnlich sie wäre.

Labeni seufzte und sorgte bei dem Gedanken für eine weitere Zornesfalte auf ihrer Stirn.

»Was denkt ihr euch dabei?«, rief sie, als sie in den Raum stürmte, in dem Robin ihren Unterricht in schwarzer Phönixmagie absolvierte.

Sie hielt des Mädchens neue Uniform in die Höhe.

»Ich bin keine Botenfrau, ist das klar?«

Robin atmete schwer und erzeugte dabei Kondenswölkchen, als stünde sie in einer frostigen Winterlandschaft. Sie hielt ihren blauangelaufenen Arm fest, von deren Fingern Wasser zu Boden tropfte.

»Das war Absicht«, meldete sich Frederik, der in der Ecke des Raumes an einer zur Seite geräumten Schulbank lehnte und seine Hände in den Hosentaschen hielt.

»Ich wollte Sie endlich persönlich kennenlernen, Mrs. Ignolia. Seit ich an der Akademie lebe – also schon sehr lange – gehen Sie mir aus dem Weg. Ich hätte gern den Grund dafür gewusst, da ich doch zu ihrem Spezialgebiet zähle.«

Labeni ging auf Robin zu, ohne Frederik aus den Augen zu lassen.

»Es gibt viele Gründe, einem schwarzen Phönix aus

dem Weg zu gehen. Vor allem dem, der im selben Haus wohnt.«

Sie reichte Robin die Uniform.

»Zieh dich an, Mäuschen. Mach eine Pause und wärme dich auf.«

»Für eine Pause ist noch nicht die richtige Zeit«, sagte Frederik. »Robin hat sich gerade erst abgekühlt, jetzt erst kann sie am besten zaubern. Warum unterschätzen alle die Kräfte eines Phönixmagiers? Kein Wunder, dass hier nur Stümper leben, die in ihrem Leben niemals Erfolge erzielen werden.«

»Man hat mir von deiner Überheblichkeit berichtet. Irgendwann wirst du über deine eigenen Füße stolpern, weil du dir zu schade bist, nach unten zu sehen.«

Frederik lachte leise auf.

»Auch ich habe so einige Dinge über Sie gehört, Mrs. Ignolia. Ihr Drang, die Welt zu verbessern wird Sie eines Tages Ihre Flügel kosten. Phönixe wie Sie fliegen höher als es gesund für sie wäre.«

Robin schüttelte nur mit dem Kopf und verließ den Raum.

»Komm dann sofort zurück!«, rief Frederik ihr nach, doch sie reagierte nicht auf ihn.

»Du solltest mir nicht drohen, Junge. Was hast du mit dem Mädchen vor?«, fragte Labeni ruhig. »So wie sie aussieht, erlernt sie gerade nicht nur die Kontrolle über ihre Kraft.«

Labeni hatte Einblick in die Auswertungen von Robins Tests, die Clamentin mit ihr durchgeführt hatte. So hohe Werte für magisches Potenzial hatte sie noch bei keinem Phönix gesehen, auch bei den dunklen Magiern nicht.

Was die einen in Verzückung brachte, beunruhigte Labeni. Diese Werte konnten nicht natürlich sein. War Robin vielleicht eine dieser seltenen Züchtungen oder wurde sie mit inhumanen Mitteln behandelt, um so eine Magiebestie aus ihr zu kreieren? Was es auch war, sie durfte nicht mehr erlernen, als ihre Kräfte zu kontrollieren.

»Du willst sie an ihre Grenzen bringen und sie so zu einer Kämpferin machen. Habe ich Recht?«, fragte sie.

Frederik stieß sich leicht vom Tisch ab und kam auf Labeni zu, wobei er sie wie ein Opfer umkreiste.

»Es ist kein Geheimnis, wer Robins Geldgeber ist, und dass Sie das längst herausgefunden haben, steht außer Frage. Sie glauben doch nicht, dass Sie mit ihren schlauen Moralsprüchen bei dem Akademieleiter oder mir etwas bewirken könnten. Die Einzige, die Sie noch erreichen können, ist Robin, aber ich will, dass Sie sich von ihr fernhalten. Es war klug von Ihnen, den Vertrauenslehrerstatus an Mr. Fammel abzugeben, somit ersparen Sie sich richtig großen Ärger mit mir. Sie wissen, ich scherze nicht.«

»Ich wiederhole noch einmal: Droh mir nicht. Übrigens, bist du nicht der Erste, der mich einzuschüchtern versucht, Freundchen. Ich bin nicht dafür bekannt, dass ich klein beigebe, deswegen vertraut man mir viele Dinge an. Ich habe ein gutes Abkommen mit Mr. Gettson und wärst du nicht so in deinem pubertären Höhenflug, würde der Akademieleiter dir solche Informationen anvertrauen.«

Labeni registrierte erfreut, dass Frederiks Gesichtsmuskeln etwas zuckten, auch wenn er danach gleich wieder sein erhabenes Lächeln annahm.

»Du glaubst, du seist seine rechte Hand, aber auf

mich wirkt es, als seist du sein Junge für die unliebsamen Aufgaben. Sein Schlächter, wenn du mich fragst.«

Ja, Labeni wusste, dass sie damit zu weit ging und dass er nur mit den Fingern zu schnipsen brauchte, um ihr das Leben zu nehmen, aber sie war dafür bekannt, dass sie hinter den Dingen, die sie vertrat, hundertprozentig stand.

»Ganz nebenbei ziehe ich in Erwägung, meinen Vertrauenslehrerstatus für Robin wieder zu übernehmen. Mr. Fammel ist schon durch das Flirten mit den anderen Schülerinnen so überfordert, dass er sicher nichts dagegen hätte. Und als erste Handlung wohne ich diesem Unterricht bei.«

Sie ging demonstrativ zu einem Stuhl und setzte sich darauf.

»Dann hätten Sie sich einen Pullover anziehen sollen, es wird frostig«, sagte Frederik.

»Ich bin hart im Nehmen.«

Sobald Robin zurückgekehrt war, nahm Frederik den Unterricht auf und Labeni bemerkte sehr schnell, dass das Mädchen Schwierigkeiten hatte, sich auf Frederik einzustellen. Mit jeder Bewegung versprühte sie Hass dem jungen Mann entgegen und immer wieder widersetzte sie sich dessen Anweisungen. Auch er ging nicht zaghaft mit ihr um: Kein Lehrer an der Phönixakademie würde seinen Schüler so streng behandeln. Er strafte sie bei Nichtgehorsamkeit mit kleinen Magiestößen ab, die ihr die Energie raubten und Labeni musste mehrfach dazwischen gehen, denn das ging eindeutig zu weit.

Trotz allem spürte sie eine tiefe Verbundenheit zwischen den beiden, die sie sich nicht erklären konnte. Es waren die Blicke, die sie sich zwischendurch zuwarfen und die kurzen, fast zufälligen Bewegungen, die eine innige Zärtlichkeit ausdrückten, ja, sogar Sehnsucht.

Was war zwischen ihnen vorgefallen, dass sie sich so hassten und doch so stark verbunden waren?

robin

Robin empfand Dankbarkeit über die Anwesenheit von Mrs. Ignolia.

Ihr strenger Blick gab Robin eine gewisse Sicherheit, zudem wimmelte die Lehrerin alle Neugierige ab, die beim Unterricht zusehen wollten. Nicht nur Schüler gehörten dazu, vor allem waren es Lehrer, die aus allen Arealen mit ihren Kaffeebechern hinzukamen und glaubten, bei dem Schauspiel dabei sein zu dürfen. Jeden einzelnen scheuchte Mrs. Ignolia weg. Vor allem reagierte sie auf Clamentins armselige Versuche mit Besonnenheit, erst recht, als er seine Assistentin Karen mit einer Entschuldigungskarte zu ihr schickte, in der stand, dass er sie gar nicht alt und ausgelaugt bezeichnen wollte. Keine Regung war in ihrem Gesicht zu sehen, nicht einmal ein kurzes Wimpernzucken – nichts!

Sie war nicht bei jedem Training dabei, denn sie musste ebenfalls Unterricht geben, und hatte neben ihren Außeneinsätzen weitere Verpflichtungen im Veranstaltungskomitee. Doch immer, wenn die Lehrerin anwesend war, fühlte sich Robin beschützt und sie empfand auch, dass Frederik dann freundlicher und vorsichtiger ihr gegenüber war.

Mehrfach wollte Robin mit Mrs. Ignolia ein Gespräch unter vier Augen führen und ihr von Mr. Gettson, ihrem Pflegevater und Geldgeber erzählen. Doch sie hatte Angst, dass der Mann ihr dann etwas Schlimmes antun würde und Robins Opferliste war schon lang genug, deswegen schwieg sie.

Irgendetwas sagte ihr auch, dass Mrs. Ignolia clever genug war, es selbst herauszufinden, oder es vielleicht bereits wusste. Bloß wie konnte Robin Gewissheit darüber gewinnen, ohne der Lehrerin zu schaden? Solange sie noch keine Idee hatte, würde sie nur das Nötigste mit Mrs. Ignolia besprechen und das nur in Anwesenheit von Frederik, damit er keinen Verdacht schöpfte.

Auch wenn sie Frederiks Unterricht nicht mochte und seine Gegenwart nicht ertrug, machte sie rasche Fortschritte und wurde regelrecht süchtig nach Verbesserungen.

Schon seit einer Woche ging das so, dass sie mit sich selbst rang, ob sie schon fliehen oder ob sie noch eine Lektion mehr mitnehmen sollte, um später Frederik garantiert die Stirn bieten zu können. Sie wusste, dass sie sich das nur einredete, deswegen schlief sie jede Nacht mit einem schlechten Gewissen ein.

Ihr Raum sah genauso aus wie vor dem Brand. Selbst der Funkenspiegel, den Clamentin ihr geschenkt hatte, damit sie besser mit Lion in Verbindung stehen konnte, und den Robin ungern benutzte, wurde von dem Reparaturteam zusammengeflickt und lag nur ein paar Zentimeter neben ihrem Kopf. Sie hatte vor wenigen Minuten noch damit ein kleines Spiel ausprobiert, aber sie wusste nicht recht, ob sie gewonnen oder immer verloren hatte, denn sie verstand die Regeln nicht.

Sie wollte gar nicht spielen, sie hatte nur auf eine Nachricht gewartet. Auf eine Nachricht von Lion.

Seit sie mit Frederik trainierte, hatte sie kaum Zeit mit Lion verbracht. Er musste sie aus ihrem Klassenzimmer fast schon rauszerren, weil Frederik sie so forderte, beziehungsweise sie selbst unbedingt noch bessere Fortschritte erzielen wollte. Und beim Essen war sie nicht sonderlich gesprächig, in erster Linie, weil sie müde war und leider auch die ganze Zeit in Gedanken abtauchte.

Beim Einschlafen dachte sie aber unentwegt an Lion, doch sie traute sich nicht, ihm selbst eine Nachricht zu hinterlassen.

Immer wieder sah sie zu dem Funkenspiegel auf ihrem Kissen, doch der Junge meldete sich nicht.

Am nächsten Morgen holte Lion sie wie immer ab und ging mit ihr die Liste ihrer Aufgaben durch. Diese Tätigkeit war beinahe schon zu einem allmorgendlichen Witz geworden, denn die Liste war kurz und hatte sich seit Tagen nicht geändert.

Was sie ebenfalls seit Tagen nicht mehr getan hatten, war das Gespräch zu führen, das zwischen ihnen in der Luft lag. Robin hatte ihn gebeten, ihr bei der Flucht zu helfen, doch sie hatte ihren Wunsch nicht noch einmal wiederholt, auch wenn er sie hin und wieder besorgt ansah.

»Wie stehen die Chancen, dass du dich heute eher vom Unterricht losreißen kannst?«, fragte Lion wie nebenbei, gleich nachdem er die kurze Aufgabenliste verlesen hatte.

»So wie immer, schätze ich.«

»Das ist schade. Ich hätte dich gerne auf die Wasserfallinseln mitgenommen.«

Überrascht sah Robin zu Lion und ihr Herz machte einen Satz nach vorn. War das ein dezenter Hinweis darauf, dass er sie aus der Akademie rausbringen würde?

»Wir fliegen heute dort vorbei«, sprach Lion weiter. »Die Akademie macht dort keinen Halt, weil es eine verfluchte Sperrzone ist, die überwacht wird, aber es gibt jedes Mal genug Schüler, die das ignorieren und für ein Stündchen oder zwei hinfliegen.«

Er blieb stehen und berührte Robin am Oberarm, damit sie ebenfalls anhielt.

»Dann könnten wir ungestört reden. Hier bekommen wir nicht so viele Gelegenheiten.«

Robin warf einen prüfenden Blick über ihre Schulter und sah sofort ein Grüppchen Siebtklässler, die ihre Köpfe zusammensteckten und immer wieder tuschelnd zu Robin sahen. Die anderen Schüler hatten sich noch immer nicht an den schwarzen Phönix gewöhnt und es half auch nicht, dass alle, die einen Funkenspiegel besaßen – auch Robin – anonyme Nachrichten erhielten, die noch immer gegen sie hetzten. Robin vermutete, dass Kathy dahinter steckte, die noch immer wegen ihres abgesetzten Hologrammformats ‚*Kathy informiert*‘ schmollte. Seltsam nur, dass Frederik bei diesen Hetznachrichten nie zum Thema gemacht wurde, obwohl er viel gefährlicher war als Robin es jemals sein könnte.

Man nahm noch immer an, Robin hätte etwas mit dem Chaos in Loro zu tun und diejenigen, die etwas dazu sagen konnten, wie Annie Anderson und Dunken Fields befanden sich noch immer in ärztlicher Behandlung. So konnten sie nicht bestätigen, dass Robin keinen Auftrag gegeben hatte, ihre Eltern zu töten, weil sie es beim ersten Mal nicht geschafft hatte. Zu bezweifeln war aber, ob Annie ihr da wirklich eine Hilfe sein würde. Das Mädchen hatte sie bei ihrer Ankunft angeklagt, an dem Vorfall, bei dem drei Schüler starben, schuld gewesen zu sein.

»Also, was sagst du?«, hakte Lion nach.

»Ich verstehe noch nicht ganz. Die Akademie ist doch in Bewegung wenn wir rausfliegen, finden wir sie dann wieder?«

»Die Gleiter haben einen Zurück-zur-Akademie-Autopiloten. Selbst wenn wir Tage oder Monate lang fernbleiben, gibt es diesen Weg nach Hause.«

»Dann würde ich sehr gerne mit dir einen Ausflug machen«, sagte sie und unterdrückte ein erleichtertes Lächeln, indem sie ihre Lippen aufeinanderpresste.

Lions Gesicht nahm einen erfreuten Ausdruck an, bevor er wieder so cool und abgeklärt wurde wie immer.

»Dann hole ich dich später ab und ich dulde keine Widerreden und keine Ausdehnung deiner Trainingszeit.«

»Versprochen!«, sagte Robin energisch.

Lion

Pünktlich stand Lion vor Robins Unterrichtsraum und sah zu Clamentins Assistentin Karen, die ebenfalls daneben wartete und von einem Fuß auf den anderen wechselte. Sie trug hohe Absatzschuhe und wirkte unruhig: Mehrmals sah sie auf die Uhr und funkelte jeden an, der an ihr vorbeilief.

»Gibt es Probleme?«, fragte Lion.

»Geh weiter Junge, du darfst da nicht rein. Selbst *ich* muss hier warten«, sagte sie schnippisch.

»Na dann«, sagte Lion und betrat einfach den Raum.

Er ließ sich heute weder von irgendwelchen Assistentinnen aufhalten, noch von Mrs. Ignolia höchstpersönlich.

»Robin und ich haben ein Date«, sagte er gelassen und schulterte seine pralle Umhängetasche.

Frederik hob nur fragend seine Augenbraue und sah dann zu Robin.

»Das kannst du vergessen. Robin hat heute noch einiges vor sich«, sagte er kühl.

»Lass es gut sein, Freddy«, sagte Robin und zog ihr Jackett an. »Ich bin fertig, wir können gehen.«

Ihr neuer Lehrer stellte sich Robin in den Weg und sie verdrehte genervt die Augen.

»Ich mache sonst immer viel länger, heute möchte ich pünktlich aufhören«, erklärte sie.

»Ein Date? Wirklich, Robin?«, hörte Lion Frederik leise und anklagend fragen. »Verschwendest du jetzt deine Gedanken an Männer?«

»Falls dir entgangen ist, ich bin kein Kind mehr.«

»Das ist mir längst aufgefallen. Das heißt aber nicht, dass du den Verstand verlieren sollst. Konzentriere dich lieber auf deine Ausbildung, du hast noch viel aufzuholen.«

»Jetzt lass die Kleine zu ihrer Verabredung, Frederik!«, mischte sich nun Mrs. Ignolia ein.

»Halten Sie sich da raus!«, warnte er die Lehrerin und wandte sich wieder Robin zu. »Du erinnerst dich doch daran, worüber wir gerade gesprochen haben? Vielleicht wäre er der perfekte Kandidat für die nächste Stunde?«

»Du wagst es nicht!«, zischte sie, krallte ihre Hand in Frederiks Hemd und zog ihn etwas zu sich. Auch wenn er größer war als sie, war ihr Blick sehr beeindruckend.

»Na gut, wir machen für heute Schluss. Aber zuvor will ich dir noch dein Flügelsymbol überreichen.«

»Freddy bitte, können wir das morgen erledigen?«

Frederik ließ sich aber nicht beirren und holte aus seiner Jackettasche ein kleines Symbol, das er Robin in aller Ruhe auf ihre Uniform heftete. Lion bemerkte, dass sie dem Blick des Lehrers auswich und genervt zur Seite sah, so als ertrüge sie seine Nähe nicht.

»Du hast gute Fortschritte gemacht, aber wir sind noch lange nicht da, wo ich gerne mit dir wäre.«

»Ich will nirgends mit dir sein, Frederik«, entgegnete Robin hart, doch er ging nicht auf sie ein, sondern tippte auf das Flügelsymbol an ihrer Brust und es loderte schwarz auf.

»Ich bin stolz auf dich, dass du noch hier bist, Kleines. Ich war wirklich der Überzeugung, dass du noch am selben Abend fliehst, an dem ich mich dir gezeigt habe. Ich bin froh, dass du vernünftig geworden bist und mich nicht im Stich lässt.«

»Freu dich nicht zu früh, vielleicht haue ich noch ab. Deine Unterrichtsmethode ist zum Kotzen!«

»Doch nur, weil du nicht verstehst, wie wichtig das für dich ist.«

Frederik richtete Robins Kragen und behielt seine Hände an ihren Schultern.

»Willkommen zuhause.«

»Du kannst mich mal«, sagte sie, stieß ihn zur Seite und lief an ihm vorbei.

Frederik hielt sie nicht auf, aber er warf einen warnenden Blick in Lions Richtung, was jenen aber nicht beeindruckte.

»Morgen machen wir bis zum Abendessen durch«, rief er den beiden hinterher.

»Halt endlich deine Klappe«, flüsterte Robin und knallte die Klassenzimmertür mit voller Wucht hinter sich zu.

Als beide den Unterrichtsraum verließen, stand Clamentins Assistentin noch immer dort, wo Lion sie eben erst zurückgelassen hatte. Sie sah immer noch genervt aus. Ihre Absatzschuhe hatte sie inzwischen ausgezogen und hielt sie fest.

»Miss Bish!«, sagte sie vorwurfsvoll. »Mr. Fammel ist weiterhin Ihr Vertrauenslehrer, auch wenn Mrs. Ignolia etwas anderes behauptet. Er wollte, dass ich es Ihnen persönlich ausrichte, denn er nimmt wohl an, ich hätte in meiner Freizeit nichts Besseres zu tun, als auf eine Schülerin mit fehlendem Zeitgefühl zu warten. Jetzt sind Sie unterrichtet. Tun Sie sich und mir einen Gefallen und besuchen Sie ihn gelegentlich, damit sein Ego wieder ins Lot kommt. Er kann unerträglich werden, wenn ihm keiner Beachtung schenkt.« Damit ging sie.

»Stand sie wirklich so lange hier?«, fragte Robin.

»Ich habe sie zumindest beim Hineingehen gesehen«, antwortete Lion. »Übrigens, Glückwunsch zu deinem Symbol. Ein schwarzer Flügel. Es ist sehr beeindruckend.«

»Du bist der Einzige, der das so sieht, vermute ich. Zuvor wussten zwar die meisten, dass es in der Akademie einen schwarzen Phönix gibt, aber nicht jeder wusste, wie ich aussah. Jetzt dränge ich allen mit der dunklen Flamme meine Identität auf. Irgendwie ist das ärgerlich. Frederik will mich sicher noch etwas stärker von anderen isolieren.«

»Die Tatsache, dass er es auf die Art versucht, zeigt, dass du noch nicht isoliert bist. Ich kenne einige, die neugierig auf dich sind und es definitiv bleiben werden.«

Er bemerkte, dass Robin angespannt aussah, sogar etwas verängstigt.

»Alles in Ordnung?«, fragte er.

Sie atmete tief ein und starrte in die Leere.

»Nein, nicht so richtig«, sagte sie und griff in ihre Rocktasche.

Im selben Moment vibrierte es auch in Lions Hosentasche und er holte seinen Funkenspiegel heraus. Aus dem Augenwinkel heraus sah er, dass auch andere Schüler die gleiche Bewegung machten. Ohne die Nachricht gelesen zu haben, wusste er, dass sie von der anonymen Person stammt, die nur Kathy sein konnte.

»*Wer würde sich freiwillig in den Todeshauch des schwarzen Phönixes begeben?*«, stand da.

Robin sah auf und blickte in unzählige verängstigte Augen. Die Schüler, die keinen Funkenspiegel besaßen, steckten die Köpfe mit denen zusammen, die einen hatten. Und wieder schwappte eine Welle des Unmuts gegen den schwarzen Phönix. Lion hatte es langsam satt.

»Ist doch wieder nur so ein Kathy-Ding«, sagte er und klappte seinen Funkenspiegel zu.

»Das ist so lächerlich«, entgegnete Robin.

In der Menge machte Lion Kathy aus – dieses Mal mit türkisenem Haar und pinken Spitzen – und wollte es Robin gerade sagen, doch sie war schneller und lief bereits auf das Mädchen zu.

»Mit dieser Art von Nachrichten wirst du dein geliebtes ‚*Kathy informiert*' niemals zurückgewinnen«, sagte sie frei heraus und hielt ihren Funkenspiegel hoch.

Kathy sah irritiert aus und Lion fand, dass es gar nicht gespielt wirkte – offensichtlich wurde sie beim Lügen immer besser.

»Im Ernst, Kathy, lass es! Hör auf, solchen Schwachsinn zu verbreiten.«

Robin steckte ihren Funkenspiegel wieder in die Tasche.

»Ich habe das nicht geschrieben«, sagte Kathy und sah auch die anderen Schülern an. »Wirklich nicht! Ich habe die Nachricht selbst gerade erst erhalten.«

»Wem machst du etwas vor?«, fragte Lion und zog Robin sanft mit sich. »Ach, lass sie. Nur Trottel glauben ihr noch.«

»Lion, ich war es nicht!«, rief sie ihm nach, doch er versuchte, sie zu ignorieren. Er war sauer auf sie, dass sie seine Pläne so durcheinandergebracht hatte. Er wollte Robin etwas Gutes tun, aber ihr Blick verriet, dass sie womöglich keine Lust mehr auf einen Ausflug hatte.

Dabei war er so wichtig.

»Kathy hat eindeutig ein Geltungsproblem. Sie erfindet immer Sachen, was?«, versuchte Lion mit einem lässigen Ton.

»Ich mag nicht darüber reden. Kannst du mich bitte ablenken?«

»Mit Vergnügen.« Lion hielt einen kleinen silbernen Beutel hoch. »Das ist dein Bikini und deine Atemhilfe, ich war dafür extra im Akademieshop und habe behauptet, ich würde ihn Kathy schenken. Jetzt bekommt sie Ärger, weil jeder weiß, dass wenn man beim Durchflug an der Wasserfallinsel Badesachen kauft, dass man dann auch in die verbotene Zone fliegt. Sie bekommen wir schon mal für den Rest des Tages nicht zu Gesicht.«

Robin nahm den Beutel und sah kurz hinein.

»Wir gehen wirklich schwimmen?«, fragte sie und legte ihren Kopf schief.

»Das kannst du hoffentlich?«

»Ja«, hauchte sie und lächelte über das ganze Gesicht.

Als sie von der Tüte aufblickte, sah sie verlegen aus.

»Meintest du das ernst mit dem Date?«

Jetzt wurde auch Lion unsicher, doch er räusperte sich und zuckte locker mit den Schultern.

»Klar, warum nicht?«

Er wollte gleichgültig klingen, doch seine Stimme hatte eher den Ton eines Jungen angenommen, der Angst vor einer Abweisung hatte, deswegen hustete er erneut und strich sein Haar zurück.

»Wenn es für dich okay ist.«

»Ja, ich denke schon«, antwortete Robin.

Unterwegs zum Hangar gesellten sich Aves und Berry zu den beiden, aber nur mit der Absicht, Lion davon abzuhalten, zu den Wasserfallinseln aufzubrechen.

»Andauernd machst du das, Lion! Das ist *verboten*!«, schimpfte Berry.

»Und hat man mich jemals erwischt?«

»Ich schwöre dir, eines Tages passiert das und dann fliegst du von der Schule, ist das dein Wunsch?«

»Berry beruhige dich. Ich will Robin nur eine kleine Ablenkung von dem harten Unterricht bieten. Du machst dir immer viel zu viele Sorgen.«

»Und du dir zu wenige«, sagte Aves. »Schon den ganzen Tag kommt die Durchsage, dass die Sicherheitsmaßnahmen auf der Insel verstärkt wurden.«

»Das sagen sie nur zur Abschreckung. Es ist fast nie ein Milizmann vor Ort.«

»Trotzdem. Geht nicht! An der Akademie kann man sich auch gut ablenken. Hat Robin schon die Einkaufspassage des Feuerblau-Areals gesehen?«

Aves sah zu Robin, die mit dem Kopf schüttelte.

»Das kann sie auch morgen noch besichtigen«, mischte Lion sich wieder ein.

»Oder ihr seht euch die Stadt an, die wir in zwei Tagen erreichen«, schlug Berry vor.

Lion blieb abrupt stehen.

»Leute! Nicht nur Robin braucht eine Ablenkung. Ich darf Annie nicht besuchen und quäle mich mit den Schuldgefühlen, dass ich sie nicht nach Loro begleitet habe.

Ich brauche etwas Abstand von der Katastrophe. Versteht ihr mich? Euch würde ein kurzer Ausflug garantiert auch nicht schaden.«

Das saß.

Aves und Berry wirkten geknickt und liefen ab da schweigsam neben Lion und Robin zum Hangar, doch sie weigerten sich, sich ebenfalls auf einen Gleiter zu schwingen und mitzukommen.

»Du nimmst deine Schultasche mit zum Ausflug?«, fragte Berry, als Lion sein Gepäck Robin reichte, da es ihn beim Fliegen hindern würde.

»Wieso erschüttert dich das? Sonst bist du auch immer mit einer vollen Büchertasche unterwegs«, entgegnete Lion. Da wurde Berry schmallippig.

»Bist du bereit?«, fragte Lion Robin und gab ihr einen Helm.

»Kann losgehen.«

Sie setzte den Helm auf und stieg hinter Lion auf den Gleiter, wobei sie ihre Arme wieder um seinen Oberkörper schmiegte.

»Ist doch so viel besser ohne Magieschellen, was?«, fragte er und hörte durch den Lautsprecher im Helm, dass sie leise lachte.

»Viel besser«, sagte sie.

»Lion, warte!«, sagte Berry und stellte sich ihnen in den Weg.

»Komm schon, geh zur Seite!«

»Überlege es dir noch einmal.«

»Habe ich. Und es bleibt dabei.«

Er winkte sie weg und schließlich trat sie zur Seite, doch nicht, um sie ziehen zu lassen, sondern um sich selbst auf einen Gleiter zu schwingen und ihnen nachzufliegen.

Als Lion und Robin die Akademie verlassen hatten, hörte Lion Berrys Stimme.

»Ich komme mit«, sagte sie verärgert.

Ein paar Minuten später folgte auch Aves' Stimme.

»Ich hasse euch dafür, dass ihr mich immer wieder zu solchen Taten verleitet.«

»So wird das nichts mit dem Schülersprecherposten, Aves«, lachte Lion und bekam nur ein Knurren zurück.

robin

Robins erster Gedanke beim Verlassen der Phönixakademie war: *Ich bin frei!*

War es wirklich so einfach, Frederik und Mr. Gettson auszutricksen und ihnen erneut zu entkommen?

Aber ich fliehe doch nicht, tadelte Robin sich.

Es war ein Date mit Lion und anschließend würde sie in die Akademie zurückkehren und noch ein paar Lektionen durchstehen.

Ein Date mit Lion, schoss es Robin wieder durch den Kopf und sie schmiegte sich an den Jungen. Sie genoss seine Nähe, wobei sie dieses Mal vermied, ihn wie ein neues Spielzeug abzutasten. Ihr reichte schon die Wärme, die von ihm ausging, die sie in sich aufnahm. Frederik hatte sie abermals fast bis zur Vereisung gebracht und jetzt gierte Robin nach der Hitze eines heilenden Phönixes.

»Ich mag deine Nähe«, sagte sie Lion im Vertrauen.

»Nicht nur Lion kann dich hören«, kam Berrys beleidigte Stimme durch die Helmlautsprecher und Robin wurde ganz rot. Auch wenn es niemand sah, war ihr dieser

Ausrutscher so peinlich, dass sie die Augen schloss und sich enger an Lion festhielt. Am liebsten hätte sie ihr Gesicht in ihren Händen vergraben, wäre da nicht der Helm, die hohe Geschwindigkeit oder die gewaltige Höhe.

»Das war unnötig, Berry«, sagte Lion. »Robin, wir führen das Gespräch später, ohne Lauschangriffe von unseren Freunden.

»*Unsere* Freunde?«, fragte Berry. »Tut mir leid, ich halte Robin noch immer für gefährlich und für keinen guten Umgang für uns alle.«

»Darf ich euch unterbrechen?«, fragte Aves. »Dort sind schon die Wasserfallinseln!«

Das Wort *Insel* war nicht ganz richtig. Das, was sich da vor den Schülern ausbreitete, war ein weitläufiger See, aus dem alte Ruinen einer verlassenen Stadt herausragten. Von ihnen stürzten gewaltige Wassermassen in den See.

Sofort erkannte Robin, dass es sich bei diesem Stück Land um ein vom Fluch verseuchtes Gebiet handelte, denn das Wasser gehorchte für gewöhnlich anderen Gesetzen: Wasserfälle entstanden nicht auf Häusern und stiegen auch keine Gebäude hinauf.

Die Ruinen waren überall in dem See verteilt, weswegen diese Häusergruppen wie Inseln aussahen, vermutlich daher der Name *Wasserfallinseln*. Als die Schüler mit den Gleitern über das Wasser flogen und Lion näher an die Wasseroberfläche kam, erkannte Robin Häuser und Straßen.

Ein beklemmendes Gefühl stach in ihre Brust.

Das war kein See, das war eine überflutete Stadt. Kein kleines Dorf, eine gewaltige Stadt mit Platz für sehr, sehr viele Bewohner.

»Die magischen Katastrophen entstanden gleich nach dem Krieg zwischen Menschen und den magischen Wesen«, erklang ihre jüngere Stimme in ihrem Kopf. *»Die magischen Katastrophen haben viele Teile der Welt zerstört. Noch immer kann man dort nicht leben.«*

Robin musste in kein Geschichtsbuch sehen, um zu wissen, dass die Bewohner dieser Stadt nicht überlebt hatten.

»Die Insel ganz rechts hat im Moment keine Wasserfälle, die sollte sicher sein«, sagte Aves und steuerte die Ruine an.

»Im Moment?«, fragte Robin.

»Der Magiefluch ist an diesem Ort noch aktiv. Das Wasser macht die verrücktesten Dinge. Das Meiste passiert unter der Wasseroberfläche, aber die Wasserfälle beugen sich leider ebenfalls dem Fluch und ändern oft die Richtung, da müssen wir aufpassen«, erklärte Lion.

»Wir müssen auch auf die Milizmänner achten«, sagte Berry. »Gerade scheint alles ruhig zu sein, aber deren Flugschiffe können hinter jeder Hauswand versteckt sein.«

»Warum wird so ein Ort überhaupt gesichert?«, wollte Robin wissen.

»Wegen der Schätze«, sagten die Schüler mit einer Stimme.

Wieder sah Robin zu der versunkenen Stadt. Verbargen die alten Gebäude wirklich Schätze?

»Die überlebenden Bewohner haben ganz in der Nähe eine kleine Stadt errichtet und seit ein paar Generationen passen sie auf ihr Erbe auf. Sie hoffen, es eines Tages selbst zu bergen und mögen es nicht, wenn Plünderer und Schatzjäger hier vorbeikommen. Phönixmagier können sie auch nicht ab – du weißt schon, weil sie magiekundig sind«, sagte Lion.

»Welche magische Wesen waren am Ausgang des Krieges beteiligt?«, erklang Frederiks Kinderstimme in Robins Kopf.

»Die Feen.«

»Und wer noch?«, ließ Frederik nicht locker.

Robin seufzte.

»Waldfeen?«, fragte sie vorsichtig.

»Feen hast du schon genannt.«

Robin blinzelte mehrmals, um die Bilder der Vergangenheit zu vertreiben.

»Und wer noch?«, ließ Frederiks Stimme sie nicht los. *»Wer noch, Robin? Du weißt es!«*

»Die Magier waren am Krieg ebenfalls beteiligt«, flüsterte Robin.

»Hmm?«, fragte Lion. »Die Magier? Ja, die Magier hatten damals beim Krieg den magischen Wesen geholfen, das verzeihen viele Bodenstädter noch immer nicht. Deswegen gibt es nicht mehr so viele Arten der Magie. Die Phönixe sind wohl die größere Gruppe.«

»Das glaube ich inzwischen nicht mehr«, sagte Berry. »Annie und Dunken waren sich sicher, dass Magier das Krankenhaus in Loro angegriffen haben.«

Was in Loro passiert war, hatte in der Phönixakademie schon mehrmals die Runde gemacht und je öfter Robin diese Geschichte hörte, desto unfassbarer kam sie ihr vor. Magier aus dem Untergrund griffen das Krankenhaus an, um Robins Eltern zu entführen. Sie verstand das alles nicht. Auch was Robins Geschwisterkind anging, kam sie kein bisschen voran. Sie hatte Frederik mehrfach darauf angesprochen, aber er machte ihr immer wieder klar, dass er ihr so ein Wissen nicht anvertrauen würde.

Eine unangenehme Stille entstand zwischen den Schülern und so glitten sie weiter auf die Ruinen ihrer Wahl zu.

Aus der Nähe betrachtet, war das keine kleine Hausgruppe: Die Ruine war gewaltig, vor allem die hohen Häuser, die eng zusammenstanden. Zwischen den Häusern waren Plateaus erbaut, sichtlich lange nach dem magischen Krieg.

Auf einer dieser Ebenen landeten die Schüler.

»Das ist hier von den großen Gebäuden gut geschützt, da werden uns die Milizmänner beim Vorbeifliegen nicht bemerken«, sagte Lion und sah hinauf zu den riesigen Häusern, die eine gefährliche Neigung aufwiesen. Sie drohten, eines Tages einzustürzen, und Robin hoffte, dass es heute nicht der Fall sein würde.

Jedem Schritt folgte ein schmatzender Sog. Die Schüler erlaubten sich den Spaß, häufiger aufzutreten, als normal. Dabei grinsten sie sich gegenseitig an.

»Du kannst die Tasche auf den Gleiter stellen, dann wird sie nicht nass«, sagte Lion, als Robin die schwere Umhängetasche bequemer schulterte.

»Was hast du überhaupt mitgenommen?«, fragte sie und setzte das Gepäck ab.

»Nur Schulkram«, antwortete er und führte Robin und die anderen auf ein niedriges Hausdach, das einen überwucherten Garten hatte. Dort war es nicht sonderlich grün, die ständig wechselnde Wasserflussbewegung machte die Grünfläche eher zu einem Biotop. Der immer feuchte Zustand sorgte für die schleimige, schlechtriechende Konsistenz mit nur wenigen grünen Stellen, die sich dem Wasserfluch widersetzten. Doch das Dach selbst war von der Sonne getrocknet und so setzten sich die Schüler darauf und sahen auf das Wasser, das sich nur einen Meter unter ihnen befand.

Robin und Lion nahmen am Rand Platz und ließen ihre Beine runterbaumeln.

Von hier aus waren die anderen Inseln nicht zu sehen, die Schüler waren gänzlich von den Häusern eingeschlossen und das Wasser war durch die vielen Schatten dunkel und ein wenig beängstigend.

Wenn Robin nur wollte, könnte sie ihre Füße strecken und das Wasser berühren.

»Wie tief ist der See?«, fragte sie, denn obwohl das Wasser klar war, trübten die Schatten den Blick nach unten. Beim Flug über die Stadt konnte Robin die ehemaligen Straßen und die dazugehörigen Laternen erkennen und auch Autos und angebundene Tische und Stühle von Straßencafés.

»Du hast deine Badesachen. Wollen wir auf Erkundungstour gehen?«

Lion lächelte Robin von der Seite an und die Neugier ließ die Aufregung ins Unermessliche steigern.

»Dann werde ich mich umziehen.«

Sie schnappte den Beutel mit dem Bikini und der Unterwasseratemhilfe und lief in das nächstgelegene Haus.

Beim Betreten erinnerte sie sich daran, dass hier vor einer Weile noch Menschen lebten. In den vermoderten Räumen herrschte eine andächtige Stille, die Robin nicht brechen wollte. Auch beschloss sie, hier nicht so lange zu verweilen, denn die Räume waren noch immer so eingerichtet, wie sie es damals waren. Überall tröpfelte es von der Decke herunter und alles war feucht. Die Einrichtung war kaputt und aufgequollen, bei einigen Matschhaufen erkannte Robin nicht mehr, was es früher mal dargestellt hatte. Es waren nicht die Möbel, die Robin so beunruhigten, es waren die persönlichen Gegenstände: Sie waren noch gut erhalten, lagen in der Gegend herum und trugen die Geister der Verstorbenen in sich.

Ein schwarzer Phönix konnte nicht nur töten, er vermochte leider auch den Tod zu spüren. Dieser Ort war besonders schlimm, vor allem, wenn Robin auf das bemalte Porzellan oder die alten Spielsachen sah.

Zum Glück begegnete sie keinem leblosen Körper, vielleicht erkannte sie die Verstorbenen aber auch nur nicht, weil sie längst zersetzt oder von den Überlebenden der Katastrophe für die Beisetzung geborgen worden waren.

Robin lief in einen Raum, der nicht so vollgestopft mit alten Erinnerungen war und zog sich rasch um und verließ das Gebäude schnell wieder.

Sie zupfte den Bikini noch hier und da zurecht und kam mit ihrem Kleiderbündel zurück zu den anderen. Lion trug seine Badeshorts unter seiner Uniform, weswegen er schon längst fertig war.

Doch Robin stutzte wegen einer anderen Sache: Berry stand bei ihm und redete auf ihn ein.

»Ihr wollt wirklich ins Wasser?«, fragte die Schülerin mit den eisblauen Augen. »Lion, das solltest du nicht. Ich meine, das solltet ihr beide nicht. Da unten gibt es gefährliche Strömungen, fiese Strudel und extreme Temperaturschwankungen, ihr könntet euch verbrühen.«

Berry berührte vorsichtig Lions Hand und er zog seine sofort zurück, als hätte er sich an ihr verbrannt.

Robin verstand nicht so viel von menschlichen Interaktionen, aber das war eindeutig: Berry mochte Lion. Wie sehr, konnte Robin nicht einschätzen, dazu kannte sie beide nicht gut genug.

Robin entschied, das Gespräch der beiden nicht zu stören und stellte sich neben Aves.

»Du siehst gut aus«, sagte er und musterte sie nur ganz kurz, bevor er ihr in die Augen sah.

Robin legte ihre Sachen ab und zuckte nur mit den Schultern. Komplimente anzunehmen, gehörte noch nie zu ihren Stärken.

»Sag mal, sind die zwei zusammen?«, flüsterte Robin.

Er seufzte und sah zu den beiden.

»Ach, keine Ahnung.«

Er klang eindeutig frustriert.

»Wie geht es dir eigentlich mit der Trennung von Annie?«, fragte Robin unsicher. Sie hatte mit Aves nie wirklich über private Sachen gesprochen und so ein Liebesthema lag Robin nicht.

»Ich bin mir nicht sicher, ob wir tatsächlich getrennt sind. Sie hatte einen Schock erlitten und bis jetzt hatten wir nicht die Gelegenheit, miteinander zu sprechen«, antwortete Aves, wobei er immer wieder zu Berry sah und einen abschweifenden Ton annahm. »Wir haben keine Ahnung, in welchem Areal Dunken und sie behandelt werden und keiner der Schulsprecher will uns helfen. Vor allem Kathy nicht, da sie Lion noch immer nicht verziehen hat, dass er ihr Funkenformat sabotiert hat. Ich glaube aber sogar, dass Lion sich dafür nicht einmal entschuldigt hat.«

»Wieso sollte er sich dafür entschuldigen? Sie hat Lügen verbreitet. Es tut mir jedoch leid, dass ihr nicht zu Annie könnt. Ich hätte auch gerne mit ihr persönlich gesprochen.«

Aves sah nun Robin direkt an, beinahe erschrocken.

»Du? Nein, lass das lieber. Sie hat genug Sachen, die sie verarbeiten muss. Wenn du schon mit jemanden reden willst, der bei dem Ereignis in Loro dabei war, dann sprich Berry oder mich an.«

Das klang nicht wie ein Vorschlag oder ein nettes Angebot, das Robin in Anspruch nehmen konnte, es war mehr ein Befehl. »Berry und ich fragen uns noch immer, warum Mr. Gettson uns persönlich nach Loro geschickt hat. Berry hat versucht, einen Termin bei ihm zu erhalten, aber er wimmelt sie andauernd ab.«

Hätte Robin nicht gewusst, dass der Akademieleiter ihr Pflegevater war, dann wüsste sie die Zusammenhänge jetzt auch nicht zu deuten. Sie hatte es sich nach dem Vorfall immer wieder durch den Kopf gehen lassen. Vielleicht brauchte ihr Ziehvater jemanden im Hospital, der die Entführung ihrer Eltern verhindern sollte. Wer auch immer die Magier waren, die den Überfall geführt hatten, sie handelten gegen Mr. Gettson, was nicht bedeutete, dass sie Robin als ihre Verbündete ansehen würden, denn sie gehörte rechtskräftig dem Akademieleiter und war nun ein Mitglied der Phönixakademie. Aber es ließ sie nicht los, dass hinter den Kulissen der Magieschule etwas Großes im Gange war. Und sie wollte es herausfinden. Wenn sie doch nur mit ihren Eltern sprechen könnte.

»Seit dem Besuch in Loro sind wir alle nicht dieselben. Alle sind so angespannt«, fuhr Aves fort und holte Robin aus ihren Gedanken.

»Alle? Meinst du Berry und dich?«, fragte sie, denn Lion war nicht in Loro und die anderen, die überlebt hatten, befanden sich auf einer Krankenstation.

»Na zwischen uns allen.«

Robin betrachtete Aves, dessen Augenringe sich deutlich abzeichneten. Er sah richtig fertig aus und sein Gesichtsausdruck war dezent aggressiv. Noch immer musterte er Berry. Was war nur los mit diesen Jugendlichen? Suchte jeder das Glück bei seinem Nächsten?

»Lion, wollen wir?«, fragte Robin, die fand, dass Berry und Aves sich einiges zu erzählen hatten.

Sie stand auf und ging zu Lion. Berry warf Robin einen giftigen Blick zu, doch das prallte an ihr ab.

Lion hob bei Robins Anblick anerkennend die Augenbrauen.

»Na aber gerne doch«, sagte er vergnügt, wobei er nicht wie Aves den Anstand besaß, sie nur kurz zu betrachten.

Sie hob die Atemhilfe.

»Wie nutzt man das?«

Lion nahm seine eigene und klemmte sie sich zwischen die Vorderzähne. Das Gerät hatte die Form und die Größe einer Zahnschiene, nur dass ein kleines graues Gehäuse auf den Lippen auflag.

Lion nahm es wieder heraus und tippte mit dem Finger auf das Kästchen.

»Das hier filtert das Wasser und speichert den Sauerstoff für dich. Du solltest trotzdem nicht zu schnell atmen, nimm lieber lange, aber seltene Züge und halte die Luft an.«

»Verstanden«, sagte Robin und schob die Atemhilfe wie beschrieben in den Mund.

Lion ergriff Robins Hand und hob drei Finger seiner anderen Hand, wobei er mit jeder Sekunde einen davon einzog und als er nur noch die Faust hochhielt, sprangen sie in die versunkene Stadt.

***

Das Wasser war weich, nur wenige Grad kühler als die Außentemperatur. Es legte sich wie ein zarter Film auf die Haut, so als wäre Robin in Watte gesprungen. Ihr Haar schwebte in langsamen Bewegungen um sie herum und sie fühlte sich wie eine Nixe. Kurz überlegte sie, ob es in diesem See vielleicht sogar Meerjungfrauen gab, aber das hielt sie für unwahrscheinlich, das Wasser war eindeutig Süßwasser und zudem nicht natürlichen Ursprungs. Auch wenn die Flüche von magischen Wesen stammten, wollte keiner von ihnen an solch einem verseuchten Ort leben, es war Robin sowieso nicht ganz klar, wo diese Wesen sich nach dem Krieg aufhielten. Es gab viele verbotenen Bereiche auf der Welt, die kein Mensch betreten sollte und nicht alle von ihnen waren verflucht. Wahrscheinlich lebten sie alle in solchen Gebieten.

Unter Robin lag die überflutete Stadt, doch Grund war noch immer nicht zu erkennen. Lion deutete ihr mit einer Armbewegung, ihm zu folgen.

Das Atmen war gar nicht so kompliziert, nur gewöhnungsbedürftig.

Sie schwammen zwischen den Häusern hindurch und hinter jedem Fenster spürte Robin die Geister der Erinnerungen. Sie gewöhnte sich schnell daran und empfand sogar, dass es sich tröstlich anfühlte, so als wäre die Stadt voller Leben. Sie hätte gerne ihre Gefühle mit Lion geteilt, aber sie bezweifelte, dass sie es mit Worten beschreiben könnte. Da sie im Moment sowieso nicht sprechen konnte, zweifelte sie daran, dass sie ihre Empfindungen mit Händen und Füßen zu beschreiben vermochte. Und es war ein überwältigendes Gefühl, das sie mit jeder Faser ihres Körpers genoss.

Robin wusste nicht genau, wohin Lion sie führte. Inzwischen hatten sie sich weit von den anderen entfernt und Robin machte sich etwas Sorgen, dass sie den Weg nicht zurückfanden, denn die Stadt war stark verwinkelt.

Lion hielt nicht an und bald schwammen sie auf ein helles Licht zu, das zwischen zwei Gebäuden zu ihnen drang und sie aus der Ruinengruppe herauslockte.

Das Licht war grell und sobald Robin sich daran gewöhnte, sah sie unter sich kleinere Häuser und Straßen mit Algen überwucherten Autos. Da waren verlassene Parkanlagen mit Statuen und alten Brunnen, gleich daneben ein See.

See im See, dachte Robin amüsiert.

Die Stadt hatte architektonisch wunderschöne Gebäude und eine pompöse Innenstadt mit Theater, einer gewaltigen Bibliothek und einem Sportstadion, das von oben atemberaubend aussah. Anstelle von sportlichen Veranstaltungen glitten in aller Ruhe Fische über die Tribüne.

Robin war bei diesem Anblick so fasziniert, dass sie die seltsame Wolke, auf die sie zusteuerte, erst bemerkte, als Lion sie plötzlich und ruckartig zur Seite zog.

Er deutete auf seine Augen und dann auf die Wolke. Robin betrachtete sie: Es war gar keine Wolke, es waren klitzekleine Eiskristalle, die einen großen Bereich einnahmen. Das waren wohl die Temperaturschwankungen, von denen Berry erzählt hatten. Wie würde es aussehen, wenn das Wasser kochend heiß wäre? Ob es dann siedete? Robin beschloss, genauer aufzupassen und näher an Lion zu schwimmen, er schien sich hier besser auszukennen.

Er lächelte sie an und seine Atemhilfe verrutschte etwas. Schnell bedeckte er den Mund mit den Händen und nahm wieder einen ernsten Blick an.

Lion zog Robin in Richtung Sportstadion. Sie schwammen hinein und Lion führte sie zielsicher durch die Anlage. Er war mit der Einrichtung offenbar vertraut.

Die Eingangshalle, die sie erreichten, war gewaltig und hatte eine hohe Decke, die Robin jedoch nicht gänzlich erkannte, weil sie von etwas anderem verdeckt war: Der Wasseroberfläche, die die beiden bald durchstießen.

Überrascht sah sich Robin um und zog ihre Atemhilfe aus dem Mund.

»Ein Hohlraum!«, sagte sie erfreut und sah zu der Decke, die in etwa zehn Metern über ihr einen ausladenden Bogen machte. »Du bist nicht zum ersten Mal hier«, sprach sie ihre Feststellung aus und sah zu Lion, der wieder sein überlegenes Lächeln annahm.

»Es gibt in der Stadt sehr viele dieser Hohlräume. Die Schüler der Akademie erforschen die Gebäude seit Jahren und sammeln die Lage in einer Passwort gesicherten Liste.«

»Und du bist im Besitz des Passworts.«

»Selbstverständlich! Ich bin ein Mitglied des Sammlerclubs und entdecke solche Orte mit. Du darfst es nur niemanden erzählen, weder Annie noch Berry oder Aves wissen davon. Sie glauben, ich sei ein leidenschaftlicher Schwimmer.«

»Das ist ein beeindruckendes Hobby, Lion. Du steckst voller Überraschungen.«

»Es gibt noch eine, folge mir.«

Lion schlug eine Richtung ein und Robin erkannte bereits das Treppengeländer, das zu einer kleinen Terrasse führte, welche in einem Café mündete.

Lion half Robin das Geländer zu erreichen. Sie zog sich hoch und stand im Trockenen.

»Das ist so verrückt«, sagte sie. »Ich bin so glücklich, dass du mich mitgenommen hast. Bringst du alle deine Verabredungen hierher?«, fragte Robin wie beiläufig.

Bevor er seine Beine über die Brüstung schwang, kam er mit seinem Gesicht ihrem ganz nah.

Sie wich ihm nicht aus.

Diese Ungestörtheit war aufregend und Lions Nähe verstärkte das Gefühl um so mehr.

»Ehrlich gesagt, bist du das erste Mädchen, das mich interessiert. Das Interesse an eurem Geschlecht habe ich verloren, als ich meine Sommerliebe, Kathy Silberstein in den Wind geschossen habe.«

Robin machte große Augen.

»Du und Kathy?«

»Wir waren noch Kinder, das zählt nicht. Aber manchmal glaube ich, sie ist auf der Entwicklungsstufe zurückgeblieben, weil sie mich genauso anzickt wie damals. Bis du an die Akademie kamst, hat sie mich wie etwas behandelt, das nicht existiert.«

Er lächelte.

»Ich muss dich vorwarnen, ich kann nicht immer so coole Dates bieten«, sagte er und kam auf ihre Seite der Treppe.

Als er an ihr vorbeilief, streichelte er mit der Hand ihre Hüfte und zwinkerte.

»Und warum magst du mich?«, fragte Robin neugierig und genoss das Kribbeln in ihrem Bauch.

»Was soll ich sagen, du bist anders. Fixierst dich nicht auf die Dinge, die Mädchen in deinem Alter toll finden.

Du hast eine Geschichte, die mich fasziniert und du bist …«

Er sah in ihre Augen.

»Du bist die Hoffnung.«

Er blinzelte mehrmals und Robin lächelte amüsiert.

»Die Hoffnung?«

»Bitte lach nicht«, sagte Lion. »Es ist so ein Gefühl, das ich spüre, wenn ich dich sehe. Verstehst du mich?«

»Ich denke nicht.«

Lion atmete tief durch.

»Ich glaube fest daran, dass es Menschen gibt, die global etwas bewirken können oder eine Ausstrahlung haben, die alles zu verändern vermag. Kennst du das nicht?«

Robin bekam eine leichte Gänsehaut, sie fühlte sich geschmeichelt und auch überbewertet.

Sie schüttelte den Kopf.

»Dann musst du unbedingt in den Spiegel schauen, dann wirst du so einer Person begegnen.«

»Sobald ich einen sehe.«

»Erzähl mir dann davon. Komm mit, ich zeige dir was.«

»Etwa einen Spiegel? Ich glaube, ich bin noch nicht soweit«, scherzte Robin.

»Keine Sorge, es ist etwas anderes.«

Am Ende der Treppe kamen sie auf die Terrasse, von der aus man auf das Wasser sehen konnte. Robin beobachtete einige Fische, die seelenruhig weiterschwammen, als hätte es die Eindringlinge in ihr Revier gar nicht gegeben.

»Was für ein Ort«, sagte sie kopfschüttelnd und lief Lion nach, bis er sie in das kleine Café brachte.

Hier war alles noch so erhalten, wie es vor der Überschwemmung war. Die Tische und die Stühle standen ordentlich da und die Theke war mit bunten Sonnenschirmchen und Blumen geschmückt. Auf einem Schild stand eine Tabelle der teilnehmenden Mannschaften der letzten Saison, um welche Sportart es sich handelte, war aber nicht ersichtlich.

»Leider haben sie kein Essen mehr, die Schüler und Studenten, die Jahre zuvor hier waren, haben alle Konservendosen leergeputzt und alles andere ist schon vor einer Ewigkeit verdorben.«

Lion schob einen Stuhl zurück und bot Robin den Platz an.

»Vielen Dank«, sagte sie und setzte sich, auch wenn es seltsam war, dass ihr dabei der nasse Bikinislip an ihrem Po unangenehm klebte.

Als er sich setzte, nahm er ihre Hand und seine Miene veränderte sich. Sein Lächeln wich einem ernsten Gesichtsausdruck.

»Hör zu Robin, ich habe dich extra hierhergebracht, um ungestört mit dir zu reden. Ich konnte die Sache, um die du mich gebeten hast, nicht vergessen. Ich mag Frederik nicht, ich kann verstehen, dass du weg von ihm willst.«

»Nein, warte«, unterbracht Robin ihn. »Ich kann jetzt nicht weg.«

»Aber ich dachte, du hast Angst vor diesem Kerl.«

»Das ist wahr. Er macht mir Angst, aber noch mehr macht er mir Angst, wenn er mich jagt. Wenn ich weiß, wo er ist, ist es erträglicher.«

»Das verstehe ich nicht, ich habe deinen Blick gesehen, er sagte mir, dass du nur noch weit weg von Frederik willst!«

»Das ist richtig, aber der Mann ist gefährlich. Wenn ich verschwinde, passiert etwas Schlimmes. Heute hat er mir angekündigt, dass er mir freiwillige Schüler zur Verfügung stellt, an denen ich meine dunkle Macht testen kann. Mrs. Ignolia war zu dem Zeitpunkt beim Mittagessen, deswegen hat sie es nicht mitbekommen. Es wird ein geheimes Training, das von Mr. Gettson genehmigt wurde. Es findet aber weit weg von Personen statt, die etwas dagegen bewirken könnten.«

»Damit wird er nicht durchkommen, da macht doch keiner mit.«

»Arme Schüler schon!«, erhob Robin hilflos ihre Stimme. »Schüler, die mit viel Geld und mit Sicherheit für die Familien geködert werden. Verzweifelte Kinder, die nicht wissen, auf was sie sich einlassen. Meine Kräfte können töten, das weißt du und ich kann die Intensität noch nicht einschätzen, es wäre fatal.«

»Dann musst du unbedingt verschwinden«, drängte Lion.

»Ich weiß nicht, was dann passiert.«

»Darum kümmere ich mich schon, ich werde mit Mr. Fammel und Mrs. Ignolia reden, meinetwegen hole ich auch noch Mr. Corol dazu. Die anderen Lehrer sind mir nicht so geheuer, aber die drei mischen sich in die Angelegenheiten der Akademie ein, seit sie dort arbeiten. Sie sorgen schon dafür, dass Frederik keinen Mist anstellt«, sagte Lion und umschloss Robins Finger nun mit beiden Händen.

»Ich glaube, Freddy hat es auf dich abgesehen. Du musst auf dich aufpassen, Lion.«

»Freddy? Was will er? Stört es ihn, dass ich dein Flügelmann bin?«

Robin schwieg eine Weile und konnte Lion nicht in die Augen sehen.

»Wir waren vor einer Weile zusammen«, sagte sie dann geknickt.

»Du meinst als Paar?«

»Ja.«

»Wie geht denn das? Ich dachte, du warst die ganze Zeit auf der Flucht vor ihm.«

»Er hat mich andauernd verfolgt, wir haben uns praktisch seit Jahren nur mit uns beschäftigt und irgendwann ist es passiert. Das hat mir ein Jahr Verschnaufpause verschafft, bis er wieder davon anfing, wie wichtig ich für den Geldgeber sei. Dann begann die Flucht von Neuem. Ich hatte in diesem Jahr sogar Freunde gehabt und an ihnen hat er sich für mein Verhalten gerächt. Seitdem bin ich vorsichtig, was Freundschaften angeht. Verstehst du, weswegen ich Angst habe, dass dir etwas passiert?«

Robin hatte vermutet, Lion würde nach dieser Geschichte ihre Hand loslassen, doch er strich ihr mit dem Daumen sanft über den Handrücken.

»Und ich dachte, meine Beziehung zu Kathy war schon schräg. Weißt du, irgendwie kann ich es verstehen. Er ist krank im Kopf, ja, richtig gestört und ich werde auf mich aufpassen. Das ist aber kein Grund, dich weiterhin diesem Idioten und seinem Unterricht hinzugeben und ihn bei der Laune zu halten. Ich habe einen genauen Plan. Bevor er mitbekommt, dass du fehlst, bist du schon weit von der Akademie entfernt.«

Robin strich das von den Haaren tropfende Wasser aus ihrem Gesicht und sah Lion gebannt an.

»In meiner Tasche habe ich für dich Nahrung, Anziehsachen und genügend Geld eingepackt. Ich wusste nicht, was du gerne trägst und habe irgendetwas gekauft. Sobald du in einer Stadt bist, kannst du dir etwas anderes besorgen, was dir besser gefällt. Das Geld reicht locker für ein gutes Jahr.«

»Lion«, hauchte Robin. Sie wusste nicht, was sie sonst darauf antworten sollte.

Er kam ihr mit dem Stuhl näher und legte seine Hände auf ihre Knie. Sie berührte seine Hände und war von dieser Intimität überrascht und gleichzeitig wollte sie, dass er sie fest in den Arm nahm.

»Mein Plan sah es vor, dass ich dich in einer Hafenstadt absetze, von wo aus du mit einem Schiff hinfliegen kannst, wo immer du willst. Jetzt wirst du aber Berrys Gleiter nehmen, er ist leichter zu fliegen, als die Geräte von Aves und mir. Keine Sorge, Berry lasse ich nicht hier, sie fliegt mit uns zurück zur Akademie. Sie wird zwar stinksauer, aber mit ihr komme ich schon klar. Und wenn du doch beschließt, zurückzukehren, dann weißt du ja, dass die Gleiter eine Funktion haben, die dich zurückbringt. Jederzeit.«

Sie setzte sich auf Lions Schoß und umarmte ihn fest. Robin spürte, wie sein rasendes Herz mit ihrem in Einklang kam. Bedeutete das, sie würden sich wieder trennen müssen?

Sie lockerte ihre Umarmung und er senkte sein Gesicht zu ihrem.

»Ich werde auf dich warten«, flüsterte Lion, bevor er seine Lippen auf ihre legte.

Lion

Der Rückflug zur Phönixakademie war von dem Kuss beherrscht, den Lion Robin in dem verlassenen Gebäudekomplex unter dem Wasser geschenkt hatte. Es war ein langer, leidenschaftlicher Kuss, den er genossen hatte und der noch immer nachklang. Seine Lippen kribbelten und er spürte Robins Berührungen auf seinem Körper noch ganz genau. Die Arme, die jetzt um ihn lagen, gehörten aber einer anderen.

Berry war wütend, das fühlte er, zudem beklagte sie sich so lange, dass er die Lautsprecher seines Helms ausschaltete und nicht hörte, was seine Freunde erzählten. Es reichte ihm schon, dass Berrys Hände seine Haut gelegentlich zwickten, weil sie wirklich, wirklich sauer war!

Doch das störte Lion nicht. Er dachte nur an Robin.

Sie hatte sich entschieden, sein Angebot anzunehmen, und war gerade unterwegs nach *Wohin-auch-immer*.

»Das melde ich!«, hatte Berry immer wieder gesagt, als Lion und Aves Robin die Funktionsweise des Gleiters erklärten. »Im Ernst, damit kommt ihr nicht durch! Aves, ich dachte, wenigstens du seist vernünftiger.«

»Du wolltest den schwarzen Phönix doch aus der Akademie haben, also beschwer dich jetzt nicht, dass Robin tatsächlich geht«, entgegnete er, wobei Lion nicht entging, dass seine Stimmung etwas gereizter war als sonst.

Lion hatte sich mit einem zweiten Kuss von Robin verabschiedet, als aus der Ferne Sirenen der Miliz erklangen und die Schüler sich von Robin trennen mussten, wenn sie selbst keine Schwierigkeiten bekommen wollten.

Die Warnsirene hatte weitere Grüppchen von den Wasserfallinseln vertrieben. Wie aufgescheuchte Vögel stiegen sie auf und flogen schleunigst Richtung Phönixakademie. Einige von ihnen waren aus Lions Sammel- und Erkundungsclub. Er gab ihnen ein Handzeichen zum Gruß, aber da er seine Lautsprecher nicht wieder anmachen wollte, wusste er nicht, ob sie sich mit ihm unterhielten. Im Moment seiner Hochgefühle ärgerte ihn dieser Zustand aber nicht im geringsten.

Im Hangar war nicht mehr so viel los, denn wenn es keine Stadt in der Nähe gab und die Phönixakademie in Bewegung war, wurde allgemein nicht viel hinausgeflogen. Auch wenn das nicht verboten war – man durfte nur nicht verraten, dass man den Wasserfallinseln einen Besuch abgestattet hatte.

Bei der Landung entdeckte Lion ein bekanntes Gesicht: Frederik wartete ungeduldig auf sie, und nach seiner Haltung zu urteilen, war er mehr als wütend. Lion hatte eigentlich damit gerechnet, dass er seinen Lehrern Rede und Antwort stehen müsste, aber auch nur, weil ein Gleiter der Akademie entwendet wurde, nicht dass Robin verschwunden war. Kein Schüler wurde an dieser Einrichtung festgehalten. Jeder durfte gehen, wann immer er wollte. Dass Frederik jetzt schon das Gespräch suchte, passte Lion gar nicht und er beschloss, das Aufeinandertreffen kurz zu halten oder sich gar nicht erst darauf einzulassen. Lions Gehirn ratterte auf der Suche nach Ausreden.

Während er den Gleiter in eine Landelücke manövrierte, beobachtete er Frederik. Er kam langsam zu ihnen und ließ Lion nicht aus den Augen.

»Es war nie die Rede davon, dass ihr euer Date nach draußen verlegt«, sagte er, scheinbar um Geduld bemüht. »Robin darf zum jetzigen Zeitpunkt die Akademie nicht verlassen. Steig ab, Robin. Du kannst dir sicher sein, dass du ab jetzt von mir überwacht wirst.

Berry, die noch immer hinter Lion saß, wurde spürbar unruhig. Frederik kam direkt auf sie zu und noch bevor einer von den Schülern reagierte, riss er sie vom Gleiter herunter und packte ihre Handgelenke.

»Was sollte das?«, fauchte er sie an.

Lion setzte seinen Helm ab und sprang zu den beiden, doch Aves war vor ihm da.

»Lass sie in Ruhe, das ist nicht Robin!«, schrie der Schüler den schwarzen Phönix an.

Da stutzte Frederik und öffnete das Visier des Helms.

Er stieß das Mädchen von sich und es fand sich in Aves Armen wieder. Er legte diese beschützend um sie und zog Berry schnell von Frederik fort . Doch er hatte längst ein neues Ziel, denn er ergriff Lions Jackett und zog ihn zu sich, sodass ihre Gesichter sich fast berührten.

»Wo ist sie?«, schrie er und Lion spürte den kalten Atem des schwarzen Phönixes.

»Du bist ja von ihr besessen«, sagte Lion ruhig und erinnerte sich daran, dass Robin mit Frederik eine Beziehung hatte.

»Ich bin lediglich um sie besorgt.«

»Warum? Du glaubst, ihr passieren draußen womöglich schlimmere Dinge, als hier drin? Du bist ein wundervoller Freund, *Freddy*, und als solcher hast du bestimmt schon vernommen, dass Robin mich stehen gelassen hat, weil sie noch immer an dir hängt.«

»Blödsinn!«

»So sehe ich das auch. Ich persönlich verstehe nicht, was sie an dir hat.«

Inzwischen waren andere Wasserfallinsel-Besucher zu den Streitenden hinzugekommen, doch keiner von ihnen sah so besorgt aus wie Berry und Aves. Für die meisten sah diese Auseinandersetzung nach einem typischen Balzverhalten aus: Zwei Kerle kämpften um ein Mädchen. Deswegen sahen die Schüler amüsiert zu oder gingen kopfschüttelnd an der Szenerie vorbei.

Lion legte seine Hände auf Frederiks und schob ihn bestimmt von sich, doch dieser ließ sich nicht abwimmeln: Abermals packte er Lions Jackett.

»Du bist ganz schön mutig, dich in unsere Angelegenheiten einzumischen. Zu Beginn habe ich sogar etwas Anerkennung für dein Verhalten gefunden, doch jetzt bin ich davon überzeugt, dass du einfach nur dämlich bist«, sagte Frederik.

Lion schmunzelte dabei, denn er wollte diesem Kerl auf keinen Fall die Genugtuung geben, indem er ihm Furcht zeigte.

»Ich habe so eine Geduld mit dir gehabt und glaube mir, *Lion*, das ist nicht meine Stärke. Also: Wo ist Robin? Eine sehr leichte Frage. Wo. Ist. Robin.«

»Eine einfache Antwort: Du. Kannst. Mich. Mal.«

»Wo ist sie?«, zischte Frederik.

»Keine Ahnung. Sie ist nicht mit uns mitgeflogen. Nicht wahr?«

Lion sah zu der verängstigten Berry, die noch immer in Aves Armen wie erstarrt dastand.

Ihre eisblauen Augen weiteten sich und sie machte einen Satz nach vorn auf Lion zu und rief: »Pass auf!«

Doch Lion reagierte zu spät und schon war er von schwarzen Flammen umschlossen. Eine bis jetzt nie dagewesene Kälte zwang ihn in die Knie.

Es passierte so schnell, dass Berrys blaue Augen das letzte waren, an das er sich gedanklich krallte, bevor sein Körper begann zu vereisen.

Hör auf, mir immer aus der Patsche zu helfen, Berry, waren seine letzten Gedanken. Dann fiel er vor Schmerzen in Ohnmacht.

Annie

Ein Monat war es bereits her, seit das Krankenhaus in Loro angegriffen worden war. Einen Monat lang hatte Annie mit dem Schock und dem schlechten Gewissen Sarah gegenüber verbracht, doch die Tränen versiegten mit den Tagen. Ihre traurige Grundstimmung aber blieb. Dennoch hatte die Ärztin des White-Areals beschlossen, Annie Anderson in das White-Areal zurückzuschicken, denn sie war der Meinung, ihre Teilnahme am Unterricht wäre unbedenklich. Es gab nur eine Bedingung: Die Schülerin hatte sich wöchentlich bei ihr einzufinden, damit sie über ihr Trauma sprechen konnte.

Es war etwas beängstigend, in die bunte Schülerschar zurückzukehren, vor allem, weil Annie wusste, dass sie sich seit Loro verändert hatte. Das spürte sie.

Die Langeweile zwischen ihren Heulattacken hatte sie dazu genutzt, die Schulbücher durchzuarbeiten, um das Wissen in sich aufzunehmen, das sie aus Faulheit ignoriert hatte. Mit jeder neuen Erkenntnis, die sie sich erarbeitet hatte, wurde sie sentimentaler, denn sie lernte die Zauber, die sie bereits in Loro hätte beherrschen sollen. Diese Momente versetzten ihrem Seelenheil jedes Mal einen Knick. Und obwohl es sie so innerlich zerrüttete, hatte ihre Ärztin sie dazu ermutigt, weiterzulernen, damit sie ihre Stärken aufbaut und nie wieder diese Hilflosigkeit in sich spüren musste.

Auch was Annies neues Projekt betraf, für das sie die lernfreie Zeit nutzte, um Pläne zu erstellen, sah die Ärztin viel Entwicklungspotenzial für das Mädchen. Sie nahm sich nach dem Feierabend sogar gelegentlich Zeit, um mit Annie Ziele zu definieren und Strategien zu entwickeln, um diese zu erreichen. Vor allem war es nützlich, dass die Ärztin vom Fach war, denn bei dem Projekt handelte es sich um den Wiederaufbau des zerstörten Krankenhauses in Loro.

»Es muss ganz anders werden«, hatte Annie immer wieder unterstrichen und war froh, den Rat einer erfahrenen Frau annehmen zu dürfen.

Vorsichtig sortierte sie die Pläne in eine Mappe, die sie von einer Krankenschwester erhalten hatte. So konnte sie ihre Notizen in das Quartier im Mint-Areal mitnehmen. Sie liebte das Rascheln des vollgeschriebenen Papiers und nahm sich beim Sortieren viel Zeit. Sie hatte aus verschiedenen Gründen darauf verzichtet, das Projekt digital zu erstellen: Erstens, war sie noch nicht so weit, mit ihren Freunden zu kommunizieren, und zweitens, sie sah ihre Erfolge lieber auf einem Tisch ausgebreitet.

Allgemein hatte sie in dem einem Monat sehr viel neuen Mut gewonnen, nicht nur was ihre magischen Fähigkeiten anging. Zunächst hatte sie sich damit abgefunden, das Jahr zu wiederholen, denn bis zu den Prüfungen waren es nur noch wenige Monate und sie müsste sehr viele Punkte sammeln, um zugelassen zu werden. Die Chancen dafür standen sehr schlecht. Die alte Annie hätte es nicht mit dem Zeitdruck aufnehmen wollen, doch die neue Annie hatte wegen des Problems um eine Unterredung mit einem Assistenten des Akademieleiters gebeten. Gemeinsam hatten sie ein Punktesystem ausgearbeitet, das Annie mit gezielten Aufgaben noch zu ihren Prüfungen führen würde. Schon in drei Tagen würde Annie einen Begleiter an ihre Seite erhalten, mit dem sie die fehlenden Punkte sammeln könnte und darauf freute sie sich.

Viele Sachen hatte Annie in ihrem Krankenzimmer nicht und das wertvollste, das sie im Moment besaß, war die Schallplatte mit Mr. Truds Kunstwerk. Darauf war Robins Schwester Jenny Bish hineingekratzt. Mr. Trud hatte ihr die Platte geschenkt, weil er der Meinung war, dass sie, sobald er reich und berühmt werden würde, an Wert gewann.

Für Annie war das Kunstwerk bereits unbezahlbar.

Das Mädchen, das in die Platte gekratzt war, kam jede Nacht in Annies Träumen vor. Es war ein tröstliches Gefühl, dieses sonderbare Wesen in ihren Gedanken zu haben. Es war beinahe so, als hätte Jenny Bish über Annie gewacht und ihr durch ihre Trauerzeit mit Sarah hinweggeholfen.

Bevor Annie ihr Zimmer verließ, blickte sie in den kleinen Spiegel, der an der Tür angebracht war. Ihre Züge waren erwachsener geworden und sie hatte die alberne Regenbogensträhne wieder entfernt. Dafür hatte sie eine Krankenschwester gebeten, ein Lösungsmittel für den Feenstaub zu bringen und so den Zauber aus ihren Haaren rausgewaschen. Es war nicht so, dass sie sich symbolisch von Kathy gelöst hatte, so richtig Freundinnen waren sie noch nie, aber Annie hatte sie oft genug bewundert und war somit stark mit ihr verbunden gewesen.

Das war vorbei. Sie wollte nicht mehr jemand sein, die eine andere anhimmelte und um deren Gunst kämpfte. Auch wollte sie kein Mädchen mehr sein, das man nicht ernst nahm und das sich nur für oberflächliche Dinge interessierte. Sie wollte den Neubeginn, von dem Mr. Trud gesprochen hatte.

Annie sah sich erneut die Schallplatte an, die auf ihrem Ordner lag.

Lächelnd öffnete sie die Tür und zuckte zusammen, als sie ein kleines Mädchen direkt vor sich stehen sah.

Sie besah sich das schwebende weiße Haar des Kindes: Es sah aus wie Wolken, die verweht wurden oder Rauch, der langsam aufstieg. Sie kannte die Kleine aus ihren Träumen und von Mr. Truds Schallplatte.

»Jenny«, hauchte Annie und bekam ein leises Lächeln zur Bestätigung.

Lange blickten sie sich an, dann trat Jenny einen Schritt zur Seite, damit Annie ihren Raum verlassen konnte.

»Was tust du hier?«, wollte Annies Stimme wissen, doch sie spürte nicht, dass sich ihre Lippen bewegten, sie war in eine Art Trance gefangen.

Jenny lächelte wissend, gab aber keine Antwort.

»Du bist Robins Schwester, habe ich Recht? Und Mr. Truds Nachbarin.«

Wieder kam nur ein Lächeln.

»Kannst du mir sagen, was in Loro vor sich geht? Weißt du, was mit deinen Eltern ist?«

»Warum fragen die Menschen nach Dingen, über die sie sowieso bald stolpern?«, fragte Jenny schließlich.

Die Stimme hatte einen Klang, als würde das Mädchen mit tausend verschiedenen Stimmlagen sprechen.

Annie war überwältigt von diesem Wesen und verstand Mr. Truds Begeisterung.

Lange Zeit schwiegen sie sich an, dann senkte Jenny den Blick und wandte sich von Annie ab.

»Gerngeschehen«, sagte das Kind.

Annie kullerten dicke heiße Tränen über das Gesicht und fielen auf die Schallplatte. Sie begriff, dass sie sich Jenny nicht erträumt hatte, sondern dass die Kleine wirklich über sie gewacht hatte.

Als das Mädchen mit dem fliegenden Wolkenhaar den Flur entlangschwebte, konnte Annie den Blick nicht von dieser Gestalt abwenden.

»Danke, Jenny«, flüsterte sie.

PHÖNIX AKADEMIE

funke 5
untergrundmagie

berry

Lion lag im Koma.

Zumindest sähe Berry ihn lieber in einem Koma. In Wirklichkeit war er einer *Vereisung* erlegen. Äußerlich unterschieden sich beide Krankheitszustände nur in der Abwesenheit der Gerätschaften zur Aufrechterhaltung der Vitalfunktionen, die bei einem Koma notwendig sind. Innerlich war aber absolut alles anders.

»Lion Gravis ist auf unbestimmte Zeit *vereist*«, hatte der behandelnde Arzt gesagt.

Ein Zustand zwischen Leben und Tod, konserviert in Eis, dachte Berry. *Ein Fluch auf unbestimmte Zeit.*

Nicht einmal atmen konnte Lion. Er lag da wie eine vereiste Skulptur, leblos, ohne Atem, ohne Puls und mit eiskalter Haut. Und doch war er noch immer am Leben. Sein Lebensfunke wartete nur darauf, dass der Zauber auf natürlichem Wege den Körper verlassen würde.

Berry wusste, die Heilung konnte sehr lange dauern, trotzdem saß sie täglich bei dem Jungen, den sie liebte, und hasste gleichzeitig das Mädchen, das er seinerseits liebte.

»Auf unbestimmte Zeit«, flüsterte Berry.

Seit sie diese Worte vom Arzt gehört hatte, ließen sie sie nicht los.

Die Tatsache, dass sie für ihren besten Freund immer da gewesen war und im entscheidenden Moment nicht helfen konnte, ging ihr ebenfalls nicht aus dem Kopf. Jeden Tag hatte sie seinen Schmerz abgefangen und ging ihm damit auf die Nerven, doch sie hatte ihn vor schlimmen Dingen bewahrt.

Und jetzt?

Sie konnte ihn dieses Mal nicht retten. Nicht einmal auf Frederiks Angriff hatte sie schnell genug reagiert.

»Ich habe dich nicht beschützt«, hauchte Berry, während sie Lions eiskalte Hand streichelte und mehrmals blinzelte, um die dicken Tränen aus ihren Augen zu vertreiben.

Immer wieder schossen ihr die Bilder vom schwarzen Feuer durch ihren Kopf: Dunkle Flammen, die Lion umschlossen und ihm die Lebensenergie ausgesaugten.

Sie wollte sich selbst nicht verzeihen, dass sie unter Schock stand, als sie noch das Schlimmste hätte abwehren können, und genau das machte sie innerlich zu einem Wrack.

Im Unterricht brachte sie kaum Konzentration auf und nach den Schulstunden litt sie an Lions Krankenbett Ängste. Der Gedanke, ihr Freund könnte aufgrund der Vereisung immer noch sterben, löste gelegentliche Panikattacken in ihr aus, die sie auf der Toilette des Krankenzimmers ausstand, damit keiner der Ärzte mitbekam, wie dramatischer ihre eigene Lage war.

Diese Anfälle hatte sie langsam satt und zum Glück wurde ihre Häufigkeit geringer, sie kamen nur noch, wenn sie im Krankenzimmer saß, das ihr von Anfang an bedrückend vorkam. Selbst die persönlichen Dinge, die Annie und sie hier überall verteilt hatten, konnten nicht verdecken, dass es ein Raum auf der Krankenstation war. Der antiseptische Geruch erinnerte sie immer wieder daran, dass Lion nicht einfach schlief, sondern ernsthaft erkrankt war.

Auf Berrys Schoss lag ein aufgeschlagenes Buch, in das sie nicht hineinsah. Es diente lediglich zur Attrappe, für den Fall, dass jemand plötzlich in den Raum kam. Es passte dem Arzt und den Krankenschwestern sowieso schon nicht, dass Berry ihre gesamte Zeit bei Lion verbrachte. Sie simulierte Normalität, auch wenn ihr Verhalten ein überdeutlicher Hilfeschrei war: Sie achtete auf die Hygiene, aber vernachlässigte ihre grundlegenden Bedürfnisse, wie den Schlaf und die notwendige Mahlzeiten. Obwohl sie das für ihre Gesundheit brauchte, vermisste sie eine Sache viel mehr als ihre Nachtruhe: Lions Lächeln.

Sonst lächelte er sie meist nur dann an, wenn er etwas Sarkastisches oder Ironisches zu ihr sagte. Insgeheim hatte sie immer gehofft, es wäre seine Schutzmauer, die er hochzog, um Berry seine Gefühle nicht preiszugeben. Offensichtlich war das nur ihr Wunsch, denn sein Herz schlug für Robin – zumindest vor der Vereisung.

Die Erinnerung an Robin und Lion zerfraß Berry von innen heraus. Schlimm genug, dass der Junge, den Berry mochte, das falsche Mädchen zu einem Date eingeladen hatte, der Kuss zwischen den beiden war wie ein Schlag in die Magengrube. Und diese Verletzung vergrößerte sich mit jedem Gedanken daran: Zunächst war es nur ein winziger blauer Fleck, doch schon bald hatte sie sich zu einer klaffenden, eitrigen Wunde ausgebreitet, die Berrys Gedanken vergiftete.

Berrys großer Fehler war ihr Schweigen, nie hatte sie den Mund aufgemacht, um ihre Gefühle zu erklären und nun war es bereits zu spät. Selbst wenn Lion eines Tages aufwachen sollte und sie ihr Geständnis ablegen könnte, seine Aufmerksamkeit würden er allein Robin widmen.

In dem Moment piepte Lions Funkenspiegel, den Berry in einer Schublade verstaut hatte, weil sie das gelegentliche zarte Geräusch eingehender Nachrichten zappelig machte. Auch heute versuchte sie, es zu ignorieren, doch immer wieder schweifte ihr Blick zum Nachttisch, bis sie es nicht mehr aushielt und das Fach aufschob.

Sie holte den kleinen runden Spiegel heraus und hielt ihn lange in ihren abgemagerten Händen. Dies hier war ein Beweis dafür, dass Lion auf Robin stand, denn er hatte sich vor ihrer Einschulung geweigert, sich so ein Kommunikationsgerät zu beschaffen.

Berry wusste, sie sollte den Funkenspiegel nicht aufklappen, denn sie vermutete darauf Nachrichten von Robin oder ein gemeinsames Bild der beiden. So etwas könnte sie nicht ertragen. Dennoch, die Neugier war einfach zu groß und der Drang, sich noch weiter in ihrem eigenen Schmerz zu baden, war längst zu einer Sucht geworden.

Also öffnete sie ihn und betrachtete ihr Spiegelbild: Ihre Wangen waren eingefallen und sie sah blass aus. Die dunklen Schatten unter ihren Augen, sahen noch schlimmer aus, als sie zunächst gedacht hatte, aber das könnte auch an der grässlichen, kühlen Deckenbeleuchtung liegen.

Ausreden, dachte sie.

Seit zwei Wochen hatte sie ihren Körper bis aufs Äußerste getrieben, das Licht hatte mit ihrer ausgemergelten Erscheinung nichts zu tun.

Sie senkte ihren Blick, weil sie ihr Bild nicht mehr ertrug und da bemerkte sie aus dem Augenwinkel, dass einige leuchtende Symbole auf dem oberen Spiegel blinkten.

»Zehn neue Nachrichten«, flüsterte Berry.

Ihr Herz raste und ihr innerer Schmerz zog brutal durch ihre Knochen und schoss dann in ihre Brust und ihre Wangen.

Bestimmt von Robin, dachte sie und klappte sofort den Funkenspiegel zu.

Schnell warf sie das elende Ding zurück in die Schublade und stieß diese zu.

»Ich kann nicht«, hauchte sie und vergrub ihr Gesicht in ihren Händen. »Das soll meinen Augen fernbleiben, das geht mich alles nichts an.«

»Ich bringe dir gleich die Liste, ich will nur kurz zu meinem Cousin«, erklang vor der Tür Annies Stimme.

Berry setzte sich augenblicklich wieder auf ihren Platz, wischte mit dem Ärmel ihres Jacketts die Tränen aus dem Gesicht und schob einige Strähnen vor, um die verweinten Augen zu verdecken. Schnell griff sie nach ihrem aufgeschlagenen Buch und versenkte ihre Nase darin – gerade rechtzeitig, denn da betrat Annie schon den Raum.

Die blonde Schülerin wirkte nicht einen Hauch überrascht, Berry zu sehen, sie nickte ihr nur knapp zur Begrüßung zu und ging auf die andere Bettseite, um Lion einen Kuss auf die Wange zu geben. Wie sehr wünschte sich Berry,

Lion ebenfalls mit so einer Selbstverständlichkeit küssen zu dürfen. Auch wenn sie Tag für Tag bei ihm saß, hatte sie sich nicht angemaßt, ihm auf diese Weise näherzukommen – das gehörte sich einfach nicht.

Annie legte ihren weißen Ordner auf die Bettkante und setzte sich daneben, während sie Lions Oberarm streichelte.

Sie trug keine Schuluniform, was Berry überraschte.

»Alltagskleidung?«, fragte sie.

»Ich fliege gleich wegen einer Zusatzaufgabe aus der Akademie und mein Begleiter hat mir Freizeitkleidung angeordnet«, antwortete sie ruhig ohne einen Anflug Zickigkeit, die sie sonst an die Oberfläche spülte.

Annies ganze Haltung und ihr Verhalten, einfach alles an ihr hatte sich seit der Katastrophe in Loro verändert. Sie trug ihr Haar zu einem strengen Zopf gebunden, was sie früher hasste, sie schminkte sich auch dezenter und der Ausdruck in ihrem Gesicht war erwachsener. Und das machte Berry nervös.

»Seit ich das letzte Mal hier war, hast du dein Buch nicht gewechselt, du bist sogar auf derselben Seite, wenn ich mich nicht irre«, sagte Annie. »Du siehst so fertig aus, weißt du überhaupt noch, wie man liest?«

»So etwas vergesse ich nicht, vor allem weil ich ein fotografisches Gedächtnis habe«, antwortete Berry und blätterte wie nebenbei eine Seite weiter. Ihr Blick huschte zu ihrer vollen Büchertasche. Sie sollte wirklich gelegentlich mal das Buch wechseln, sonst fiele das womöglich noch dem Personal der Krankenstation auf.

»Unwichtig«, sagte Annie ruhiger und sah Berry prüfend an. »Sie wollen Lion in ein Spezial-Hospital bringen, sobald wir die Himmelsstadt *Granais* ansteuern.«

Berry legte vorsichtig ihr Buch auf den Nachttisch und schluckte schwer.

»Wird er …«

»Er wird eine Weile dortbleiben. Wahrscheinlich sehen wir ihn ein Jahr lang nicht, bis die Akademie wieder an *Granais* andockt, es sei denn, Lion erfreut sich einer vorzeitigen Genesung und reist der Schule nach.«

Annie sah Berry durchdringend an.

»Der Abstand zu ihm wird dir guttun. Uns allen wird er gut bekommen. Als Sarah starb, da wurde ich ebenfalls von allen isoliert und …«

»Das ist aber nicht Sarah!«, erhob Berry ihre Stimme und stand abrupt vom Stuhl auf. »Das hier«, sie zeigte auf Lion, »das ist keine dämliche Schülerin, die dir deinen Liebsten ausspannen wollte, das ist dein Cousin und mein bester Freund. Ein Junge, den wir schon lange kennen und der uns verdammt wichtig ist.«

Berry spürte, dass sie wieder Tränen in den Augen hatte.

»Ich brauche keine Isolation von Lion. Er braucht jemanden, den er kennt. Verstehst du das? Ich finde nicht, dass er in das Hospital umziehen muss. Wenn die Spezialisten ihn nicht sofort heilen können, kann er doch auch weiter auf der Akademie bleiben, wir haben hier genug heilende Phönixe. Und es ist die Zeit, die bei einer Vereisung wichtig ist. Von einer schnellen Lösung habe ich noch nie etwas gelesen.«

»Die Ärzte dieser Welt werden dir auch mit Sicherheit keine Aufzeichnungen ihrer neuesten Erkenntnisse zusenden, damit du sie mit deinem Gehirn abfotografierst. Lion ist mein Cousin, solange seine Eltern nichts Gegenteiliges sagen, entscheide ich, dass er bei den Spezialisten bleibt, solange es nötig ist.«

»Er ist aber auch mein bester Freund, ich habe mehr mit ihm zu tun, als du. Seit dem ersten Schultag an der Phönixakademie kennen wir uns schon«, empörte sich Berry.

»Familie geht vor Freundschaft, dagegen kannst du nichts machen. Außerdem, wen willst du von deiner Beste-Freundin-Masche überzeugen? Es hat doch jeder längst begriffen, dass du auf ihn stehst. Aves und ich haben Wetten abgeschlossen, ob ihr zusammenkommt oder nicht.«

Geknickt sah Berry auf Lions Bettdecke. Dass auf so eine wichtige Sache Wetten liefen, beruhigte sie keinesfalls.

»Du hilfst Lion andauernd, nimmst ihm seinen Schmerz ab, löst seine Aufgaben und bist immer so aufopfernd«, sagte Annie, als sei es etwas Schlechtes. »Wir haben es längst alle mitbekommen, du weißt nicht, wie du deine Gefühle ihm gegenüber anders zum Ausdruck bringen kannst, aber muss es wirklich sein, dass du immer das Negative für ihn abfängst? Er wird dich immer nur als Mülleimer ansehen, wenn du nur seinen Müll auf dich ablädst.«

Das traf Berry, auch wenn sie wusste, dass Annie Recht hatte.

»Lion hat kein Interesse an dir, hör auf, es weiterhin zu versuchen«, sprach Annie weiter und stach ihr emotionales Messer noch heftiger in Berrys Brust. »Wo ist dein Eigenschutz? Dein gesunder Egoismus? Lion wird auch nicht aufwachen, weil du hier sitzt. Er ist für eine Weile vereist, für Monate, vielleicht sogar für Jahre! Und wenn er wieder aufwacht, wird er nicht nach dir fragen, er fragt dann nach Robin, ist dir das bewusst?«

Wie eine Ertrinkende schnappte Berry mehrmals nach Luft und wischte ihre schwitzigen Hände an ihrem Schulrock ab. Dass ihre Worte Berry getroffen hatten, bekam Annie mit, denn sie sprach wieder ruhiger.

»Berry, versteh doch: Für eine innere Veränderung benötigt es einen gewissen Schmerz, den ich dir zufügen muss, damit du dir keine märchenhafte Zukunft mit Lion erträumst. Die wird es nie geben.«

Annie sprach damit nicht nur die kindische Verliebtheit an, das war Berry bewusst: Annie hatte eine schwere Zeit, in der sie dafür kämpfte, Sarahs Tod zu überwinden. Dass sie auch beinahe ihren Cousin verloren hatte, machte Annie in Berrys Augen zum eigentlichen Opfer der Tragik und sie bewunderte die Ruhe, die ihre Freundin bewahrte, obwohl es so viel einfacher war, dem süßen Schmerz der Lethargie nachzugeben. Annie zeigte die Stärke, die Berry so dringend benötigte.

»Wieso streiten wir uns?«, brach Annie die angespannte Stimmung. »Wir sollten jetzt lieber zusammenhalten. Du und ich können auch gerne wieder etwas zusammen unternehmen, das haben wir das letzte Mal gemacht, bevor ich mit Aves zusammengekommen bin, das ist viel zu lange her.«

Sie seufzte und Berry tat es ihr gleich, wobei sie kurz die Augen schloss, in der Hoffnung, somit wieder zur Ruhe zu kommen.

»Mich hat Mr. Corol um eine Sache gebeten«, sagte Annie nach einer unangenehmen Schweigepause. »Dein Stundenplan hat sich heute geändert. In der dritten Stunde hast du Einzelunterricht bei Mr. Gettson.«

»Was?«, fragte Berry erstickt. »*Jetzt* hat er Zeit für mich?

Ich habe wochenlang versucht, einen Termin bei ihm zu bekommen. Nur. Einen. Kleinen. Termin!«

»Wegen den Ereignissen in Loro?«

»Ja. Ich wollte wissen, warum er uns persönlich in diese Stadt geschickt hat. Offensichtlich haben ihm die verunglückten Schüler viel Papierkram beschert, um das er sich erst kümmern musste, so haben es mir zumindest die Assistenten erzählt.«

»Verunglückt?«, schnaubte Annie verächtlich. »Ja, klar. In dieser Akademie geht etwas vor, Berry. Ich weiß nicht was, aber es hat definitiv etwas mit Robins Eltern zu tun. Ich bin ihrer Schwester begegnet – Jenny Bish.«

Berry hielt die Luft an und ergriff nun endlich Lions Hand, einerseits, weil sie seine Nähe brauchte und andererseits, weil sie glaubte, den Verstand zu verlieren.

»Im White-Areal«, fuhr Annie fort. »Und in meinen Träumen.«

»In deinen Träumen?«, fragte Berry ungläubig.

Annie nickte zaghaft und blickte hinter Berry aus dem Fenster. »Ich glaube, sie ist eine Fee oder was weiß ich. Irgend ein Wesen mit außergewöhnlicher Magie.«

»Bist du dir sicher? Feen sind ziemlich winzig.«

»Das Mädchen sah aus, als sei sie fünf oder sechs. Das ist doch recht klein.«

Berry zeigte mit ihrem Daumen und Zeigefinger einen Durchmesser von einem mittleren Apfel. »Aber sicher nicht so klein. Wenn es ein magisches Wesen ist, muss es etwas anderes sein. Kannst du sie mir beschreiben? Du weißt ja, ich habe so einige Bilder in meinem Kopf abgespeichert.«

»Noch besser, ich kann ein Bild von ihr zeigen«, sagte Annie.

»Du hast eine Fotografie von Robins Schwester? Was habt ihr in dem White-Areal getrieben? Seit ihr jetzt beste Freunde?«

»Nein, wir haben uns nur einmal getroffen. Aber ich habe ein Kunstwerk ihres ehemaligen Nachbars. Ich bringe es dir bei Gelegenheit mit. Am besten kommst du heute Abend in meinem Quartier vorbei, ich will die Radierung auf der Schallplatte nicht unnötig mit mir durch die Gegend tragen.«

»Einverstanden«, sagte Berry überrascht.

Eins wurde Berry in diesem Gespräch klar: Annie Anderson war kein einfaches und fröhliches Mädchen mehr. Sie hatte sich verändert und Berry konnte noch nicht einschätzen, ob ihr die neue Annie besser oder überhaupt gefiel.

Annie war auch Lion gegenüber distanzierter als früher. Vielleicht war sie noch immer auf ihn sauer, weil er seine Gruppe wegen Robin im Stich gelassen hatte und dann die Sachen in Loro passiert waren. Die alte Annie würde ihren Schmerz offener zeigen als die neue Version, die gerade ihren Ordner nahm und vom Bett aufstand.

»Ich bleibe dabei, du solltest dich nicht von Lion abhängig machen. Kümmere dich wieder etwas um dich, sonst verlierst du dich wegen deiner Zuneigung zu ihm – ich glaube nicht, dass das einem von euch hilft.«

Sie verließ den Raum und Berry zuckte zusammen, als sie zum wiederholten Male das Piepsen in der Schublade hörte.

Noch eine Nachricht von Robin?

Annie

Seit Annie aus der Krankenstation des White-Areals entlassen worden war, war ihr Leben rasanter geworden. Sie konnte einfach nicht stillsitzen. Und obwohl sie sich gleich noch mit einem Studenten aus dem White-Areal treffen sollte, um mit ihm eine auswärtige Aufgabe zu erledigen, beschloss sie, mit der Krankenschwester Aren noch ihre Projektliste durchzugehen.

»Ich werde deine Liste mit ein paar Ärzten besprechen. Sie haben mehr Erfahrung, was so etwas kosten könnte«, hatte Aren gesagt. Sie hatte gerade ihre Nachtschicht beendet und zog sich in der Umkleide ihre Studentenuniform an, die sich im Schnitt und im Rotton, von der der Schüler unterschied. Aren studierte im vierten Semester Phönixmedizin und arbeitete auf der Krankenstation, um ihr Studium zu finanzieren. Annie bewunderte Menschen, die für ihre Ziele mehr leisteten, weswegen sie auch für ihr Projekt nicht einfach ihre Eltern und ihre Verwandtschaft um Geld bat. Sie würden es ihr geben und auch all ihre Freunde um Unterstützung bitten. Aber dann hätte sie wieder nichts selbst erreicht.

»Kannst du dich überhaupt in Vorlesungen konzentrieren, wenn du eine Nachtschicht hinter dir hast?«, fragte Annie, während sie ihren Ordner – ihr Herzprojekt – an ihre Brust drückte und sich an einen Aufbewahrungsspind lehnte.

Aren sah in den Spiegel ihres Spinds und band das Halstuch, an dessen Knoten sie ihr brennendes Flügelsymbol steckte.

»Ich bin ein heilender Phönix, ich zaubere meine Müdigkeit einfach weg. In der Prüfungszeit schlafe ich einen ganzen Monat nicht. Allerdings nehme ich dann auch einige Kilos zu, weil ich für Aufrechterhaltung meiner Konzentration viel essen muss.«

»Es gibt immer einen Haken«, sagte Annie.

Aren lächelte Annie durch den Spiegel an.

»Hast du Lion schon besucht?«

Annie nickte und sah zur geschlossenen Tür des Umkleideraums. Ihre Gedanken verließen den Raum und eilten an Lions Bett, wobei sie Berrys Kopf sanft streichelten.

»Ich habe Berry von der Verlegung erzählt«, sagte sie gedankenverloren.

»Es ist auch für sie das Beste«, sagte Aren und wandte sich Annie zu. »Ich muss jetzt zur Vorlesung. Und du solltest zu deiner Aufgabe aufbrechen.«

»Kann ich meine Aufzeichnungen in deinem Spind deponieren? Ich würde sie später abholen, wenn ich Lion wieder besuche«, sagte Annie.

»Natürlich.«

Aren öffnete ihren Spind, damit Annie ihren Ordner hineinlegen konnte.

Im Hangar ging Annie zu ihrem Gleiter, an dem sie sich mit Sed, dem Studenten, den sie wegen zusätzlichen Punkten begleiten sollte, treffen wollte. Und da stand er bereits: Groß, grüne Augen, dunkles Haar und mit einem selbstzufriedenen Lächeln. Neben ihm stand ein weißer Gleiter, eine edle Maschine, die nur die Mitglieder des White-Areals fliegen durften. Annie musterte den Gleiter anerkennend, verlor aber sofort das Interesse daran.

»Annie, nehme ich an«, sagte Sed mit einer angenehmen, tiefen Stimme.

»Hallo Sed«, sagte sie. »Was für einen Studiengang muss man belegen, um im White-Areal zu landen?«

Sed schmunzelte, behielt aber seine überlegene Miene, die Annie keineswegs beeindruckte.

»Wenn ich es dir verrate, muss ich dich heute noch töten«, sagte er.

Auch wenn Annie wusste, dass es ein Scherz war, beschloss sie, nicht weiter nachzufragen und sah stattdessen die Kleidung des Studenten an: Sed trug keine Uniform, so wie auch sie selbst Freizeitkleidung trug – so war die Abmachung. Denn Seds Funken an Annie hatte verdeutlicht, dass nicht jeder auf der Welt sehen sollte, dass sie Phönixe seien, weil diese nicht überall beliebt waren, was Annie aus ihren Erfahrungen in Loro bestätigen konnte.

Es stand also schon fest, dass Annie heute wieder den Boden betreten würde.

Die Stadt, die sie bald erreichten, war tatsächlich eine Bodenstadt, auch wenn Annie angenommen hatte, dass ihr die Akademieleitung keinen so baldigen Ausflug an einem gefährlichen Ort aufbürden würde. Erstaunlicherweise machte es ihr überhaupt nichts aus. Schon beim Anflug auf die Stadt sah sie, dass es ein verfluchtes Gebiet war. Das bereitete ihr dann doch Sorgen, aber sie empfand nicht die Angst, wie in Loros Krankenhaus, als sie die sterbende Sarah in den Armen hielt.

»Wir landen außerhalb der Siedlung und legen den restlichen Weg zu Fuß zurück«, hörte Annie Seds Stimme durch ihren Helmlautsprecher.

»Gut«, antwortete sie und steuerte ihren Gleiter an einen ebenen Platz abseits der Randhäuser.

»Hier ist keine Stadtmauer«, gab Annie zu bedenken. »Ist der Fluch deswegen über die Stadt gefegt?«

»Vielleicht hatten die Bewohner dieser Stadt keine Gelegenheit mehr, eine Fluchabwehr zu errichten«, sagte Sed ironisch, aber nicht herablassend.

Annie verstaute ihren Helm nach der Landung sofort in das vorgesehene Fach unter ihrer Sitzfläche und musterte dabei ausgiebig die Gebäude.

Was sie aus der Luft nicht sah, erkannte sie jetzt: Die Stadt wurde versteinert. Selbst wenn die Häuser normal aussahen, hatten sie diese charakteristische Steinoberfläche und an den Bäumen war der Fluch noch deutlicher.

Sie erschauderte, als sie den ersten starren Menschen erblickte. Er saß auf einer Bank, auf dem Schoß ein Steinkätzchen, das der Mann in dem Moment gestreichelt hatte, als der Fluch über die Stadt kam.

»Er hat es nicht kommen sehen«, sagte Annie beim Anblick des zufriedenen Gesichtsausdruckes.

Auch die anderen Menschen, denen die Phönixe begegneten, erweckten nicht den Eindruck, sie wären voller Panik oder Überraschung gewesen, als der Fluch sie traf. Sie wurden in ganz alltäglichen Positionen verzaubert.

Auch wenn Viele zu dem Zeitpunkt des Fluchs auf den Straßen waren, fühlte sich Annie wie in einer mit Skulpturen verzierten Geisterstadt.

»Hast du Angst?«, fragte Sed.

»Ein wenig«, gab sie zu und vermied es, den versteinerten Menschen in ihre leblosen Augen zu blicken.

»Für den Fall, dass du hier etwas anfassen willst, habe ich Handschuhe für dich«, sagte Sed und reichte Annie ein paar Gummihandschuhe.

»Und was, wenn ich mit meinem Oberarm oder Gesicht etwas berühre? Wie schütze ich das?«

»Solange du keine Steine mit der Zunge ableckst, sollte nichts passieren. Die Handschuhe verhindern, dass du den Fluch mit den Fingern in deine Augen verreibst oder so.«

Annie zog sofort die Gummihandschuhe an und fragte sich, ob sie feuerresistent waren.

»Hast du noch Fragen? Denn dein Gesicht hat diesen typischen Was-zum-Glühklumpen-tue-ich-hier-Ausdruck angenommen«, sagte Sed.

»Ich frage mich, warum wir nur zu zweit an so einem Ort sind? Was, wenn der Fluch noch aktiv ist und uns ebenfalls erwischt?«, wollte Annie wissen und bemühte sich, keine der versteinerten Lebewesen oder Objekte zu berühren.

»Der Fluch ist selbstverständlich noch aktiv, sonst wären diese Menschen keine Brocken. Wenn wir Pech haben, werden wir ebenso zu Stein, also halte am besten die Augen offen.«

»Ach ja? Und auf was soll ich achtgeben?«

»Fürchte nicht diese Stillleben, sondern alles, was sich bewegt.«

»Du bewegst dich«, sagte Annie und bekam von Sed dafür einen kleinen Schmunzler. »Und warum sind keine weiteren Schüler hier?«

»Würdest du dir sicherer vorkommen, wenn wir eine Horde wären? In Loro wart ihr zu siebt und nur vier sind in die Akademie zurückgekehrt. Kein guter Schnitt, wenn du mich fragst.«

Diese Bemerkung stach Annie direkt ins Herz, doch außer einem dumpfen Schmerz fühlte sie nichts mehr. So als wäre die Emotion, die in so einem Fall ausgelöst wurde, einfach nicht vorhanden, wie eine gelöschte Computerdatei. Stattdessen war an dieser Stelle Jenny Bishs Lächeln abgespeichert.

Annie schüttelte verwirrt den Kopf.

»Was ist? Kommen jetzt die blutigen Erinnerungen hoch?«, fragte er grob.

»Nein«, gab Annie überrascht zu.

»Denn ich habe nicht vor, hier den Therapeuten zu spielen. Wenn du heulen willst, nehme ich dich nicht wieder für ein paar Extrapunkte mit, dann kannst du deine Prüfungszulassung auch vergessen.«

Annie bemerkte, dass Sed seine Miene nicht traurig verzog und er wechselte auch nicht sofort das Thema, wie es viele andere taten, als das Thema auf die Katastrophe in Loro fiel. Das fand sie – beeindruckend. Alle anderen hätten sie längst wie ein zerbrechliches Porzellanpüppchen behandelt.

»Ich sagte *Nein!* Ich habe keine blutigen Bilder im Kopf und Tränen hast du von mir nicht zu erwarten. Du bist ein sehr seltsamer Typ, ich kann mich nicht erinnern, dir jemals begegnet zu sein.«

»Dafür habe ich dich ein paar Mal zu oft gesehen. Jeden Tag im White-Areal, aber du warst damit beschäftigt, dein Trauma zu verarbeiten.«

»Jeden Tag? Entschuldige, ich kann mich wirklich nicht entsinnen.«

»Kein Ding, ich nehme es dir nicht übel. Folge mir jetzt einfach und halte die Augen offen und spitze deine Ohren.«

Sed lief bereits los, doch Annie folgte ihm nur langsam.

»Was wolltest du im White-Areal?«, rief sie ihm nach.

Er blieb abrupt stehen und sah sie ungeduldig an.

»Willst du den Fluch aufwecken? Dann schrei noch etwas lauter«, zischte er und kam auf sie zu, wobei er sie am Ellenbogen berührte und ihren Arm umfassen wollte, doch sie trat einen Schritt zurück.

»Ich stehe nicht so darauf, wenn man mich herumkommandiert oder über mich bestimmt«, warnte sie ihn vor.

»Das ist gut, ich hasse es auch«, sagte er ruhiger und lächelte von oben auf sie herab. Auch wenn diese Geste einschüchternd wirkte, fühlte sich Annie geschmeichelt.

»Ich arbeite für den Akademieleiter«, sagte Sed. »Mehr sollte dich nicht interessieren. Jetzt komm einfach mit und sei nicht so laut.«

»Wonach suchen wir eigentlich?«

»Nach der Quelle des Fluchs.«

Sed drehte sich wieder zum Gehen um, doch Annie packte ihn am Oberarm und hielt ihn fest.

»Bist du irre?«, quietschte ihre Stimme. »Du willst nicht, dass wir lebend zur Akademie zurückkehren, oder?«

»Das solltest du lassen«, sagte Sed und Annie spürte,

wie ihre Hand, die an seinem Arm krallte, taub wurde und einfach so auf ihre Seite zurückfiel.

»Was war das?«, fragte sie und schüttelte ihren schlaffen Arm mit der noch intakten Hand des anderen Arms.

»Dein Arm ist lediglich eingeschlafen. Wenn du ihn nicht verlieren willst, dann lass deine Finger bei dir.«

»Wie hast du das gemacht?«, fragte Annie, während sie den geschundenen Arm massierte und den kribbelnden Schmerz spürte. »Autsch, das ist fies!«

Sed lachte spontan auf, schüttelte den Kopf und ging einfach weiter, ohne sich durch Annies Fragen aufhalten zu lassen.

Sed führte Annie quer über einen kleinen Hof zwischen ein paar versteinerten Häusern. Ob die Architektur besonders schön war, konnte sie nicht erkennen, denn durch die steinerne Oberfläche wirkte alles glatt und vollkommen.

»Ist das ein alter Fluch?«, wollte sie wissen. »Oder ist er erst nach dem Krieg ausgebrochen?«

»Das ist für uns nicht so wichtig. Was dich interessieren sollte, ist eher die Quelle. Sie ist noch aktiv und wir brauchen eine kleine Probe davon.«

»Also wenn es dir um Steine geht, ich glaube, wir sind auf dem Weg hierher an ein paar hübschen Bergen vorbeigeflogen. Die Brocken von dort sind sicher nicht so verflucht.«

»Als du nur geweint hast, warst du mir lieber. Schluss mit den Scherzen.«

»Danke. Wozu brauchst du mich eigentlich? Ich kann mir nicht vorstellen, wie ich hier etwas mit meiner Phönixmagie machen kann und darum geht es ja in den Aufgaben für die Prüfungen.«

»Du musst mich heilen, wenn ich mich verletze. Und das sehr schnell, damit ich nicht auch versteinere. Bekommst du das hin?«

Annie verharrte.

»Nein«, hauchte sie. »Nein, ich schaffe das nicht.«

»Sagte ich nicht, du sollst die Witze lassen?«

Annie sah Sed besorgt an.

»Das ist kein Scherz, das ist die Wahrheit! Ich konnte Sarah nicht retten und ich sammle Extrapunkte, weil ich allgemein nicht gut bin.«

»Aber du hast deine Nase immer in Bücher gesteckt, das habe ich gesehen.«

»Ja, aber doch nur, um die Theorie aufzufrischen. Ich habe nicht so viel Praxis. Wenn du versteinerst, bin ich die Letzte, auf die du dich verlassen solltest.«

Annie hatte gehofft, dass sie ihre ersten Heilversuche an kleinen Schnittwunden ausprobieren würde, nicht an Fluchverletzungen, die sich rasch über den gesamten Körper ausbreiteten.

Sed sah sich nachdenklich die Umgebung an und blickte dann plötzlich zu Annie.

»Dann wird es an der Zeit, dass du Vertrauen in dich selbst setzt, Annie.«

***

Vertrauen in mich selbst?, dachte Annie und es klang logisch. Sie wollte doch nie wieder ihre Macht ihrem Unwissen unterordnen. Das hier war nur ein etwas schwieriger Grad der Heilung, aber nicht unmöglich. Also verbrachte Annie die restliche Erkundungstour damit, im Kopf die Schritte durchzugehen, die bei einer sich schnell ausbreitenden Versteinerung notwendig waren.

»Erst am Hals, dann am Herz, dann am Kopf, dann ...«, flüsterte sie vor sich hin und wiederholte diese Reihenfolge immer und immer wieder.

»Ich sehe schon, ich bin in guten Händen«, sagte Sed.

»... dann am Kopf ... Wünsch dir lieber, dass keiner von uns einen Fluch abbekommt.«

»Ich würden meinen Wunsch lieber für später aufheben.«

»Ich bin keine gute Fee.«

»Die gibt es auch nur in den Märchen. Richtige Feen sind nicht gut, ihnen willst du nicht begegnen.«

Annie vergaß für einen Moment das Aufsagen der Heilschritte und dachte an Jenny Bish.

»Ich glaube, ich bin neulich einer Fee begegnet«, sagte sie abwesend.

»Unwahrscheinlich.«

»Woher willst du wissen, dass das nicht der Wahrheit entspricht?«

»Feen leben in Gegenden, die du niemals betreten und schon gar nicht verlassen könntest. Das sind sehr gefährliche Orte.«

»Aber es gibt eine Fee an der Phönixakademie. Ich habe persönlich mit ihr gesprochen.«

Sed lachte leise auf.

»Ich hoffe doch, du meinst nicht Kathy Silberstein, die ihr Haar mit Feenstaub färbt. Sollte sie echten Feen begegnen, wird sie ihr Leben brutal hergeben müssen, glaube mir. Selbst wenn Kathy ihr Haar nicht mehr mit magischem Staub behandeln würde, die Spur bleibt ihr Leben lang an ihr haften.«

Annie wurde es ganz flau.

»Ich hatte auch eine Strähne mit Feenstaub gefärbt«, sagte sie und ihr wurde auf einmal ganz kalt. Was, wenn Jenny Bish doch eine Fee war und sie die Spur auf Annies Haar noch gespürt hatte? Würde sie sich eines Tages an ihr rächen?

Sed musterte Annies Haar und strich wie beiläufig über ihren Kopf, was sie zusammenzucken ließ.

»Ich werde euch Mädchen nie verstehen. Ihr seht auch ohne buntes, glitzerndes Haar gut aus. Ich kann dich aber beruhigen, eine Begegnung mit einer Fee wird wahrscheinlich kein Mensch überleben. Dafür beuten wir diese Wesen zu sehr aus. Wir stehlen ihren Feenstaub und töten sie, um an ihr kostbares Blut heranzukommen.«

Annie schämte sich ganz schrecklich für sich selbst, aber auch dafür, dass sie ein Mensch war. Es war allgemein bekannt, dass die magischen Wesen ausgebeutet wurden, aber keiner wollte es so richtig sehen oder begreifen. Alle sahen lieber weg und griffen nach der Ausbeute: Feenstaub gab es an jeder Ecke zu kaufen und dass Feenblut in starken Medikamenten vorkam, störte auch kaum einen.

»Man sollte meinen, die magischen Wesen hätten den Krieg gewonnen, was?«, warf Sed ein und drückte aufmunternd Annies Schulter. »Ein kleiner Tipp von mir: Falls du einer Fee begegnest, dann lauf oder verwende deine Phönixkraft, um davonzufliegen.«

»Von allein fliegen liegt mir nicht, ich habe mich an die Gleiter gewöhnt.«

»Der Luxus der neuen Generation. Sei nicht träge, investier etwas Zeit in Phönixflug-Stunden. An der Akademie gibt es Nachhilfelehrer, die für kleines Geld dich in die Lüfte befördern.«

Annie nickte nachdenklich. Sed hatte recht: Die neue Generation der Phönixe war verwöhnt mit den Gleitern, den Funkenspiegeln und der schicken Schule, die sie überall auf der Welt hinbrachte. Und die Menschheit? Sie hatte noch nicht begriffen, dass der Krieg für ihre Seite verloren war.

»Ich werde mir diesen Unterricht gönnen«, traf sie den Entschluss.

»Sehr gut«, kommentierte Sed und zog ein paar dicke Gummihandschuhe an. Dann meißelte er mit einem kleinen Meißel und Hammer eine Steinprobe von einem Baum und gab sie vorsichtig in eine Metallkapsel, die er sofort schloss. Die Kapsel machte ein zischendes, dann ein sirrendes Geräusch und das Behältnis nahm ein diffuses, violettes Leuchten an. Das Werkzeug legte er in eine silberne Tüte, die er luftdicht verschloss und in seine Umhängetasche steckte.

»Wieso will ein reiches Mädchen wie du überhaupt Zusatzpunkte für die Prüfungen? Du könntest doch das Jahr wiederholen, schließlich bist du auf keine Stipendien angewiesen. Extrapunkte sind schwer zu holen«, sagte Sed und bedeutete Annie weiterzugehen.

»Bis jetzt ist es hier doch recht ruhig«, antwortete sie und lief voraus, wobei sie immer wieder über die Schulter schaute, ob er ihr auch folgte.

»Du hast doch die Kapsel gesehen, weißt du, was die Färbung bedeutet?«

»Dass sie eine Probe enthält?«

»Nein. Dass sie einen aktiven Zauber enthält. Wir sind an einem Ort, an dem kein Mensch freiwillig sein will. Also warum wiederholst du das Jahr nicht einfach und tust dir stattdessen das hier an?«

Annie hatte solche Gespräche satt, deswegen zuckte sie nur mit den Achseln und lief schneller voran.

Gedankenverloren vernachlässigte sie nur kurz ihre Konzentration und so hatte sie nicht mitbekommen, dass Sed sie darum gebeten hatte, kurz stehen zu bleiben. Als sie das nächste Mal zurückblickte, war sie vollkommen allein.

»Sed?«, fragte sie vorsichtig und lief den Weg zurück, den sie vorausgeeilt war. »Das ist nicht witzig. Wo bist du?«

Sie erhielt keine Antwort und beschleunigte den Schritt.

»Sed, wo steckst du?«

Sie umklammerte ihren Oberkörper, um ihre Körperoberfläche zu verringern und um nichts anzufassen, denn ihre Schnelligkeit sorgte dafür, dass sie bei den glatten Bodensteinen mit dem Fuß wegrutschte und beinahe mit versteinerten Menschen zusammenstieß.

Stein, Stein, überall sah sie nur Steine!

Selbst Fenstergläser wiesen diese Steinschicht auf.

Langsam bekam sie Panik und rief nun lauter nach Sed, der jedoch noch immer nicht antwortete. Sie drehte sich im Kreis und wusste nicht mehr, wo sie war. Alles sah gleich aus, alle Ecken glichen sich.

Sie legte ihren Handrücken auf die Stirn und versuchte mit dem Gummihandschuh die Schweißperlen, zumindest etwas zu verreiben, denn aufsaugen konnten sie sie nicht. Sie versuchte, sich zu orientieren. Sie bekam den Eindruck, dass die Umgebung sich um sie herum veränderte, als würden die Menschen andere Positionen einnehmen, wenn sie nicht hinsah. Bäume verschwanden und tauchten an anderen Stellen wieder auf. Annie war so, als würden die Steine *leben*.

Über ihre Füße nahm sie eine pulsierende Vibration wahr. Immer, wenn diese stärker wurde, sah sie ganz deutlich, wie die Stadt ihre Steingestalt aufhob und die Menschen bunt und voller Leben ihre Position veränderten und ihrer ursprünglichen Tätigkeit nachgingen, bis sie wieder zu Stein wurden. Es war wie ein Herzschlag, ein Aufbäumen, das immer schneller wurde, bis die Menschen um Annie herum ohne weitere Versteinerungen zum Leben erwachten.

Ein älterer Herr berührte zur Begrüßung die Krempe seines Hutes und lächelte Annie an, die vor ihm zurückwich und mit einer beleibten Frau zusammenstieß, die gerade ihre Einkaufstüten nach Hause trug und Annie einen ungeduldigen Blick zuwarf.

»Was passiert hier?«, fragte sich Annie.

»Renn!«, hörte sie Seds Stimme und schon tauchte der Student aus der bunten Menschenmasse auf, packte sie grob am Arm und brachte sie in Bewegung.

In seinem Gesicht sah sie Panik, also wurde auch sie unruhig und rannte so schnell sie konnte.

Noch immer war das Pulsieren des Bodens stark, doch es wurde wieder langsamer. Mit dem Langsamwerden dieser Vibration, spürte Annie Trägheit in ihre Glieder kriechen.

»Halt dich an mir fest«, befahl Sed ihr und er legte ihre Hände um seinen Hals.

Noch bevor sie reagierte, verspürte sie, wie Sed sich mit einem Energiestoß vom Boden löste und mit Annie durch die belebten Straßen flog. Aus Angst runterzufallen, klammerte sie sich um den jungen Mann, schmiegte sich eng an ihn und hielt die Luft an.

In seinen Armen war es so kalt, wahrscheinlich verlor er durch den Phönixflug enorm viel Energie.

Sed musste mehrmals den Energiestoß wiederholen, um nicht auf dem Boden zu landen und jetzt begriff Annie auch, warum das wichtig war. Das Pulsieren der Stadt wurde noch langsamer und alles kehrte zu seiner ursprünglichen Steinform. Gerade als die Stadt wieder so war, wie Annie und Sed sie zu Beginn betreten hatten, flogen die beiden an den Randhäusern vorbei und landeten schmerzhaft auf dem Boden neben ihren Gleitern. Sie rollten gemeinsam ab, wobei Sed Annies Kopf mit seinen Händen schützte. Sobald sie zum Stillstand kamen, hustete Annie den Staub aus den Lungen und löste sich aus den Armen des Phönixstudenten, da sie seine Kälte nicht länger aushielt. Ihre Augen waren auf die Stadt gerichtet und sie rieb sich die Gänsehaut von den Armen weg.

»Die Stadt hatte den Fluch aufgelöst und ihn wieder erneuert, damit sie uns ...« Annie sah erschrocken zu Sed. »Damit sie uns ebenfalls versteinert!«

Schnell stand sie auf und legte ihre Hände auf ihren Kopf.

»Richtig.«

»Weil ich nach dir gerufen habe, habe ich Recht?«

Sed atmete tief durch und erhob sich ebenso.

»Zumindest ein bisschen«, sagte er geduldig. »Und der Fluch weiß, dass wir hier sind, wir können die Stadt heute nicht mehr betreten.«

»Dann habe ich die Mission sabotiert?«

Sed schmunzelte und holte aus seiner Tasche drei violett glimmende Metallkapseln, wobei die eine von ihnen regelrecht strahlte.

»Würde ich nicht sagen. Ich habe genug Proben von verschiedenen Stellen. Das ist mehr, als ich mir erhofft habe.«

Annie sah ihn prüfend an. Wollte er sie nur beruhigen, oder war er wirklich zufrieden?

»Du hast uns den Hintern gerettet«, sagte sie anerkennend.

Er zog seine Handschuhe aus und warf sie achtlos zu Boden, dann schnappte er sich Annies Hände und entledigte sie ebenfalls von ihrem Schutz. Sie spürte seine eiskalten Finger, die er nun in ihre Hände legte.

»Und jetzt brauche ich deine Hilfe«, sagte er und eine Atemwolke kam zwischen seinen Lippen hervor.

»Hast du so viel Energie verloren?«, fragte sie geschockt und gab sofort etwas von ihrem heilenden Phönixfeuer an seine Hände ab, dabei entspannte sich sein Blick.

Er sah grübelnd zur Stadt.

»Das ist nicht wegen der Flucht. Der Steinzauber hat mich mehr ausgelaugt, als ich jemals bereit war, zuzugeben. Ich habe die Quelle entdeckt und sie wollte die Probe nicht so rasch abtreten. Das war wirklich knapp. War also nicht nur deine Schuld, dass wir beinahe versteinert wurden.«

»Danke, dass du es zugibst«, sagte sie grimmig. »Wozu brauchen wir die Proben?«

»Die Phönixakademie arbeitet an einer Methode, die Flüche zu neutralisieren. Ich darf es dir eigentlich nicht erzählen, aber es geht in der obersten Etage recht hektisch zu in den letzten Monaten. Und ich bin stolz darauf, hiermit meinen Teil beitragen zu können.«

»Heißt das, dass es in ferner Zukunft keine Flüche mehr geben wird?« Annies Stimme klang hoffnungsvoll.

»Das ist das Ziel.«

»Wow.«

»Du sagst es.«

Annie gab noch mehr von ihrem Feuer an Sed und sobald sie keine Kälte mehr spürte, löste sie sich von ihm.

»Ich nehme an, wir verschwinden von hier?«, fragte sie und lief zum Gleiter. Auch wenn er nein sagen würde, sie wollte unter keinen Umständen noch weiter an diesem Ort verweilen.

Er gab ihr keine weiteren Anweisungen und setzte sich ebenfalls auf seinen Gleiter und schon flogen sie wieder Richtung Phönixakademie, wobei Annie mehrfach zurück zur Stadt blickte. Sie glaubte darin eine Bewegung auszumachen, die sie dazu brachte, nur noch schneller zu fliegen. Sed ließ sie dieses Mal allerdings nicht aus den Augen.

berry

Wieder beim Akademieleiter Unterricht zu haben, machte Berry nervös, ganz besonders unangenehm war ihr dabei ihr derzeitiger körperlicher Zustand. Sie war entkräftet, das war keine Frage, da half es auch nicht, eine Tasse aufputschenden Tees nach der anderen zu trinken und mit starkem Herzrasen und einer lästigen Hitzewallung bei Mr. Gettson im White-Areal aufzukreuzen. Das einzig Positive war: Berry war überpünktlich und versuchte, mit Entspannungsübungen und ruhigem Atmen ihren Puls zu senken, was dazu führte, dass sie müder wurde als zuvor und das helle Licht im Vorlesungsraum die Augen träger machte.

Berry zwang sich, mehrmals zu blinzeln und ihre Augen zu befeuchten, dann sah sie sich um. Seit ihrem letzten Unterricht bei Mr. Gettson hatte sich nichts verändert, dennoch kam ihr der Raum fremdartig vor. Eine seltsame Stimmung lag in der Luft und das hatte definitiv etwas mit Frederik zu tun. Sie wusste, dass er dem White-Areal zugeteilt war und ihm wollte sie nicht begegnen.

Berry zuckte zusammen, als jemand die Tür öffnete und Mr. Gettson, gefolgt von Assistenten, hereintrat und seine Begleiter nach einigen Unterschriften gleich wieder hinausbeförderte, die die Tür hinter sich verschlossen.

»Berry Stilben«, sagte er erfreut und Berry lächelte nur zaghaft, denn sein Lächeln schüchterte sie wiederum ein, weil es seine Augen nie erreichte.

»Mr. Gettson.«

Er kam nach vorn zur Tafel, legte ein Notizbuch auf das Dozentenpult, und kehrte zu Berry in den Studentenbereich zurück, um sich gleich neben seiner Schülerin zu setzen.

Die Sache in Loro hatte Berry nicht einfach so vergessen können. Da sie nun den Akademieleiter persönlich vor sich hatte, musste sie nur noch an seine Stimme denken, die Berry und die anderen Schüler in die katastrophale Bodenstadt geschickt hatte.

»Wir fangen mit etwas Leichtem an«, sagte er ohne Umschweife, zog einen Kugelschreiber aus seiner Brusttasche und drückte auf den Knopf, wobei statt einer Miene eine scharfe Nadel zum Vorschein kam.

Berrys Wahrnehmung war durch die Müdigkeit verzögert und so schaffte sie es nicht zu verhindern, dass der Akademieleiter seinen Ärmel zurückschob und sich den Unterarm aufschlitzte.

Berry riss die Augen auf und drückte instinktiv ihre Hände auf die Wunde. Das heiße Phönixblut kroch vorbei an ihren Fingern und tropfte auf den perfekt weißen Boden.

»Warum haben Sie das getan?«, fragte sie erschrocken und gab ihre heilende Phönixkraft ab.

»Damit Sie endlich wach werden, Sie schlafen hier sonst noch ein.«

Berry spürte, dass sie rot wurde und ihr Herz wieder zu rasen begann.

»Entschuldigen Sie, ich hatte nur ...«

»Ausreden!«, blaffte er sie an. »Ich habe mich auf Ihre Ausbildung eingelassen, weil Sie damit einverstanden waren, meine Bedingungen zu erfüllen. Die da wären?«

Berry biss sich auf die Lippe und schluckte, bevor sie die Punkte nannte. »Pünktlichkeit, Konzentration, Effizienz, Ehrgeiz und Geheimhaltung.«

»Und wie mir scheint, haben Sie vor, heute meine Zeit zu verschwenden. Die Wunde kann jeder Fünftklässler innerhalb eines Blinzelns heilen.«

Berry gab innerlich zu, dass sie langsam war, aber sie hätte ihr Feuer darauf verwettet, dass kein Fünftklässler soweit war, so eine Wunde zu versorgen, doch sie wusste auch, dass es klug war, Mr. Gettson nicht zu widersprechen.

Sie konzentrierte sich stärker auf die Verletzung und sobald der Arm wiederhergestellt war, stand der Akademieleiter auf und schob in aller Ruhe seinen Ärmel wieder über seinen Unterarm. Währenddessen ging er zur Tafel und schrieb darauf das Wort *Unsterblichkeit*.

»*Das* ist Ihr Ziel, Miss Stilben. Das und nicht weniger. Wenn Sie nur das Erwecken von Toten von mir erlernen wollen, dann verlassen Sie auf der Stelle diesen Raum. Wenn Sie bleiben, erwarte ich mehr, als was Sie mir liefern.«

Berry dachte an Lion, der ihr so viele Sorgen bereitete und dass Mr. Gettson doch garantiert nicht von ihr verlangte, dass sie in ihrem Zustand alles gab, was sie hatte.

»Teenager zu sein ist eine schwere Zeit, aber ich rechne damit, dass Sie wie eine Erwachsene denken. Schieben Sie alle Emotionen und Kindereien von sich und konzentrieren

Sie sich nur auf dieses Ziel.«

Er schlug fest mit der Handfläche auf das Wort *Unsterblichkeit.*

»Unsterblichkeit«, flüsterte Berry zittrig.

Mr. Gettson sah Berry mit festem Blick an und wartete auf etwas.

»Unsterblichkeit«, sagte die Schülerin entschlossener.

»Fangen wir an.«

Nach einer halben Stunde brach Mr. Gettson den Unterricht mit dem Blick auf eine Nachricht in seinem Funkenspiegel ab, dabei leitete er das Ende mit einem enttäuschten Seufzer ein.

»So geht das nicht, Miss Stilben. Sie sind die stärkste Schülerin der Akademie und Sie machen absolut nichts daraus. Talent allein zählt für mich nicht. Ihre heutige Performance ist weit unter dem erwarteten Niveau. Ihr Glück, dass ich einen Termin wahrnehmen muss. Hätte ich das hier noch länger aushalten müssen, wäre das Ihre letzte Stunde gewesen.«

Berrys Selbstbewusstsein krachte schmerzhaft in den Magen und hätte sie nicht gesessen, wäre sie bei dieser Wucht in die Knie gegangen.

»Warten Sie bitte!«, sagte sie, als der Akademieleiter nach seinem Notizbuch griff und zur Tür lief.

»Miss Stilben, ich will keine weiteren Ausreden hören. Ich sagte doch, ich habe einen Termin.«

»Aber ich muss noch etwas wissen.«

Er sah sie ungeduldig an, also beeilte sie sich.

»Es geht um die Eltern des schwarzen Phönixes!«

Seine Miene versteinerte sich und er kam wieder ein paar Schritte auf Berry zu.

»Was ist mit ihnen?«

»Ich habe gehört, Robins Schwester befinde sich an der Akademie und ich glaube, das hat etwas mit dem Angriff auf Loro zu tun.«

Mr. Gettson setzte ein Lächeln auf, das Berry unmissverständlich sagte, dass sie eine Grenze überschritten hatte.

»Es ist doch seltsam, dass Robin von dem Aufenthalt ihrer Schwester an der Akademie nichts gewusst hatte, sonst wäre sie doch niemals weggegangen«, fuhr Berry trotzdem fort.

Weiterhin lächelnd, schob Mr. Gettson eine Hand in seine Hosentasche und sah nachdenklich zur Tafel, auf der noch immer das Wort *Unsterblichkeit* stand.

»Haben Sie schon wieder Ihr Ziel vergessen, Miss Stilben?«

Auch Berry sah kurz zur Tafel und schüttelte dann den Kopf.

»Nein, natürlich nicht.«

»Es ist erstaunlich, wie ein paar Gerüchte Sie vom Unterricht ablenken. Was das White-Areal betrifft, es gibt sehr viel Getratsche um dieses Stockwerk. Ich würde an Ihrer Stelle nicht darauf geben.«

»In Ordnung, ich dachte nur, ich frage lieber nach«, sagte Berry. »Können Sie mir schon sagen, wann ich einen neuen Unterrichtstermin bei Ihnen erhalte?«

Er machte ein bedauerndes Gesicht.

»Ich weiß nicht, ob ich noch eine weitere Minute an Sie verschwenden will, Miss Stilben. Aber Sie erfahren es als Erste.«

Damit ließ er Berry stehen.

»Ich habe nicht gesagt, dass Robins Schwester im White-Areal gesichtet wurde«, flüsterte Berry nachdenklich und sah Mr. Gettson nach, bis die Tür zuschlug und sie ihre Gedanken mit einer hastigen Kopfbewegung wegschüttelte.

frederik

Frederik beobachtete, wie das blonde Mädchen ihren Helm abnahm und ihm ein selbstbewusstes Lächeln schenkte. Tief im Inneren wusste er, dass er diese Geste nicht verdiente, deswegen blieb sein Gesicht ernst und grimmig.

Er und Annie hatten gerade erst die Phönixakademie erreicht und er hätte ihr die Wahrheit über seine Identität auf dem Heimweg erzählen sollen, dass er in Wirklichkeit nicht Sed hieß, aber er traute sich nicht. Er redete sich den gesamten Rückflug ein, dass er sie sicher noch brauchen würde, auch wenn ihm langsam klar wurde, dass das Mädchen keinen Schimmer von Robins Aufenthaltsort hatte.

Eine andere Identität zu benutzen, war nicht seine Absicht, aber Annie wäre niemals mit ihm mitgegangen, hätte sie gewusst, wer er war: Frederik, der Kerl, der ihren Cousin Lion beinahe getötet hatte.

»Endlich zuhause«, sagte Annie erleichtert.

»Hat dir die Aufgabe Spaß gemacht?«, fragte er sie beim Verlassen des Hangars.

»Ganz ehrlich? Nein! Mir hat es nicht wirklich Spaß

gemacht, aber im Nachhinein war es schon aufregend. Wenn da nur nicht die Gänsehaut wäre, die ich noch immer habe, wenn ich daran denke, dass wir heute beinahe draufgegangen wären. Oh, warte kurz, dort drüben ist Mrs. Ignolia, ich muss sie noch eine Kleinigkeit fragen, können wir kurz zu ihr?«, fragte Annie und deutete auf die Lehrerin, die gerade alte Aushänge von einer der unzähligen Pinnwänden der Akademie abnahm.

Frederik warf einen flüchtigen Blick zu Mrs. Ignolia. Er wollte auf keinen Fall von ihr gesehen werden, also schob er Annie hinter eine Statue einer jungen Frau, die sich kunstvoll in einen Phönix verwandelte – eine Fähigkeit, die nur ein Phönixmagier unter hunderten besaß.

»Was hast du?«, fragte Annie und besah sich die Statue.

»Mrs. Ignolia und ich mögen uns nicht sonderlich.«

»Hast du in der Schulzeit Unsinn angestellt? Was hast du getan? Hausaufgaben vergessen oder warst du einer von den bösen Jungs, die ...«

»Unwichtig«, unterbrach er Annie. »Was willst du überhaupt von ihr? Wir sollten lieber zur Punkteauswertung gehen, danach kannst du die Lehrerin immer noch aufsuchen.«

»Langsam glaube ich wirklich, dass du einer von den Bösen warst«, scherzte Annie und versetze Frederik einen kleinen Klaps auf dessen Oberarm, der diese Behandlung alles andere als angemessen fand. »Mrs. Ignolia ist im Festkomitee und organisiert viele Veranstaltungen, da wollte ich sie um Hilfe für mein Projekt bitten.«

»Bitte sag mir nicht, dass du so ein Partymädchen bist und deinen sechzehnten Geburtstag planst.«

»Was? Nein! Für wie alt hältst du mich denn? Es geht

nicht um meinen Geburtstag. Ich sammle Geld für den Wiederaufbau des Krankenhauses in Loro.«

Sie lächelte, vermutlich, weil sie ganz stolz auf ihr belangloses Projekt war.

»So eine bist du also«, sagte Frederik mit einen Hauch Abneigung.

Annies Lächeln erstarb und sie legte ihren Kopf schief.

»So eine? Wie meinst du das?«

»Wie sage ich das nur, damit es *nett* klingt«, fragte Frederik sich selbst und rieb über sein Kinn. »Reiche Menschen sammeln immer gerne Geld für wohltätige Zwecke und damit ist deren Hilfe bereits beendet. Die Drecksarbeit müssen dann wieder die Armen machen. Ich sehe nie einen von euch auf einer wohltätigen Baustelle. Ich verstehe aber, dass ihr euch nicht die Finger schmutzig machen wollt, ihr stellt ja die Mittel.«

Frederik sah die Enttäuschung in Annies Gesicht und seltsamerweise traf ihn das, doch es war nicht seine Art, sich für sein Verhalten zu entschuldigen.

»Du solltest vor Ort helfen, dann siehst du, dass deine Unterstützung auch ankommt«, setzte er nach, auch wenn seine Stimme tröstender klang.

»Was soll das?«, fragte Annie sichtlich verärgert und einen Tick zu laut, wie Frederik empfand. »Wird das jetzt so eine Armer-Junge-reiches-Mädchen-Diskussion? Darauf habe ich keine Lust. Mrs. Ignolia will ich nur hinzuholen, weil mich die Reiche-Kinder-Clubs nicht ernstnehmen wollen und ich Hilfe benötige von Menschen, die wissen, wie man ein großes Projekt auf die Beine stellt. Du hältst dich wirklich für etwas Besseres, wenn du deine tolle Aufopferung vor meine Aufgabe stellst, bei der ich angeblich meine Hände nicht schmutzig machen will. Warum sind Bodenstädter so abwertend uns Himmelsstädter gegenüber? Es ist so, als wolltet ihr uns um jeden Preis hassen.«

»Ich zähle mich nicht zu den Bodenstädtern, Annie. Ich habe mein Leben unterwegs durch die ganze Welt verbracht, ich fühle mich einfach überall zuhause, selbst in einer verfluchten Steinstadt.«

»So etwas ist natürlich sehr leicht zu sagen«, sagte Annie.

»Kann ich irgendwie helfen?«, erklang die Stimme von Mrs. Ignolia und Annie sah sofort zu der Frau, während Frederik ihren Blick mied. »Na zünde mir einer die Federn an, Robin hat erst kürzlich die Akademie verlassen und du krallst dir bereits eine neue Schülerin, die du beeinflussen kannst, Frederik? Wirst du die kleine Miss Anderson genauso lange zerstören, bis sie vor dir die Flucht ergreift?«

Frederik sah, dass Annie etwas sagen wollte, doch sie hielt inne und blickte überrascht in seine Augen. Er konnte sehen, wie sich die Überraschung in Erkenntnis und dann in Ärger wandelte.

»Annie«, begann er und war seinerseits überrascht, dass seine Stimme so reuevoll klang.

»Nein!«, blaffte sie ihn an, dann sammelten sich Wuttränen in ihren Augen und sie sprach mit belegter Stimme weiter. »Ich hätte nicht im Traum daran gedacht, dass ich mich auf denjenigen einlasse, der meinen Cousin töten wollte.«

»Ich *wollte* ihn nicht töten.«

»Halt deine Klappe!«, zischte sie ihn an.

Ihre Hände packten ihn am Shirt, das sie wütend betrachtete.

»Jetzt verstehe ich, warum du in Alltagskleidung mit mir in dieser Stadt warst. Ich durfte nicht sehen, dass du ein schwarzer Phönix bist. Aber ich habe es gespürt. Ich habe deine Kälte wahrgenommen, leider habe ich es falsch gedeutet. Und außerdem, ich bin schon siebzehn!«, schrie sie ihn an und lief davon.

berry

Der Gang durch das White-Areal kam Berry nach ihrer Blamage bei Mr. Gettson vor wie ein Spießrutenlauf. Sie glaubte, alle starrten sie an und tuschelten hinter ihrem Rücken, wie nutzlos sie doch heute war und dass sie ihre Gefühle über die Dingen stellte, die sie in dieser Welt wirklich weiterbringen würden.

Verwirrte Teenieschwärmerei, las sie in den Augen der Anderen, auch wenn es gar nicht sein konnte, sie kannte diese Menschen alle nicht und sie waren auch nicht bei ihrem Unterricht zugegen. Sie versuchte, ihren Blicken standzuhalten, doch sie war nicht so stark wie eine Annie oder eine Kathy – eine Berry senkte immer den Blick, wenn sie zu viel Aufmerksamkeit bekam.

So lief sie weiter, ihre Augen auf den Boden gerichtet, ihr Haar weit ins Gesicht gezogen, ihre Büchertasche fest umklammert, so als sei sie ihr einziger Halt, der ihr aus dieser Schmach hinweghelfen würde.

Leider bemerkte sie erst spät, dass sie geradewegs in Frederiks Arme hineinlief. Als sie seine Füße sah, zuckte sie zusammen und blieb abrupt stehen. Dennoch musste er sie an den Schultern festhalten, damit sie nicht mit ihm zusammenstieß. Sie sah ihn erschrocken an und auch er wirkte überrascht.

Für eine Schrecksekunde wusste Berry nicht, wen sie da vor sich hatte, doch als die Erinnerung kam, wandte sie sich aus seinem Griff und umklammerte ihre Büchertasche umso fester.

»Ich kenne dich doch«, sagte Frederik.

»Keine Ahnung, ich glaube, du verwechselst mich wieder mit Robin. Was ist, willst du mich vielleicht auch vereisen?«, fauchte sie ihn an und bekam Panik.

»Beruhige dich, ich tu dir nichts«, sagte er beschwichtigend.

Sie wollte erwidern, dass er Lion auch nichts hätte tun dürfen, da trat ein kleines Mädchen hinter seinem Rücken hervor.

Berry stockte der Atem. Das Kind war außergewöhnlich, es schien von innen heraus zu leuchten und ein zarter Nebel umgab es, doch das Großartigste an ihm waren seine Haare: Wie Wolken schwebten sie um es herum und versetzten sich bei noch so kleinem Kopfnicken in eine schwebeartige Bewegung. Berry wusste ganz genau, wer das war, denn Annie hatte bereits über Jenny Bish berichtet.

Sie starrte Jenny sprachlos an und das Mädchen kam auf Berry zu und umarmte sie plötzlich.

»Nein, Jenny, lass sie los«, sagte Frederik und versuchte das kleine Mädchen von ihr wegzuziehen, doch Jenny hatte einen stärkeren Griff, als so ein kleines Kind eigentlich haben sollte.

Berry blickte erschrocken in die Augen des Kindes und sah einen tiefen, gewaltigen Wald mit aufregendem Leben in ihnen. Berry glaubte, einen vorbeifliegenden Falken in den Augen zu erkennen und für einen Augenblick fühlte sie sich wirklich in einen Wald versetzt: Einen wuchernden, wilden Wald, ohne die strenge Hand eines Menschen, der die Natur bändigte.

»Du darfst dich nicht verirren«, hörte sie das Mädchen in einem mehrstimmigen Klang sagen, ohne dass sich Jennys Lippen bewegten. »Du bist an einer Abzweigung und schlägst den falschen Weg ein.«

»Einen falschen Weg?«, fragte Berry, doch der Wald war verschwunden und das Mädchen ließ sie bereits los, wobei es scheinbar das Interesse an Berry verlor, denn es nahm Frederiks Hand und führte ihn mit sich.

Berry und Frederik starrten sich nur entsetzt an und der junge Mann löste sich kurz von Jenny und kam zu Berry zurück.

»Hör zu, das mit deinem Freund tut mir leid, aber du musst dich unbedingt von Jenny fernhalten. Sie lässt einen Dinge sehen, die uns verändern und das nicht immer in die positive Richtung. Was auch immer sie dir gezeigt hat, ignoriere es!«

Berry hörte ihm nicht richtig zu, ihr Herz pulsierte wie das wilde Leben im Wald.

»Hörst du?«, fragte Frederik und holte sie aus ihren Gedanken.

»Ich habe keine Ahnung wo Robin ist und was du mit Lion gemacht hast, war unverzeihlich. Ich will nicht, dass du mich jemals wieder ansprichst oder mich berührst. Bleibe. Mir. Fern! Ich habe dir nichts mehr zu sagen«, hörte sie ihre eigene Stimme. Dann nahm sie Reißaus und verschwand aus dem White-Areal, ohne noch ein einziges

Mal auf andere Menschen und ihrem Gedanken, Berrys Versagen betreffend, zu achten. Sie wollte nur raus, einfach nur weg von hier.

Aufgewühlt sah Berry nicht, wohin sie rannte und als es einen plötzlichen Ruck gab, dachte sie tatsächlich daran, dass Frederik ohne Vorwarnung einen Zauber in ihren Rücken schleuderte. Gleichzeitig hörte sie, wie etwas riss, als sie zu Boden fiel und ihre eigenen Bücher auf sie polterten. Erst als die umherstehenden Schüler lachend auf sie zeigten, begriff sie, dass niemand sie angriff und die Wälzer um sie herum waren aus ihrer Tasche gefallen. Sie sah hoch, wo die Hälfte ihrer Tasche an einer Türklinke hing, hingegen die andere noch an ihrem Riemen um ihre Schulter.

Röte stieg ihr ins Gesicht.

»Das passiert, wenn Schüler durch die Flure rennen«, sagte ein Hausmeister, stellte einen Eimer beiseite und lehnte seinen Wischmopp an die Wand.

»Hast du dich verletzt?«, fragte er, als er sich nach den ersten Büchern beugte.

Berry war diese Situation äußerst peinlich, denn zum zweiten Mal an diesem Tag glaubte sie, ihr Gesicht verloren zu haben. Schnell rappelte sie sich auf und begann wortlos ebenfalls ihre Sachen zusammenzusammeln.

Zu ihrem Pech kam in diesem Augenblick eine Schülerschar an ihr vorbei. Kichernd sahen sie zu ihr herunter, doch sie schienen ihr nur eine kurze Aufmerksamkeit zu gewähren, denn sie scharten sich um Dunken Fields. Er war jetzt eine große Berühmtheit, die gerne über die Ereignisse in Loro berichtete, auch wenn er oft die Wahrheit mit vielen kleinen Lügen ausschmückte, um interessanter zu wirken.

»Ich schwöre euch, die Angreifer trugen alle rote Bärte, so als sei das ein großer Kult«, sprach Dunken theatralisch.

»Rote Bärte, Dunken?«, wollte eine Schülerin aus dem achten Jahrgang wissen.

»Sie sahen gefärbt aus, denn das Haupthaar war nur bei wenigen rot, der Rest war blond, brünett, schwarzhaarig, ihr wisst schon, so wie du und ich.«

»Der Wahnsinn!«, schwärmten die Mädchen.

Es waren einfach zu viele Schüler, die Berry allesamt belächelten. Sie wusste nicht, wohin sie blicken sollte, also starrte sie auf die Hände des Hausmeisters, der sorgfältig die Bücher sortierte. Da entdeckte sie an der linken Hand etwas, was ihr Herz schneller werden ließ. Zunächst glaubte sie, dass sie einer Einbildung erlegen war, aber zwischen dem Zeigefinger und dem Mittelfinger war eine kleine Tätowierung, die Berry nur erkannte, weil der Mann die Finger bei seiner Aufräumarbeit leicht spreizte: Es waren zwei klitzekleine schwarze, nebeneinanderliegende Punkte. Zu lange starrte sie das unscheinbare Symbol an und vergaß sogar, das Durcheinander, das sie angerichtet hatte, aufzuräumen. Sie fing den Blick Hausmeisters auf und er griff nach ihrer linken Hand, spreizte gewaltsam ihren Zeige- und Mittelfinger, bis auch er überrascht, beinahe erbost, von ihr wegzuckte.

»Berry, was ist passiert?«, fragte nun eine bekannte Stimme. Das Mädchen blickte zu Aves, der näher kam, die Bücher auf dem Boden betrachtete und dann Dunken und seinen Begleitern nachsah.

Der Hausmeister nutzte die Gelegenheit, stand hastig auf und versenkte seine Finger in Berrys Mähne, wobei er ihr schmerzhaft einige Haare ausriss.

Sie gab einen kurzen Schmerzenslaut von sich und rieb mit der Hand die schmerzende Stelle am Kopf, während auch sie sich erhob und den Hausmeister mit einem vorwurfsvollen Blick bedachte.

»Was fällt Ihnen ein?«, fragte Aves laut und ging auf Berry zu, um ihr den Kopf zu massieren. »Zeig mal!«

Sie schob ihn von sich und starrte ihre Haare in der Hand des Hausmeisters an.

»Sie sollten die Schülerinnen netter behandeln, sonst sind Sie bald Ihre Anstellung los, dafür sorge ich, ich will mich nämlich für die Stelle des Schülersprechers bewerben!«

Doch der Mann achtete nicht auf Aves, sondern schnappte seine Putzutensilien, stopfte Berrys Haar in seine Overalltasche und eilte Dunken und den anderen Schülern nach, wobei er einen prüfenden Blick über die Schulter warf und Berry stirnrunzelnd musterte. Da wusste sie, dass sie Mr. Gettson bald wieder aufsuchen musste.

»Ich helfe dir, die Bücher in dein Quartier zu bringen«, sagte Aves und hob den größten Stapel, während Berry sich nach dem kleineren beugte. »Dass du auch immer deine Tasche so vollpacken musst. Ich hoffe, du kannst sie irgendwie nähen, denn ich halte nichts davon, wenn alte Sachen für neue im Müll landen. Aber du hast ja das Geld, ich will dir nichts vorwerfen.«

»Geld?«, fragte Berry abwesend. »Welches Geld?«

»Für deine Tasche.«

»Ähm, ich werde sie einfach nähen, ich brauche keine Neue.«

Aves lächelte sie anerkennend an.

»Also für eine Himmelsstädterin bist du löblich sparsam.«

Berry schluckte schwer, auch wenn sie immer behauptete, sie käme aus einer bescheidenen Familie, die in einer Himmelsstadt lebte, entsprach das nicht der Wahrheit. Sie hielt das sogar vor ihren engsten Freunden geheim – genauso wie die Sache mit den zwei Punkten auf ihrer Hand.

»Ist es wahr? Du willst dich für den Schülersprecherposten bewerben?«, fragte sie, auch wenn ihre Gedanken bei dem Mann mit der Tätowierung waren.

»Es geht nur um die Kandidatur für die Wahl. Greece Focus aus dem dreizehnten Jahrgang bereitet sich gerade für die Abschlussprüfungen vor und hat vor, ihr Amt als Schülersprecherin abzugeben und ich will mein Glück versuchen.«

»Glück? Du bist für diese Stelle wie geschaffen. Wenn sie dich nicht einstellen, wen dann? Eine zweite Kathy? Das wäre gruselig.«

»Ja, nicht wahr?«

Sie lächelten sich an.

»Es gibt sechs weitere Kandidaten und es wäre mir eine Ehre, wenn du mir bei meinem Wahlkampf helfen würdest.«

Nervös umklammerte Berry ihre Bücher.

»Ich? Nein Aves, ich traue mir gerade so eine große Verantwortung nicht zu. Such dir lieber geeignete Unterstützung, jemanden der weiß, wie so etwas organisiert wird. Ich bewundere dich und auch Annie. Ihr zwei legt einen gewaltigen Ehrgeiz an den Tag. Ich kann nach der Geschichte in Loro und der Sache, die mit Lion geschehen ist, nicht einmal eine Stunde bei Mr. Gettson überstehen, ohne mich bis auf die Knochen zu blamieren. Ich kann das nicht so schnell vergessen wie ihr.«

Die Kränkung in Aves Gesicht ließ Berry zurückrudern: »Damit meine ich doch nur, dass jeder Mensch unterschiedlich lang für die Verarbeitung benötigt. Ich unterstelle dir keine emotionale Kälte.«

»Emotionale Kälte, ernsthaft?«

Aves lachte leise und schüttelte ungläubig den Kopf.

Sie sprachen bis Berrys Quartier kein einziges Wort mehr und Berry war durch Aves Anwesenheit extrem überfordert. Etwas hatte sich zwischen ihnen geändert und es fühlte sich nicht gut an.

Nachdem Aves die Bücher in Berrys Zimmer auf dem Tisch abgelegt hatte, zögerte er, bevor er den Raum verließ, dabei hielt sie ihm auffordernd die Tür auf.

»Ich muss dir etwas sagen, Berry«, begann er, doch sie sah auf ihrer Uhr auf dem Nachtisch, dass sie zu spät zu ihrem nächsten Unterricht kamen. Schnell winkte sie Aves aus dem Raum, schloss ab und beeilte sich, wobei sie mehrmals zurückblicken musste, weil der Junge es offenbar nicht so eilig hatte.

»Was ist, komm schon, Mrs. Ignolia kann richtig stinkig werden, wenn man sie nicht ernst nimmt«, sagte sie.

»Damit komme ich klar«, sagte Aves. »Ich versuche doch schon seit ein paar Wochen mit dir zu reden und zwar an einem Ort, an dem kein sterbender Lion liegt.«

»Lion wird nicht sterben«, berichtigte Berry ihn sofort. »Er ist nur stark ...«

»Vereist, ich weiß«, unterbrach Aves sie und folgte ihr nun etwas hastiger, was sie freute. »Lion, Lion, immer bist du nur noch bei ihm. Sind wir denn keine Freunde mehr? Ich verstehe es nicht. Seit Robin zu uns gestoßen ist, hat sich unsere Gruppe komplett zerspalten, jeder ist nur noch für sich und meidet die Gegenwart des anderen.«

»Und wer wollte sie unbedingt auf die Akademie schleppen?«, fragte sie vorwurfsvoll.

»Das mit Robin hat sich im Nachhinein als ein großer Fehler herausgestellt, aber ich sorge dafür, dass alles wieder gut wird.«

»Wie willst du das denn anstellen? Du bist schuld, dass diese Gruppe zersplittert ist. Lion ist mein bester Freund, ich will bei ihm sein. Ich kann nichts dafür, dass du und Annie euch getrennt habt, aber erwarte bitte nicht, dass ich mir deine Gespräche über die zerbrochene Liebe anhöre, während Lion in diesem Zustand ist.«

Aves atmete schwer. Er verlangsamte seinen Schritt.

»Ich weiß doch, dass er mehr für dich ist als nur ein Freund. Und was ist mit mir?«

Berry wandte sich Aves zu und hielt an.

»Was? Was soll mit dir sein?«

»Gebe ich denn so schlechte Signale? Gerade du, die ein fotografisches Gedächtnis hat und sonst alles rafft, siehst es nicht?«

Berry senkte mit geschlossenen Augen den Kopf. Der heutige Tag war eine Katastrophe und gerade wollte sie keine ernsten Unterhaltungen führen, sie wollte einfach nur diesen Tag überstehen.

»Auch wenn dir meine Gespräche zu dumm erscheinen, ich kann wenigstens mit dir interagieren und ich bin mir sicher, Lion kann für ein paar Minuten am Tag auf dich verzichten«, sagte Aves.

Berry berührte sanft seine Hand, vermied es aber, ihm in die Augen zu sehen.

»Entschuldige, ich meinte nicht, dass deine Gespräche dumm seien. Ich bin zurzeit nur keine gute Gesprächspartnerin.«

»Wir müssen nicht reden, es wäre nur einfach gut, etwas Zeit mit einer Freundin zu verbringen.«

Berry nickte, sah kurz auf, doch sie konnte seinem Blick nicht standhalten und trat von ihm zurück, während sie so tat, als würde sie einer vorbeigehenden Schülerin hinterhersehen.

»Wir können uns später noch treffen«, sagte sie schließlich. »Aber jetzt komm, wir sind schon zu spät.«

»Ich wünschte, du würdest das mit dem Treffen auch so meinen. Ach vergiss es, geh nach dem Unterricht ruhig wieder zu deinem Lion.«

Berry wollte widersprechen, doch dann hätte sie ihn angelogen. Sie schwieg.

Weil die Stille zwischen ihnen unerträglich wurde, liefen sie gleichzeitig los und sprachen den restlichen Tag nicht mehr miteinander.

frederik

Frederik nervte es, dass er sich darüber Gedanken machte, dass er jemanden verletzt hatte. Es ging nicht darum, dass er einen Menschen vereist hatte, Lion hatte es durchaus verdient, weil er ihn zum Narren gehalten hatte. Wenn es um Robin ging, verstand Frederik keinen Spaß. Doch nie hatte er sich mit den Konsequenzen seiner dunklen Magie auseinandersetzen müssen, noch nie war er von Angehörigen oder Freunden seiner Opfer umgeben oder bekam deren Tränen und entsetzte Gesichter mit.

Und schon gar nicht wollte er, dass sich Jenny in die Schicksale der beiden Mädchen einmischte. Jenny hatte ihm über Annies Manipulation berichtet und was er gerade eben zwischen Berry und der kleinen Bish selbst erlebt hatte, hätte er verhindern müssen. Das Biest machte alles komplizierter.

Er stand im Konferenzraum an die Spiegelwand gelehnt, hinter der sich Varus Gettson versteckte. Frederik war schon selbst oft genug in dem versteckten Spiegelraum gewesen und konnte den Versammlungen beiwohnen. Das letzte Meeting, als Robin befragt wurde, hatte er belauscht. Ihm war die Nähe zwischen Lion und ihr sauer aufgestoßen, was wohl ein Grund war für seinen Ausraster, bei dem er den jungen Phönix vereist hatte.

Der Tag hinter den Spiegeln war sowieso ein anstrengender für Frederik gewesen. Damals hatte Robin ihn seltsamerweise direkt angeguckt, obwohl er ganz versteckt im Zwischenraum war, in den sie keinen Einblick haben *konnte*.

Varus Gettson liebte seine Spiegel, das wusste Frederik. So konnte der Akademieleiter seinen Tick ausleben, einem Meeting beizuwohnen, ohne direkt dabeizusein, denn es war so seine Angewohnheit, die fähigen Kinder, die er kaufte, nur aus der Entfernung zu beobachten. Robin und Frederik hatten früher immer gedacht, dass er ihnen nur Emotionen und väterliche Nähe vorenthielt, wenn sie nicht fleißig genug waren, aber in Wirklichkeit fürchtete sich der Akademieleiter vor seinen kleinen Machtwesen, die er sich ins Haus holte. Erst wenn er sie an sich gebunden hatte, ließ er räumliche Nähe zu. Frederik und noch ein paar hochbegabte Kinder arbeiteten inzwischen loyal für ihn, einige waren geflohen, so wie Robin und wiederum andere starben aufgrund der Untersuchungen und Laborbehandlungen, oder weil sie nicht wussten, was Loyalität bedeutete.

Was für eine Verschwendung von Talenten, dachte Frederik und beobachtete Jenny Bish, die am Tisch saß, während Ärzte, Forscher und Mr. Gettsons Assistenten um sie herumstanden, sich Notizen machten oder dem Mädchen Anweisungen gaben.

Ihre hellleuchtende Gestalt und ihr ungewöhnliches

Haar im reinsten Weiß ließen die gesamte Einrichtung des Konferenzzimmers grau und alt erscheinen.

Jenny war der aufgehende Stern an der Forschungsfront, denn ihre Kräfte versprachen die Heilung der verfluchten Orte. Nur deswegen war Frederik heute mit Annie wegen einer Fluchprobe in einer hochverfluchten Stadt gewesen. Jenny sollte diesen Zauber neutralisieren.

Ein Mann, der Gummihandschuhe trug, brachte eine große Topfpflanze, die keine Pflanze mehr im ursprünglichen Sinne war: Sie ähnelte einer Steinfigur und Frederik wusste, dass sie mit dem Fluch aus der Steinstadt versetzt wurde.

»Erstaunlich, wie schnell dieser Zauber greift, ich musste einen Magieblocker benutzen, damit er sich nicht ausbreitet«, sagte der Mann, der die Steinpflanze vor Jenny Bish auf den schneeweißen Tisch stellte.

»Wenn es möglich ist, einen Fluch mit einem Blocker zu stoppen, warum ist noch niemandem in den Sinn gekommen, die Welt auf diese Weise von magischen Katastrophen zu befreien?«, fragte Frederik, doch er bekam nur mäßig Aufmerksamkeit, alle waren auf Jenny Bish fixiert.

Ein Assistent des Akademieleiters verrieb Luft zwischen Zeigefinger und Daumen und deutete Frederik damit an, dass diese Methode zu kostspielig wäre.

»Ja klar, in einer Welt, in der es viele reiche Leute gibt, wird sich kaum Geld für Magieblocker finden«, murmelte Frederik und schüttelte abwertend den Kopf, wobei nun auch seine Aufmerksamkeit Jenny galt.

Sie fixierte die Steinpflanze neugierig. Niemand musste ihr erklären, was sie zu tun hatte, sie schien es instinktiv zu wissen. Jenny griff mit der Hand über ihren Kopf, wo ein Gebilde erschien, das aussah wie der Sternenhimmel. Die Umherstehenden wichen erschrocken einige Schritte von dem Mädchen zurück und auch Frederik klappte die Kinnlade nach unten. Er allerdings ging eher auf das Mädchen zu und betrachtete die Sterne in einer tiefen Wolke über ihrem Kopf. Die Galaxie darin spiegelte sich im Konferenzraum bis zur Unendlichkeit.

»Das ist die Kraft der Eizellenspenderin«, sagte ein Forscher entzückt. »Die zusätzlichen Gelder und das Warten haben sich gelohnt, das Kind ist *perfekt.*«

Jenny achtete auf niemanden, sondern fuhr mit ihrem Finger über die Sterne und helles Licht sammelte sich auf der Kuppe. Der Sternenhimmel verschwand und mit einer lässigen Bewegung schleuderte Jenny das Licht vom Finger auf die versteinerte Pflanze. Diese glühte nun ebenfalls auf und das Licht kroch dann über sie hinweg und manifestierte in einem geringen Abstand darüber ein kleines Bröckchen Erde.

»Noch nicht ergiebig, aber keine schlechte Grundlage«, sprach eine Forscherin, während sie und die anderen den Zauber beklatschten.

Nur Frederik beschlich eine seltsame Angst, denn solange die Forscher das Stück Erde bejubelten, waren seine Augen auf die versteinerte Pflanze gerichtet, die bröckchenweise zu Asche zerfiel.

Aus der Asche entsteht neues Leben, dachte er.

»Das ist aber eine bizarre Art, einen Fluch zu lösen«, sprach er dann aus und unterbrach die Freude der andern. »Natürlich, der Fluch ist weg und ihr habt ein hübsches Erdklümpchen, wozu auch immer das nutzen mag, aber schaut doch, die Pflanze existiert nicht mehr. Ihr wisst ja, die symbolisiert hier eine Kleinigkeit, oder irre ich mich? Was wird mit der Stadt und deren verfluchten Bewohnern, wenn Jenny erst einmal den Zauber gelöst hat? Die Zerstörung ist ja doch hoffentlich nicht euer Ziel.«

Er stützte sich mit beiden Armen am Tisch ab, beugte sich über die ehemalige Pflanze und pustete die Asche aus dem Topf und besudelte damit den perfekt weißen Tisch.

Er sah den Aschepartikeln nach.

»Frederik?«, fragte ein Mann, doch er ignorierte denjenigen. »Frederik, hast du etwas von dem Steinfluch abbekommen, als du heute in der Stadt warst?«

Er sah hoch und blickte in die Augen von Dr. Tower, dem leitenden Forschers des White-Areals. Neben Varus Gettson hielt dieser Mann hier alles zusammen.

»Von dem Zauber? Hast du da etwas abbekommen?«, wiederholte der Mann.

»Nein«, sagte Frederik, auch wenn er sich nicht ganz sicher war. Für einen kurzen Moment in der Stadt hatte er sich gefühlt, als würde er innerlich verkrampfen, alle seine Muskeln wurden nicht nur träge, sondern richtig hart. Kein Wunder, dass er bei der Flucht so viel Energie verloren hatte. Wäre Annie nicht da gewesen, er hätte es da niemals rausgeschafft.

»Wir sollten dir etwas Blut abnehmen, nur für den Fall, dass Restpartikel des Zaubers in deinen Körper gelangt sind. Gib im Labor eine Blutprobe ab, sobald du Zeit hast, wir kümmern uns um den Rest.«

»Meinetwegen«, sagte Frederik und sah zu Jenny, die ihn beobachtete. Er hasste es, wenn sie das tat, denn er hatte inzwischen die Vermutung, dass sie seine Gedanken lesen konnte, denn sie sprach immer das an, was ihn im Moment des Gesprächs am meisten beschäftigte. Und nach dem Meeting würde er sie in ihren Raum begleiten und wusste, dass sie die Erlebnisse in der versteinerten Stadt zum Thema machen würde.

Er lächelte sie an, doch in ihrem Gesicht erschien keine Regung, sie wirkte wie ein Computer, den man in den Ruhemodus versetzt hatte.

»Was den Fluch angeht, sei unbesorgt«, sagte Dr. Tower und Frederik hatte das Gefühl, dass der Mann ihn wie einen dummen Jungen für eine unpassende Bemerkung tadelte.

Frederik hasste es, dass ihn die Forscher wie ein Kind – nein – ein Forschungssubjekt behandelten. All die Jahre injizierten sie Unmengen an Feenblut in seinen Körper und gaben kein einziges Mal eine Vorwarnung über die Dicke oder die Länge der Nadel, die sie ihm für eine steigende Magieeffizienz in sein Rückenmark stachen.

»Jenny Bish ist gerade mal sechs Jahre alt und ihre Kräfte sind noch nicht gut genug entwickelt, um den Zauber schon vollkommen fehlerfrei zu wirken. Selbstverständlich ist die Zerstörung der Städte nicht das Ziel unserer Institution. Wir müssen jetzt einige Dinge besprechen, würdest du Jenny bitte in ihr Zimmer bringen?«, erklärte Dr. Tower.

Frederik knirschte mit den Zähnen.

»Natürlich, Dr. Tower«, sagte er lediglich und nahm Jennys Hand, die sich so weich und – er konnte es nicht anders bezeichnen – lebendig anfühlte.

»Warum hast du Angst, etwas Zerstörtes aufzugeben, um etwas Neues zuzulassen?«, fragte Jenny, als sie den Konferenzraum verließen.

»Du bist noch sehr jung, du begreifst die Zusammenhänge nicht. Man will, dass du später die Städte von ihren Flüchen befreist und da gibt es nicht nur Gestrüpp, sondern auch andere Lebewesen, die optimalerweise nicht zu Asche zerfallen sollten.«

»Ich rede nicht von der Pflanze, Freddy. Ich meine die neue junge Frau, mit der du heute unterwegs warst. Sie passt besser zu dir als das alte Mädchen.«

Frederik horchte auf.

»Junge Dame, das sind keine Gespräche für eine Sechsjährige. Und ich finde sehr wohl, dass Robin und ich zusammenpassen. Du hast nur noch keine Ahnung von solchen Dingen. Können wir zurück auf die massakrierte Pflanze von eben zurückkommen? Du wirst doch versuchen, das Leben zu erhalten?«

Doch sie ging nicht auf ihn ein.

»Robin und du ihr habt eine viel tiefere Verbindung, als du dir zugestehen willst.«

»Na also, sage ich doch.«

»Aber es ist nicht Liebe«, fuhr Jenny fort.

Er dachte kurz über diese Verbindung mit Robin nach und erinnerte sich an den Tag, an dem er hinter den Spiegeln ihr zugeschaut hatte, als man sie befragt hatte. Hatte sie gespürt, dass er da war, oder konnte sie ihn sogar wirklich sehen? Frederik hatte schon oft über magische Vereinigungen gehört, doch bis jetzt waren sie ihm suspekt und Ammenmärchen.

»Lass es einfach, Jenny, ich will über solche Dinge nicht nachdenken. Außerdem: Du gehst mir langsam auf die Nerven. Ab in dein Zimmer!«

Annie

Frederik ging Annie nicht aus dem Kopf. Sie fühlte sich so hintergangen und als ob die Demütigung nicht ausreichte, erhielt sie andauernd Nachrichten von ihm. Gelegentlich versuchte er, sie auch direkt anzufunken, was sie einige Stunden erfolgreich abwehrte, bis sie ihrer Wut irgendwann nachgab und seinen Direktfunken mit den schreienden Worten »Was ist?« annahm.

»Du machst es einem auch nicht leicht, dir die Situation zwischen uns zu erklären«, gab Frederik zurück.

»Ach, jetzt ist es meine Schuld? Soll ich mich etwa bei dir für mein Verhalten entschuldigen? Hast du sie noch alle?«

»Ich fasse es nicht, dass ich dich überhaupt anfunke, Annie.«

»Klasse, dann kann ich dich jetzt zuklappen.«

»Nein warte!«, zischte er und Annie hätte ihren Funkenspiegel beinahe wirklich zugeklappt, doch nun wartete sie darauf, dass Frederik etwas sagte.

»Dass ich Lion vereise, war nicht mein Plan. Er hatte

sich in etwas eingemischt, das ihn nichts anging. Leider hat er dadurch auch etwas Schwerwiegendes losgetreten. Er kann froh sein, dass er nicht tot ist.«

»Was?«, quiekte Annie.

»Nein, er stirbt schon nicht! Hör mir doch zu! Ja, ich gebe es zu, ich wurde auf dich angesetzt, damit ich dich wegen Robin ausfrage.«

»Das ist doch unsinnig, ich habe mit Robin nichts zu tun!«

»Aber du bist Lions Cousine und er hätte es dir irgendwie erzählen können.«

»Ja, aus seiner Vereisung heraus!«, blaffte sie. »Hat man dir nicht gesagt, dass ich die Krankenstation des White-Areals erst eine Woche nach Lions Einlieferung verlassen durfte? Man hat mich nicht unterrichtet, damit meine Genesung nicht daran litt. Es war ein Riesenschock, zu erfahren, dass mein Cousin beinahe gestorben wäre und du Idiot suchst noch Kontakt zu mir. Wegen Robin? Wie kann man so krank und eiskalt sein?«, schrie sie.

»Das liegt in meiner Natur, ich bin ein schwarzer Phönix. Wir sind nun mal eisig und können uns nicht für die Dinge der feurigen Phönixmagier erwärmen.«

»Du meinst, wie ich eine bin?«

»Ja! Und doch hast du es geschafft, dass ich mir Gedanken über dich mache.«

Annie schnaubte verächtlich.

»Als ob mir das etwas bedeuten würde!«

»Das erwarte ich nicht. Ich will auch nicht, dass du mir die Sache mit Lion verzeihst, ich werde dich auch nicht um Entschuldigung bitten, denn solche Dinge kann man nicht mit einem Wort wiedergutmachen.«

Annie hob ihre Hände und schloss die Augen, während sie hastig ihren Kopf schüttelte.

»Frederik, was wird das hier eigentlich? Was versuchst du zu bezwecken? Wenn du dich also nicht entschuldigen willst, was erhoffst du zu erreichen?«

Frederik sagte eine Weile nichts.

»Ich hatte die Annahme, dass dir unser Ausflug gefallen hat. Du hast richtig gestrahlt und deine Heilung kam genau richtig, was bedeutet, dass du starke Nerven hast. So eine Begleitung brauche ich an meiner Seite.«

Annie seufzte.

»Frederik, du hast mir eine so hohe Punktzahl gegeben, dass ich meine Prüfungszulassung bereits habe. Mir fehlt der Anreiz, dich an gefährliche Orte zu begleiten. Tu mir den Gefallen und lass dich bitte, *bitte* von jemandem versteinern. Das wäre die angemessene Entschuldigung, die ich brauche. Und jetzt lass mich in Ruhe.«

Sie beendete die Verbindung und ließ es zu, dass sich ein mulmiges Gefühl in ihrer Brust einnistete, das sie mit mehrmaligem, tiefem Durchatmen leider nicht loswerden konnte.

»Verdammt«, fluchte sie leise und steckte den Funkenspiegel in ihre Tasche.

Annie brauchte eine Weile und drei Tafeln Karamellschokolade, um sich abzulenken, doch es war nicht der Zuckerschock, der sie schließlich auf andere Gedanken brachte und ihren Ärger verpuffen ließ.

Sie seufzte auf, als drei Schülerinnen aus dem bekanntesten Reiche-Kinder-Club der so genannten *Feuerloge* an ihr vorbeiglitten. Sie bewegten sich in ihrer wohlerzogenen, vollkommenen Haltung: Ihre Nasen waren so hoch, dass sie selbst auf die höchstgewachsenen Jungs herabblicken konnten und auf ihren Lippen lag das überlegene und doch einnehmende Lächeln, das jeden Schüler davon träumen ließ, zu deren Club zu gehören. Diese Mädchen zu hassen, lag Annie einfach nicht, auch wenn sie ihre Mitgliedschaftsanfragen immerzu abgelehnt hatten. Sie wollte immer eine von ihnen sein, nur das Geld allein reichte leider nicht aus, man musste auch hervorragende Leistungen bringen. Jedes Mitglied der *Feuerloge* war für verschiedene Projekte zuständig, was das Leben an der Akademie den restlichen Schülern erleichterte.

Andere Clubs waren da nicht ganz so exklusiv und engagiert. Die Schüler und Studenten verbrachten sehr viele Jahre an der Phönixakademie und damit sie in ihrer Freizeit nicht gelangweilt in ihren Zimmern versauerten, schlossen sie sich zu diesen Verbänden zusammen. Und es gab wirklich, *wirklich* viele dieser Zusammenschlüsse. Eine Gruppe galt bereits als genehmigt, wenn sie mindestens drei Mitglieder hatte. Nach oben hin gab es selten eine Grenze, weswegen sich die größten Clubs nicht in Klassenräumen, sondern in großen Veranstaltungsorten wie dem Theater, der Aula oder der Kantine nach der letzten Mahlzeit trafen.

Die Phönixakademie war in ständiger Bewegung und hielt nur an größeren oder sehr wichtigen Ortschaften und durch diese Clubs konnten die Schüler ortsunabhängigen Hobbys in einer Gruppe nachgehen.

Auf die Frage hin, warum Annie ausgerechnet die *Feuerloge* als den besten Club ansah, strahlte sie immer und sagte: »Wenn man dort ankommt, stehen einem alle Türen offen.« Dabei wusste sie, dass ihre Geburt bereits die schönsten Portale geöffnet hatte, vielleicht war das aber auch der Hauptpunkt, warum Annie diese eine, für sie verschlossene Tür durchschreiten wollte.

Für Annie waren dabei nicht so die Clubinhalte wichtig: Für ihr Projekt war sie an dem hohen Budget der Feuerloge interessiert, das von den gut betuchten Eltern der Mitglieder stammte.

Diese Grazien von der *Feuerloge* aus der Nähe zu sehen, machte Annie wahnsinnig.

Vor allem starrte sie Sascha Koppels an, die Tochter des wohl vermögendsten Mannes der Welt.

»Ah, die *Feuerloge«,* säuselte Kathy, die plötzlich neben Annie aufgetaucht war. »Nerven dich diese Reiche-Kinder-Clubs auch? Andauernd senden sie einem ihre Mitgliedschaftseinladung, betteln praktisch, man möge doch ihrer Runde beitreten – was für verwöhnte Plagegeister, was?«

Annie biss sich fest auf die Zähne. Von wegen, ständige Einladungen.

»Was willst du, Kathy?«, fragte sie. »Ich kann dir weder über Robin noch über Lion irgendwelche Informationen geben.«

»Interessiert mich auch nicht«, winkte Kathy ab, was Annie nicht glaubte.

Die Schülersprecherin legte den Arm um Annies Schulter. »Du und ich sind doch fast schon Nachbarn, da du ja die Sommerferien oft im Haus der Familie Gravis verbringst. Da können wir auch offen miteinander sprechen, findest du nicht?«

Annie schob Kathys Hand von sich, blieb aber an Ort und Stelle stehen.

»Erstens bin ich nur eine Woche im ganzen Sommer bei Lion, zweitens hast du dich vor Robins Auftauchen einen Dreck für meinen Cousin und mich interessiert und drittens kann ich dir kein Wort anvertrauen, ohne dass es anonym oder mit deinem dreifach fett unterstrichenem Namen an jeden Bewohner der Akademie weitergeleitet wird. Also nein, wir können nicht offen miteinander reden.«

»Dabei hätte ich eine gute Lösung, wie du die reichen Gören der *Feuerloge* endlich von dir überzeugst.«

Annie wollte schon »Danke, aber nein Danke« sagen, doch sie biss sich auf die Unterlippe und sah Kathy halb genervt, halb erwartungsvoll an.

»Dachte ich es mir doch, dass du Interesse zeigen würdest.«

»Ich nehme an, du erwartest etwas für deine Hilfe«, sagte Annie und musterte Kathys lemongrünes Haar, in das sie kleine Feenflügelnachbildungen hineingeflochten hatte. Das Gespräch mit Frederik kam ihr dabei wieder in den Sinn: Kathy würde eine Begegnung mit einer Fee niemals überleben.

»Gut, ich gebe zu: Ich will ein Exklusivinterview mit dir haben. Ich will wissen, was in Loro wirklich passiert ist und damit ‚*Kathy informiert*' wieder aufnehmen.«

Annie schmunzelte wissend.

»Ich habe es gewusst. War Dunken etwa keine gute Quelle für deinen Erfolg? Er hat *drei* seiner Freundinnen verloren und ich nur eine Konkurrentin.«

»Die Aufmerksamkeit ist ihm zu Kopf gestiegen und ich vermute, dass er allen Quatsch erzählt. Du dagegen hältst dich mit der Geschichte zurück und hast dieses Projekt mit dem Aufbau des Krankenhauses. Irgendetwas sagt mir, dass du die interessantere Story für mich hast und dass sie nicht verbraucht ist wie die Dunkens.«

Das überraschte Annie nicht, Dunken wurde praktisch über Nacht zum beliebtesten Schüler: Ein tragisches Opfer, dessen drei Freunde auf brutalste Weise ermordet wurden. So war zumindest die allgemeine Aussage der Schüler, die sich mit dem Jungen unterhalten durften, denn seit er die Aufmerksamkeit genoss, hob er ab und sprach nicht mehr mit *jedem*. Das kümmerte Annie nicht, denn sie hielt ihn schon immer für einen Idioten, denn er hing die ganze Zeit an Sarahs Rockzipfel und hatte ihre Arroganz wie eine Krankheit aufgenommen. Und jetzt, da Dunken sich damit brüstete, die Katastrophe von Loro überlebt zu haben, kam es Annie sogar vor, als wäre Sarahs Geist in ihn gefahren und würde ihn steuern.

Die Aufmerksamkeit galt dem Jungen nicht nur darin, dass er Freunde sterben sah, sondern dass er die Angreifer gesehen hatte. Seltsamerweise gab er jedes Mal eine andere Beschreibung von den Männern, nur eine Tatsache schien er wohl jedes Mal zu vergessen: Die Männer und Frauen waren *vermummt gewesen*! Dass er diese kleine, aber entscheidende Sache nie erwähnte, zeigte Annie, dass er nicht wusste, wer das Krankenhaus angegriffen hatte.

Über die Erfahrungen in Loro hatte Annie selbst mit fast kaum einem gesprochen und dann auch nur sehr oberflächlich. Auch zu den behandelnden Ärzten war sie nicht ehrlich und daran sollte sich nichts ändern. Kathy würde kein einziges Wort erfahren. Auch wenn Sarah eine miese Schlange war, sie und ihre verstorbene Freundinnen hatten es nicht verdient, dass eine Kathy deren Ehre mit Füßen trat.

Kathys Unterstützung kam Annie aber ganz willkommen. Ihr Ruf und ihre Erfahrung mit dem Funkensystem war nicht zu unterschätzen.

»Du erhältst dein Exklusivinterview gleich nach einer erfolgreichen Ausstrahlung eines Funken, der mir helfen wird, mein Projekt voranzutreiben«, sagte sie.

»Woher weiß ich, dass du mich nicht ausnutzt und dein Wort brichst, nachdem ich all die Arbeit gemacht habe?«

»Das könnte ich auch dich fragen. Wenn du sagst, dass meine Geschichte dir dein Format zurückbringen kann, dann lohnt es sich, mir zu helfen.«

Kathy grübelte; ihr Gesicht spiegelte Zweifel wider und doch war es eine große Chance für sie, das wusste Annie.

»In Ordnung, ich helfe dir zuerst und dann hilfst du mir«, sagte sie widerstrebend.

»Abgemacht.«

***

Annie hatte den ganzen Tag mit Kathy an dem Funken gearbeitet, der schon in wenigen Tagen erscheinen sollte. In Gedanken war sie noch bei ihrer Rede, die sie selbst hölzern fand, Kathy ihr aber oft genug versicherte, wie einnehmend und ergreifend sie wirkte. Am liebsten würde die Schülersprecherin Bilder des zerstörten Krankenhauses verwenden, aber Loro war so unwichtig, dass sie keine Archivbilder des internationalen Nachrichtenportals fand. Das brachte Annie dazu, weitere Worte in ihrer Rede auszutauschen und auf die Bedeutsamkeit jeder noch so kleinen Ortschaft zu pochen.

Müde kramte sie nach ihrem Quartierschlüssel und wäre beinahe mit den Beinen einer am Boden sitzenden

Person zusammengestoßen.

»Berry!«, keuchte Annie erschrocken auf, denn sie hatte nicht mit ihrer Freundin gerechnet. »Deine Hand ist verbunden«, bemerkte Annie sofort.

Berry zuckte nur mit den Schultern.

»Gib es zu, du hast unsere Verabredung vergessen«, sagte sie, die ihre Augen auf den Inhalt eines besonders dicken Buches geheftet hielt und einen Zeigefinger auf eine Stelle legte, bevor sie zu Annie aufsah. »Wir waren heute wegen der Schallplatte verabredet.«

Siedendheiß fiel Annie die Sache mit der Platte ein. Sie verzog ihre Miene zu einer reuevollen Grimasse und schloss die Zimmertür auf.

»Es tut mir leid, ich habe das komplett vergessen. Komm, steh vom Boden auf, auf meinem Bett ist es gemütlicher.«

Berry markierte die Stelle in ihrem Buch mit einer winzigkleinen Brandstelle, klappte dann das Buch zu, und folgte Annie in ihr Zimmer.

»Somit hast du es tatsächlich geschafft, dass ich mir etwas anderes ansehe, als immerzu Lions schlafendes Gesicht.«

»Das ist gut, was denn?«

»Deinen Flurboden – den ich mein Leben lang nicht mehr vergessen werde, vielen Dank dafür.«

»Ich sagte doch, es tut mir leid. Ich hatte noch etwas mit Kathy zu tun.«

»Was willst du denn mit der?«, fragte Berry abwertend und Annie schämte sich für einen kurzen Augenblick, dass sie sich von der Bunthaar-Prinzessin helfen ließ.

»Ach, nur so eine Promotion-Sache für mein Projekt,

nichts Großes.«

»Ich würde ja sagen, du spielst mit dem Feuer, aber irgendwie kommt der Spruch an einer Phönixakademie nicht gut. Außerdem, ich habe ebenfalls bescheuerte Neuigkeiten: Aves und ich haben uns ein wenig gestritten«, sagte Berry.

»Ernsthaft? Aber das ist doch nichts Neues.«

»Nicht?«

Annie schüttelte amüsiert den Kopf.

»Nein, ihr neckt euch, seit ich euch kenne. Als ich Aves für mich gewinnen wollte, war ich der ernsten Überzeugung, dass er auf dich steht und ich hatte nur Glück, weil du dich eher in Lion verknallt hattest.«

»Aus deinem Mund klingt alles so einfach.«

»Berry, ich wünschte, es wäre so. Aves und du werdet euch schon wieder vertragen, da bin ich mir sicher.«

»Ach, egal, zeig mir mal die Schallplatte«, wechselte Berry das Thema.

Annie schnappte sich die Platte mit Mr. Truds Radierung und reichte sie Berry, die nicht so überrascht aussah, wie Annie erwartet hatte.

»Was hast du? Es ist doch großartig«, sagte sie, in der Hoffnung, Berry würde vor Entzücken umfallen.

Das Mädchen setzte sich gemütlich auf Annies Bett und neigte den Kopf mal so und mal so, wobei sie die Schallplatte in das Licht und dann dagegen hielt.

»Annie, ich sollte vielleicht erwähnen, dass ich heute Jenny Bish gesehen habe.«

»Nein«, sagte Annie überrascht, warf sich ebenfalls auf ihr Bett und nahm Berry das, wie sie fand, Kunstwerk weg. »Wo?«

»Im White-Areal.«

Berry erzählte ihr von der Begegnung.

»Falscher Weg? Was hat sie damit gemeint?«, wollte Annie im Anschluss wissen.

»Keine Ahnung und normalerweise lasse ich mir von keinem Kind etwas erzählen, aber Jenny ist kein normales Kind, sie ist ...«

»So erwachsen«, sagten die Mädchen gleichzeitig und lächelten einander besorgt an.

»Und das Verrückteste heute war nicht die Begegnung mit ihr. Ich habe Mr. Gettson auf Jenny angesprochen und ohne dass ich das White-Areal erwähnt hatte, sagte er mir, dass ich meine neugierige Nase nicht in die Angelegenheiten des Areals stecken sollte.«

»Ich sagte doch, da stimmt etwas nicht. Hier wird irgendetwas verheimlicht, warum sieht das keiner?«

Dann erzählte Annie von ihrem Besuch in der Steinstadt, die Berry sichtliche Gänsehaut auf die Arme jagte.

»Da können wir nur froh sein, dass Frederik dich nicht aus dem Weg geräumt hat, am besten du meidest ihn«, riet Berry.

»Selbstverständlich, ich bin doch nicht lebensmüde. Aber zurück zu Jenny: Was glaubst du, was sie ist?«, fragte Annie aufgeregt.

»Eine gute Sache hatte es ja, dass ich so lange auf dich warten musste, ich habe eine Menge über Sternenlicht gelesen. Ich dachte ja zuerst, du übertreibst mit der Schallplatte, aber dann habe ich dieses Mädchen gesehen und kann an nichts anderes mehr denken.«

Annie bemerkte, dass Berry immer wieder ihre verbundene Hand festhielt, als würde sie ihr gleich abfallen.

»Schmerzt deine Hand sehr?«

»Nein, alles bestens.«

»Hast du dich wieder unnötig verbrannt?«, fragte sie.

»Ja, aber das ist nicht schlimm, das heilt sicher bald.«

»Oh, wenn das eine leichte Verbrennung ist, dann kann ich meine Kräfte einsetzen, ich bin inzwischen besser darin und bin für jede Übung dankbar.«

Berry zog ihre Hand an ihre Brust und schüttelte den Kopf, so als würde sie Annie überhaupt ein paar Heilkräfte zutrauen.

»Nein wirklich, ich kann das, Berry!«

»Hör auf zu betteln, ich will, dass es natürlich verheilt.«

»Du traust mir nur nicht.«

»Ja, vor mir aus, ich will nicht, dass du noch mehr Schaden anrichtest. Und jetzt lass gut sein.«

Annie rollte mit den Augen, auch wenn ihr Selbstvertrauen etwas angeknackst war. Ihr Stolz, den sie durch die Arbeit mit Kathy angesammelt hatte, konnte aber nicht gemindert werden.

»Ich weiß nicht, wie ich Robins Schwester kategorisieren soll, sie hat Phönixblut, deswegen glaube ich, dass die Eigenschaften dieser Magieart auch in ihr stecken. Nur weiß ich nicht genau, wie sie sich auswirken, hat sie dazu etwas gesagt?«, fragte Berry.

Annie schüttelte nachdenklich den Kopf.

»Es war kein richtiges Gespräch, das wir geführt haben. Aber ich glaube, dass sie in meinem Kopf herumgegeistert ist und hat in mir dadurch etwas verändert.«

Berry sah Annie skeptisch an.

»Mir ist schon aufgefallen, dass du fleißiger und engagierter bist.«

Annie schob ihre Augenbrauen zusammen.

»Geht's noch? Das habe ich mir selbst erarbeitet. Aber Jenny war in meinen Träumen und hat mir den Schmerz wegen der Loro-Katastrophe genommen. Ich bin abgeklärter und nicht mehr traurig. Es ist, als wäre das passende Gefühl, dass ich eigentlich bei den Gedanken an Sarahs Tod haben sollte, gelöscht.«

»Du fühlst sicherlich eine Leere, das ist der betäubende Schmerz, so etwas habe ich im Moment mit Lion auch.«

Annie legte ihre Handflächen auf Berrys Wangen und drückte sie so zusammen, dass Berry einen Fischmund machte.

»Nein, Berry. Das ist nicht so eine Leere. Wenn man jemanden vermisst oder Schuldgefühle hat, gibt es eine Leere, ja, doch in diesem Fall habe ich das Gefühl – ich kann es schwer beschreiben, als hätte ich eine Zahnfüllung im Gehirn.«

»Zahnfüllung?«, fragte Berry nuschelnd und schob Annies Hände weg. »Wie meinst du das?«

Annie griff sich in die Haare und stieß einen verzweifelten Laut aus.

»Ich sagte doch, ich kann es nicht erklären. Aber es fühlt sich falsch an, weil ich in den Gesichtern der anderen sehe, dass ich mich der Situation entsprechend nicht angemessen verhalte. Diese mitleidigen Blicke in meine Richtung verwundern mich. Und beim Tod einer Mitschülerin, bei der ich doch zusammengebrochen war, sollte man nicht verwundert reagieren, habe ich Recht?«

»Nein, vermutlich nicht. Und mit Verlaub, du warst wegen Sarah so fertig, da sollte es uns nicht wundern, dass du nun verwundert bist. Aber ich glaube, ich weiß, was du meinst. Es könnte tatsächlich die Kraft von Robins Schwester sein. Vielleicht erneuert sie deine Gedanken, das wäre im übertragenem Sinne schon eine Phönixkraft. Eine neuartige Kraft, die eines weißen Phönixes.«

Annie lehnte sich zurück und sah aus dem Fenster, an dem die nächtliche Landschaft vorüberzog.

»Weißer Phönix? Hmm. Ich glaube, ich weiß jetzt, wie ich die Zahnfüllung in meinem Kopf anders erklären kann«, sagte sie zu den Sternen und ihrem eigenen verschwommenem Spiegelbild. »Es fühlt sich an, als hätte ich eine zweite Persönlichkeit, die zu Tage kommt, wenn ich an Sarah denke.«

»Das ist doch Unsinn. Das bildest du dir nur ein, Annie.«

»Und was, wenn nicht? Was, wenn in meiner Erinnerung eine neue Annie erschaffen wurde und die alte gehen musste?« Sie sah Berry direkt an. »Stell dir vor, diese neue Persönlichkeit bemächtigt sich meiner?«

»Hör auf, ich bekomme Gänsehaut.«

»Na gut, es war nur eine Überlegung.« Annie schüttelte nur den Kopf und sah wieder aus dem Fenster. »Ein weißer Phönix also.«

Berry seufzte. »Ein weißer Phönix. Ich frage mich, ob Robin und Jenny wirklich Schwestern sind.«

»Was spricht denn dagegen?«

»Ein Sternenlicht ist das genaue Gegenteil eines schwarzen Phönixes. Das Blut der beiden müsste einander aufheben. Jemand aus Robins Familie ist ein Sternenlicht und irgendjemand ein schwarzer Phönix, sie können nicht in der gleichen Familie gezeugt worden sein, das ist ausgeschlossen.«

»Ich kann dir nicht folgen.«

»Robin und Jenny sind wie Licht und Schatten. Wenn die Mutter ebenfalls ein Sternenlicht gewesen wäre, was sie eindeutig nicht war, wir haben sie ja gesehen, dann hätte sie Robin niemals gebären können. Und wenn sie ein schwarzer Phönix ist, was ich mir eher vorstellen kann, dann funktioniert die Zeugung von Jenny nicht. Verstehst du, Annie?«

»Äh…«

»Antikörper, du weißt doch, was Antikörper sind.«

»Ja, ich bin ein Heilerphönix«, sagte Annie etwas beleidigt. »Ich denke, ich verstehe jetzt, was du meinst. Aber was, wenn Robin uns angelogen hätte? Sie ist vielleicht nicht die Tochter der Bishs und ihr Name und ihre Geschichte sind komplett erlogen.«

»Daran habe ich auch schon gedacht.«

Annie sah an Berrys Gesichtsausdruck, dass da noch etwas anderes war, womit die Schülerin nicht rausrücken wollte.

»Wir sollten uns nicht zu sehr damit beschäftigen, sagte sie dann schließlich. »Das lässt mich die ganze Zeit nur an Robin denken und ich kann sie wirklich nicht ausstehen. Ich will sie nicht näher an mich heranlassen als nötig.«

Annie nickte.

»Es wäre für uns alle das Beste, wenn sie die Phönixakademie nie wieder betreten würde.«

Beide Mädchen seufzten gleichzeitig und lächelten sich zaghaft an.

frederik

»Lion, wo steckst du nur?«, lauschte Frederik Robins Stimme. Er hatte in Lions Krankenzimmer den mit Nachrichten überquellenden Funkenspiegel des Schülers gefunden und ihn ungefragt mitgenommen.

Ich habe dir schon so viele Mitteilungen geschickt. Ich mache mir langsam Sorgen um dich. Vielleicht kannst du sie auch nur nicht empfangen und ich mache mir unnötige Gedanken. Melde dich bitte, wenn du das hier erhältst. Ich befürchte, dass ich schon zu weit von der Akademie entfernt bin, um noch den Zurück-zu-Lion-Knopf zu betätigen. Der Gleiter macht zudem noch komische Geräusche, ich glaube, er gibt bald den Geist auf. Wahrscheinlich muss ich bald wieder zwischen den Bodenstädten reisen. Und weißt du was? Das bereitet mir nicht so viel Angst, wie die Ungewissheit, ob es dir gut geht oder ob Frederik dich zur Seite genommen hat und du mir deswegen keine Funken sendest. Halte dich fern von ihm, er kann unberechenbar sein.«

»Zu spät«, sagte Frederik.

»Es zieht ein Gewitter auf und wenn ich Pech habe, wird es ein verfluchter Regen, der mein Blut aus der Haut treten

lässt – zumindest habe ich so etwas einen Mann hier sagen hören. Ich suche mir am besten gleich einen Unterschlupf, bis das Wetter sich beruhigt. Pass auf dich auf, Lion. Ich denke an dich.«

Als der Funke vorbei war, klappte Frederik den Spiegel zu. Alle anderen Funken würde er ein weiteres Mal ansehen, es sei denn, Varus Gettson nahm ihm vorher den Spiegel weg.

Robins Funke hatte ihn traurig gemacht, denn sie bevorzugte eindeutig Lion. Er wusste aber auch, dass er überhaupt keinen Anrecht mehr auf sie hatte, egal wie viel sie gemeinsam erlebt hatten. Wahrscheinlich hatte Jenny recht und Frederik und Robin passten einfach nicht zusammen. Es waren die Umstände, die sie immer wieder vereint hatten, unter anderen Voraussetzungen gäbe es nicht einmal eine Annäherung.

Hatte Jenny von dieser Verbindung gesprochen? Gemeinsam viel erlebt, aber einander nie geliebt.

Annie

In den nächsten Tagen kam Annie kaum dazu, an Robin oder Jenny zu denken, denn Kathy tat wirklich alles, damit der bevorstehende Funke gut wurde. Würde Annie nicht so stark an ihrem Projekt hängen, hätte sie schon längst aufgegeben, doch sie war auch zufrieden damit, dass die Schülersprecherin sich ins Zeug legte. Sie nahmen neue Sequenzen auf und überarbeiteten sie zusammen mit einem Techniker, mit dem Kathy gerne arbeitete, wenn es schnell gehen musste.

Am Abend vor der Ausstrahlung hatte Aves ihre Arbeit an dem Funken unterbrochen, weil er ebenfalls die Hilfe der Schülersprecherin benötigte. Annie weinte Aves zwar nicht nach, aber im selben Raum musste sie sich deswegen auch nicht länger als nötig aufhalten.

»Wir sind ja eigentlich auch fertig«, sagte sie und war zufrieden, dass sie es geschafft hatte, Kathy davon zu überzeugen, keine heroische Hintergrundmusik für den Funken zu verwenden.

Sie winkte und lief zum Ausgang des Unterrichtskomplexes, wo Frederik auf sie wartete.

Schnell machte sie kehrt, doch Frederik hatte sie bereits erblickt und folgte ihr.

»Der Zugang zu diesem Bereich ist nur für Schüler und Lehrer vorgesehen«, begann Annie die Unterhaltung.

»Ich bin Robins Lehrer für schwarze Phönixmagie, falls du das vergessen haben solltest.«

»Konnte ich nicht wissen, denn als ihr gemeinsamen Unterricht hattet, habe ich mich von meiner geistigen Verwirrung erholt.«

Er holte sie mit seinen langen Schritten ein und lief neben ihr, während er seine Hände in die Taschen steckte.

»Du scheinst trotzdem nicht überrascht zu sein, ich weiß, dass du davon gehört hast.«

Annie blieb stehen und Frederik lief noch zwei Schritte, bis er ebenfalls zum Halten kam und sich zu ihr umdrehte.

»Ich dachte, meine Nachricht war deutlich: Du sollst mich in Ruhe lassen.«

»Hatte Robin nie in deiner Gegenwart erwähnt, dass ich sie ihr Leben lang verfolgt habe? Und da glaubst du wirklich, dass ich mich mit einem lächerlichen Direktfunken abspeisen lasse?«

Annie antwortete nichts, sondern sah ihn abweisend an.

»Ich bin hier wegen deiner Punkte für die Prüfungszulassung. Da wir die Aufgabe gemeinsam gemeistert haben, hätten wir auch gemeinsam zu der Auswertung bei deinem zuständigen Lehrer gehen sollen. Allerdings hast du dich geweigert, die zwei Termine, die ich für dich vereinbart habe, einzuhalten. Eigentlich müsstest du jetzt das Jahr wiederholen.«

»Das ist nicht wahr. Ich war bei Mr. Corol und habe das mit den Punkten bereits mit ihm geklärt.«

»Und hast du dazu nicht irgendetwas zu sagen?«

Frederik legte seinen Kopf schief und sah sie erwartungsvoll an.

Sie verzog keine Miene, auch wenn sie im Gespräch mit Mr. Corol herausgefunden hatte, dass Frederik ein gutes Wort für sie eingelegt hatte, als Entschuldigung, warum sie nicht zur Auswertung erschienen war.

»In Ordnung«, sagte Frederik. »Damit bist du mich endgültig los. Viel Erfolg bei deinem komischen Projekt.«

Er lief an ihr vorbei und sie blieb eine Weile stehen, bis sie sich nach ihm umdrehte, doch da war er schon aus dem Gebäude verschwunden.

Kümmere dich nicht um ihn, schalt sie sich selbst. Morgen stand ihre Ankündigung an und sie wollte die Nacht nicht damit verbringen, sich Gedanken über diese seltsame Begegnung zu machen.

»Die Schüler sollten so spät nicht mehr im Unterrichtskomplex sein«, holte eine Männerstimme Annie in die Realität. Sie schaute zur Treppe, die zum nächsten Stockwerk führte und erkannte einen Hausmeister, der an der Treppenmitte stand und grimmig auf sie herabsah.

Die Kleidung des Mannes war verschwitzt, auch sein ganzes Gesicht wirkte abgehetzt und triefte vor Schweiß. War Bodenwischen wirklich so schweißtreibend?

»Verschwinde endlich!«, blaffte er sie an und sie machte sich sofort auf den Weg, wobei sie mehrmals einen vorsichtigen Blick zurückwarf. Was für ein seltsamer, frustrierter Mann, fand sie.

Minuten vor der Ausstrahlung von Annies Funken hatten sich die Mädchen in den Freizeitbereich des Mint-

Areals begeben, um auf die Reaktionen der Schüler zu achten. Und als der Funke ausgestrahlt wurde, sah Annie nicht in ihren Funkenspiegel, auch wenn sie ihn geöffnet hielt und ihre eigene Stimme hörte. Sie nutzte die Zeit, um in die Gesichter der anderen zu blicken, die gespannt an ihren Spiegeln klebten und ihr lauschten. Die viele und intensive Arbeit mit Kathy für gerade mal einen zweiminütigen Funken hatte sich offensichtlich gelohnt, denn es schien keiner vorzeitig den Spiegel zuzuklappen.

Mit einem Ohr hörte sie ihrem eigenen kleinen Hologramm zu, wie sie über die Lage in Loro sprach. Dabei erwähnte sie nur die Armut, das zerstörte Hospital und wie das Krankenhaus wegen Geldmangel Patienten aussortierte.

»Das soll nicht wieder zur Norm werden«, sagte das Hologramm.

Je weiter sie sich lauschte, desto mehr empfand sie, dass es nicht ihre eigene Stimme oder ihre Sprechart war. Sie spürte, dass sie den Klang und die Haltung eines Reiche-Kinder-Clubmitgliedes angenommen hatte. Stirnrunzelnd sah sie zum Spiegel und erschrak, weil sie glaubte, ein anderes blondes Mädchen würde die Worte, die sie vorbereitet hatte, sprechen. Rasch erkannte sie jedoch Ähnlichkeiten mit sich. Trotzdem blickte sie lieber auf, weil es seltsam war, sich selbst zuzusehen.

Annie war zufrieden mit dem Funken und da die Schüler von ihrem Spiegelfunken aufblickten und sie direkt ansahen, wusste sie, dass ihre Botschaft zumindest genug Leute erreicht hatte.

»Meinen Teil der Abmachung habe ich erfüllt, jetzt bist du dran. Wann kann ich das Interview mit dir führen?«, fragte Kathy.

Annie sah Kathy nicht einmal an und lächelte in sich hinein.

»Ich bedanke mich bei dir für deinen Nachbarschaftsdienst, Kathy, aber ich bin keine gute Nachbarin. Von mir erfährst du nichts über Loro.«

Sie wollte Kathy stehen lassen, doch das Mädchen mit dem bunten Haar ließ sich nicht abwimmeln.

»Was soll das heißen? Dass du deinen Teil der Abmachung nicht erfüllen wirst?«

Annie lächelte Kathy an.

»Jetzt erfährst du am eigenen Leib, was deine Opfer andauernd trifft: Du spürst, wie es sich anfühlt, wenn du dich auf jemanden verlässt. Fühlst du die Enttäuschung? Ich hoffe, es schmerzt sehr. Wenn du klug bist – und das nehme ich stark an – dann wirst du an jede Person denken, die du in der Vergangenheit ebenso gelinkt hast. Ich vermute, die Liste ist lang.«

Kathys Gesicht drückte nur Sprachlosigkeit aus und sie hielt Annie nicht auf, als sie ging.

Die Sprache fand Kathy eine halbe Stunde wieder, als sie Annie eine Hassnachricht schickte mit den Worten: »Ich verspreche dir, diesen Schritt wirst du noch bereuen.«

Annie tippte »Wie vielen Leuten hast du das schon versprochen?« zurück und sperrte Kathy als Kontakt, damit sie nie wieder Nachrichten von ihr erhielt.

Auf den Erfolg des Funken musste Annie nicht lange warten, denn schon nach dem Abendessen – als sie den Speiseraum verließ – wurde sie aufgehalten.

»Bist du Annie Anderson?«, fragte ein hochgewachsenes, brünettes Mädchen, bei dessen Anblick Annies Herz zu rasen begann.

»Du bist Sascha, die Präsidentin der *Feuerloge*, dem bekanntesten …«

»Ja, dem bekanntesten Reiche-Kinder-Club der Phönixakademie. Das ist wahr, ich bin Sascha Koppels.«

Hinter Sascha standen zwei andere Mitglieder der *Feuerloge* und sahen freundlich zu Annie. Noch nie hatten die Mädchen des Reiche-Kinder-Clubs sie wahrgenommen und jetzt wurde es ihr etwas unangenehm. Sie legte ihre Hände auf ihre glühenden Wangen und lächelte schüchtern zurück.

»Freut mich«, sagte sie.

»Annie, wir haben deinen Funken mitbekommen und finden dein Projekt großartig, vor allem weil du etwas aufbauen willst, was dich zerstört hat. Das ist so aufopfernd von dir und so weise.«

Da stutzte Annie. Nicht das Krankenhaus in Loro hatte ihr Schmerzen bereitet, es waren die Umstände, die an diesem Tag herrschten und die Menschen, die daran maßgeblich beteiligt waren.

»Ich mache das aus einem anderen Grund: Für die Menschen, die in Loro leben und ärztliche Hilfe benötigen.«

Sascha warf einen seltsamen Blick zu ihren Freundinnen, dann lächelte sie wieder höflich und in Annie läuteten die Alarmglocken.

Das war ein falsches Lächeln, dachte Annie und verschränkte die Arme ablehnend vor der Brust.

»Kann ich euch irgendwie helfen?«, fragte sie unterkühlt und ihre Gedanken schrien sie an, warum sie sich denn so schrecklich vor Sascha Koppels benahm.

»Du, uns helfen? Nein, wir dachten eher daran, dir unsere helfende Hand zu reichen.«

Sascha sah über die Schulter zu ihrer rothaarigen Freundin.

»Viktoria, wärst du so nett?«

Die Rothaarige zwinkerte Annie frech zu und reichte ihr einen pfirsichfarbenen Umschlag mit einer komplizierten Verzierung aus goldener Prägefolie. Annie blickte Viktoria skeptisch an, denn für einen kurzen Moment hatte sie den Eindruck, dass das Mädchen nicht die elitäre Haltung der anderen einhielt. Sie wusste nicht warum, aber die Rothaarige wurde für sie in diesen Moment interessanter – ein Mädchen, das aus dem System fiel.

»Öffne es doch«, erinnerte Sascha Annie daran, dass es für sie ein bedeutender Moment war.

»Selbstverständlich«, sagte sie und wollte gerade den Umschlag aufreißen, in dem sie eine Einladung in ihren Wunschclub vermutete. Doch es fühlte sich nicht richtig an. Nicht, dass sie glaubte, die Mädchen spielten ihr einen Streich, dazu waren sie erwachsen und ernst genug, aber etwas anderes drückte in ihrer Brust: Es schmerzte sie, sich eingestehen zu müssen, dass Frederik recht hatte, als er ihr vorwarf, die Reichen würden ihre Ziele immer nur mit Geld erlangen.

Sie zögerte und setzte mehrfach an, die Einladung aus dem Umschlag zu nehmen, doch nach einem langen Seufzer gab sie dieses langersehnte Geschenk zurück.

»Ich kann nicht«, sagte sie. »Ich muss leider ablehnen, Sascha. Ihr hattet all die Jahre Recht, ich bin nicht geeignet für die *Feuerloge* und ich will den Platz keinem wegnehmen, der es *wirklich* verdient hätte.«

Viktoria schmunzelte und gab ein kleines Pfeifen von sich, was ihr den warnenden Blick von Sascha und des anderen Mädchens einhandelte, woraufhin sie ihre Miene wieder versteifte und als die anderen zu Annie sahen, grinste sie über das ganze Gesicht.

»Bist du dir ganz sicher? So eine Einladung verteilen wir kein zweites Mal«, sagte Sascha mit einer um Geduld bemühten Stimme; es kam sicher nicht oft vor, dass jemand ihre Gunst ausschlug.

Annie schloss kurz die Augen und sah eine Sekunde lang die Bilder, die sie mit Frederik in der versteinerten Stadt erlebt hatte. Es war gefährlich, aber auch aufregend und Frederik schien solche Orte oft zu besuchen. Er war gut darin, diese Flüche zu überleben und es reizte sie, vor Ort zu helfen, damit diese Städte eines Tages wieder bewohnbar wurden.

»Absolut sicher«, sagte sie entschlossen und ließ die Mädchen stehen.

Sie kramte hastig in ihrer Tasche nach ihrem Funkenspiegel, doch durch ihre Nervosität entglitt ihr der Spiegel immer wieder. Ihre Knie waren so weich, dass sie auf dem Korridor von einer Wand zur anderen wankte.

»Hey, Trunkenbold«, erklang hinter ihr eine freche Mädchenstimme.

Ein Blick reichte aus, um zu erkennen, dass es sich um Viktoria handelte.

»Es war kein Bluff, ich möchte der *Feuerloge* nicht beitreten.«

»Dieser Phönix ist längst gerupft, du hast keine Chance mehr, dich umzuentscheiden«, sagte das Mädchen glucksend und sah prüfend zurück, so als wollte sie sich vergewissern, dass Sascha kein Lächeln auf ihren Lippen entdeckte.

»Was willst du dann?«

»Ich finde, du hast Mumm. Selbst Kathy Silberstein würde sich nicht in der Öffentlichkeit gegen Sascha oder ihren Club aussprechen. Na gut, die *Feuerloge* kämpft eher damit, Kathys Mitgliedsanfragen immer wieder abzulehnen; das Mädchen fällt mit ihrem Verhalten sehr schlecht auf.«

»Mir hat sie erzählt, dass ...«

»Lass mich raten, sie hat behauptet, wir würden sie mit Einladungen zuschütten? Auf keinem Fall. Sie würde unserem Ruf schaden. Wie auch immer, ich finde deine Entscheidung mutig, dadurch hast du einen fetten Pluspunkt bei mir gesammelt.«

»Und was kann ich mir davon kaufen?«

Viktoria lachte leise auf.

»Sagen wir mal so, ich kenne viele, die wiederum viele kennen, die ebensoviele kennen. Wenn du Hilfe benötigst, komm zu mir. Jetzt muss ich aber zurück. Vergiss nicht, was ich dir gesagt habe.«

Die Rothaarige grinste noch einmal, dann versteinerte sie ihre Miene und nahm wieder die Ich-bin-eine-Flamme-der-Feuerloge-Haltung an und stolzierte davon.

Nachdenklich sah Annie dem Mädchen nach und schaffte es endlich, ihren Funkenspiegel mit den Fingern zu fassen.

frederik

»Mr. Gettson ist noch in einem Meeting, aber Sie dürfen wie immer in seinem Büro auf ihn warten«, sagte die Assistentin des Akademieleiters und ließ Frederik ohne Weiteres passieren.

Es brachte Privilegien mit sich, seine gesamte Jugend darauf zu warten, bis der Pflegevater einen empfing. Frederik schritt im Raum umher und bewunderte die Kunstgegenstände, die Varus Gettson aus allen Ländern zusammengetragen hatte. Der ganze Raum war überfüllt mit ihnen. Sonst hatte Frederik nicht oft das Glück, ein paar Minuten allein in diesem Raum zu verbringen. Er wünschte sich, er wäre nicht hineingegangen. Als er an den Schreibtisch seines Pflegevaters trat, wunderte es ihn, dass der Chefsessel zur Wand gedreht war und für einen kurzen Moment glaubte Frederik, dass Varus Gettson ihn nur auf dem Arm nehmen wollte und bereits im Raum war.

»Ja, ja, sehr witzig«, sagte er und drehte den Sessel ruckartig zu sich und erschrak.

Darin saß ein Schüler, dessen Phönixflügelsymbol erloschen war und es steckte kein Leben mehr in dem Jungen.

Frederik prüfte den Puls: Nichts.

Er kannte den Toten: Es war Dunken Fields, die kleine Berühmtheit, die die Katastrophe in Loro überlebt hatte. Auf dessen Brust hing ein Schild mit der Aufschrift *‚Ich habe zu viel gesehen'*.

Frederiks Funkenspiegel gab ein schrilles Piepsen von sich und ließ ihn zusammenzucken. Während seine Augen weiterhin auf den toten Schülerkörper fixiert waren, suchte er hastig nach seinem Spiegel und klappte es auf.

Annie Anderson Hologramm erschien und ihr Blick war entschlossen.

»Hey Sed«, sagte Annie.

»Du weißt, dass das nicht mein Name ist«, sagte er kaum hörbar und räusperte sich, um den Schock von seinen Stimmbändern zu lösen.

»Es ist mir egal, Sed ist kürzer als Frederik und ich habe dich so kennengelernt. Unwichtig, ich möchte mit dir reden.«

»Eigentlich wollte ich mich gerade für dich versteinern lassen, wenn du den Direktfunken also kurz halten würdest ...«

Frederik bemühte sich, normal zu wirken.

Annie biss sich auf die Unterlippe und sah entschuldigend zu ihm.

»Dann funke ich noch rechtzeitig durch.«

»Annie, kann ich mich später bei dir melden?«, fragte er.

»Bist du beschäftigt? Ich störe nicht lange. Oh, du trägst deine Uniform, so sieht also ein schwarzer Phönix aus, der sich nicht verstellt.«

Frederik wollte ihr erneut sagen, dass er lieber das

Gespräch zu einem anderen Zeitpunkt führen würde, doch Annie hob ihren Zeigefinger.

»Warte, klapp mich nicht zu. Ich habe über deine Worte nachgedacht und wollte fragen, ob du mich als Begleiterin zu deinen selbstmörderischen Orten noch haben willst. Du hattest nämlich Recht damit, dass ich somit direkt an einem coolen Hilfeprojekt arbeiten würde.«

Frederik rang sich ein Lächeln ab und sah dafür von Dunken weg.

»Ich weiß nicht, dein Geldsammel-Funke war sehr überzeugend, bestimmt reißen sich die reichen Kinder um deinen Beitritt in ihren Clubs. Hätte ich einen, wäre bereits eine Beitritseinladung zu dir unterwegs – ich würde es zwar niemals persönlich vorbeibringen, weil ich mich ja für etwas Besseres halte, aber einer meiner Assistenten hätte sie dir schon zugestellt.«

Annie seufzte bei diesen Worten laut auf.

»Ich habe das nicht ernst gemeint, als ich sagte, dass du dich für etwas Besseres hältst.«

»Aber das stimmt schon, ich halte mich wirklich für etwas Besseres. Willst du tatsächlich Zeit an gefährlichen Orten mit mir verbringen? Überlege es dir gut, reiches Mädchen.«

»Wenn du mich nie wieder hinters Licht führst«, sie schaute grimmig, dann schmunzelte sie. »Also, wie gesagt, es ist nicht nötig, dass du dich später meldest, ich habe alles gesagt«, fügte Annie noch rasch hinzu.

»Ich melde mich trotzdem«, sagte er ruhig und sie lächelte zustimmend.

»Bis dann.«

Ihr Hologramm verschwand und Frederik klappte langsam seinen Spiegel zu.

»Hübsches Mädchen«, erklang Varus Gettsons Stimme, doch dieses Mal erschrak Frederik nicht, sondern zeigte, ohne sich nach dem Akademieleiter umzudrehen in Dunken Fields' Richtung.

»Was soll der leblose Schüler in deinem Sessel?

»Ein grausiger Fund, nicht wahr?«, fragte Varus.

Er kam um den Tisch herum und hob die linke Hand des toten Jungen, wobei er den Zeigefinger etwas vom Mittelfinger spreizte. »Siehst du diese roten Punkte?«

Frederik kam näher und warf einen flüchtigen Blick auf die kleinen Einstiche.

»Was hat er dir getan, dass du ihn töten musstest?«, fragte er.

Der Akademieleiter ließ die Hand des Jungen wieder los und grinste Frederik an.

»Oh, aber ich habe ihn nicht getötet.«

»Natürlich nicht, du lässt deine Drecksarbeit von anderen erledigen.«

Varus Gettson lächelte weiterhin und verschränkte seine Arme hinter dem Rücken.

»Auch das trifft in diesem Fall nicht zu. Das ist eine Botschaft, mein lieber Frederik, eine Botschaft von den Untergrundmagiern. Die Einstiche werden meist von magieverseuchten Nadeln gemacht, eine Todesursache, die schwer nachzuweisen ist.«

»Also wollen sie dir Dunkens Tod anhängen?«

»Nein, sie wissen, dass ich ihn heute noch verschwinden lassen werde. Aber die Einstiche sind so charakteristisch, dass sie von mir entdeckt werden sollten. Sie schicken mir das Zeichen für ihre Anwesenheit. Sie sind in den Kreisen der Akademie und beobachten mich.«

»Na gut und du willst, dass ich herausfinde, wer es ist?«, wollte Frederik wissen.

»Das wird wahrscheinlich leichter sein, als du vermutest. Ich möchte, dass du Berry Stilben im Auge behältst.«

Frederik hob fragend die Augenbrauen.

»Wieso ausgerechnet sie?«

»Sie ist eine von ihnen.«

»Du irrst dich, Berry ist eine einfache Schülerin. Sie ist das graue Mäuschen, die niemals auch nur die kleinste Hausaufgabe vergessen würde, weil sie es als ein Verbrechen ansieht. Du traust ihr doch keine Mitgliedschaft bei den Untergrundmagiern zu?«

»Dieses Stilben-Mädchen hat mir schon viele Nachrichten geschickt, sie ist sehr hartnäckig«, sagte Mr. Gettson.

»Lass mich raten, Varus, du ignorierst sie solange, bis sie ausflippt und irgendetwas Dummes anstellt?«, fragte Frederik anklagend.

»Berry wird unvorsichtig und sicherlich kontaktiert sie bald jemanden aus ihrer Sippschaft, somit läuft alles nach meinem Plan.«

»Du liebst Pläne.«

»Selbstverständlich. Gut, ich muss zugeben, dass ich gehofft hatte, dass Berry schon in Loro Kontakt zu den Untergrundmagiern aufnimmt, aber da war sie wohl noch nicht soweit. Schade eigentlich, das lässt mich auf Umwege zurückgreifen.«

»Wird dir das Spielen nicht irgendwann mal leid?«

Varus Gettson legte seinen Arm um Frederiks Schultern und drückte ihn freundschaftlich.

»Was hast du, Freddy, irgendetwas hat dir doch den

Tag vermiest. Du weißt, dass du mir alles erzählen kannst.«

Frederik spürte Lions Funkenspiegel in seiner Brusttasche und tadelte sich in Gedanken, dass er den Benachrichtigungston nicht abgestellt hatte. Wenn es wieder piepsen sollte, überlegte er sich, würde er es für seinen eigenen Spiegel ausgeben.

Dunkens Tod war nur ein Grund aus dem er von Robins Nachrichten nichts erzählte. Er hatte das Gefühl, Robin beschützen zu müssen. Irgendwie hatte er auch ein schlechtes Gewissen, was Berry anging, der Akademieleiter hatte sie inzwischen fest im Griff, auch wenn sie noch nichts von ihrem Unglück wusste.

»Bevor du Miss Stilben untersuchst, solltest du diesen Schüler hier fachmännisch entsorgen. Und ich werde ein Gerücht streuen, dass Dunken Fields durch seine Erfahrungen in Loro seinen Verstand verloren hatte und wieder auf der Krankenstation des White-Areals untergebracht wurde. Wenn die Phönixakademie *Granais* erreicht, behaupten wir, dass nicht nur Lion Gravis in die Hände von erfahrenen Heilerphönixen gegeben wurde.«

Frederik nickte und gab sich dem Rauschen seiner Ohren hin, das er immer bekam, wenn er wütend über die Befehle seines Pflegevaters war.

»Wird Lion wirklich in das Krankenhaus von *Granais* eingeliefert, oder ist das genauso eine Lüge? Hast du wegen des Jungen ebenfalls Anweisungen für mich? Muss ich ihn auch fachmännisch entsorgen?«

Die letzten Worte spuckte Frederik verächtlich heraus.

»Lion Gravis kommt aus einem bedeutenden Elternhaus mit viel Geld, während Dunkens Eltern keiner kennt und die die *Renaissance* sowieso nicht überleben werden, also was glaubst du?«, fragte Varus Gettson und kam Frederik bedrohlich nah.

»Was ist die *Renaissance*?«, wollte dieser wissen.

»Junge, das geht dich nun wirklich nichts an. Und jetzt kannst du gehen, ich will diese Botschaft da«, Varus Gettson zeigte pikiert auf den toten Schüler in seinem Sessel, »nicht länger sehen.«

Renaissance, dachte Frederik. Hatte das etwas damit zu tun, was er im Konferenzraum gesehen hatte? Sollte Jenny Bish diese neue Ära einleiten? Er hatte ein ungutes Gefühl bei der Sache.

Frederik schluckte seine Wut herunter und ging zu Dunken, um ihn weit aus der Akademie zu bringen.

berry

Einen Termin bei Mr. Gettson zu erhalten, war ein Ding des Unmöglichen. Jeder, der es versuchte, wurde vertröstet oder eiskalt abgelehnt. Berry war schon so lange seine Schülerin, dass sie wusste, dass man sich keinen Termin bei Mr. Gettson holte, sondern einen irgendwann bekam, was ein dringendes Gespräch fast gänzlich ausschloss. Sie hoffte dennoch, mit Bettelei und häufigem Auftauchen vor seinem Büro, von ihm empfangen zu werden.

»Geben Sie ihm denn wenigstens meine Nachrichten weiter?«, fragte Berry, als sie zum wiederholten Mal von einer Assistentin verscheucht wurde. »Bitte, er muss sie bekommen!«

Doch die Dame im Vorraum zum Büro des Akademieleiters war nicht nachsichtig und hörte sich Berry nicht weiter an. Dabei war sich Berry sicher, wenn die dumme Nuss die Nachrichten an Mr. Gettson weiterleiten würde, würde er Berry auch empfangen, denn auf jedem dieser kurzen Notizen hatte sie zwei winzige Punkte in die untere linke Ecke des Blattes gezeichnet.

Im Fahrstuhl, der sie vom White-Areal in den untersten Stockwerk der Akademie brachte, besah sie sich ihre Handschuhe, deren Fingerkuppen sie abgeschnitten hatte. Sie waren für den Sommer geeignet und sie hatte sie in einem Akademieshop des Greenmile-Areals erstanden. Mit einer verbundenen Hand wollte sie nicht ewig herumlaufen und die Handschuhe konnte sie als ihren modischen Tick verkaufen, ohne dass jemand auf ihre kleine Tätowierung stierte.

Bis zu der Begegnung mit dem Hausmeister hatte sie ihr kleines Mal gut versteckt, vor allem vor Lehrern, die die Symbolik durchaus verstanden. Jetzt jedoch fühlte sie sich von allen Seiten beobachtet und spürte eine aufkommende Gefahr.

Und sie konnte ihre Angst sich nicht von der Seele reden, weil sie niemanden in die Sache mit hineinziehen wollte. Doch sie musste reden! Wenn der Akademieleiter sie ignorierte, zu wem sollte sie sonst gehen? Etwa zu ihrem Vertrauenslehrer, Mr. Corol? Sie war sich nicht sicher, ob der Lehrer über sie Bescheid wusste und wenn ja, wie viel?

Auf dem Weg zu Mr. Corols Büro im Lehrerbereich hatte Berry mehrfach ihr Vorhaben über den Haufen geworfen und klopfte dann doch an die Tür des Lehrers.

»Miss Stilben, sicher kommen Sie wegen der nächsten Stunde. Sie brauchen aber keine Angst zu haben, Ihre Phönixfeuerkraft ist in den letzten Wochen gestiegen, auch wenn ich zugeben muss, dass Sie eine recht seltsame Technik haben, die ich noch nicht so ganz verstehe.«

»Mr. Corol, es geht nicht um den Unterricht, ich bin zu Ihnen gekommen, weil Sie mein Vertrauenslehrer sind.«

»Wenn das so ist, erzählen Sie mir, was Sie beschäftigt.«

Berry sah auf ihre behandschuhten Hände in ihrem Schoß und dann ließ sie den Blick über die vielen Bücher, die sie noch immer lesen wollte, schweifen. Sie kannte die Titel wegen ihres fotografischen Gedächtnisses auswendig und keines dieser Bücher würde sie vor ihrem Abschlussjahrgang lesen dürfen, dennoch war es sonst immer beruhigend, dass es nur eine zeitliche Barriere gab. Doch heute glaubte sie, dass bis zu ihrem Abschluss etwas Schlimmes passieren könnte und sie niemals diese Lektüre in den Händen halten dürfte.

»Miss Stilben, Sie wissen, dass ich Ihnen diese Bücher nicht ausleihen darf«, sagte Mr. Corol beschwichtigend, als er ihrem Blick folgte.

»Wie kann ich dann Fragen stellen, ohne die Antworten selbst herauszufinden? Bei Ihnen erhalte ich ja keine.«

Mr. Corol sah sie lächelnd an und wartete ab.

Berry schnalzte mit der Zunge.

»Das ist nicht fair, ich habe meinen Satz mit Absicht nicht mit einer Frage beendet. Sie könnten mir wirklich einmal entgegenkommen.«

»Dann stellen Sie keine Fragen. Sie sind klug, ich bin mir sicher, dass Sie wissen, wie Sie mit mir ein informatives Gespräch führen, ohne dass Sie selbst alles beantworten müssen.«

Leicht stutzend überlegte Berry über die Worte des Lehrers. Noch nie hatte er einen Tipp gegeben, wie sie mit ihm reden sollte, ohne ihr gesamtes Gedächtnis auf den Tisch zu legen.

»Nun gut, dann versuche ich es. Mich beschäftigt ein bestimmtes Thema und ich hatte gehofft, dass Sie mir etwas darüber erzählen könnten. Es geht um Symbolik, genau genommen um das Erkennungszeichen der Untergrundmagier.«

Mr. Corol lehnte sich mit einem neugierigen Blick vor und stützte sich auf den Ellenbogen ab.

»In Loro haben Magier das Krankenhaus angegriffen und ich glaube, dass sie zur Gruppe verbotener Magier gehören. Die …«

»Untergrundmagier«, beendete Mr. Corol den Satz, stand langsam auf, wobei er im Raum auf- und ablief und dann ein Buch aus dem Regal zog und zu Berry zurückkehrte. »Und Sie haben ein bestimmtes Symbol gesehen, nehme ich an.« Er überflog das Inhaltsverzeichnis und öffnete die gesuchte Seite. »War es das?« Er deutete auf zwei Punkte, die zwischen Zeigefinger und Mittelfinger der linken Hand abgebildet waren.

Doch Berry interessierte nicht das Symbol selbst. Schnell scannte sie mit den Augen jeden Absatz auf der Doppelseite und suchte rasendschnell nach Informationen, die ihr weiterhalfen, doch es war nur ein dummes Geschichtsbuch, das über das Zeichen der Untergrundmagier berichtete, nirgends konnte Berry ein Wort über die jetzige Situation finden oder irgendetwas, was ihr helfen würde, Fragen zu beantworten, von denen sie noch nicht einmal wusste, dass sie sie hatte.

»Das war das Symbol«, log Berry, denn sie selbst hatte die vermummten Männer und Frauen im Krankenhaus nur flüchtig gesehen, es war Annie, die direkten Kontakt mit ihnen gehabt hatte.

»Ich dachte, es gibt keine Untergrundmagier, in vielen Büchern steht, dass es nur Gerüchte über sie gibt, aber nur, um an die alte Magie zu erinnern. Ich vermute, dass das keine Menschen waren und sich nur als solche verkleidet haben, um – keine Ahnung – Zwietracht zu schüren.«

»Es ist kein Gerücht, Miss Stilben«, sagte Mr. Corol und schloss das Buch, um es zurück auf seinen Platz zu bringen. Er streichelte noch lange über den kunstvoll verzierten Buchrücken, bevor er sich nachdenklich zu seiner Schülerin wieder umdrehte.

»Ich nehme sogar an, dass ihre Kreise immer größer werden. Vor allem in Bodenstädten soll es viele Anhänger geben, die in der Nähe verfluchter Orte leben, denn keiner würde da freiwillig hingehen.«

Berry betrachtete nachdenklich die komplizierten Deckenverzierungen vor dem Fenster.

Sie bemerkte nicht einmal, dass Mr. Corol sich wieder auf seinen Stuhl gesetzt hatte und sie nun eindringlich ansah.

»Berry, warum ersuchen Sie ein Vertrauensgespräch bei mir?«, fragte er und weil er ihren Vornamen benutzte, zuckte sie leicht zusammen.

Jetzt hatte er ihr eine Frage gestellt und sie wusste, dass, wann immer er das tat, er die Antwort bereits kannte. Sie wartete mit konzentrierter Miene ab, was er ihr zu sagen hatte und er ließ sich lange Zeit dafür.

»Sie sind keine Phönixmagierin, zumindest keine genetische, wie es in Ihrer Akte steht. Sie haben die Phönixmagie erlernt, nachdem sie bereits eine andere beherrschten.«

Ihr Herz beruhigte sich und setzte einen Schlag lang aus, bis es wieder zu rasen begann.

»Der Grund, warum meine Technik in Ihrem Unterricht anders ist, Mr. Corol, weil ich noch weitere magische Fähigkeiten habe. Und ich weiß, dass Sie als Vertrauenslehrer niemandem von diesem Gespräch erzählen dürfen.«

»Das ist wohl das Risiko eines Vertrauten, die einen Kollegen bekommen Musterschüler und einige werden in gefährliche Geheimnisse hineingezogen.«

Berry schloss beschämt die Augen. Um ihr Herz zu erleichtern, hatte sie nun einen Mitwissenden, den sie mit in ihren Abgrund stürzen konnte.

»Es tut mir leid«, hauchte sie und öffnete wieder die Augen.

»Schon gut, oft ist geteiltes Leid halbes Leid. Ich wundere mich nur darüber, wie Sie es geschafft haben, an der Phönixakademie als genetischer Phönix angenommen zu werden.«

Genau das waren die Dinge, die sie mit dem Akademieleiter besprechen wollte.

»Ihr fotografisches Gedächtnis war definitiv eine gute Voraussetzung für Ihre Mitgliedschaft in der Untergrundmagier-Gruppe. So konnten Sie viel Magie in kürzester Zeit erlernen und Sie sind intelligent genug, keine Geheimnisse preiszugeben. Na ja, bis jetzt.«

»Ich glaube nicht, dass ich dumm gehandelt habe. Ich bin schlau genug, zu erkennen, dass ich Ihnen vertrauen kann und es gibt eben das Gesetz, nach dem es Ihnen verboten ist, mich auszuliefern.«

»Kriminalität und Angst hält sich nicht an Verordnungen.«

»Ich weiß, ich bleibe aber bei meiner Einschätzung.«

Mr. Corol lächelte verlegen.

»Dann bedanke ich mich für dieses Urteil, Miss Stilben.«

»Nichts zu danken.«

Berry fuhr mit ihren Fingern an der Tischkante vor ihr hin- und her, wobei sie überlegte, ob sie noch mehr von sich preisgeben sollte.

»Mein fotografisches Gedächtnis ist nicht angeboren, Mr. Corol«, begann sie. »Meine Tante, das schwarze Schaf der Familie, hat meine Augen mit einem Zauber versehen, damit ich mir alles merke, was ich sehe, wirklich alles. Meine Tante war eine Magierin aus dem Untergrund und wollte eine Verbündete in der familiären Reihe haben.«

»In Ihrer Schulakte steht, dass Sie ein Waisenkind seien, wenn Sie eine Tante haben, sollten Sie bei ihr leben.«

Berry sah wieder auf ihre Handschuhe.

»Das geht nicht. Sie ist verschwunden. Ihr Bruder, also mein Vater, hat sie verraten und mich daraufhin verstoßen. Ich habe keine Möglichkeit, irgendwohin zu gehen, außer an die Phönixakademie.«

Mr. Corol sah Berry verwundert an.

»Das verstehe ich nicht. Bei dem Einstufungstest wird festgestellt, ob ein Schüler ein genetischbedingter Phönix ist, denn nur dann erhält er ein Stipendium. Sie kommen aus einer Bodenstadt, Sie hatten doch unmöglich genug Geld, um an der Akademie die Phönixmagie zu erlernen.«

»Mein Test war so außergewöhnlich, dass der zuständige Lehrer den Akademieleiter zurate gezogen hatte und er wollte nicht, dass eine potenzielle Magierin in den Untergrund geht. Er wollte mich an dieser Schule sehen und zahlt seitdem die anfallenden Gebühren.«

»Das ist beeindruckend. Somit hätten Sie jetzt zwei Mitwissende, was mich beruhigt, denn ich hätte zur Not den Schutz von Mr. Gettson.«

Lange Zeit sagte keiner etwas und Berry spürte, dass Mr. Corol und auch sie selbst von dem Thema übersättigt waren und vor allem sie dringend über einige Dinge nachdenken musste.

»Ich werde jetzt besser wieder gehen. Vielen Dank für die Unterhaltung.«

»Ich wünschte, ich könnte Ihnen sagen, dass mir dieses Gespräch Freude bereitet hat, Miss Stilben, aber ...«

»Schon gut, ist nicht nötig, ich weiß, es war für uns beide nicht so angenehm.«

Sie stand bereits auf, dann ließ sie sich wieder auf den Stuhl sinken und Mr. Corol seufzte schwer, offensichtlich wollte er sie und ihre Geheimnisse schnell wieder loswerden.

»Eine andere Sache. Was mich schon immer interessiert hat, Mr. Corol: Warum lassen Sie die Schülerfragen von ihnen selbst beantworten?«

Auch wenn Mr. Corol nun auf ihre Antwort wartete, bewahrte sie Ruhe und sah ihn erwartungsvoll an. Irgendwann grinste er und zuckte mit den Schultern.

»Sie sind heute hartnäckig, Miss Stilben. Ich verrate es Ihnen. Meine Eltern waren streng und haben mich immer gelehrt, erst eine Frage zu stellen, wenn ich sie von allein nach meinen Bemühungen nicht beantworten kann. Sie waren der Meinung, dass man mit etwas Geduld auf jede Antwort kommt und so denke ich inzwischen auch.«

Diese Erwiderung löste in Berry etwas aus, das sie noch nicht ganz begriff.

***

Nach dem Gespräch mit Mr. Corol rauschte Berrys Kopf und zum allerersten Mal nicht wegen der vielen Fragen, die sie selbst beantworten musste. Sie hatten tatsächlich einen vernünftigen Dialog geführt, auch wenn es ihre Angst nicht sonderlich gelindert hatte. Sie wusste noch immer nicht, warum ein Untergrundmagier sich in der Akademie aufhielt und ob das was mit ihr zu tun hatte. Vermutlich nicht, denn der Hausmeister – wenn er denn überhaupt einer war – schien bei ihrer Begegnung überrascht gewesen zu sein.

Beim Betreten von Lions Zimmer schien auch Berry verdutzt, denn am Bett ihres Freundes saß keine Geringere als Kathy Silberstein. Heute hatte sie schneeweißes Haar, auf das schwarze Dreiecke aufgesprüht waren – der neueste Trend, den sie irgendwo wieder aufgeschnappt hatte.

»Was machst du hier?«, fragte Berry höflich, ärgerte sich aber, dass Kathy an ihrem Stammplatz an Lions Bett saß und sie selbst auf die andere Seite gehen musste.

»Ich hatte gehofft, Aves zu treffen, er hatte gesagt, dass er heute noch zu Lion wollte, also warte ich hier auf ihn. Außerdem ist es mal an der Zeit, dass ich meinen Nachbarn besuche.«

»Du machst dir doch sonst nie etwas aus Lion.«

»Berry«, sagte Kathy vielsagend. »Lion und ich waren mal ein Paar, hast du das nicht gewusst.«

»Ich will deine Lebensgeschichte nicht wissen. Aves kommt selten her, ich glaube nicht, dass du ihn hier findest.«

»Da kennst du mich aber schlecht, Berry«, sagte Aves, der gerade in der Tür erschien und am Türrahmen lehnte.

Sie hatten seit ihrer letzten Auseinandersetzung nicht mehr miteinander gesprochen. Berry spürte, dass sie den

Zusammenhalt der Gruppe vermisste, vor allem, wenn Aves sie so verurteilend von oben herablassend und gleichzeitig voller Sehnsucht ansah.

»Da bist du ja«, flötete Kathy. »Können wir los?«

»Ja, gleich. Wartest du bitte vor dem Zimmer, ich hätte gern Berry gesprochen.«

Bei diesen Worten wären Berry beinahe die Tränen gekommen, doch sie atmete tief durch und sah zu Lion, um sich noch rasch abzulenken, doch die Gedanken an ihn waren noch trauriger und so sah sie verzweifelt zur Decke. Sie schluckte den dicken Kloß herunter, während Kathy aus dem Raum ging.

»Sie war meine Wahlkampfmanagerin für den Schülersprecherposten. Sie kennt sich bei der Eigenvermarktung gut aus und war, wie man sieht, eine großartige Unterstützung«, erklärte Aves, bevor er an Berrys Seite trat und sich neben sie setzte.

»Habe ich mir schon gedacht«, sagte Berry und war erfreut, dass ihre Stimme nicht belegt klang. »Man mag von Kathy halten, was man will, aber sie versteht sich auf solche Dinge.«

Dass sie Kathy auch verstörende Manipulation zusprach, verschwieg sie lieber, denn sie wollte nicht klingen, als sei sie eifersüchtig darauf, dass Aves die Hilfe von so einer Verrückten annahm, nachdem Berry die Helferaufgabe abgelehnt hatte.

Berry bemerkte, dass Aves gerade seine Hand hob, um ihr Gesicht zu berühren, also wich sie schnell zurück.

»Bitte nicht«, flüsterte sie und Aves ließ die Hand mit einem bedauernden Blick wieder sinken.

»Hör zu, wir sollten an unserem Status nichts ändern.«

»Ich ...«

»Nein, warte. Weißt du, du und Annie habt euch andauernd darüber gestritten, dass sie aus einer Himmelsstadt kommt und du in einer Bodenstadt geboren wurdest, das würde bei uns auch immer zum Thema werden.«

Aves nahm Berrys Hand, was ihr einerseits unangenehm war, andererseits brauchte sie im Moment einen Freund.

»Ich weiß schon lange, dass du nicht aus einer Himmelsstadt stammst, Berry.«

Sie wagte es nicht, ihm direkt in die Augen zu sehen, doch egal wie sie auch reagierte, sie hätte ihn nicht vom Gegenteil überzeugen können, seine Stimme klang wissend. »Es sind Kleinigkeiten, die dich als Bodenstädterin ausweisen. Ich gebe zu, du konntest es immer gut verbergen, aber dein Desinteresse an den Dingen der Himmelstädter hat dich verraten. Außerdem paukst du Tag und Nacht, selbst an Lions Bett bist du stets in ein Buch vertieft. Du lernst, damit du es später leichter hast, ein Himmelsstädter würde das niemals machen, er hat es nicht schwer, das zu bekommen, was er braucht. Aber du, du kämpfst mit jeder Faser deines Körpers für deine Zukunft. Glaubst du wirklich, mir wäre das nie aufgefallen? Ich bewundere dich, seit ich dich kenne.«

Stirnrunzelnd sah sie endlich auf und wäre beim Anblick seines Gesichtsausdruckes am liebsten von ihm zurückgewichen. So einen Blick warf sie Lion auch immer zu und sie wollte Aves nicht in ihre Gefühlsspirale ziehen. Sie befreite ihre Hand aus seiner.

»Ich will gut werden, um meine Familie eines Tages in eine Himmelsstadt einzukaufen«, gab Berry zu, auch wenn sie nicht wirklich wusste, wer ihre Familie war. Die

Sommerferien hatte sie immer an der Akademie verbracht, ohne dass ihre Freunde jemals etwas davon mitbekamen.

»Das verbindet uns, Berry. Das ist auch mein Ziel, weswegen mir die Sache mit dem Schülersprecher wichtig ist und am liebsten will ich auch Akademiesprecher werden, dann habe ich größere Chancen auf eine gut bezahlte Stelle. Dass ich nicht jedes Mal an Lions Bett sitze, heißt nicht, dass ich eiskalt und emotionslos meine Karriere verfolge. Ich beiße einfach die Zähne zusammen. Aber ich verstehe, dass du deine Zeit brauchst, um alles zu verarbeiten. Ich bin eher der Typ, der sich in die Arbeit stürzt.«

Berry seufzte leise und sah zu Lion. Er wirkte, als würde er die beiden heimlich belauschen.

»Ich lasse euch jetzt lieber allein«, sagte Aves. »Kathy und ich wollen meinen ersten Tag als Schülersprecher mit einem kleinen Eisbecher begießen.«

»Was?«, fragte Berry überrascht. »Du bist bereits Schülersprecher?«

Er sah betrübt aus und nickte.

»Das wurde gestern groß verkündet. Ich dachte, du hast es mitbekommen.«

Berry schlug sich die Hände vor den Mund und fühlte sich wie eine schlechte Freundin. Wie konnte sie es zulassen, einen Erfolg eines sehr guten Freundes zu verpassen? Nicht nur seine Ernennung, sondern die gesamte Wahl und die Vorbereitungen hatte sie versäumt. Von einer der wichtigsten Zeit in Aves Leben hatte sie nichts mitbekommen, weil sie ihre Probleme über die Freundschaft gestellt hatte. Sie wusste nicht, wie es Annie und Aves wirklich ging, beide verfolgten sie ihre Projekte und beschritten neue Wege und das ohne Berry. Und sie selbst? Sie hatte es nicht einmal zustande gebracht, Mr. Gettsons Unterricht zu ehren.

Es war an der Zeit, das eigene Leben wieder in den Griff zu bekommen.

»Hast du etwas dagegen, wenn ich mich euch anschließe?«, fragte sie mit belegter Stimme und bevor sie losweinen konnte, nahm Aves sie in den Arm und rieb ihr aufmunternd über den Rücken.

»Kleine Beere, natürlich! Es wäre mir eine Ehre, wenn du uns begleiten würdest.«

»Aber bevor wir gehen, will ich, dass du weißt, dass Annie und ich uns inzwischen wieder sehr gut verstehen. Ich will weder bei ihr noch bei dir alte Wunden aufreißen – es soll kein Date werden oder so, Okay?«

»Berry, es geht Annie nichts mehr an, was du oder ich machen. Sie hat Schluss gemacht und hat ihren Anspruch auf mich verwirkt. Und das ist wirklich keine Verabredung, wir feiern nur eine gute Nachricht.«

»In Ordnung«, sagte Berry erleichtert, denn sie hatte so gar keine Gefühle für Aves.

»Ich hole uns allen einen Eisbecher«, sagte Aves, als sie im Café saßen und verschwand kurz zur Bar.

Zwischen Kathy und Berry entstand eine unangenehme Stille und während Berry nach einem Zuckerspender griff und ihn interessiert betrachtete, holte Kathy demonstrativ ihren Funkenspiegel heraus und begann darin zu tippen.

»Oh, gleich geht es los«, sagte Kathy dann plötzlich und ihre Miene erhellte sich. Berry hätte sie gerne ignoriert, doch ihre Neugier ließ sie trotzdem »Was denn?« fragen.

»Schau doch in deinen Spiegel, dann erfährst du es.«

»Ich besitze keinen, die Dinger finde ich ablenkend«,

sagte Berry, auch wenn sie sich so etwas einfach nicht leisten konnte.

»Ablenkend, ja?«, gab Kathy abfällig von sich. »Na von mir aus, diesen Auftritt darfst du nicht verpassen.«

Sie schob ihren Funkenspiegel in die Mitte des Tisches und winkte Aves zu sich, der mit drei vollen Eisbechern zum Tisch zurückkehrte.

Berry bedankte sich und sah gebannt auf den Funkenspiegel, der einen Count-down abspielte. Das, was passieren sollte, würde in nur zwölf Sekunden geschehen.

»Neun, acht, sieben«, zählte Kathy mit. Berry sah zu Aves, dessen Augen ebenfalls auf den Zähler fixiert waren.

»Drei, zwei, eins!«

Kathy quietschte, als Aves Gesicht als Hologramm erschien.

»Du gibst einen Funken?«, fragte Berry irritiert, doch Kathy ließ sie mit einem »Scht« verstummen.

Zuerst sprach Aves darüber, wie dankbar er war, dass ihn die Schüler zum Schülersprecher gewählt hatten. Dann erzählte er ein bisschen zu seiner Person und Berry fand, dass er souverän rüberkam, was sie freute, denn sie hatte angenommen, Kathy würde ihn zu Blödsinn verleiten, was ihn unprofessionell erscheinen ließ. Doch Berry hatte sich zu früh gefreut, denn Aves hatte noch tatsächlich etwas Bescheuertes auf Lager.

»Wie ihr wisst, wird seit einigen Wochen eine Schülerin der Akademie vermisst. Ihr kennt sie alle unter dem Namen Robin Bish, auch bekannt als schwarzer Phönix.«, sprach das Aves-Hollogram.

»Was wird das?«, fragte Berry alarmiert und sah den echten Aves an, dessen Lächeln erstarb.

»Die Akademieleitung hat mich gebeten, euch darauf hinzuweisen, dass Robin Bish ihre Ausbildung noch nicht abgeschlossen hat und hochgradig gefährlich ist.«

»Was hast du getan?«, keuchte Berry und erhob sich halb von ihrem Stuhl, Kathys Spiegel weiterhin fixierend.

»Berry, ich ...«, begann Aves, doch sie entzog ihm mit einer hektischen Handbewegung das Wort. Sie lauschte noch immer dem Funken, doch sie beobachte nun die Schüler des Cafés: Alle stierten sie in ihren Funkenspiegel und machten besorgte Gesichter.

»Robin Bish hat einen Gleiter der Phönixakademie gestohlen und könnte überall auf der Welt sein. Ich bitte euch nun um Mithilfe. Schreibt euren Angehörigen und Freunden, warnt sie vor Robin und bittet sie, nach dem Mädchen Ausschau zu halten und bei Sicht Meldung zu geben.«

Ja, Berry mochte Robin nicht, wollte von Anfang an nicht, dass sie in die Akademie kam, aber sie verstand wenigstens, dass Aves' Handlung ganz falsch war. Lion hatte sein Leben für Robins Flucht riskiert und Aves forderte alle auf, auf die Jagd nach ihr zu gehen.

»Verräter«, zischte Berry Aves an und fegte mit einer Armbewegung den Funkenspiegel vom Tisch.

»Bist du irre?«, schrie Kathy sie an und rannte ihrem auf dem Boden zerschellten Spiegel nach. »Du Wahnsinnige, hast es kaputtgemacht.«

»Berry, was hast du?«, fragte Aves, der eindeutig nicht begriff, was in Berrys Kopf vorging.

»Du wurdest gerade erst zum Schülersprecher ernannt und deine erste Handlung ist es, eine Hetzjagd nach Robin auszurufen?«

»Wieso stört dich das? Du konntest Robin auch nicht leiden.«

Aves wirkte fassungslos.

»Aber Lion mag sie! Bedeutet dir dein bester Freund denn gar nichts?«

Das verschlug Aves die Sprache.

»Sieht so deine Wiedergutmachung unserer Situation aus? Du hast Robin in die Akademie geschleppt und jetzt willst du …«, Berry legte eine Hand auf ihre Stirn und atmete tief durch. »Für einen klitzekleinen Moment habe ich geglaubt, unsere Gruppe könnte wieder zusammenkommen, aber mit diesem Aufruf hast du alles zerstört.«

»Ich habe mich zu diesem Funken überreden lassen, weil ich dachte, du wirst eh immer an Lion kleben.«

»Na klar, lass uns dem vereisten Freund die Schuld am schlechten Benehmen geben.«

Berry schnaubte.

»Und du, Kathy, hast Aves bei diesem Funken doch nur geholfen, weil du mit Robin noch eine Rechnung zu begleichen hast«, blaffte Berry das Mädchen an, das die Scherben ihres Spiegels vom Boden sammelte. »Erhoffst du dir durch deine Hilfe, das *‚Kathy informiert'*-Format zu erhalten, du manipulative Hexe?«

Kathy schüttelte nur ungläubig den Kopf und musterte Berry, als sei sie völlig durchgeknallt.

Vielleicht war sie es auch?

Berry spürte unsägliche Hitze in sich aufsteigen, die ihren Körper von innen verbrannte und sie musste diese Glut loswerden. Sie packte Aves am Kragen und versengte an der Stelle sein Hemd, bevor sie so einen gewaltigen Feuerstoß abgab, dass es den Jungen im hohen Bogen durch das Café beförderte. Bei seiner groben Landung räumte er die halbe Bar ab, dann fiel er krachend zu Boden.

»Das war für dich, Lion«, flüsterte sie, da die Phönixfeuerkraft sonst seine Stärke war und Berrys Schwäche.

»Du verschwindest besser, bevor ich dafür sorge, dass du von der Schule fliegst«, rief die Cafébedienung und zeigte mit ihrem Finger Richtung Ausgang. »Abmarsch!«

Berry sah in die geschockten Gesichter der anderen Gäste und besann sich, was sie eben getan hatte.

»Nicht doch«, flüsterte sie zu sich selbst.

Einige Cafébesucher und die Bedienung halfen Aves, aus dem Chaos aus Barhockern und zersplitterten Eisbechern aufzustehen. Aves entsetztes Gesicht war noch immer auf Berry gerichtet. Sie selbst musste ihr kochendes Blut beruhigen, damit sie keinen größeren Schaden anrichtete.

»Ich gratuliere dir zum Schülersprecheramt«, sagte sie wütend und ging.

***

Das Café und Aves hinter sich lassend, kamen Berry tausend Gedanken in den Kopf und sie dachte an Mr. Corol, der keine Frage für unbeantwortbar hielt.

Warum erleide ich wegen Lion andauernd und freiwillig Schmerzen?

»Weil Lion mehr für mich ist als nur ein Freund«, sagte sie kaum hörbar, während sie wie ein tosender Wind durch die Flure zwischen den gewaltigen Arealen eilte.

Warum will Lion nicht, dass ich mich ständig für ihn einsetze?

»Weil er nicht in meiner Schuld stehen will und weil er mir damit etwas sagen will.«

Warum hat Lion sich für Robin geopfert?

»Weil er Robin liebt.«

Warum leidet Aves nicht unter der Trennung von Annie und kämpft nicht für sie, ist aber immer in meiner Nähe?

»Weil er mich mag.« Berry atmete tief durch. »Doch ich mag ihn nicht. Ich fühle mich nicht wohl in seiner Nähe. Wir passen nicht zusammen.«

Sie blieb vor einer Tür stehen und sah sich hektisch um, so als wäre sie aus einem Traum erwacht, ohne zu wissen, wo sie war. Doch da sie jetzt jede ihrer Fragen selbst beantworten konnte, stellte sie sich eine neue Frage.

»Warum bin ich vor Mr. Gettsons Büro?«

Sie ging zum Tisch der Vorzimmerdame und schlug mit voller Wucht auf den Schreibtisch der arrogant blickenden Frau. Berry gab dabei ihre gesamte Wut in diesen Schlag und alle Unterlagen wurden von einer Kraftwelle vom Tisch gefegt. Selbst der Stuhl samt Assistentin darin rutschte einige Zentimeter zurück und die Dame sprang erschrocken auf und starrte Berry nur sprachlose an.

»Ich will auf der Stelle zum Akademieleiter«, beantwortete sie ihre eigene Frage und den verwunderten Blick der Assistentin.

Die Frau reagierte verzögert, doch anstatt etwas Produktives zu tun, begann sie zu stammeln und das Chaos auf dem Boden nach etwas abzusuchen.

»Schon gut, Liebes, ich kann Miss Stilben jetzt empfangen«, sagte der Akademieleiter, der in der Tür erschienen war. In seinem Gesicht lag ein unverkennbares Grinsen. »Ich habe Sie bereits erwartet.«

»Mr. Gettson, ich habe meine Fehler erkannt und verspreche Ihnen hier und jetzt, dass ich nie wieder

Ihre Zeit vergeuden werde. Ich will die Fähigkeiten der Wiedergeburt, nein, ich will die Macht der Unsterblichkeit erlangen und werde Blut schwitzen, bis ich es erreiche. Sie werden es nicht bereuen.«

»Ich wusste doch, dass das richtige Feuer in Ihnen brennt«, entgegnete er. »Was haben Sie mir zu sagen?«

Berry trat an ihn heran und spürte, dass ihre Knie weich wurden.

»Wenn Sie nicht an meine Fähigkeiten glauben, warum investieren Sie Schulgeld in meine Bildung?«

Mr. Gettson sah zu seiner Assistentin, die mit klackenden Absatzschuhen sofort das Weite suchte.

»Sie sind doch intelligent genug. Sicher haben Sie es längst selbst herausgefunden. Was glauben Sie, wie viele Phönixmagier im Stande sind, eine Wiederauferstehung herbeizuzaubern? Und wie viele erreichen den Schutz der Unsterblichkeit?«

»Nicht sehr viele.«

»Normale Phönixe sind nicht in der Lage, diese Macht zu erlangen. Nur diejenigen, die die alte Magie in sich tragen, können es schaffen, wenn sie hart an sich arbeiten.«

Berry stutzte.

»Aber auch Sie beherrschen die Macht der Wiederauferstehung. Heißt das …«

»Ja, das bedeutet, dass auch ich ein Untergrundmagier und deswegen an dir und deinen Fortschritten interessiert bin.«

Er hob seine linke Hand und spreizte seinen Zeigefinger von dem Mittelfinger und Berry wurde ganz übel beim Anblick der kleinen Punkte, die dazwischen tätowiert waren.

Er hielt ihr die Tür zu seinem Büro auf.

Doch bevor Berry Mr. Gettsons Raum betrat, kam eine Durchsage, dass die Phönixakademie in Kürze die Himmelsstadt *Granais* erreichen würde. Berrys Augen schlossen sich für einen Moment: All die Müdigkeit, die sie an Lions Krankenbett nicht ausschlafen konnte, kam über sie und sie war erleichtert, dass sie bald wieder endlich schlafen durfte, denn Lion würde in fähige Heilerhände von erfahrenen Phönixen kommen.

Und Berry?

Berry war die Dritte, die nach Annie und Aves ihren eigenen neuen Weg beschritt.

Fortsetzung folgt

Liebe Leserin, lieber Leser,

ich hoffe, dir haben die ersten fünf Funken der Phönixakademie-Fantasyserie gefallen. Es wäre großartig, wenn du mich mit einer **kurzen Rezension auf Amazon** unterstützt.
Solltest du Fragen und Anregungen haben, kannst du mir gerne eine **Mail an anna.moffey@gmail.com** oder eine Nachricht auf Facebook schreiben.

Möchtest du tiefer in die Welt der Phönixe eintauchen, dann tritt unbedingt meiner Facebookgruppe **Silberphönix-Akademie – Welt von Nebelring und Phönixakademie** bei. In dieser Gruppe verpasst du nie wieder Informationen, Gewinnspiele, Veranstaltungen und Buchveröffentlichungen.

Auch möchte ich dir meinen **Newsletter** ans Herz legen, denn hier erhältst du exklusive Informationen und Einblicke hinter den Geschichten und darfst als erstes an speziellen Aktionen teilnehmen.
Hier geht es zum Newsletter: http://eepurl.com/chdZaX

Hier bin ich auch hier zu finden
Facebook: I. Reen Bow
Instagram: i_reen_bow

Printed in Germany
by Amazon Distribution
GmbH, Leipzig

17723918R00244